OS ESPECIALISTAS

Ranulph Fiennes

OS ESPECIALISTAS

Tradução de
Paulo Cezar Castanheira

EDITORA RECORD
RIO DE JANEIRO • SÃO PAULO
2011

CIP-BRASIL. CATALOGAÇÃO-NA-FONTE
SINDICATO NACIONAL DOS EDITORES DE LIVROS, RJ

F479e   Fiennes, Ranulph, Sir, 1944-
        Os especialistas / Ranulph Fiennes; tradução de Paulo
       Cezar Castanheira. – Rio de Janeiro: Record, 2011.

        Tradução: *The feather men*
        ISBN 978-85-01-09391-2

        1. Grã-Bretanha. Army. Special Air Service – História.
       2. Vendeta – Omã – História – Séc. XX. 3. Omã – Usos
       e costumes.

11-6629.   CDD: 939.49
                                                                                CDU: 94(535)

TÍTULO ORIGINAL EM INGLÊS:
The feather men

Copyright © Ranulph Fiennes, 1991

Texto revisado segundo o novo Acordo Ortográfico da Língua Portuguesa.

Todos os direitos reservados. Proibida a reprodução, no todo ou em parte, através de quaisquer meios. Os direitos morais do autor foram assegurados.

Editoração eletrônica: Abreu's System

Direitos exclusivos de publicação em língua portuguesa somente para o Brasil adquiridos pela
EDITORA RECORD LTDA.
Rua Argentina, 171 – Rio de Janeiro, RJ – 20921-380 – Tel.: 2585-2000, que se reserva a propriedade literária desta tradução.

Impresso no Brasil

ISBN 978-85-01-09391-2
Seja um leitor preferencial Record.

Cadastre-se e receba informações sobre nossos lançamentos e nossas promoções.
Atendimento e venda direta ao leitor:
mdireto@record.com.br ou (21) 2585-2002.

EDITORA AFILIADA

*A quatro homens bravos...
John, Mike, Michael e Mac*

*Não sou ave daquela pena que abandona
o amigo quando ele precisa de mim.*

SHAKESPEARE, *Timon de Atenas*

Agradecimentos

Gostaria de agradecer aos 32 indivíduos que me ajudaram a pesquisar os acontecimentos descritos neste livro e verificar a precisão do meu relato. Por razões que ficarão claras, não posso dizer os nomes, mas eles sabem quem são e têm certeza da minha sincera gratidão.

Sou especialmente grato aos parentes próximos de John Milling, Mike Kealy, Michael Marman e Mac.

A Bridgie, que no dia 7 de maio de 1977 deu à luz Patrick John Milling, que hoje tem uma extraordinária semelhança com seu falecido pai.

A Pauline e Lucia, a pedido de quem escondi o nome completo de Mac, por questões de segurança.

A Maggi e a Nancy, respectivamente viúva e mãe de Mike Kealy.

A Rose May e aos pais de Michael Marman.

Com seus conselhos, todos me deram muito mais que ajuda e paciência.

Meus agradecimentos também a Jan Milne, pela paciência e o apoio, e a Frances Pajovic, pelo bom humor e eficiência.

Sou grato a Hodder & Stoughton por me darem permissão para reproduzir três páginas de um dos seus títulos.

Ranulph Fiennes

Sumário

Parte 1	13
Parte 2	109
Parte 3	197
Parte 4	327
Parte 5	391
Glossário	415

PARTE 1

1

Daniel nunca tinha saído de casa antes. Vancouver, no verão claro e revigorante de 1945, estava cheia de maravilhas para o filho de um garimpeiro de uma aldeia remota na costa do Ártico no Alasca. A razão daquela visita feliz fora o final da guerra na Europa e a volta do pai, num navio de transporte de tropas, naquele dia.

Entre as bandeiras agitadas e os vivas de parentes orgulhosos, os veteranos desceram do trem da Canadian Pacific, alguns para renovar as vidas e os amores antigos, muitos para enfrentar a amarga descoberta de sonhos inatingíveis ou traições inesperadas.

Daniel não notou que o pai estava magro e extenuado, pois ele ainda era o mesmo homem grande como um urso e trazia presentes em pacotes de formas estranhas.

Um táxi levou a família até a hospedagem barata próxima à ponte Lion's Gate. Depois do chá e passados os primeiros momentos de agitação, Papai fez o pronunciamento longamente planejado.

— Temos seis dias antes de o navio nos levar para casa, meus *hidjies*. — Ninguém soube por que ele os chamava por aquele nome, só sabiam que soava bom e caloroso. — E nunca mais vamos nos esquecer destes dias, porque os hunos foram esmagados para sempre e nós estamos juntos.

A torta de mirtilo foi servida novamente e todos dormiram bem apesar da animação, todos os seis no mesmo quarto.

Os dias brilhavam num caleidoscópio de felicidade. Viam as pessoas esquiando nas encostas mais baixas do monte Grouse, em longas tábuas de madeira que pareciam impossíveis de controlar. Muitos esquiadores caíam e rolavam, e Dan e sua família riam até as lágrimas.

Tomaram uma charrete até as docas, compraram maçãs do amor e passearam de mãos dadas observando os operários na fábrica de açúcar e as traineiras com tripulações musculosas. Milhares de soldados e marinheiros continuavam a chegar em gigantescos navios de transporte de tropas, e as famílias se juntavam às multidões que os recepcionavam festivamente. Visitaram o zoológico e viram um grupo de pantomima, apreciaram a singeleza de Gas Town e cantaram entusiasticamente no domingo, pois Mamãe e Papai eram presbiterianos praticantes, ele, da Igreja Reformada Holandesa, ela, criada no Wyoming, de uma família de pioneiros.

No domingo anterior ao dia em que deveriam tomar o vapor para o norte, Papai lhes deu a grande surpresa: um circo havia chegado à cidade e eles iriam assistir naquela mesma noite. Antes do grande evento, eles se apertaram numa igreja lotada e cantaram as canções de louvor e orações de graças do povo de Vancouver pela salvação dos seus entes queridos.

Depois, o circo.

Palhaços, elefantes que sabiam contar, uma girafa, ursos vestindo kilts, anões, um monstro Pé Grande das florestas das Montanhas Rochosas, homens negros e peludos, tiros ao alvo em balões para ganhar prêmios, e cocos do Pacífico Sul pendurados em postes.

Mesmo com apenas 5 anos e tendo sido criado entre esquimós, Daniel foi capaz de atirar a bola de madeira bem no alvo. Quando lhe deram tempo, ele atirou com razoável precisão usando uma arma leve. Ficou orgulhoso da braçada de cocos e dos ursinhos de madeira.

Gritaram de alegria dentro das águas brilhantes do Canal do Amor; gritaram deliciosos "ohs" e "ahs" de horror na Casa dos Gritos quando fantasmas de pano e ossos de animais passavam por eles levados por polias invisíveis.

Todos, menos Naomi, que tinha 7 anos e detestava alturas, se maravilharam quando Papai mostrou a Roda Gigante com 18 gôndolas balançando. Daniel sentou-se no assento estreito, cheio de curiosidade e os lábios cobertos de doce grudento. Um índio e um chinês sorridente, os dois de cartola, certificaram-se de que todos estavam bem presos. Por ser tão pequeno, ele sentou-se apertado ao lado de Ruth, a mais velha, de 11 anos. Diante dele, sentou-se Naomi, presa entre as mãos da mãe, e na proa da gôndola pintada de cores alegres, logo atrás da figura esculpida de um índio com feições assustadoras, sentava-se o pai, radiante de orgulho e olhando sempre sobre os ombros para ter a certeza de que a "sua ninhada estava se divertindo como nunca", especialmente a querida esposa, a quem, num abraço apertado, tinha jurado naquela manhã que nunca, nunca mais ia deixá-la, nem pela Comunidade Britânica, nem pelo próprio rei.

Enquanto outras famílias se acomodavam, a grande roda girava em solavancos e paradas, até que todas as gôndolas estivessem ocupadas por passageiros que riam deslumbrados.

Então ouviu-se um apito, o chinês balançou uma bandeira e os dois portões de aço se fecharam ruidosamente sob eles. Daniel sentiu o cheiro de óleo quente e castanhas assadas. O ar frio levantou os cabelos louros de Naomi. Papai gritou: "Segure-se meu amor. Segurem-se bem, meus queridos. Vamos tentar beijar as estrelas."

A roda girou cada vez mais rápido e Daniel adorou a velocidade, a altura, a novidade de tudo aquilo. Só quando Naomi gritou, a intensa sensação de maravilha que ele sentia começou a se abater. E quando as outras irmãs — até mesmo Ruth, que era grande — começaram a gemer, percebeu que ele próprio também deveria estar sentindo medo. Mas só se sentia mais alerta, mais capaz de observar e considerar. O movimento não foi como antes. Alguma coisa havia mudado. A ligação com a roda-mãe estava fora do normal. Viu fagulhas crescentes e uma barra quebrada. A gôndola havia se soltado do encaixe de um lado e começou o movimento de descida quando se soltou por completo. Eles entraram em queda livre, voando pelo espaço.

Ninguém ouviu os gritos deles, pois os carrosséis e as bandas, os alto-falantes e os gritos que anunciavam outras atrações produziam uma cacofonia que teria abafado o dobre do juízo final. E ninguém viu a boina de renda da pequena Anna, que se agarrou sozinha ao último banco, soltar-se e mergulhar no vazio como uma pipa em queda.

A gôndola rasgou a lona de uma pequena marquise. O corpo de Ruth e o acaso salvaram a vida de Daniel. Ele foi atirado contra uma pilha de roupas. Perdeu completamente o fôlego e suas pernas estavam quebradas, mas não perdeu a consciência.

Viu a proa pintada de verde completamente destruída, a cabeça de um guerreiro havia perfurado profundamente a barriga de uma cigana gorda. Viu que sua mãe e Naomi aterrissaram abraçadas sobre a mesa da cigana. Suas cabeças estavam tão unidas que os cabelos grisalhos e os louros pareciam nascer do mesmo botão. Misericordiosamente, estavam imóveis, exceto pelas pernas com meias finas, que se movimentavam no ritmo da lona da tenda arruinada. Da irmã Anna não viu sinal: talvez um anjo a tivesse colhido no ar, e ela, como ele, estaria salva. Não sentia dor, apenas a necessidade desesperada de engolir mais ar.

Pensou ter ouvido o próprio nome sussurrado. Papai o olhava do alto, preso por um braço à ponta do mastro principal da tenda. Mas agora ele estava mais curto, como os anões do circo, pois seu tronco havia sido cortado na linha da cintura. Daniel viu tudo isso com clareza, pois os restos de seu pai estavam logo acima dele e sua boca, aberta sob o bigode grosso, parecia ter a forma do nome de Daniel.

Daquele momento até o dia de hoje, sempre que De Villiers percebia as imagens daquela noite rondando sua mente, ele fechava os punhos e as afastava.

Com a passagem dos anos, as emoções mais calorosas com que havia sido geneticamente abençoado permaneceram ocultas no isolamento autoimposto. Ao excluir suas sensibilidades, De Villiers mantivera a sanidade. Fora a profissão de assassino profissional, ele era um ser humano muito simpático...

2

Dhofar é a província meridional de Omã, dividindo fronteiras desérticas com a Arábia Saudita e o Iêmen do Sul. Na década de 1960, um bando de nacionalistas dhofaris, com o objetivo de livrar sua terra da opressão do sultão omani, visitou a antiga URSS em busca de apoio. Suas aspirações muçulmanas e nacionalistas logo foram redirecionadas para uma nova unidade de guerrilha chamada Frente Popular pela Libertação de Omã (FPLO). Os guerrilheiros marxistas daquela unidade, lutando no seu próprio território, foram assustadoramente eficientes e, durante algum tempo, invencíveis. Felizmente, em 1970, Qaboos bin Said exilou o pai reacionário, tornou-se o novo sultão e proclamou uma anistia. Muitos terroristas responderam e integraram grupos armados *firqat* para lutar contra seus antigos companheiros, geralmente da mesma tribo ou família.

Amr bin Issa, xeique da tribo Bait Jarboat, em Dhofar, não era um homem feliz. Aos 47 anos, era invejado por muitos dos seus *jebalis*, homens da montanha, por ser rico, mais rico do que a maioria dos *jebalis* poderia imaginar.

Aos 17 anos, Amr havia saído de casa com um tio e navegado as águas do Golfo em dhows de sardinhas. Trabalhou durante algum tempo como jardineiro em Bahrein e como motoboy na cidade usando uma lambreta. Tinha o espírito de negociante e tirou vantagem da nova riqueza dos Emirados Árabes Unidos ao abrir uma loja de doces e uma de ferragens em Dubai. Veio em seguida uma cadeia de lojas iguais à Woolworth's, menor apenas que a Khimji Ramdas em tamanho e lucratividade.

Amr se casou jovem, pois tinha um forte apetite sexual. Sua primeira esposa foi um grande desapontamento. Era uma órfã que, assim como a maioria das mulheres dhofaris, havia sido brutalmente circuncidada logo após o nascimento. O clitóris foi removido e, com ele, toda a sua libido. Nasceram dois filhos, que ficaram com a mãe quando ele se divorciou e foi para o exterior. Ela se casou novamente com um homem da tribo Bait Antaash, e Amr raramente via os dois meninos. Ainda assim, continuaram sangue do seu sangue.

O segundo casamento foi completamente diferente. Aos 24 anos, ele fez escala numa ilha durante uma viagem de pesca e se apaixonou por uma menina shahra de 14 anos, Shamsa. Antes mesmo de descobrir que era virgem, decidiu que ia se casar com ela, pois era a criatura mais atraente do mundo para ele.

Os shahra tinham posição inferior na hierarquia tribal de Dhofar. Já haviam sido a tribo mais poderosa daquela terra, mas tiveram que aguentar as consequências de um século de lutas contra o invasor português. Muito enfraquecidos, foram subjugados pela tribo qara até se tornarem uma não tribo, perderam o direito de portar armas e foram reduzidos ao trabalho servil para os qaras em troca de segurança. Os homens shahra não podiam tomar esposa das tribos superiores, mas as mulheres, de pele mais clara que a maioria dos dhofaris, podiam ser tomadas por todos como esposas a preços especialmente baixos.

A partir de uma forte ligação sexual, cresceu uma amizade e confiança raras nos casamentos dhofaris. Shamsa deu quatro filhos homens a Amr ao longo dos sete anos seguintes. Amr era um pai e marido orgulhoso, um homem de negócios de sucesso, além de ser popular na tribo Bait Jarboat quando, em 1970, o xeique morreu sem deixar herdeiros. O líder morto passara grande parte da vida vingando a honra da tribo após uma série de ataques que os haviam dizimado e empobrecido na década de 1940. Entre os membros da Bait Jarboat não houve acordo quanto a quem deveria sucedê-lo. Os membros ligados aos comunistas da FPLO tinham o seu candidato, enquanto a maioria de não ateus preferia Amr, cuja grande riqueza, sabedoria pessoal e ligações familiares eram tidas como muito importantes. Amr ganhou e se tornou xeique.

Como a maioria de seus compatriotas, desde o xeique até o mais humilde coletor de madeira, Amr e seus filhos lutaram ao lado da FPLO pela liberdade de Dhofar. Um de seus filhos foi morto em 1969, o segundo em 1972 e o terceiro em janeiro de 1975, todos nas mãos das forças do governo. De acordo com a tradição tribal da *thaa'r*, ou vingança, era dever de Amr vingar a morte dos seus filhos.

Durante três anos, com a guerra no auge, o novo xeique Amr fez o máximo por sua tribo, deixando os negócios a cargo dos gerentes no Golfo. Em Dubai, ele era um homem extremamente rico, mas na *jebel*, vivia a mesma vida de todos os *jebalis*.

Em 1974, Shamsa concebeu inesperadamente e, logo depois de uma queda quando levava as cabras para o pasto, morreu durante o parto. Amr ficou desnorteado. Os deveres tribais perderam toda importância para ele. Paralelamente às maquinações dos seus adversários, sua popularidade declinou lentamente. Um primo chamado Hamoud, invejoso da sua posição, usou o fato de ele não ter cumprido a *thaa'r*, a obrigação de vingar as mortes dos seus filhos, para semear na tribo um sentimento de discórdia contra ele.

A lei fundamentalista do Islã abrange diversas regras, ou charia, mas a mais importante para um dhofari é a *thaa'r*. O parente ofendido é obrigado por lei a buscar a justiça olho por olho. O preço de um assassinato é a execução. Da morte não intencional é o dinheiro de sangue. Não há um limite de tempo para o ato de vingança. Pode ocorrer depois de quarenta anos, mas o executor tem de demonstrar claramente a sua intenção e agir conforme o permitam as circunstâncias.

Há muitas aplicações diferentes da *thaa'r*, até dentro de um mesmo país islâmico, porque os ditames do Corão refletem simplesmente, de forma modificada, os princípios do comportamento tribal pré-islâmico. Se entre os anciãos de uma tribo não há acordo quanto à forma de aplicar o hadith, os ditos do Profeta, então um consenso de opiniões, *ijma'*, pode produzir qualquer solução. Ao longo dos anos, aumentaram muito as diferenças de severidade com que as punições corânicas são aplicadas em lugares diferentes. Sunitas, xiitas e, em Omã, os muçulmanos ibadis empregam ainda outras diferenças como resultado das suas próprias divergências consideráveis dentro do corpo do Islã.

O Sudão é um país muçulmano, mas a *thaa'r* é praticamente inexistente ali. Em 1988, cinco terroristas palestinos mataram dois sudaneses e cinco membros do corpo de paz britânico num hotel em Cartum. Todos foram presos e o governo sudanês entrou em contato com os pais dos ingleses mortos através do Foreign Office. Um casal suburbano de classe média se viu de repente diante da contingência de decidir se queriam que os assassinos do seu filho fossem executados, multados ou perdoados. Foram incapazes de decidir, e os cinco terroristas foram libertados em janeiro de 1991. Em Dhofar, o sultão Qaboos teve enorme sucesso na limitação da *thaa'r*, a ponto de, em 1990, haver mais assassinatos por retaliação na Irlanda do Norte do que assassinatos determinados pela *thaa'r* em Dhofar. Mas os crentes fundamentalistas simplesmente esperam a sua oportunidade.

Em julho de 1990, um funcionário civil *jebali*, ex-membro da FPLO que fora perdoado muitos anos antes, seguia para o seu escritório com ar-condicionado em Salalah no seu Mercedes com ar-condicionado. Parou diante de um cruzamento para permitir a passagem de um pedestre. Ao longo dos 12 anos anteriores, os dois homens haviam se cruzado naquela rua muitas vezes. Naquela manhã, alguma coisa aconteceu na mente do funcionário e ele lançou o carro contra o pedestre, comprimindo-o contra um muro e ferindo-o gravemente. Foi preso e admitiu imediatamente a sua intenção de matar o outro, que havia assassinado seu irmão em 1973.

Em 1976, um tenente dhofari revelou a Tony Jeapes, comandante do SAS (Serviços Aéreos Especiais), que esperava ser assassinado conforme a *thaa'r* pela morte, em um tiroteio, do primeiro-sargento da sua *firqat*. O tenente se encontrava regularmente com o homem contratado para matá-lo pela família do primeiro-sargento falecido. Era sempre amistoso e os dois se cumprimentavam com um aperto de mão sempre que se encontravam, mas ambos sabiam que um dia, o dia certo, um tentaria matar o outro. O tenente na verdade não tinha atirado no primeiro-sargento, e ninguém o acusava disso, mas o verdadeiro assassino havia fugido para o Iêmen e o tenente, por ser o oficial em comando naquela noite fatídica, e, portanto o responsável, foi considerado culpado.

O sistema da *thaa'r* causaria ainda muitos problemas para o xeique Amr.

No dia 7 de abril de 1975, Amr estava a 110 quilômetros a noroeste da sua casa, no oásis de Shisr. Naquele dia, recebeu uma mensagem que iria mudar, ou dar fim, a muitas vidas ao longo dos 15 anos seguintes.

O Rhubh al-Khali (Espaço Vazio), uma das regiões mais conhecidas da Arábia, é o maior deserto de areia do mundo. Dunas de quase 200 metros de altura, constantemente em movimento, compõem grande parte da massa quente de terra de Omã e da Arábia Saudita. As dunas se estendem pela distância equivalente a um dia de viagem, de camelo, ao norte de Shisr, e o oásis é, para muitos nômades do deserto, o lugar mais maravilhoso do mundo. Para os poucos omanis urbanos ou europeus que ali chegam, Shisr é um posto avançado com má fama no limite de lugar nenhum.

As ruínas de um velho forte construído em pedra e lama guardam um poço na base de um penhasco. À sombra da face baixa da rocha que toca a água, o xeique Amr e seu filho Bakhait ouviam três nômades Bait Sha'asha', os verdadeiros beduínos do deserto, *bedu-ar-ruhhal*, que desejavam comprar arroz em troca de camelos.

Ao sul, via-se o rastro de poeira de um veículo, agitado pelo sopro quente do *shimaal*. Pouco depois, surgiu um Land Cruiser sob as palmeiras de Shisr, e um homem baixo de camisa cáqui e *wizaar* se aproximou. Apenas pela silhueta, Amr o identificou pelo penteado como um *jebali* qara. Ao se aproximar, o reconheceu e se sentiu ao mesmo tempo feliz e pouco à vontade.

Depois das saudações tradicionais e da troca de muitas fofocas de pouca importância, Amr e seu filho se despediram dos nômades e seguiram o recém-chegado até o seu veículo.

— Quais são as novas, Baaqi? Por que vem a Shisr, onde você não tem nada a tratar com homem nem com Deus?

Baaqi era o parente e amigo mais próximo de Amr.

— Convocaram uma conferência da tribo para daqui a dois dias. O seu primo Hamoud é o homem por trás de tudo. Ele está insurgindo os outros contra você, usando o fato de não ter cumprido a *thaa'r* como o sinal da sua desgraça. Foram essas as palavras dele.

— Mas por que uma conferência tribal neste ano? Só deveria ocorrer daqui a 16 meses. Se Hamoud deseja me depor, vai ter de esperar. A tribo vai se deslocar. Terminou a primavera e todos deverão levar os rebanhos para os pastos de verão.

Quando a FPLO tentou impor o marxismo e ateísmo aos *jebalis* no início da década de 1970, foram os homens mais velhos que suportaram o peso das mortes e torturas. Provaram ser leais na sua devoção ao islã e forçaram o recuo do *adoo* (inimigo) comunista linha-dura, inclusive de homens como Hamoud. Em 1975, a coerção já havia cessado, mas os anciãos enfrentavam uma nova ameaça aos seus costumes. O sultão omani desejava romper os costumes tribais mais retrógrados e incentivar o comércio e o progresso. Mas muitos conservadores, vendo que o *adoo* já não era todo-poderoso, começaram a pleitear uma volta da *thaa'r*. Com esse incentivo, os assassinatos por vingança foram acionados, e no início de 1975 muitos conflitos entre famílias foram levados até o fim.

Baaqi colocou o braço, musculoso devido a uma vida de esforço físico e dieta de subsistência, no ombro do amigo.

— Hamoud defendeu a sua proposta perante os anciãos. Segundo ele, logo a guerra vai terminar. O governo reforça continuamente o controle das montanhas. Em breve, a vida *jebali* vai mudar para sempre. *Insh' Allah*. Haverá grandes oportunidades e a tribo deverá ter um líder forte e respeitado para aproveitar os bons tempos. Ele diz que você é fraco e sua desgraça é uma nódoa no nome da nossa tribo. Pela charia, afirma ele, você devia ser exilado porque, não uma, mas três vezes, deixou de vingar seu próprio sangue.

Baaqi levou o indicador a cada uma das narinas, limpando o nariz.

— Ele sugeriu que a conferência aproveite a época de deslocamento dos rebanhos e se reúna na gruta de Qum. Muitas famílias já concordaram. — Fez uma pausa, olhou para o céu, onde um Hawker Hunter da Força Aérea do Sultão, de uma esquadrilha doada pela Jordânia, passava sobre suas cabeças.

— Amr, meu amigo, você deve ir à conferência. Na verdade, você deve presidir a reunião como se não houvesse nada no ar. E tome a iniciativa no final... Prometa que vai vingar a morte dos seus filhos.

Baaqi viu a relutância nos olhos de Amr, a falta de firmeza dos ombros e os movimentos incertos das mãos. Suspirou.

— Já há muitos meses você é um homem diferente daquele Amr bin Issa que ajudei a tornar nosso xeique. O seu coração desapareceu. — Baaqi olhou nos olhos do primo. — Isso é verdade? Você quer desistir? Quer ver Hamoud plantar um de seus amigos ateus assassinos na posição de nosso líder? — Balançou a cabeça e segurou Amr pelos braços. — Lembre-se, muitos de nós vamos sofrer se você desistir. A sua família e os seus amigos. Nós, que arriscamos tanto em tempos difíceis para tê-lo como *tamimah* e manter afastada a facção de Hamoud.

Amr concordou desanimado com Baaqi e olhou para o filho. Bakhait, um belo jovem de 15 anos, era inteligente demais para sua idade. Falava pouco e deixava de ouvir ainda menos. Amava o pai como o milho ama o sol.

— Vamos, pai — falou Bakhait, num tom que não era interrogativo, nem decisivo, apenas encorajador.

O Land Rover de Amr, carregado de sacos de arroz, pentes coreanos e caixas com facas alemãs, seguiu o veículo de Baaqi a uma distância suficiente para a poeira baixar.

Duas horas depois, chegaram ao acampamento Midway para reabastecer. Na década de 1960, o lugar, com seis cabanas de madeira, tinha servido como base isolada de uma empresa petrolífera, e agora se espalhava sobre uma área de 2,5 quilômetros quadrados com instalações militares e uma moderna pista de pouso para os caças do sultão. Mil trilhas, para camelos e para veículos, se irradiam pelo território lunar que cerca Midway. Muscat, a capital de Omã, está a mil quilômetros a nordeste, a fronteira do Iêmen do Sul, a 160 quilômetros a oeste, e as montanhas Qara, a apenas uma hora de carro para o sul.

Não passaram por nenhum sinal de vida além dos camelos pastando a vegetação ressequida que cresce nos leitos secos. Somente fabáceas, acácias e árvores *mughir* retorcidas resistem nessa região árida. Enquanto a linha de montanhas corria à frente alterada pela tremulação do ar quente, eles passaram pelas ruínas de Hanun. Fragmentos de cerâmicas e os detritos das fábricas neolíticas de pederneira jaziam espalhados sobre os restos de gesso. Ali, 2 mil anos antes, existira um depósito de incenso, e, em Andhur, a leste, um grande entreposto de goma *laqat* de incenso que era vendida por todo o Império Romano por preços geralmente superiores ao do ouro.

Quando a Rainha de Sabá, do vizinho Iêmen, dominou esta terra, as tribos eram animistas, adoravam a deusa Lua, Sin, e eram escravos de uma miríade de superstições assustadoras. Suas vidas também eram governadas pelo *ghazu*, guerras intertribais, e intermináveis conflitos de sangue que às vezes duravam cem anos. O islã wahabita e suas reformas religiosas varreram as antigas crenças de grande parte da Arábia, mas nunca chegaram aos recantos escuros dos montes Qara, onde os velhos costumes continuaram vivos e fortes até a segunda metade do século XX.

Já na década de 1960, o velho sultão, do seu palácio em Dhofar, na cidade costeira de Salalah, tentou tornar ilegal o conflito de sangue. Poderia ter tentado tirar água de pedra, pois a *thaa'r* não era apenas um costume, era a lei e um modo profundamente arraigado de vida. Em 1975, o sultão Qaboos, alarmado pelo ressurgimento dos assassinatos de sangue resultantes da guerra, apresentou-se na televisão omani e ameaçou de condenação à morte todo aquele que praticasse a *thaa'r*.

O Land Cruiser de Baaqi reduziu a velocidade ao se aproximar da encosta íngreme de Aqbat al Hatab e começou a subida a partir da *nejd* estéril até as pastagens no alto das montanhas de Qara.

Durante três meses no ano, as densas nuvens das monções do oceano Índico cobrem as montanhas. A chuva fina cai ininterrupta sobre a *jebel*, transformando-a num paraíso mágico verde como a Virgínia do Sul, numa explosão de vida. Beija-flores, cobras peçonhentas, hienas e toda forma de vida que rasteja na terra de Deus são encontrados ali. Ao lado dos 30 mil *jebalis*.

Os dois veículos serpentearam pela encosta de Aqbat al Hatab e aceleraram quando os despenhadeiros e o deserto ficaram para trás e a zona montanhosa seca, o *gatn*, se abriu em forma de meia-lua nos dois lados. Depois de 1,5 quilômetro, as duas encostas mostravam uma cobertura fina de capim, ressequido pela longa seca pós-monção. Massas de arbustos e espinheiros foram aumentando até que a estrada chegou ao topo do mundo. Então surgiram pradarias, rebanhos de gado e vales, ocultos por vegetação florestal que dividia os pastos como veias da mesma folha.

Mais de sessenta homens adultos da tribo Bait Jarboat — pertencentes a 14 grupos familiares diferentes — estavam no Ghar de Qum. Milênios de erosão e inundações haviam cortado fundas fissuras nos penhascos de calcário do vale Qum. Quedas frequentes do teto abriram uma caverna grande como um ginásio de escola. Durante três horas, antes e depois do meio-dia, aquele anfiteatro voltado para o sul era irradiado pelo sol. O piso, coberto por uma grossa camada de esterco de cabra, se inclinava suavemente para cima até encontrar as paredes de calcário do fundo. Vários grupos de *jebalis* se sentavam, agachavam ou apoiavam nos fuzis. Um ou dois vestiam calça militar e camisa de algodão. Muitos misturavam xales e *wizaars jebalis* com roupas ocidentais. Todos estavam armados, a maioria com fuzis FN belgas doados pelo governo aos ex-comunistas, mas aqui e ali se viam fuzis de assalto Kalashnikov ou AK-47 usados pela FPLO.

Os irmãos mais novos de Amr e seus filhos adolescentes estavam reunidos em torno da fogueira no interior da caverna. Todos se levantaram para saudar os recém-chegados. O chá foi servido e comentaram-se as notícias. Todos sabiam por que estavam ali, mas durante algum tempo o assunto foi evitado.

Os olhos de Baaqi estavam ativos. Ele classificava cada um dos presentes na caverna. Todos se inter-relacionavam. Ele sabia quem odiava quem, que homem havia matado e torturado em nome dos Idaaraat, os grupos de execução da FPLO, no início dos anos 1970, quem havia cometido adultério e, mais importante, quem poderia apoiar a continuação de Amr como xeique naquela hora vital. A guerra estava chegando ao fim, e o novo sultão, caso fosse vitorioso, iria oferecer grandes riquezas para as tribos, especialmente para os xeiques cuja lealdade ele desejasse conquistar.

— Amr, você tem de se afirmar agora. — As palavras de Baaqi foram suficientemente claras para todos no pequeno grupo ouvirem, e todos concordaram.

Amr se limitou a sorrir e murmurou:

— Vou pensar. Nada tem de ser dito ainda, pois o julgamento vai começar amanhã, depois do meio-dia.

Vários quilômetros a noroeste do Ghar de Qum, quando as sombras se alongavam sobre a *jebel*, um solitário caminhão-pipa Dodge rodava para oeste entre dois postos do Departamento de Ajuda Civil do governo, criado para ajudar os *jebalis* nas áreas supostamente libertadas do controle da FPLO.

Uma unidade assassina da FPLO emboscou os paquistaneses indefesos no Dodge. O primeiro míssil, um RPG7, errou o alvo, mas uma bala matou o motorista e o Dodge parou.

Os *adoo*, como os soldados do sultanato se referiam a todos os membros da FPLO, eram membros do Regimento Lênin. Seu líder, um masheiki, caminhou pela estrada. Os paquistaneses estavam mudos de medo. Um deles fugiu, mas teve as pernas arrancadas a tiros e foi executado com uma bala na nuca.

Os sobreviventes se alinharam ao lado de um fosso e foram executados um por um.

Satisfeitos com o trabalho do dia, os *adoo* se separaram para voltar às suas diversas aldeias. Dois deles tomaram a direção do Ghar de Qum.

Amr estava deitado, acordado, incapaz de dormir. Devia estar desenvolvendo um plano para sua sobrevivência na conferência no dia seguinte. A política já fora uma habilidade de que ele gostara, e talvez, se tentasse, ele pudesse achar uma solução para o seu problema imediato. Mas seus pensamentos voltavam invariavelmente para sua querida Shamsa, seu calor e seu sorriso de fada. Ela tivera tanto orgulho quando ele se tornara xeique dos Bait Jarboat e o provável *tamimah*. Mas desde a morte dela, o xadrez da mediação tribal já não lhe dava prazer.

Se fosse simplesmente uma questão de destituição, da perda da sua condição de número 1, ele não ligaria. Mas Amr sabia que Hamoud e seu grupo de ex-marxistas o queriam permanentemente fora de ação. Seu crime era muito simples. Seus três filhos, tanto os dois do primeiro casamento assim como o seu primeiro com Shamsa, haviam sido mortos ao longo dos seis últimos anos na luta contra as forças do governo, e ele era obrigado pela charia da tribo a cumprir a *thaa'r*. Muitas razões justificavam o fato de não tê-lo feito, apesar da desgraça que se acumulava em razão da sua inação. Por toda a sua vida, como qualquer outro *jebali*, Amr ouvira a história tribal de bravura e honra, de horríveis batalhas *ghazu* e de conflitos sangrentos que duravam gerações, pois ela era o coração e a história da existência da tribo. Ainda assim, ele não via necessidade de vingança.

As estrelas brilhantes acima de Amr pareciam próximas. Deitado, ele ouvia os surtos da conversa *jebali*, como pássaros piando, vindos das tendas brancas de uma aldeia Bait Antaash próxima. Ninguém dormia nas grutas por medo dos carrapatos, que apareciam reagindo ao calor do corpo, saindo do meio do esterco de cabra. Havia *muesebeckis* gigantes que causavam enorme irritação e febre de uma semana, carrapatos *latreille* de morcegos, cujas vítimas sofriam lesões cancroides e sintomas de diabetes, e *rhipistomas* que tinham leopardos e raposas como hospedeiros e causavam ulcerações profundas e venenosas.

Ecos dos gritos dos felinos das profundezas da floresta do vale Arzat chegavam aos ouvidos de Amr. Eram muitos gatos selvagens e linces, além de predadores maiores, lobos, hienas e um ou outro leopardo, ameaçando as cabras das tribos. Por isso, à noite, os animais eram encurralados nas grutas, atrás de paliçadas de espinhos.

Amr amava a *jebel*, mas a metade da sua alma estava no Golfo, onde a agitação do comércio fazia seu sangue correr mais rápido. Quem sabe não seria justo que Hamoud se tornasse xeique, pois toda a sua vida acontecia nos limites da *jebel* e seus antigos costumes. Sem Shamsa, a mágica da *jebel* perdera muito de seu atrativo para Amr. O lugar guardava lembranças demais da vida dos dois. Em Dubai, em meio à agitação dos negócios, Amr talvez encontrasse novamente a felicidade. Levaria consigo Bakhait e seu filho mais novo. Não sentia nenhuma compulsão para lutar contra o ambicioso Hamoud.

Com a alvorada, chegou a convocação às orações. Amr dormiu pouco. Quatro vezes soou o canto *"Allahu Akhbar"* (Deus é o maior). Depois, *"La ilaha illa Allah"* (Não há outro Deus além de Alá).

As jovens mulheres jarboati, que levavam o gado para novas pastagens, haviam há muito deixado a aldeia e o vale da gruta quando os homens adultos da tribo Bait Jarboat se encontraram para o julgamento do seu xeique. Todos sabiam que se houvesse uma decisão contra Amr, ela não se limitaria à mudança de líder. Sua vida poderia mesmo ser colocada em risco. Hamoud não aceitaria menos.

Amr não tentou impor a sua escolha para presidir os trabalhos. Baaqi o alertara pela manhã das maquinações de Hamoud.
— Ele foi inteligente. Pagou a um juiz para decidir o problema. Um *qadhi* da tribo ashraf, que todos os anciãos ouvem.
A tribo ashraf reivindica ancestralidade desde Al Hashim, a casa do Profeta, e todas as tribos respeitam o seu julgamento.
Tapetes *ghadaf* foram desenrolados sobre o chão de esterco da gruta para o conforto de Ashrafi. Seus cabelos grisalhos haviam sido trançados num rabo de cavalo de 60 centímetros. O peito magro consumido pela tuberculose estava nu e ele fumava um cachimbo curto de barro. Os dois olhos eram opacos pelo glaucoma, mas ele se sentava ereto e conquistava o respeito da sua plateia supersticiosa. Ao lado de Ashrafi postou-se agachado o *rashiyd* da tribo, um sábio cujas opiniões todos respeitavam. Diante do piso inclinado de calcário se alinhavam 14 homens idosos; os mais velhos e, portanto, os decanos dos jarboatis. Aqueles homens eram a chave da decisão por consenso para determinar o futuro de Amr e sua família.
Hamoud foi convidado pelo Ashrafi a dizer o que pensava. Era um homem baixo e troncudo que tinha no bíceps um impressionante ferimento provocado pela saída de uma bala. Enquanto falava, segurava um fuzil AK-47.
— Não desejo me queixar pelas costas do nosso xeique Amr bin Issa, mas também não desejo que a nossa tribo seja desgraçada pela continuação da sua presença como nosso líder. — Fez uma pausa para limpar o suor do nariz. Bem longe, a oeste, o estrondo surdo da artilharia pesada soava como tro-

vão tropical e se ouviam piados quase inaudíveis vindos do domo escuro da gruta, lar de milhares de morcegos. — Por isso pedi às nossas famílias para se reunirem hoje, uma época fendida pela mudança, pelas ameaças ao nosso estilo de vida e à lei do Profeta.

Hamoud, como muitos ex-comunistas materialistas que se juntaram às forças do governo, não via nenhuma dicotomia na volta ao Islã; pelo menos na superfície. Era muito hábil em manter abertas suas opções. Enquanto falava, seus olhos percorriam a linha de anciãos e de Ashrafi. Ninguém mais importava; somente aqueles homens iriam decidir.

— O Profeta falou palavras que indicam claramente que Amr deve sair: "Aqueles que não exigem obediência não devem dar ordens." O xeique da Bait Jarboat nunca foi nem mais nem menos que a força da sua reputação pessoal. É apenas o primeiro entre iguais. É o nosso costume.

Hamoud pressionou a coronha do seu fuzil no esterco de cabra para dar ênfase às suas palavras.

— Amr bin Issa nos trouxe desgraça. Ele é *ayeb*, aquele que negligencia suas obrigações de sangue. Um *ayeb* não tem posição e até mesmo seus parentes podem matá-lo. Há seis anos, seu filho Salim foi morto aqui nesta mesma aldeia. — Brandiu o punho livre na direção da entrada da gruta. — Três anos depois, seu primogênito foi morto em Mirbat, e este ano, outro filho seu foi morto na gruta de Sherishitti. Os senhores hão de se lembrar que, no início, ele jurou vingança. Durante três anos acreditamos nele. Então seu fogo interior morreu e, apesar da urgência da nossa respeitada *rashiyd*, ele continuou a não cumprir o seu dever. Para mim, essa questão chegou ao fim quando ouviram este homem, o nosso xeique, declarar em Salalah que a *thaa'r* não é mais uma exigência religiosa.

Hamoud fez uma pausa de efeito e claramente teve sucesso. Houve um murmúrio de choque e desaprovação do corpo da plateia. Os anciãos olharam uns para os outros. Barbas brancas balançaram desalentadas.

— Não estamos diante de uma questão para *qithit*, o dinheiro de sangue, pois os responsáveis pela morte dos filhos de Amr jamais admitirão a culpa. Cabe a ele identificar todos os culpados, enfrentá-los e executá-los. Somente então poderá se redimir e evitar mais desgraça. Oh, Ashrafi, solicito do senhor que, como nosso *qadhi*, ordene ao xeique Amr bin Issa que declare claramente aqui e agora suas intenções, diante de Alá e do nosso povo.

Hamoud voltou para o grupo da sua família. Uma mulher da tribo, com a cabeça coberta, anunciou que a refeição da manhã estava posta. A conferência saiu da gruta e desceu até a clareira.

Três vacas, pequenas e musculosas, com chifres curtos, mascavam uma mistura de sardinha seca, polpa de coco e haxixe. Uma delas foi escolhida por um negro imponente, um *khadim*, ou ex-escravo, do falecido sultão. Dois meninos saíram de uma tenda de taipa próxima e, a um sinal dele, agacharam-se juntos na terra. Quatro homens imobilizaram a vaca, e o *khadim* abriu a sua jugular. O sangue caiu sobre as cabeças raspadas, ombros e costas dos meninos. Tiveram sorte, pois raramente matavam vacas, e aquele sangue era um remédio poderoso para todas as doenças.

Uma gamela trançada contendo as vísceras quentes do animal passou de mão em mão, como *hors-d'ouvre*. Em seguida, os intestinos levemente cozidos foram cortados e misturados com arroz, e servidos em quatro grandes pratos de lata em torno dos quais os Bait Jarboatis se sentaram.

Um jovem, embalando uma espingarda longa de pederneira, uma relíquia inútil, ligou um rádio Sony do gueto que berrou a Voz de Aden. Mas o *qadhi* fez um gesto irritado com a mão, e o barulho cessou. Amr ouvia desanimado as conversas à sua volta. Seus pensamentos estavam longe. Baaqi tentava ouvir, mas captava pouco, pois a língua qara, *jebbali*, é falada em jorros curtos, e perder uma palavra que fosse significava perder toda uma frase. Por exemplo, *fdr* significa tremer de medo, *ikof*, arrancar casca de ferida, e *stol*, brandir uma adaga. *Ged* significa chegar à praia depois de um naufrágio. Todas, frases muito úteis.

O Ashrafi e os anciãos haviam se isolado do resto. Durante e imediatamente após a refeição, deveriam chegar à uma decisão. Dois homens armados, vestindo fardas marrom-escuras apreciadas por muitos *adoo*, entraram na clareira. Foram recebidos com saudações discretas e uma clara falta da afabilidade que normalmente marca a chegada de um visitante.

Os dois homens ignoraram a frieza da recepção. Depois, ao ver Hamoud, fizeram uma saudação amistosa. Era um velho amigo. Sentaram-se ao seu lado. A refeição continuou.

— Estivemos ativos entre Zeak e Jibjat. — O homem que falou era obviamente o líder dos dois, um *jebali* musculoso por volta dos 30 anos, cabelos pretos e ondulados, rosto de maçãs altas e olhos estreitos, pouco mais que duas fendas, uma caricatura do diabo. Comeu com o AK-47 apoiado sobre as coxas. — O exército pensa que estamos acabados nesta região. Eles estão errados. Ontem destruímos uma equipe da Ajuda Civil na estrada a não mais que cinco horas daqui. Onde estava o exército? Ainda podemos nos mover e agir à vontade.

— Por que vocês atacam as equipes da Ajuda Civil? — O Ashrafi fez a pergunta que estava na mente de todos. — Eles não são o exército. O trabalho deles é nos ajudar a construir poços e escolas. Eles têm bons médicos de animais para o nosso gado.

Não houve resposta. A intenção declarada da FPLO era trazer o progresso para Qara. Agora que o sultão Qaboos, com a Ajuda Civil, estava fazendo exatamente isso, o *adoo* só conseguia alienar a população com atos como o assassinato dos trabalhadores paquistaneses da Ajuda Civil.

— Não se deixem levar pelos títeres *hindee* (indianos) do governo. — O *adoo* começou então um discurso invectivo marxista que havia aprendido na escola da FPLO em Hauf, no Iêmen do Sul. Provavelmente entendia tanto do que pregava quanto os seus ouvintes.

O Ashrafi e os anciãos continuaram em silêncio. Mais que qualquer um, haviam aprendido a detestar a manifestação ruidosa dos valentões da FPLO. A família do Ashrafi havia sido torturada e morta por homens como aqueles, menos de dois anos antes. Sua filha, única sobrevivente e gravemente ferida à época, havia enlouquecido e ficara muda.

Os anciãos estavam presos entre dois discursos. Queriam fazer de Amr um exemplo para dar um fim à deterioração que poderia se instalar. O fracasso evidente de um xeique tribal no cumprimento da lei imemorial da vingança de sangue, especialmente quando três filhos a exigiam, poderia levar a um colapso geral do sistema, e isso, para conservadores que não conheciam outro costume, provocava-lhes muito medo. Amr tinha de obedecer à charia ou ser punido. Por outro lado, os anciãos sabiam que Hamoud e seu grande clã haviam preparado cuidadosamente o terreno. Se Amr fosse afastado, não havia dúvida de que Hamoud seria o xeique, uma perspectiva assustadora, pois o associavam ao pior da FPLO, os camisas-pretas de Dhofar e suas atrocidades anti-islâmicas. Era uma questão de escolher o menor dos males.

De volta à gruta, os anciãos viram-se incapazes de chegar a uma decisão unânime e convidaram formalmente o Ashrafi a decidir a questão em nome da tribo. Ele já dera sua sentença, não em nome dos jarboatis, mas pela memória da alegria e do amor pela vida da filha.

— A charia — disse, enquanto seu olhar marmóreo e quase cego percorria a plateia ansiosa — divide as atividades humanas em cinco grupos, dos quais o primeiro, a *fardh*, deve ser rigidamente cumprida. Essa é a lei da justiça pela morte de parentes.

O Ashrafi olhou para Amr.

— Ao desprezar a *thaa'r*, o xeique Amr bin Issa parece crer que pode desprezar a charia. Eu digo a todos, especialmente a ele, que ninguém está acima da lei. Outros disseram aqui que Amr bin Issa é *ayeb* e que trouxe a desgraça para si e para o seu clã. Concordo que isso é verdade.

O velho raspou a garganta e cuspiu bile.

— Como seu *qadhi*, eu decido que Amr bin Issa tenha seis meses para vingar um dos seus filhos mortos. Se não o fizer, ele e sua família serão exilados do território que se estende entre Hadhramaut, o Rhubh al Khali e o mar. O exílio deverá durar até que vingue a morte de todos os seus filhos. Damos graças a Alá, o misericordioso.

O Ashrafi sentou-se. Para Baaqi, que não era tolo, era claramente uma suspensão de sentença; no mínimo, uma segunda chance para Amr, e, como tal, um resultado muito melhor do que a sua expectativa. Vira o olhar duro lançado pelo Ashrafi aos dois homens do Regimento Lênin e à manifestação de amizade calorosa com Hamoud. Agradeceu a Deus por ter enviado aqueles assassinos numa hora tão propícia.

O alívio de Baaqi durou pouco. Os acontecimentos superaram, ou pelo menos modificaram, a sentença do Ashrafi quando, cinco meses depois, o filho favorito de Amr, Tama'an, que lutava ao lado da unidade bin Dhahaib, morreu na zona de guerra ocidental. Amr se entristeceu com mais esse luto, mas não se tornou amargo. Sabia que o escândalo da sua inércia tinha se espalhado além dos lares da tribo Bait Jarboat e suspeitou corretamente que a morte de Tama'an daria fim à questão.

Amr ainda não tinha desejo de vingança. O dia determinado pelo Ashrafi passou e ele não vingara nenhum dos filhos. Os anciãos vieram e lhe perguntaram se havia alguma razão que justificasse o não cumprimento da sentença da conferência.

Como, até onde lhe era dado ver, não havia nenhuma, ele aceitou o inevitável. O não cumprimento significaria a morte da sua família, e assim, no outono de 1975, ele se despediu de Baaqi e dos últimos que o apoiavam e partiu para sempre de Dhofar, levando consigo seus parentes mais íntimos.

3

De Villiers mergulhou no *demi-monde* da vida noturna de Paris. Precisava de uma armadilha, mas uma armadilha diferente. Enquanto isso, Davies vigiava o juiz, buscava o seu "padrão", anotava meticulosamente todos os seus movimentos. Era o início de outubro de 1976. Dentro de duas ou três semanas, os dois se encontrariam para definir o roteiro para a morte do juiz. A cliente havia encomendado especificamente a destruição póstuma da reputação do alvo. Por isso, De Villiers se concentrou no sórdido. Ignorou as atrações óbvias para turistas, Pigalle, Montparnasse, St.-Germain-des-Prés e Champs-Élysées. Não passavam de frivolidades caras e nenhuma ação ou, como diria Davies, "tudo da boca para fora".

As massagistas que ofereciam aos cavalheiros "o melhor em massagem corporal", as garotas pseudotailandesas com seus banheiros para dois corpos e as punhetas ou chupadas rápidas nos parques — a tudo isso faltava a conspurcação extrema que De Villiers buscava. Podia-se pensar em zoofilia; na verdade, o *milieu* parisiense só interferia "se os animais sofressem". As mais comuns eram sessões com cães, mas havia também estúdios com asnos, cavalos, porcos e macacos. A maioria daqueles antros de iniquidade ganhava seus lucros com a venda de vídeos das ações.

De Villiers considerou as possibilidades da pedofilia, que corria sem restrições em Paris, com suas associações de pedófilos e filmes com pares de meninos dos dois sexos, entre 2 e 12 anos, mas decidiu que não era uma boa alternativa. Não para um membro do Judiciário. Faltava o toque de verdade, e ele era um perfeccionista. Pela sua experiência, todos os pedófilos tinham uma coisa em comum: eram homens cujas carreiras lhes permitia o contato com crianças. Assistentes sociais, sacerdotes, professores, mas nunca juízes.

Examinou o mundo fechado do sadomasoquismo. Havia em Paris apenas quatro mulheres especializadas em flagelação e "torturas". Seus clientes eram proibidos de tocá-las, ainda assim, pagavam mil francos a hora. Não era o tipo de cena que De Villiers procurava. Muito provinciano; um rosto estranho se destacaria demais.

Ao final da primeira semana em Paris, depois de examinar rapidamente os clubes fechados de orgia e os exibicionistas da Rue Roland-Garros, De Villiers se concentrou na cena gay, em particular no cemitério onde residia sua favorita, Edith Piaf. No final do século XVII, um jesuíta chamado Père Lachaise foi confessor de Luís XIV. O cemitério que recebeu o seu nome é um lugar triste e labiríntico, com muitos cantos sujos, túmulos góticos e capelas esquecidas. Depois da guerra, foi um local perfeito para prostitutas independentes. Os homossexuais assumiram na década de 1960. De Villiers contou 79 jovens, entre 18 e 25 anos, que operavam no cemitério entre as 13 e as 6 horas. Seus clientes, centenas deles em certos dias da semana, eram geralmente pederastas idosos ou de meia-idade. Inspetores fardados da Brigada dos Parques e Jardins patrulhavam entre os canteiros de crisântemos, mas não tinham autoridade e raramente intervinham. Quando se aproximava um inspetor ou um turista soviético que vinha visitar o túmulo de Piaf, o jovem e seu cliente, sentados sobre uma lápide, se limitavam a cobrir o colo com um mapa turístico ou um exemplar do *Le Figaro*.

    De Villiers decidiu que o cemitério Père-Lachaise era uma possibilidade viável, mas, sem querer deixar inexplorada nenhuma indicação, tomou um táxi até o frenético subúrbio de Porte Dauphine, nos limites da cidade, perto do Bois de Boulogne. Toda noite, terminado o trabalho, muitos parisienses desciam de carro até a Porte. Os motoristas circulavam até fazer contato visual com outro homem em busca de prazer. Trocavam-se sinais e os dois partiam para buscar intimidades em outro lugar. Esse costume, De Villiers descobriu, era um dos preferidos dos casais que trocavam mulheres, e isso também não era degradante suficiente para os seus objetivos. Seu dilema foi finalmente resolvido pela sorte. Davies confirmou no décimo segundo dia de vigilância do juiz que nas noites de terça-feira ele dirigia o seu Citroën ID19 até o Bois de Boulogne. Davies chamou De Villiers ao seu hotel e os dois concordaram no método.

Para os parisienses, o Bois sempre significou romance, a floresta mítica da fada tentadora Mélusine, o lugar enluarado dos faunos e idílio estival.

    Em 1970, algumas prostitutas independentes cheias de iniciativa, conhecidas como *tapineuses*, tentaram a sorte com os motoristas, às vezes no banco traseiro do carro ou no meio do mato. Um divertimento inofensivo que não perturba ninguém, decidiu o chefe das Brigadas. Então, em 1973, chegaram as *travelos*.

    Veroushka foi a primeira. Em São Paulo, onde aprendeu a *faire la nuit*, ela conheceu uma Madame que lhe vendeu por 12 mil francos um pacote que incluía passagens aéreas, documentos de identidade e um visto de turista de três meses na França. De início, tolerada como excentricidade pelas putas do Bois,

Veroushka chegou a ganhar até 2 mil francos por noite. Mas, por volta de 1976, mais de duzentos travestis brasileiros a seguiram até a floresta e expulsaram todas as prostitutas, com exceção de uma meia dúzia de "genuínas". A competição era feroz.

Naquele ano, o ministro Poniatowski tentou expulsar as *travelos*. Fracassou e a polícia continuou a ignorá-las. A cada três meses, cada um desses trabalhadores andróginos fazia uma viagem de um dia à Bélgica para receber um carimbo no passaporte que lhe permitia requerer um novo visto de três meses. Não era um infortúnio por um trabalho que rendia uma fortuna, livre de impostos, comparada ao que ganhavam as profissionais no Rio ou na Bahia.

Pia tinha 24 anos e era sexy, o máximo a ser esperado de uma *travelo*, conforme as lembranças dos frequentadores regulares do Bois. Era loura, alta e triste: exatamente o que De Villiers procurava, mas o seu trottoir ficava do lado errado da floresta. Os melhores locais, nas ruas usadas pelos motoristas, eram ciumentamente defendidos pelos bissexuais mais velhos e ricos. Davies recebeu a incumbência de mudar o local de trabalho de Pia e se dirigiu ao Bois por volta da meia-noite. A maioria das moças trabalhava das 23 até a alvorada, pois a luz do sol era sua inimiga por revelar os pelos e acentuar outros vestígios de masculinidade.

Davies descobriu que as *travelos* eram muito superadas em número pelos voyeurs que estacionavam seus carros, deixavam os faróis acesos e passeavam pelos locais de trabalho olhando os anormais e seus clientes. Comerciantes de hambúrguer e cerveja vendiam bem nas áreas mais populares. E as vendas, observou Davies, eram com as garotas e os voyeurs, nunca com os clientes, muitos dos quais desapareciam depois de satisfeitos, os olhos fugindo da luz, um fato que agradou a Davies. As *travelos* geralmente expunham os seios, e as que tinham coxas mais femininas usavam minissaias ou apenas um fio dental. No inverno, pensou Davies, aquele tipo de atividade conduzida *al fresco* devia deixar muito a desejar. As roupas que as moças usavam eram berrantes ao extremo: malhas com estampa de pele de onça, camisetas de bolinhas, plumas reminiscentes das rainhas do samba do Rio e lantejoulas brilhantes presas a tudo, desde os sapatos de salto muito alto até as faixas na cabeça. Davies rodou pelas estradas do Bois durante uma hora ou mais até estar certo de que conhecia perfeitamente a área e a localização de todas as garotas.

Pia era realmente muito bonita. Davies gostava de pensar naquele trabalho. De início, ele se sentiu enojado. Ao observar os voyeurs, percebeu que muitos eram ricos. Teriam apenas de visitar as margens dos rios e as areias das praias no verão francês para verem um sem número de seios naturais e corpos nus. Davies deu de ombros. Tem gosto para tudo, pensou, sem perceber a ironia, pois ele se via, e ao seu trabalho, como absolutamente mundano.

O *milieu* completou os estudos dos clientes das *travelos*. Mais da metade vai apenas para ver "como é" e nunca mais volta. O restante são cidadãos normais, bombeiros hidráulicos, professores e funcionários de escritório, bem casados e pais de filhos felizes. Parecem estar apenas satisfazendo suas fantasias ocultas apesar de saberem que entram no corpo de um homem que, drogado e sem se lavar, já recebeu muitos outros clientes do mesmo bosque no meio das camisinhas usadas e latas de cerveja. Por que se emocionam com os seios falsos e aumentados, o cheiro do corpo e a voz de barítono com seu forte sotaque em português ainda era um mistério para o *milieu*. Explicar o suprimento contínuo de clientes e as atrações sempre crescentes desse teatro externo de sodomia não é tarefa da polícia local, a Brigade Mondaine.

Davies estacionou atrás de dois outros carros e ao lado da lixeira que marcava o ponto habitual de Pia. Não teve de esperar muito. Um homem baixo, funcionário de escritório, decidiu Davies, vestido num terno marrom amassado e com um par de óculos grossos, surgiu do mato e correu para seu carro, procurando a chave. Pia veio atrás, vestindo uma minissaia que pouco ocultava. Os cabelos louros eram cortados curtos e Davies se sentiu excitado apesar dos ditames do bom senso.

Pia se apoiou na lixeira. A janela de Davies estava baixada. Via claramente a masculinidade de Pia e sentia o cheiro da mistura de suor, loção barata e dos clientes anteriores. Mas seu sorriso era bonito.

— Quanto? — perguntou Davies.

— São 100 francos.

— Mas se eu...

Ela o interrompeu:

— Qualquer coisa extra vai custar mais 50.

Davies concordou com a cabeça. Trancou o carro e a seguiu até o mato.

Depois ele lhe disse que era a sua primeira vez, o que era verdade. O francês dela era apenas ligeiramente melhor que o dele, por isso ele manteve as frases curtas e falou devagar.

— Você é muito bonita.

Ela pareceu gostar do elogio, mas já dava sinais de impaciência. Talvez estivesse perdendo um cliente. Ele se resolveu.

— Aqui estão mais 2 mil francos, Pia. É pouco provável que você atenda mais vinte clientes esta noite, por isso eu te convido a irmos para a boate que você quiser durante uma ou duas horas. Tenho uma proposta especial para você. É possível ganhar um bom dinheiro.

É claro que Pia ficou interessada. Pegou um casaco chique e botas de couro de bezerro numa bolsa escondida no mato.

— Onde você mora? — perguntou ela.

— Estou hospedado num motel no centro — disse Davies.

— Vamos para lá. Não gosto de boates.

Era melhor para Davies. Ele parou num bar e comprou uísque e biscoitos de queijo.

No carro, Pia relaxou um pouco. Ela era, Davies logo descobriu, uma pessoa desesperadamente infeliz. Todo domingo, rezava na Igreja de Santa Rita, em Pigalle, uma santa que, no Brasil, é a padroeira dos desesperados. Tinha saudade dos pais numa favela de São Paulo. Grande parte do que ganhava ela gastava no inverno numa viagem de dois meses ao Brasil.

— Gosto de comprar roupas bonitas. — Ela riu. Um ruído rápido, masculino.

Vício no Bois, pensou Davies, deve ser um sofrimento pavoroso para essas pessoas. Por que elas fazem isso?, perguntou-se. Não pode ser por dinheiro. Para aliviar sua infelicidade, Pia bebia álcool e consumia cocaína e maconha. Sonhava com o amor de um relacionamento real, mas sabia que os homens nunca se apaixonam por *travelos*. Algumas das suas amigas haviam cometido suicídio por desespero. Todas as *travelos* profissionais eram obrigadas a se submeter a tratamentos regulares de hormônios, cirurgias de implante de silicone e caros tratamentos semanais para remoção de pelos, necessários para evitar a volta da masculinidade. A vida é feita dos insultos dos voyeurs, do medo de assassinato nas mãos de algum louco ou de assalto cometido por um predador do Bois, do prazer dúbio de vinte ou mais clientes possivelmente doentes a cada noite em todas as estações, e o custo sem fim de tratamentos médicos pouco naturais. Como não há meio de economizar dinheiro, o único ganho aparente é a capacidade de manter a transexualidade.

Conversaram durante três horas no pequeno quarto. Pia entendeu que Davies queria que ela mantivesse entretido um cliente importante no Bois na noite de terça-feira seguinte. Se o homem não aparecesse, mesmo assim ela receberia o dinheiro e tentariam nas outras terças-feiras. Ela examinou a fotografia do juiz até ter certeza de que seria capaz de reconhecê-lo. Decorou também os detalhes do Citroën. Aceitou a palavra de Davies de que poderia praticar sua profissão na noite combinada, e nas outras, se necessárias, no local que ele lhe havia descrito, pois os ocupantes habituais seriam bem pagos para aceitar sua presença temporária ali.

Levou Pia em casa pouco antes da alvorada, mas não sem antes passar com ela pelo local escolhido. Entraram juntos no bosque até uma área em que o mato era mais baixo e onde não se viam tantas camisinhas como nas outras áreas mais batidas.

Excitada pela perspectiva de ganhar um bom dinheiro em pouco tempo e agarrando a garrafa de uísque pela metade, Pia acenou amistosamente para Davies no carro que se afastava.

O juiz vestiu o sobretudo de astracã e correu os olhos pelo escritório próximo à Ile de La Cité. Era um homem cuidadoso e traía a mulher com a mesma atenção ao detalhe que dava aos seus processos. Nada era deixado ao acaso. De tempos em tempos, ele fazia trabalhos para o serviço de segurança, nem sempre um trabalho agradável. Por muitas razões, aconselhava-se a circunspecção.

Na garagem subterrânea, selecionou as chaves do velho Citroën ID19. Somente o atendente do estacionamento sabia do carro e esse estava coberto até os olhos de gorjeta. O mundo em geral, e certamente a sua família, associavam o juiz apenas ao seu Alfa Romeu preto. Mas ele ainda sentia uma pontada de medo. Apesar das muitas ameaças que recebera ao longo dos anos, nunca fora capaz de ignorar hostilidade declarada, e no mês anterior uma mulher havia sido especialmente venenosa. Ele condenara três irmãos de Marselha à prisão perpétua por assassinato e conspiração para chantagem. Não se sabia a qual deles a mulher pertencia, mas ainda se lembrava dos olhinhos acima do casaco de pele e da intensidade dos seus gritos:

— Seu filho da puta. Você destruiu a vida dele. Agora eu vou destruir a sua.

Fez um esforço para esquecê-la, para se concentrar nos prazeres intensos do futuro imediato.

Dois anos antes, dirigindo para casa, ao passar de madrugada pelo Bois de Boulogne, o juiz passou por uma travesti chamada Zita. Talvez fosse a sua disposição no momento, o luar ou apenas o efeito dos faróis nos ossos do rosto e nas coxas, ele nunca se interessou em saber. Ela tinha um corpo magnífico, seios pequenos e cabelos louros acinzentados que chegavam até o ombro. Mais tarde, ele descobriu que Zita tinha um guarda-roupa de dez perucas, mas então já estava fisgado.

Durante nove meses por ano, seu grupo de colegas rotarianos se reunia todas as terças-feiras. Além disso, como o juiz nunca tinha olhado para outra mulher, sua esposa, no apartamento bem decorado do casal em La Muette, nunca tinha suspeitado de nada.

Criou uma rotina. Depois de sair do escritório, trocava o sobretudo de astracã pelo macacão surrado de vidraceiro e boné de tecido que ficavam no Citroën. Assim, transformado, ele se sentia protegido de ser reconhecido no Bois e também excitado pelo toque do bizarro e do proibido que aumentava o prazer da ação.

Deixou de se perturbar pela sensação de que envelhecia e se enferrujava. A vida deixou de ser uma rotina mundana. Caso fosse descoberto na satisfação das suas perversões, sua carreira e seu casamento não sobreviveriam ao choque. Adorava, na verdade chegava mesmo a nutrir, o risco da mesma forma que o alpinista adorava o vazio estonteante.

Com medo do lado mais escuro e menos acessível do Bois, o juiz habitualmente percorria as ruas principais, especialmente o lado norte da Avenue du Mahatma Gandhi. Invariavelmente escolhia travestis altas e louras, talvez uma ressaca de Zita, que havia se matado num lavatório público pouco depois de apresentá-lo aos prazeres dúbios do Bois. Passou a amar o cheiro estranho da terra e os sons da floresta quando se satisfazia no mato. Para o juiz, o sexo sem o Bois tornou-se igual a morangos sem creme.

Três semanas se passaram até descobrir Pia. Estacionou o Citroën e ouviu-a discutir com um marroquino de rosto bexigoso.

— Você não está ocupada — gemeu ele. — Passei aqui três vezes e sempre está livre. Talvez você não goste de árabes, hein? Vamos, eu lhe pago o dobro.

A resposta de Pia foi negativa.

— *Va te faire sauter ailleurs, conasse* — gritou o árabe, frustrado, aproximando-se de uma bela morena.

O juiz avançou o carro no momento em que Pia ficou sozinha.

— Cento e cinquenta francos por uma hora? — perguntou delicadamente.

Ela respondeu de imediato. Só o carro já teria sido suficiente, mas ela estava absolutamente certa de que era ele, pois conseguia ver seus rosto apesar do boné.

— Sou toda sua, querido... Vamos.

Ela o conduziu pela mão até uma clareira pequena numa moita.

— Como o senhor vai querer, m'sieu?

Ele explicou e teve de pagar mais 50 francos — o que era normal e com o qual ele concordou. Quando os dois estavam nus, a não ser pelas meias pretas do juiz, Pia deitou-se de costas sobre um tapete previamente estendido. Abriu as pernas e sorriu para o seu cliente.

Davies guardou o rádio CB.

— De Villiers avisou que o juiz engoliu a isca.

Fechou silenciosamente a bota e entregou a Meier uma das duas barras de ferro que havia comprado na semana anterior com outros implementos agrícolas, numa loja de ferragens em Dieppe.

Vestindo uniformes de corrida, os dois homens entraram na floresta. Davies seguia na frente sem lanterna: conhecia bem o caminho. Naquela tarde mesmo, havia percorrido toda a distância tortuosa e removera ramos nos últimos 100 metros até a moita. Duas vezes teve de sibilar chamando a atenção de Meier, com quem não gostava de executar aquele tipo de trabalho.

De Villiers era silencioso como um gato e rápido como uma cobra, mas Meier, míope e fisicamente fraco, chegava quase a ser um problema. Mas não se podia negar que ele era brilhante em questões técnicas: não havia desafio eletrônico ou mecânico que o vencesse. Davies já se perguntara por que Meier havia deixado a fábrica da Mercedes em Wolfsburg, onde trabalhara como pesquisador sênior durante nove anos. Ao longo do tempo, ele tinha refinado vários métodos mecânicos e eletrônicos de assassinar sem deixar pistas. Era um trunfo de valor para o grupo e a sua falta de jeito à noite era perfeitamente perdoável.

Depois de cinco minutos, Davies parou ao lado de uma bétula e levantou a mão no escuro da floresta. Os dois ouviram claramente os gemidos de prazer e os carinhos rituais da *travelo*. Meier seguiu Davies de perto. Como sempre, eles tinham ensaiado o assassinato.

O primeiro golpe da barra de ferro de Davies abriu o crânio do juiz. As pernas de Pia se fechavam nas suas costas e o choque repentino do terror dela pareceu apertá-las ali. Davies arrastou o cadáver para o lado para que Meier pudesse atingir a cabeça e o peito de Pia. Ela reconheceu Davies. E falou numa voz tomada pelo pavor:

— Por favor, não me machuque. Fiz exatamente o que você pediu. Você queria fotografar. Pois tire todas que quiser, mas eu lhe imploro, não me machuque. — Seus braços longos e brancos já empapados com o sangue do juiz se estenderam numa súplica.

Meier desceu a sua barra de ferro diretamente sobre a têmpora de Pia. Ela relaxou. O resto foi a montagem do espetáculo: vários golpes no peito de silicone e, finalmente, o toque de Manson como estipulado por De Villiers, as letras escritas em sangue nas costas do juiz.

Pararam e examinaram a cena. Os corpos ainda estavam entrelaçados.

— Fizemos um favor para a pobre garota — murmurou Davies. — Tinha uma vida miserável e nenhum futuro.

Pegou a carteira do juiz, as chaves e os cartões de crédito. Jogou a carteira e as chaves no mato, além das barras de ferro. Guardou o dinheiro e os cartões. Depois de alguns minutos, os dois dirigiram de volta a Paris para se juntar a De Villiers.

Os corpos foram encontrados na manhã seguinte por um motorista de caminhão ou, mais precisamente, pelo seu companheiro de viagem, um fox-terrier de pelo duro.

Viaturas dos distritos policiais do 8º, 16º e 17º *arrondissements* convergiram minutos depois para a cena. O crime foi classificado como assassinato por jovens em busca de dinheiro para cocaína ou, por causa da palavra "COCHONS" cruamente desenhada nas costas do juiz, como trabalho aleatório de moralistas enlouquecidos. De qualquer forma, um epitáfio infeliz para o falecido. Um departamento do governo bloqueou as reportagens da imprensa, talvez em agradecimento pelas atividades anteriores do magistrado. Uma providência que a polícia agradeceu, pois o crime coincidiu com uma grande onda de críticas à lassidão moral. Mais uma desgraça para o bom nome da França.

Poucos meses depois, o Ministro Poniatowski lançou uma operação de "limpeza do Bois", cujos efeitos duraram alguns meses, e em agosto de 1983 o chefe da Polícia parisiense, Monsieur Fougère, conduziu com grande *élan* a Operação Salubrité em meio a grande publicidade. Seus efeitos foram inicialmente severos para as *travelos*. Em 1991, no entanto, as atividades continuavam de vento em popa e, tal como a realeza em Londres ou as garotas de Bangcoc, não eram consideradas um problema pelas autoridades francesas competentes.

4

JAMES MASON, INGLÊS, nasceu em 24 de junho de 1824; onde e filho de quem, não está bem documentado. Formou-se em geologia pela Universidade de Paris e participou da sangrenta revolução de 1848. Foi gerente das minas de ferro de Bilbao e fez fortuna com extração de cobre em São Domingos, no sul de Portugal, onde era proprietário de vastas terras. O rei português, alarmado com a crescente influência de Mason, enviou um exército para restabelecer sua autoridade. A força particular de segurança de Mason derrotou os soldados, e o rei, mudando de tática, nobilitou o britânico com o título de conde de Pomarão, título hereditário, possuído até hoje por seu bisneto.

Mason enterrou sua fortuna nos 1.600 hectares do Eynsham Park, 8 quilômetros a oeste de Oxford. Seu único filho teve um caso com a filha do rei de Portugal, casou-se com a filha do conde de Crawford, foi diretor da Great Western Railway e, no devido tempo, deixou Eynsham Park para o filho, Michael.

Depois de Eton e Sandhurst, Michael se tornou campeão de boxe do Exército, em 1918, e viajou para o Canadá, onde passou três anos como lutador, contrabandista de bebidas e caçador. Em 1938, foi recrutado pelo Diretor da Inteligência Naval e passou grande parte da Segunda Guerra em atividades clandestinas na Europa. Grande marinheiro e viajante, escreveu muitos livros e foi nomeado xerife de Oxfordshire em 1951. Morreu trinta anos depois, deixando Eynsham Park para seu primogênito, David.

Talvez esse pedigree incomum explique a razão por que David tenha nascido sem medo.

No domingo, 31 de outubro de 1976, uma semana depois do assassinato de Pia e do juiz em Paris, o capitão David Mason foi acordado de um sono profundo pelo toque do despertador de seu quarto no primeiro andar do Palácio de Buckingham. Vestiu-se com toda a rapidez que o seu uniforme permitia e saiu do palácio.

Com as costas retas, ele percorreu o caminho cascalhado do jardim da frente. No alto, à brisa fria de outono, a bandeira real se agitava confirmando que a rainha estava na residência oficial. Na verdade, David sabia, ela estava fora havia já algum tempo. O vento bateu contra o chapéu de pele de urso quando ele saiu de trás da guarita da sentinela. Instintivamente, apertou o queixo contra o barbicacho e amaldiçoou o fato de ele não se prender abaixo do queixo, mas imediatamente abaixo do lábio inferior. O próprio chapéu era oco, com muito espaço para acomodar itens variados. Na semana anterior, um dos guardas de David fora surpreendido em serviço com um rádio transistor sintonizado na Rádio Caroline. Quando foi abordado pelo oficial, ele parou em posição de sentido e perdeu o controle do volume. Ganhou oito dias de detenção.

Aquelas tentações não eram necessárias nos dias menos tediosos em que as guaritas de sentinela ficavam fora das grades do palácio. Lamentavelmente, os turistas foram ficando a cada dia mais à vontade ao posar para fotos — às vezes, as moças se despiam — e chegavam a roubar itens do uniforme. Os jovens guardas só podiam sorrir e suportar as indignidades, e por isso foram levados para dentro das grades. Muitos lamentaram a mudança e vários perderam gorjetas. Sabia-se que turistas americanos gastavam um bom dinheiro por sugestão de algum veterano falando pelo canto da boca "são 20 dólares pela foto, senhor. Basta enrolar e enfiar no cano do meu fuzil... Muito obrigado, senhor. Mais alguém? O que diz, madame?".

Debaixo do sobretudo, David usava sua "Túnica Número 1" azul-escuro. A calça tem uma faixa vermelha em cada perna e cobre os "wellingtons", calçados que parecem botas de caubóis sem os saltos. Como a túnica é muito quente para ser vestida sob o sobretudo, muitos oficiais deixavam de usá-la quando o tempo não estava muito frio. Um tenente foi pego quando, convocado à presença real, foi convidado a se pôr à vontade. Vestia apenas uma camiseta do Snoopy sob o sobretudo e Sua Majestade não achou graça.

Às 8 horas em ponto, David atravessou do palácio até o "Bolo de Aniversário", como os oficiais da Guarda chamavam o Memorial Vitória, e de lá para o outro lado da rotatória movimentada. Muitos oficiais, temendo serem atropelados, tomam o caminho mais longo até o Palácio St. James usando a faixa de pedestres no final da Constitution Hill, próxima ao Palácio de Buckingham, mas David considerava esse caminho uma perda de tempo. Levava a espada de aço polido desembainhada, e como o chapéu parecia se apoiar no nariz, tapando-lhe a visão, o tráfego invariavelmente parava e o deixava passar.

Ao chegar ao Palácio St. James, respondeu às continências das sentinelas e entrou para comer um desjejum completo num ambiente suntuoso. Parou na sala dos oficiais, no primeiro andar, para passar os olhos nas manchetes do *Times*. Em uma retaliação ao assassinato de fazendeiros brancos, comandos rodesianos tomaram o interior de Moçambique. Durante a noite, à meia-noite, às 3 e às 6, enquanto o seu suboficial, o jovem e imaturo segundo-tenente James Manningham-Buller, inspecionava a guarda do Palácio St. James, ele inspecionava a Guarda do Palácio de Buckingham. Agora ele devia escrever o seu relatório de guarda e assiná-lo.

David parou diante do grande espelho na porta da sala de guarda dos oficiais e ajustou o sobretudo azul-cinza e o barbicacho de elos de latão do seu chapéu de pele de urso com a sua pluma de 15 centímetros verde e branca. Saiu da sala de guarda sem se curvar. Com o chapéu, tinha quase 2,40 metros, mas a porta havia sido projetada para atender a esse problema. Voltou ao Palácio de Buckingham, provocando *en route* a colisão de uma motocicleta com um táxi.

Às 10h30, o major Charles Stephens, capitão dos guardas da rainha, determinou a troca da guarda, para encanto dos turistas e suas máquinas fotográficas.

Enquanto a maior parte da Nova Guarda marchava pela alameda com o Corpo de Tambores, a Velha Guarda, inclusive David e seus homens, seguia para o quartel Wellington ao som de "Liberty Belle". Além de ser uma boa música para acompanhar soldados em marcha, era também o tema musical do seriado humorístico de televisão *Monty Python Flying Circus*. David deu um cascudo na cabeça do sargento da banda que trocou a nota final por um enorme e discordante peido da tuba como se ouve na versão Python.

Entregou, então, seu uniforme ao ordenança para ser lavado no quartel da guarda em Caterham, no sul de Londres. Depois, vestindo calça esporte e um casaco de *tweed*, localizou o seu Porsche 911 Targa e dirigiu pelas ruas quase desertas até o seu apartamento em South Kensington.

Ao entrar, notou um cartão quadrado branco de 5 centímetros junto com sua correspondência. Estava em branco. Sentiu um surto de expectativa, pois aquilo vinha de alguém especial.

David, que acreditava em prioridades, foi para a cozinha, ligou a chaleira e encheu o bule de água quente. Em seguida, acendeu um charuto Montecristo Número 5. Costumava fumar uma meia dúzia por dia e apreciava especialmente a primeira baforada depois do serviço de guarda no palácio.

Spike Allen estava de pé ao lado da estante de livros e cumprimentou David enrugando a pele nos cantos dos olhos. David disfarçou o prazer que sentia.

— Você invade o meu apartamento numa manhã de domingo, quando estou exausto depois de 48 horas garantindo a segurança pessoal da rainha. — Mostrou um exemplar do *Times* ao lado de uma pasta de cartolina verde. — Pensei que estivesse em Moçambique chefiando o ataque.

— Espero que você não manifeste esse sarcasmo diante de Sua Majestade. Sarcasmo não fica bem num oficial dos Guardas Galeses.

David estava num curso de franco-atirador na Alemanha Ocidental quando um dos caçadores de talentos de Spike o descobriu, e, um ano depois, Spike o abordou quando ele fazia um curso de demolição e explosivos com o Corpo Real de Engenheiros. O Comitê dera instruções específicas a Spike para nunca recrutar homens das Forças Armadas e, no caso de ex-soldados, ninguém que tivesse servido no Regimento de Serviços Aéreos Especiais. Spike havia obedecido rigidamente a essa regra até 1971, quando descobriu que um serviço especializado em Edimburgo estava além da capacidade da sua dúzia de especialistas — seus "locais", como os chamava — na Grã-Bretanha. Precisava de um homem com contatos e competência militares mais atualizados.

Na ocasião, resolveu sozinho o problema, mas decidiu então recrutar uma pessoa adequada das Forças de Sua Majestade. Como ele, e somente ele, conhecia as identidades do fundador, dos membros do Comitê e dos locais, e como o Comitê havia confiado inteiramente a ele o trabalho de administrá-los, não houve objeções ao recrutamento de um soldado da ativa, porque ninguém, com exceção de um ou dois locais, ficou sabendo. Ignorância é felicidade, decidiu Spike, que era pragmático.

David trabalhou para os Homens-Pena durante quatro anos, e Spike sempre se congratulou pela escolha. Conhecia todos os detalhes da ficha do capitão Mason, como conhecia as fichas de todos os seus locais. Spike era casado e tinha dois filhos, mas os locais eram a extensão da sua família, e Mason, Local 31 era uma das suas estrelas. Na sua ficha se lia:

Nascimento: Oxford, 13/8/1951.
Arrogante, mas ferozmente leal. Antiquado, mas rápido, confiante e decidido.
Eynsham Park, Witney, Oxon; 97a Onslow Square, South Kensington.
Eton. Escola de Cadetes. 1º Batalhão Guardas Galeses.
Competências e habilidades: corrida de campo. Campeão do Batalhão do Reno 1971, esqui, atirador de elite.
Instrutor: curso de franco-atirador Batalhão do Reno 1972.
Irlanda do Norte 1971-1972.
O. C. IS/CRW testes de armas 1972-1973.
Curso de demolições e explosivos 1972.
Melhor tiro de pistola do regimento 1973.
Conselheiro militar da BBC para o Programa de Segurança Interna 1973.
Medalha do Sultão por Bravura 1975 (serviço ativo, Omã, 1974-1976).
Serviço London District 1976.
Altura: 1,90m. Peso: 90 kg. Cabelos castanhos. Olhos cinza.
Línguas: árabe, francês e alemão.

Antes de escolher um local, Spike gostava de descobrir suas opiniões sobre vários tópicos aparentemente irrelevantes. As respostas de Mason também estavam no arquivo:

Aborto: "Acho que o Parlamento está certo. Não acho que uma mulher deva ser forçada a dar à luz um filho indesejado, particularmente se for diagnosticado cedo que é desfigurado. Muitos problemas podem ser diagnosticados até as 22 semanas de gravidez e a interrupção deveria se dar no máximo até esse estágio ou não deveria haver interrupção."

Racismo: "Toda uma indústria surgiu em torno desse tema. Ostensivamente, para evitar o racismo, ela tem o efeito oposto ao atrair atenção indevida para a questão. As pessoas deveriam ser tratadas da mesma forma e, se negras ou escuras, não deveriam ser punidas nem gratificadas. A discriminação positiva é contraproducente."

Polícia armada: "Seria um erro terrível. A polícia sabe muito pouco sobre armas de fogo. O treinamento dado aos policiais que têm autorização para portar armas, ocasionalmente, é inadequado."

Sons: "Não gosto: Rádio 1, Rádio 2, sistemas de informações de aeroportos, sistemas de informação em aviões, fofocas de mulheres, campainha telefônica, vozes dos repórteres da BBC, manha de criança, trânsito."
"Gosto: tique-taque de relógio, canto de aves, o urro do cervo, riso de criança, explosões enormes, o vento nas árvores, apitos de navios."

Cheiros: "Não gosto: gangrena, cê-cê, fast-food, escapamento de carro, sacos de dormir molhados, hospital, meias de náilon, merda de cachorro, café instantâneo, repartições de governo."
"Gosto: mar, madeira serrada, grama aparada, urze, cordite, fumaça de madeira queimada, praça de alimentação da Harrods, crianças limpas, fumaça de charuto, a savana africana."

Pessoas: "Impossível de classificar. Toda vez que tentei fazer, encontrei uma exceção à regra. Mas se tivesse de pintar um estereótipo do tipo de personagem a quem eu especialmente desprezo... queixo encolhido em vez de saliente, olhos úmidos, nariz escorrendo, barba ruiva e rala, amuletos CND em torno do pescoço, toca violão nas missas modernas, vai a cursos pré-natais com a mulher que foi engravidada pelo leiteiro, mora em Hampstead, desmaia com tiro de escapamento, vegetariano, não tem senso de humor, segue a moda, leitor do *Guardian*, os pés cheiram mal, apesar das sandálias (ou por causa delas), usa frases como 'totalmente', 'no fim do dia', 'para cima e para baixo no país', 'luta em andamento', etc."

Germaine Greer: "Uma mulher inteligente e interessante. Infelizmente, uma horda de harpias escandalosas tomou de assalto a causa feminista tal como os estridentes ativistas negros tomaram a indústria da raça. Se alguém me pedisse um emprego, eu escolheria a pessoa mais adequada para o cargo, independentemente de sexo."

Política: "Resumindo, sou de direita, mas houve quase tanta interferência contra a liberdade individual sob os conservadores, ainda que eles sejam um pouco mais sutis. O governo deve ser reduzido ao mínimo. As pessoas devem ser capazes de tocar a vida sem interferência da burocracia, sem a tutela, a vigilância e a interferência de políticos ignorantes ansiosos por fazer o próprio nome agindo como nossas babás."

"Socialismo é uma religião adotada por idiotas, ladrões ou mentirosos ou, como geralmente acontece com muita gente na BBC, os três juntos. Fracassou redondamente, mas os mais retardados dos seus seguidores ainda não perceberam."

"O liberalismo não é muito melhor. Há um pouco menos de ladrões e um pouco mais de idiotas. Há honrosas exceções, mas não são muitas."

Vindas da maioria das pessoas, essas respostas teriam imediatamente desapontado Spike. Um fascista intolerante, um elitista de mente fechada seriam as descrições que lhe assomariam. Mas ele decidiu, e o seu caçador de talentos concordou, que Mason simplesmente gostava de parecer grosseiro e autocrático.

A passagem do tempo e o teste de vários serviços no país e no exterior confirmaram que Mason era um homem justo, fazia amizade com qualquer um, sem se importar com o passado da pessoa, a partir do momento em que se convencesse que o amigo era autêntico.

Tal como o resto dos locais, David Mason operava para Spike sem remuneração, e geralmente sem o reembolso das despesas. Sabia apenas que o Comitê dos Homens-Pena era merecedor da lealdade de Spike e que defendia a liberdade e a democracia. Operavam no âmbito da lei para proteger indivíduos e para prevenir crimes, nos casos em que o braço oficial era impotente ou carecia de pessoal para ser eficaz. De modo geral, Spike acionava os locais nas suas regiões, onde poderiam operar com mais eficiência, além de reduzir despesas de viagem. Poucos se conheciam pessoalmente, pois Spike os mantinha afastados na medida do possível.

David estudou o conteúdo conciso da pasta que Spike lhe entregou. Continha mapas das ruas de Bristol e detalhes pessoais de um certo Patrice Symins, traficante de drogas. Quando ele largou a pasta e apagou o charuto, Spike lhe informou os dados gerais.

— Há duas semanas, a filha única de um contador de Chippenham que já foi membro do Esquadrão C em Hitchin morreu de overdose. Recebia a droga do mesmo grupo que a apresentou à heroína quando ainda estudava na Bristol University, no ano passado. A polícia sabe tudo sobre o traficante, Symins, mas não consegue provar nada. Existe um húngaro local, que já nos ajudou no passado e conhece a cidade como a palma da sua única mão. Ele vai ser o seu guia. Symins é bem protegido, razão pela qual quero que você dê apoio ao nosso local, um galês chamado Darrell Hallett.

Conversaram durante uma hora. Então Spike Allen entregou alguns equipamentos e saiu. David suspirou. Queria um dia para descansar dos deveres do palácio, mas a ação planejada por Spike deveria ocorrer na noite daquela segunda-feira.

5

Uma intensa renovação urbana ocorreu em Bristol em meados da década de 1970, mas a Pennywell Road, apesar de estar a apenas 2 quilômetros de distância do centro da cidade, continuava sendo um cortiço decadente vizinho à Igreja St. Paul, ligação de Easton com o velho distrito do mercado.

Vários conjuntos residenciais autossuficientes e pequenas unidades industriais se alinhavam dos dois lados da rua longa e mal-iluminada, além de alguns depósitos decadentes e vandalizados. Numa dessas unidades, ocorreu na noite de 1º de novembro de 1976 um arremedo de julgamento. As funções de juiz e júri foram assumidas por Patrice Symins. Seus cinco companheiros, iguais no tamanho e na feiura, se postaram em volta de um sexto homem cujas mãos estavam amarradas aos canos de uma pia sem uso instalada atrás dele.

Symins usava um sobretudo com gola de arminho e luvas de couro. Sorria muito ao falar, fosse porque admirasse seus dentes, fosse porque alguém lhe tivesse dito que tinha um sorriso encantador. Era um homem alto e grande de cerca de 50 anos que se deleitava com a considerável influência que exercia na sua esfera particular da cena das drogas de Bristol.

Jason tinha sido visto duas vezes na companhia de dois "alcaguetes" comandados por Lionel Hawkins, da polícia antidrogas local. Em ambas, proclamou aos brados a sua inocência. Os homens eram velhos amigos seus e ele não fazia a menor ideia de que algum deles fosse um alcaguete. Symins sabia que devia ter agido já na primeira vez, mas seu coração nutria um certo carinho por Jason, que trabalhava para ele desde que chegara a Bristol. Duas vezes não era mais motivo de suspeita, era quase uma certeza de culpa; e Jason tinha agora de servir como exemplo para os outros.

— Você tem de suar um pouco, Jason. Pense no que fez, cara, e você vai ser o primeiro a admitir que errou feio. Vamos ser lenientes desta vez. Mas se você delatar de novo, se for visto a 2 metros daqueles filhos da puta, da próxima vez, vai ser o fim.

Symins correu a mão pela careca, pôs um boné de pano e se voltou para a garota negra *cockney*, sua secretária e amante desde que ela tinha 15 anos.

— Providencie os carros, Di. Não quero você aqui quando Jason for submetido à cirurgia. O seu estômago é liso e firme, mas será suficientemente forte? Uma furadeira atravessando os joelhos do nosso amigo não é uma coisa bonita, meu amor. Nem de ver, nem de ouvir. Por isso nós vamos voltar ao escritório, deixar você lá e voltar com a Bosch.

Os carros, estacionados a 400 metros dali, responderam ao telefonema de Di e chegaram ao depósito.

— Harry, seja bonzinho e espere aqui com Jason. Se ele criar algum problema, você resolve como quiser, mas deixe-o *compos mentis* para o divertimento que está a caminho.

Ao sair da chácara dos pais em Tenby, Darrell Hallett dirigiu para o sul. Sempre se sentia bem com o mundo depois de visitá-los. O Avenger corria para leste pela ponte Severn, depois para o sul pela M5. Rowntree, o fabricante de chocolate, era o proprietário do carro e das caixas de amostras de Yorkie no porta-malas. Darrell era o principal vendedor do distrito e tinha plena consciência disso. Já trabalhava para Rowntree havia quatro anos, desde que deixara as Forças.

No fundo, ele era um menino da roça e na maioria dos fins de semana voltava para casa e agarrava sua vara de pescar ou sua calibre 12. Desde os 5 anos, ele e os três irmãos passavam todos os momentos livres nas florestas e campos, caçando nas terras dos outros, coletando ovos, destruindo à mão ninhos de vespas e pulando do alto das árvores. Aos 10 anos, Darrell era capaz de eviscerar e esfolar um coelho em menos de sessenta segundos e depois vendê-lo por 2 xelins para o açougueiro local. Conhecia os vários sinais e cheiros da raposa, do arminho e de muitas outras criaturas da mata.

Nascido no ano em que terminou a Segunda Guerra, Darrell era um lutador natural. Desde o jardim da infância, abriu caminho a murros por meia dúzia de pátios de escolas e, ainda jovem, tornou-se campeão de boxe do Corpo de Treinamento Aéreo de Gales. Em 1962, entrou para o Regimento da RAF e se tornou campeão meio-pesado de boxe da RAF e dos Serviços Combinados. Treinado por Dave James, ele foi convidado pelo grande Al Philips a se tornar um profissional. Era um lutador de rua com luvas, mas amava demais a vida nas Forças Armadas e deixou passar a oportunidade do ringue internacional.

Falava com um suave sotaque galês. Honestidade era para ele uma religião e, apesar do ar de agressão latente, era difícil irritá-lo, e sua reputação de integridade e honestidade o levou ao posto de sargento do seu regimento. Durante os anos 1960, serviu em Chipre, Singapura, Malásia, Zâmbia, Iêmen do Sul, na retaguarda da honrosa retirada do Império das colônias.

Em 1970, dois anos antes de se tornar vendedor de Rowntree, foi aceito nas fileiras do Regimento 21 do SAS (Territoriais), e quatro anos depois foi recrutado para os Homens-Pena por Spike Allen, que precisava de um local de grande mobilidade no sudoeste.

Darrell reduziu a velocidade do Avenger ao sair da M5 no trevo nº 18 e desceu a Portway até a Hotwell Road. Bristol não estava na sua área de vendas, mas havia poucas cidades no sudoeste que ele não conhecesse razoavelmente bem. Estacionou ao lado do Iceland Freezer Center, na Easton Road, e cruzou a rua até o pub Pit Pony.

Fileiras de casas vitorianas com terraço e ruas mal-iluminadas abundavam em Easton, uma área de confusão étnica. Havia dúzias de pubs pequenos e pobres, mas o Pit Pony era diferente. Tinha sido redecorado recentemente, e a nova administração manteve a atmosfera original para a classe operária, onde se podia levar a esposa com segurança, desde que ela tivesse um dicionário variado. As paredes expunham lâmpadas Davy de latão, arreios de *ponys* de mina, pás e outros acessórios de mineração colocados acima de reservados de madeira em que ficavam mesas e bancos.

Darrell pediu dois copos de Guinness e levou-os diretamente para o reservado do canto onde Jo o esperava.

— É bom revê-lo, meu amigo.

O sotaque da Europa Oriental estava em desacordo com sua camisa xadrez Viyella, gravata de lã escocesa e terno de tweed imaculadamente passado. Às 18h15, o pub ainda estava bem vazio, mas, depois de cumprimentar Josef Hongozo, Darrell colocou um número suficiente de moedas no jukebox para abafar a conversa dos dois durante bastante tempo.

— Já faz algum tempo, Jo — disse, apertando a mão esquerda do húngaro. Um tanque soviético havia arrancado sua direita durante o levante de Budapeste em 1956, mas mesmo agora, aos 49 anos, ele ainda era capaz de vencer qualquer um na queda de braço.

Darrell deu a Hongozo a pasta de Spike com os dados de Symins. Tinha a impressão de que ela não teria nenhuma informação que o húngaro já não conhecesse, pois fazia uma semana que ele vinha acompanhando todos os movimentos do traficante. O pequeno húngaro ergueu os olhos e disse:

— Esse homem é mau, sabe, um filho da puta! Está matando todos os jovens da nossa cidade, até crianças. — Jo detestava drogas sob qualquer forma, até em remédios quando ficava doente. Odiava traficantes.

Somente Darrell e Spike tinham conhecimento da colaboração de Hongozo para os Homens-Pena. Darrell o recrutara dois anos antes, depois de um encontro na The Ravers, uma cafeteria na Stapleton Road, em Bristol. Passou três horas esperando o anoitecer com intermináveis xícaras de expresso. Jo, o proprietário, tinha todo o tempo do mundo e, do tipo gregário, assediava os clientes em busca de uma boa conversa. Uma coisa levou à outra.

O início de vida de Jo, tal como o de milhões de europeus, refletiu as misérias humanas de meados do século XX. Nascido próximo à fronteira entre a Iugoslávia e a Hungria, na aldeia agrícola de Keleshalom, foi assombrado durante toda a infância pela sombra onipresente de Hitler. Os nazistas locais marcavam as árvores da aldeia com o nome dos não nazistas. "Quando Hitler chegar, é ali que você vai balançar." Os SS vieram e muitos na aldeia morreram ou foram estuprados ou passaram fome. Então, em 1945, chegaram os soviéticos e os horrores continuaram.

Jo se juntou aos combatentes pela liberdade e compartilhou da sua derrota previsível. Dois anos depois do levante, fugiu para o Ocidente com sua mulher, Maria. Em fevereiro de 1958, estabeleceu-se em Bristol, onde já havia uma considerável população húngara. Durante cinco anos, trabalhou na fábrica de lavadoras Parno-Yates. Economizou o suficiente para comprar dois caminhões e se estabeleceu como transportador, ganhando dinheiro nos projetos da ponte Severn e do aeroporto de Coventry. Prosperou e ficou conhecido na comunidade estrangeira como um doador generoso para os necessitados. Mas seu casamento sofreu com suas ausências frequentes e ele se separou de Maria. Comprou então a cafeteria e se tornou um sólido cidadão britânico.

Talvez Jo visse em Darrell um pouco de si mesmo nos seus dias de luta pela liberdade. Quaisquer que fossem os seus motivos, ele se tornou o âncora de Darrell sempre que Spike enviava o galês à capital do crime do Sudoeste.

A única vez que Darrell percebeu um traço de raiva nos olhos de Jo foi quando se ofereceu para pagar suas despesas. O húngaro bateu o fornilho do seu cachimbo no salto do sapato e balançou a cabeça.

— Eu te ajudo a ajudar a liberdade, a ferir os bandidos sujos que causam problemas. Tive de abandonar a minha amada Budapeste por causa deles. Agora você me dá uma chance de feri- los um pouco. Para mim, isso basta. Não torne a falar de dinheiro.

O Pit Pony estava se enchendo com homens e mulheres uniformizados; risos ásperos e impropérios; banalidades em lugar de conversas.

— A garagem dos ônibus fica logo acima da rua — Jo explicou. — Os motoristas trazem as suas trocadoras antes de voltarem para suas esposas.

Darrell notou um sujeito alto com aparência de executivo e uma mala Dunlop de viagem. Cutucou o húngaro.

— É ele. Meu Deus, ele dá mais na vista que um aguilhão no hipódromo.

Foi até o bar e ofereceu uma cerveja a David Mason. Nunca tinham se encontrado, mas cada um sabia que Spike dificilmente teria escolhido uma maça podre. O jukebox agora estava em silêncio, mas os bebedores estavam ombro a ombro, e um Concorde poderia ter decolado sem ser notado.

Mason estava feliz por ter alugado um Ford Escort. O Porsche correria mais riscos do que apenas ter a pintura arranhada no estacionamento do pub, onde grupos de arruaceiros, em sua maioria brancos, se sentavam no muro baixo à espera de algum problema ou de qualquer coisa que lhes aliviasse o tédio.

— Temos duas horas antes de o Symins ir para casa, às 20h30 — disse Jo. — Ele é tão regular como um relógio. A qualquer momento ele deve chegar do que chama de sua sessão de justiça. Depois volta para casa. Vou levá-lo para ver o tipo de bandido que ele é, até mesmo com os seus homens. Então vou ter certeza de que mais à noite você não vai hesitar como um cavalheiro inglês.

— Ele é daqui mesmo? — perguntou Mason. — Quero dizer, ele sempre fez parte da cena criminal de Bristol? A pasta de Spike foi pouco mais que esquelética.

Jo tornou a acender o cachimbo.

— Não. Mas nos dois anos em que esteve aqui, ele tomou uma fatia significativa do mercado local de drogas.

Darrell achava que Jo era um desperdício como proprietário de uma cafeteria para motoristas. Tinha um talento notável para descobrir detalhes, uma capacidade que já poupara a Darrell tempo e embaraços em várias ocasiões. Symins, Jo agora lhes dizia, havia passado grande parte da juventude na Austrália, depois que a sua família emigrou de Londres em meados dos anos 1950. Até o final dos anos 1960, ele já tinha acumulado 300 mil libras, beneficiando-se da florescente cena das drogas de Sidney. Quando a polícia aumentou a pressão, Symins e outros como ele se mudaram para o Paquistão. Progrediu até a polícia paquistanesa descobrir, em 1975, uma tonelada de maconha num navio dele.

Symins voltou para a Inglaterra. Inicialmente tentou se instalar em Isleworth, na zona oeste de Londres, mas teve de enfrentar a resistência de grandes traficantes. Cautelosamente, tentou outros lugares, decidindo-se finalmente por Bristol, onde sua namorada Diana tinha parentes já ativos no comércio de drogas em St. Paul's.

— O nosso Sr. Symins começou lenta e suavemente — explicou Jo. — Não cometeu o erro que quase todos cometem de invadir a cozinha dos outros. É o caminho mais rápido para dar com burros n'água. Estabeleceu-se com sua puta negra e os primos dela e começou a estudar o terreno.

Explicou os territórios. As irmandades criminosas de Bristol são muito mais provincianas que as de Londres e raramente operam fora dos limites de feudos claramente definidos. Encontrar um nicho incontestado tomou muito tempo de Symins. O distrito negro de St. Paul's oferecia uma rede de ruas escuras onde prostitutas brancas controladas por cafetões pretos atendiam a uma grande multidão de frequentadores das sarjetas. Tentando em vão controlar os vendedores de drogas e as prostitutas, a polícia fechou as saídas das ruas. As gangues negras atraíram as viaturas para aqueles locais e espancaram os policiais. *Touché!* O resultado foram áreas inacessíveis, o território dos *capi* negros, sem lugar para gente como Symins, apesar das oportunidades oferecidas toda noite por festas ilegais abertas a qualquer um com 50 pence para uma Guinness ou Red Stripe.

Westbury on Trym era uma respeitável área de classe média, com poucos pontos de drogas, mas a vizinha Southmead parecia madura. Construída nos anos 1930 para abrigar gente dos cortiços do centro da cidade, o lugar era todo tijolos vermelhos e, para Symins, tinha os sinais da boa colheita. Mas ele estava vários anos atrasado: Southmead já estava nas mãos de uma família local, e Ronnie e o seu trio de filhos gigantes acabavam sumariamente com qualquer tentativa de invasão.

— Ronnie é um deles — disse Jo. — Drogas, proteção e prostitutas. Nada se move em Southmead sem o conhecimento dele e dos filhos.

— Então não sobrou muita coisa para o nosso Patrice?

— Não, em Southmead não. Mas ele tentou em Knowle West no início de 1976. Depois de um mês, foi atacado pelos Hell's Angels da Costa Oeste, que têm uma sede em Knowle, bem próximo dali. São duas casas derrubadas a marreta para permitir a entrada de uma mesa de bilhar muito comprida. Dão festas de maconha e speed imunes aos raides da polícia graças às portas de aço e a um sistema de vigilância por vídeo. Alguns vivem ali mesmo, mas outros 30 chegam em poucos minutos quando são convocados. Em pouco tempo, eles expulsaram Symins.

— Você já está me fazendo ter pena do pobre diabo — disse Mason.

— Bem, ele certamente é duro na queda... Em seguida, tentou Clifton, cheia de estudantes de classe média e gente rica. Muitos clientes, mas também muita polícia. Symins gostou especialmente de Clifton, pois é um esnobe e o povo de lá se considera a nata de Bristol.

Assim, Symins se contentou com Stoke Bishop, entre as colinas verdejantes dos subúrbios mais afluentes de Bristol, que abriga uma mistura de nouveaux riches e famílias de classe média. Os habitantes não se misturam, o que era uma garantia de privacidade sem suspeitas para Symins. Três anos antes, o governo tinha retirado o direito dos clínicos gerais de receitar heroína ou cocaína para pacientes com doenças terminais comprovadas. Até então, qualquer viciado conseguia legalmente uma quantidade controlada da sua droga preferida. Com o fim desse arranjo perfeito, o preço das drogas subiu da noite para o dia, e do seu ninho em Stoke Bishop, Symins comandou uma série de roubos em farmácias de todo o sudoeste. Controlava essas atividades em toda Bristol, com exceção de Keynsham, Knowle West e Montpelier, onde outros grupos já agiam sob o comando de iniciantes como Joe Lembo (mais tarde preso pela polícia, e condenado a cinco anos de pena).

— O que você sabe sobre o sistema de vendas? — Darrell perguntou.

— Ele tem uma rede em expansão formada por estudantes controlados por colegas negros, geralmente amigos de sua amante, e mantidos na linha por meia dúzia de capangas que também são seus guardas-costas. São eficientes, mas... — Jo estava orgulhoso — há uma falha.

Com a caneta Parker de prata de Mason e uma bolacha de chope, ele demonstrou como poderia ajudar os dois locais.

Saíram do pub e caminharam para o sul até o fim da Pennywell Road. Jo seguia na frente até um pátio deserto, passando por uma cerca de metal. Esta se prendia a um muro, cujo objetivo principal era ocultar um canal malcheiroso, tudo o que havia sobrado do outrora belo rio Frome. Seguiram o muro por quase 100 metros, depois o escalaram usando um gancho e uma corda com nós que Jo retirou de um bolso do sobretudo.

— Legal, não é?

Olhou para os dois homens. Estava no seu elemento e precisou de um simples empurrão para chegar ao alto.

Do alto do muro, eles pularam para dentro de um ferro velho, ou melhor, para um jardim usado como depósito de lixo, e Mason se ajoelhou para abrir a sua sacola Dunlop. Retirou dela um instrumento tubular que Spike lhe havia emprestado, deixando a sacola oculta atrás do mato ao pé do muro. Movendo-se com cuidado no meio do lixo, Jo se aproximou do fundo de um edifício baixo com portas duplas. Os três observaram a luz que se filtrava pelas frestas nas portas vindo de dentro.

Jo não disse nada, mas apontou para uma das frestas. Mason assentiu com a cabeça e fixou um telescópio monópode em seu instrumento de espionagem. Era um protótipo que depois seria desenvolvido e vendido como Wolf's Ear 1411 pelo Surveillance Technology Group, em Port Chester, Nova York, um sistema bidirecional, como uma miniespingarda, capaz de captar sons a 150 metros de distância. Alimentado por uma pilha de 1,5 volts, pesava apenas 75 gramas e podia ser usado com fones de ouvido, binóculo e um gravador. Mason posicionou o Wolf's Ear e deu a Hallett um dos fones. Os dois ouviram o que se passava e Hongozo observava às suas costas.

Quatro homens, todos fumando cigarros, estavam de pé em volta de Symins, que enfatizava a natureza terrível da traição de Jason. Terminou, parecendo esperar o reconhecimento do acusado, que não veio, pois alguém havia colocado esparadrapo sobre a sua boca, preparando-o para o castigo esperado.

— Vai ser difícil segurar o homem depois de começar — avisou um dos grandalhões.

— Para isso tem a caixa de ferramentas, idiota — respondeu outro. — O patrão disse para pregar o bicho.

— O chão é de concreto.

— Se liga! Por que não nas portas do fundo? Traz a lâmpada.

Os três homens do lado de fora não viam mais nada e o Wolf's Ear tornou-se redundante, pois estavam a poucos centímetros de distância de Symins e seus homens.

Sons de uma luta violenta terminaram com o barulho de marteladas. Não houve gritos, apenas risos abafados. Uma a uma, as pontas de quatro pregos de 20 centímetros surgiram na porta.

Hallett fechou os punhos enormes e as veias incharam no seu pescoço.

— Filhos da puta — sussurrou —, estão crucificando o homem.

Mason colocou a mão tranquilizadora nas costas dele.

— Calma, Darrell. O pior ainda está por vir. Você não pode irromper lá dentro como um touro louco. Eles estão armados, nós não.

Ouviram o som inconfundível de um gerador portátil e, igualmente inconfundível, o grito de uma furadeira Bosch. Apesar de não poderem ver nem ouvir o que se seguiu, todos sentiram náuseas ante a desumanidade de Symins e seus capangas.

Mason havia passado 12 meses na Irlanda do Norte poucos anos antes, e durante um mês frequentara a Unidade Vascular do hospital Victoria, em Belfast. Um dos seus amigos estava sendo tratado de um ferimento à bala na coluna, e David havia conversado muitas vezes com os cirurgiões. Ao longo de um período de 12 anos, tinham se especializado no tratamento dos danos pavorosos provocados por tiros no joelho. As balas geralmente não atingiam a patela, mas mesmo assim provocavam graves traumas vasculares. Muitas das vítimas eram homens em sua melhor forma, cujo futuro era destruído pela osteoporose ou, nos casos em que se desenvolvia a gangrena gasosa, amputação. Pelo menos, pensou Mason, o pobre diabo no galpão teria os joelhos destruídos por uma furadeira elétrica, o máximo em arma de baixa velocidade. Quando a carne e o osso são penetrados por um corpo estranho, quanto mais veloz é o projétil, maior o dano feito. Ainda assim, os benefícios a longo prazo da furadeira sobre a bala não significariam muito naquele momento para o pobre Jason. Mason sentiu uma pressão no ombro. Jo batia no relógio. Saíram pelo mesmo caminho da entrada.

Symins falou perto da cabeça de Jason, sem saber ao certo se ele estava consciente.

— Vamos telefonar para os bombeiros daqui a 12 horas, meu chapa. Então nós, contribuintes, vamos pagar pelo seu tratamento. — Expôs os dentes muito brancos num sorriso para os outros, que responderam com altas gargalhadas. — Nesse meio-tempo, trate de se convencer a virar um bom menino. Quando sair da Krankenhaus, vamos ver se você continua na folha de pagamento.

Symins saiu no seu Jaguar Mark 10 e os outros seguiram num Ford Granada. Foram em comboio na direção noroeste até os Downs, passando pelas campinas abertas e pela Lady's Mile até uma proeminente torre de água. Ali viraram à esquerda para a Julian Road, sede da polícia forense. Um campo aberto conhecido como o Plateau caía para o sul, terminando abruptamente no despenhadeiro de Avon Gorge. Mariners Drive, coração de Stoke Bishop, é um lugar de casas discretas afastadas da rua e ocultas pela vegetação dos jardins bem-cuidados. Apenas a igreja anglicana se destaca e, não muito distante desse marco de piedade, o Jaguar entrou na garagem de Symins. Quando os portões eletrônicos se fecharam com um estalo atrás do chefe, os capangas no Granada partiram, terminando o trabalho do dia.

Symins havia enterrado uma boa parte dos lucros das drogas naquela casa e nos seus sistemas abrangentes de segurança. Além do motorista e dos empregados domésticos, havia um jardineiro residente que também trabalhava como segurança.

Desfrutava de um conhaque duplo diante da lareira, enquanto Diana, nua até a cintura, massageava seus ombros e pescoço. Olhando outra vez o fogo, ele sentiu mais um surto de adrenalina ao se lembrar dos olhos estufados de Jason. A broca havia penetrado lentamente na pele e no osso, e os membros do homem, apesar de pregados à porta, haviam se agitado num ritmo articulado. Um cheiro estranho havia emanado da ponta da broca que, ao furar a patela, se aqueceu dentro do ferimento. Sim, ele estava certo ao punir Jason. Mesmo que fosse inocente de caguetagem, não fazia mal mostrar aos outros que Patrice Symins não era homem de aceitar desaforo. A notícia do castigo de Jason certamente se espalharia pela cidade e só poderia melhorar a sua reputação como homem durão. Sentia-se agradavelmente cansado.

Quando se moveu, Diana escorregou levemente a mão carinhosa sobre o seu púbis.

— Hoje não, Josephine. — Ele riu. — Estou exausto, amor.

Sua filosofia com Diana era simples no que se referia à cama: dormir com ela apenas quando estivesse excitado, caso contrário, não teria sentido. A familiaridade só enfraqueceria as reações dele à sensualidade dela.

Symins não guardava armas em casa. Confiava no seu sistema de segurança e no seu pessoal e se sentia completamente à vontade. Havia botões de alarme nos cômodos que frequentava, mas, em casa, ele se desligava e relaxava. Naquela noite, aliviou a tensão na Jacuzzi e depois, como sempre, levou para a cama o exemplar do *Financial Times* daquele dia, pois cuidava sozinho da sua considerável carteira de investimentos.

Silenciosamente, Hallett e Mason saíram de trás das pesadas cortinas de brocado e cruzaram o tapete macio. Somente quando a lâmina do canivete de Hallett estava encostada em seu pomo de Adão, Symins percebeu a presença dos seus visitantes. Seu primeiro pensamento foi o botão de alarme ao lado da cama. Hallett leu sua mente.

— Os sistemas na sua suíte estão desligados, esqueça os capangas. O menor movimento da cabeça e você será submetido à cricotireoidectomia mais rápida desde a Guerra da Coreia.

Mason puxou o edredom, colocou algemas plásticas nos pulsos de Symins e amarrou seus pés. Só então Darrell tirou a faca. Em noites como aquela, os dois locais geralmente lamentavam a ordem de Spike para nunca portarem armas na Grã-Bretanha.

Um pretensioso candelabro com ornamentos de cristal estava preso no teto do quarto. Mason aplicou seu peso à peça central.

— Firme — exclamou, e, mantendo as mãos de Symins às suas costas, prendeu as algemas ao candelabro com uma corda de paraquedas. Então puxou com força até os braços de Symins ficarem tensos e o barão das drogas ficar na ponta dos pés para reduzir a dor nos ombros.

— Isto é conhecido na prisão Evin, em Teerã, como o gancho de carne Savaki — explicou David —, mas nós temos de garantir silêncio antes do próximo passo.

— Quanto vocês querem? Digam o seu preço e eu lhes pago em dinheiro aqui e agora.

— Ele vai direto ao ponto, não é mesmo? — disse Darrell, apertando o dedo contra o lado da boca de Symins, o mesmo movimento que aplicava quando treinava cães de caça. Enfiou as meias de Symins naquela boca, depois atou a corda do roupão firmemente em volta do seu pescoço e da boca aberta como um freio num cavalo. — À prova de som — murmurou.

Juntos, os dois puxaram a corda de paraquedas até Symins só conseguir encostar a ponta dos pés no chão, e mesmo assim com muito esforço.

Mason sentou-se na cama, acendeu um Montecristo Número 5 e folheou o *Financial Times*. Aquele pombo era de Darrell. Jo havia ficado no jardim, a salvo dos cães rodesianos de Symins graças ao pó de anis que ele havia jogado generosamente entre o ponto em que os outros tinham saltado o muro e os canos que os levaram até a janela do quarto de Symins.

— Quem somos nós? — Darrell perguntou a Symins, e, ao não receber resposta, deu-lhe um soco no estômago e ele balançou lentamente para a frente e para trás até que finalmente as pontas dos seus pés pudessem aliviar um pouco do peso e da dor lancinante nos braços. — Somos dois dos muitos homens encarregados de vigiar você. Onde quer que você vá neste país, nós vamos estar perto. Daqui a dez anos, vamos continuar vigiando. Não nos interessa o que você faz com o seu pessoal, rapaz. Se eles suportam o seu sadismo, tudo bem. Mas... — deu outro soco em nome de Jason — as suas atividades com drogas vão ser completamente encerrados a partir de agora. Para que nunca esqueça esta noite, vamos ficar com você durante mais ou menos uma hora. Se, no futuro, você olhar para trás e se lembrar deste divertimento no inferno, fique sabendo que isto não passa de uma apresentação branda do que virá na próxima vez.

Puxou a corda com força com uma mão enquanto com a outra agarrou o saco de Symins. Não queria que o candelabro caísse. Symins agora balançava solto no ar. Não sentia dor, estava em agonia. A maioria de nós passa a vida sem experimentar mais que uns poucos segundos de tal angústia.

Darrell concluiu o seu monólogo.

— Não se engane pensando que não haverá uma próxima vez. Se você entrar novamente no mundo das drogas, vamos lhe fazer uma visita, pode estar certo. — Olhou o relógio, sentou-se numa poltrona reclinável e abriu um volume de bolso do clássico *Wild Wales*, de George Borrow, 1862. Em casa, tinha uma coleção de livros de viagens e aventuras, muitos autografados pelos escritores. Geralmente, quando tinha uma hora livre ou duas, ele telefonava para editores e sebos em busca de títulos esgotados para completar sua coleção.

Depois de meia hora, baixaram Symins até o tapete durante dez minutos. Depois levantaram-no nas pontas dos pés por mais 15, e finalmente deixaram-no balançando por meia hora. Quando saíram, deixaram o homem pendurado, mas com os pés no chão.

Hallett esperava no fundo que Symins estivesse *non compos mentis* quando seu café da manhã lhe fosse levado pela manhã. Iria depender do seu limiar de dor.

Mason não rearmou o alarme ao sair. Spike não iria dar importância à perda de alguns disjuntores. Seguiram Hongozo sobre o muro e ele os conduziu de carro até seus próprios veículos no centro da cidade.

— Foi uma honra conhecer o senhor. — O húngaro apertou a mão de Mason. Não sabiam os nomes uns dos outros. Abraçou Darrell no seu estilo Europa Oriental. — Não demore a voltar, meu amigo.

Os dois locais se separaram. Hallett ainda estava chocado. Seriam necessários vários dias até ele esquecer a visão dos pregos de 20 centímetros atravessando a porta do galpão. Mason não tinha sido afetado. A ação tinha decorrido como Spike teria desejado, e o resultado provavelmente era o que se esperava. Parou numa cabine telefônica e ligou para a secretária eletrônica de Spike.

— Tudo correu bem.

Não deu a hora nem o próprio nome. Spike estaria em casa, ouviria a secretária e reconheceria a voz de David. Se alguma coisa tivesse saído errado, ele faria o possível para resolver sozinho, sem envolver o Comitê. Era assim que eles faziam.

6

O Sena, a música de um acordeão invisível e o alvoroço gaulês do mercado de pulgas do Marché Vernaison iam em direção ao café cigano, embalando os clientes, turistas em sua maioria, num devaneio nostálgico. Os garçons eram ciganos vestidos com aventais e boinas pretos, e havia um ar de desprezo nos seus bigodes finos. O garçom principal, que se via como uma espécie de Maigret, decidiu que os três cavalheiros na mesa sete eram homens de negócios internacionais. O fato de não terem capas de chuva sugeria que tinham vindo do único hotel das proximidades, o George V. Deduziu que já tinham passado algumas noites no hotel, pois o restaurante da casa, o Les Princes, servia refeições refinadas, complementadas pelos vinhos da famosa adega. Cutucou o *sous-chef*.

— Sanch vai se dar bem na mesa sete. Aqueles três vêm do George. Se podem pagar 900 por noite, podem acrescentar 20 por cento de gorjeta sem problema.

De Villiers e Davies eram claramente executivos de meia-idade, mas Meier estava deslocado. Seu pesado terno de tweed estava amarrotado, a calça, apesar de dois números maior que ele, não ocultava o par de sapatos castigados, e as lentes dos seus óculos de aro fino precisavam ser limpas.

— Este bife está doce demais para ser de vaca — murmurou Davies.

— Provavelmente, cavalo — disse De Villiers. — Não importa. As batatas fritas parecem boas.

— Batatinhas — disse Davies. — Você quer dizer batatinhas.

De Villiers deu de ombros. Um garçom lhe trouxe a lagosta que ele tinha escolhido no tanque onde as pobres criaturas esperavam para serem fervidas vivas. Sentado de costas para a panela de lagostas, ele via a entrada do restaurante, mas não as criaturas torturadas. Seus gritos silenciosos ocorriam precisamente na mesma hora que os de Patrice Symins, que naquele momento estava num estado de suspensão solitária. As lagostas, pelo contrário, não tinham feito nada para merecer a tortura.

Ao café e conhaque, os três membros da Clínica discutiam os negócios, a conversa abafada pelo burburinho do bar e das sessões de barganha nas lojas de *brocanteurs* do outro lado da rua. Meier, ao contrário dos outros, falava francês, e relatou aos colegas o tratamento dado pela mídia ao assassinato, ou melhor, à clara ausência de tratamento.

Aquilo não agradou a De Villiers.

— Por que o silêncio? É exatamente o tipo de assunto que a imprensa adora dar destaque nas manchetes. Todos os ingredientes certos. — Deu de ombros. — Uma pena. De qualquer forma, ela pagou.

Meier, que tinha gasto algum tempo estudando o assunto, tinha respostas parciais.

— O juiz se envolveu em questões de direitos internacionais no atol de Mururoa, há cinco anos. Os franceses queimaram os dedos nos testes nucleares. Talvez haja alguma razão para quererem abafar agora.

Davies estava alegre, de uma forma como De Villiers não via fazia anos. O trabalho em Paris havia se ajustado bem ao seu temperamento e De Villiers, depois de receber naquela manhã o pagamento total da cliente, dera os cheques aos dois. Quinze por cento do pagamento total de 450 mil dólares foi para Tadnams, o agente, 35 por cento foi para ele e o restante foi dividido igualmente entre os outros dois. A diferença de dez por cento entre a sua cota e as dos outros ajudava a reforçar a posição dele como líder. Os percentuais eram sempre os mesmos para qualquer serviço executado pela Clínica, até mesmo quando apenas dois membros se envolviam na ação.

Meier, um tipo naturalmente pouco comunicativo, só se alegrava quando tinha condições de curtir a sua paixão pelas inovações técnicas. De Villiers sabia que ele provavelmente gastaria todo o seu dinheiro em kits avançados de aeromodelismo por radiocontrole ou entregando-se à devassidão em algum lugar exótico.

Davies voltaria correndo para os braços de sua linda esposa em Cardiff, carregado de presentes e um gordo cheque nominal à empresa de decoração de interiores dela. A Sra. Davies, De Villiers suspeitava, era infiel ao marido durante as longas ausências dele em viagens de negócios, mas, sabendo que nunca iria encontrar um homem tão cegamente idiota ou generoso, ela o enganava e dependia dos seus cheques para saciar o apetite voraz da sua empresa. Nascera completamente desprovida de bom gosto e continuou assim, apesar dos cursos caros na London Inchbold School of Design. Todo serviço de decoração que conseguia — e muitos pela aplicação liberal do seu corpo para homens solteiros de meia-idade que na verdade não tinham nenhum interesse em redecorar seus apartamentos — era um testemunho gritante da sua reputação de péssimo julgamento.

Um dia, temia De Villiers, Davies chegaria em casa e encontraria sua amada enrolada em torno de um *yuppy* qualquer, cujo apartamento ela desejasse redecorar. O resultado, refletiu, não seria bonito de se ver, pois, quando estava com raiva, Davies não costumava respeitar os requintes da vida civilizada.

Apesar de não haver muita coisa que De Villiers não soubesse dos seus colegas, suas próprias circunstâncias e história de vida eram assunto proibido, que os dois homens haviam aprendido a nunca mencionar. Confiavam em De Villiers simplesmente porque ele sempre, até onde eles sabiam, tinha sido justo com ambos. E ele confiava nos dois porque tentava estar sempre a par dos seus problemas e ter consciência das suas limitações.

Num mundo de mentiras e de rasteiras, e numa profissão em que mais de noventa por cento dos praticantes trabalham de forma solitária, a Clínica continuava a ser um grupo de trabalho coeso e eficaz mesmo depois de quatro anos. Isso se devia, é claro, em grande parte à personalidade de De Villiers, um homem sincero e direto, que passava a imagem de um indivíduo positivo que raramente sofria de ansiedades e indecisões, resultado de um caráter que, ao contrário da sua fisionomia, era extremamente agressivo. No fundo, De Villiers fervia com um senso de fúria, raiva diante da injustiça do destino, e da busca desesperada por raízes e por amor materno.

Ele era normal? Um assassino profissional pode ser normal? Pessoas normais podem e, às vezes, cometem atos horríveis ou sádicos, mas não repetidamente, a pedidos. Elas quase sempre parecem duras, dissimuladas ou agressivas no dia a dia. A crueldade de De Villiers, pelo contrário, não aparecia no seu comportamento diário. Era capaz de matar uma jovem, usando o método estipulado pelo contrato, antes do meio-dia, e depois de alguns minutos desfrutar as banalidades das fofocas do almoço e o sabor da boa comida.

Sua personalidade de Jekyll e Hyde era capaz de manter essa dualidade sem trair o menor traço de antipatia. Se chegava a pensar nisso, afirmava que havia matado apenas para ganhar a vida. Negava qualquer compulsão, qualquer necessidade urgente de acertar as contas com o destino.

Como fazia questão de se encontrar pessoalmente com clientes em potencial e avaliar cuidadosamente os possíveis contratos antes de aceitá-los, ele se ausentava menos que Meier e Davies. Gozava em média três ou quatro semanas de férias por ano, que invariavelmente passava caçando espécies raras munido do melhor equipamento fotográfico que se podia comprar.

Pagou sem deixar gorjeta, pois a nota declarava claramente *service inclus*, e ele teve vergonha de ter-se deliciado com uma excelente lagosta. Os outros partiram em táxis separados para seus locais noturnos favoritos. De Villiers refletiu sobre as lições aprendidas em Paris, e sobre os contatos feitos que poderiam ser úteis no futuro. Depois de um segundo conhaque, voltou para o hotel no número 31 da Avenida George V e ligou para um número em Cape Province. Não houve resposta. Repôs o telefone no gancho e por um momento sentiu um toque de solidão. Sentou-se no bar exageradamente decorado, praticando a sua atividade favorita, observar pessoas. Dois barmen gays, uma estrela californiana decadente de cinema com o seu namorado de ocasião e um recepcionista que limpava o nariz atrás de um exemplar do *Paris Match*.

Passou pelo foyer silencioso, decorado com excelentes tapeçarias gobelinas e deu uma gorjeta a um mensageiro que lhe trouxe um envelope numa salva. De volta ao quarto, exercitou-se durante vinte minutos e então, com uma garrafa de Evian do minibar, deitou-se e leu a mensagem de Tadnams. Ele deveria ir imediatamente aos escritórios em Earls Court e se preparar para ir ao Golfo da Arábia.

7

...Um lago coberto de gosma marca, ao nordeste, o limite de segurança para os que praticam corrida no Central Park, Nova York. Além do lago, você está por sua própria conta e risco, a menos que seja pobre e negro. Essa regra era válida no outono de 1964, mas o garoto rico de Oklahoma não sabia o que se pode e não se pode fazer em Lower Harlem. Ao visitar a avó no seu espaçoso apartamento na Park Avenue, ele concordou em levar a cadela beagle da senhora para um passeio à noite, no parque próximo.

Cinco minutos depois de entrar nas clareiras e arbustos que cobrem a região entre o museu e o reservatório central, ele encontrou um espaço gramado, soltou a cadelinha e jogou uma bola de borracha. A cadela, cujos dias de maior animação ficavam cada vez mais raros, saiu num trote meio desanimado tentando demonstrar entusiasmo. Parou ao lado da bola e voltou para o menino, sorrindo, a cauda balançando como só os beagles fazem, quando a flecha de 15 centímetros lhe penetrou o pescoço. Caiu sem um som.

O menino olhou em volta. Três rapazes vestindo casacos de couro estavam parados na sombra. Um deles tinha uma besta de aço e uma bolsa de golfe no ombro.

— É melhor dar a extrema unção para o cachorro, filho.

O que falou tinha o cabelo cortado no estilo militar e obviamente passava muitas horas malhando.

O menino ficou furioso, correu até o dono da besta e girou com força a corrente da coleira. Por acaso, a ponta atingiu o rapaz entre um olho e a ponte do nariz.

— Seu filho da puta, monte de merda — gritou o dono da besta. Ficou temporariamente cego, mas seus amigos encurralaram o menino contra o tronco de uma árvore e esperaram que ele se recuperasse. Entre lágrimas de dor e com medo de ter perdido um olho, o besteiro grunhiu a sua fúria. — Tirem a roupa dele e colem na árvore. Vou ensinar esse pirralho com quem não pode mexer.

Usaram a camisa do menino e seus próprios cintos para prendê-lo de costas para a árvore. Um lenço foi enfiado na sua boca e ele se molhou de medo. Duas flechas atingiram a perna direita acima do joelho. A terceira atingiu a coxa esquerda e ele desmaiou. Os gritos de zombaria dos amigos do besteiro provavelmente salvaram a vida do menino, pois atraíram a atenção de um corredor. O recém-chegado vestia uma calça de ginástica e uma camiseta verde folgada. Ao entrar na clareira, demonstrou pouco interesse pelo menino, pelo cachorro e pelos rapazes.

— Oi, gente, qual é o caminho para o reservatório?

Enquanto o besteiro pensava numa resposta mal-educada, a mão do corredor se ergueu e enfiou um dedo no olho bom. Seguiu-se imediatamente um golpe simples de caratê, o *ujima*, na virilha do companheiro mais próximo. O canivete do terceiro já estava na mão, mas o corredor levantou a besta do chão e ao ver que estava carregada, puxou o gatilho. A flecha afiada penetrou na barriga e foi se alojar na espinha. Ele gritou, mas a coronha da besta caiu sobre a base do seu pescoço e houve silêncio, só quebrado pelos piados dos esquilos cinzentos.

O corredor se ajoelhou ao lado da beagle e delicadamente procurou a pulsação. Aplicando contrapressão sobre o furo, ele retirou a flecha e amarrou a camisa em torno do pescoço do animal.

— Você vai sobreviver, menina — cantarolou baixinho, acariciando as orelhas caídas da cadelinha.

Deitou-a e foi examinar o menino, suspeitando de uma grave hemorragia interna na coxa.

Encontrou um policial de trânsito na rua 85 Leste, deu-lhe seu nome, capitão Daniel De Villiers, e o endereço do colega fuzileiro naval com quem dividia o apartamento. Esperou até chegar uma ambulância, mas fingiu ignorar quando lhe perguntaram pelo estado dos bandidos, do menino e da cadela. Perguntou-se se teria feito algo se não fosse a cadela. Crueldade com animais era o ponto fraco de De Villiers.

Houve um gato perdido no orfanato para meninos em Vancouver, e mais tarde um papagaio mal-alimentado mantido por sua mãe adotiva no Bronx, uma mulher que ele nunca entendeu, pois batia nele pela menor infração ao seu código de "boas maneiras", mas ainda assim cuidava dele com aparente afeto sempre que voltava da escola com o nariz quebrado ou o olho inchado. Quando ela morreu, tossindo sangue, De Villiers conseguiu um emprego de assistente de fotógrafo de dia e, à noite, praticava furtos. Quando o papagaio morreu, ele tinha 17 anos, dinheiro no banco, e sua única ambição era trabalhar com animais. Alistou-se, mas seu físico excepcional e a propensão a pensar ponderadamente atraíram a atenção de um sargento do recrutamento do Corpo de Fuzileiros Navais, muito antes de ele conseguir alcançar seu objetivo original, o Corpo de Veterinários dos Estados Unidos.

Aos 23 anos, depois de quatro de sofrimento no Vietnã, De Villiers poderia muito bem ter seguido a carreira militar. E teria continuado se não tivesse sido dominado pelo desejo de buscar suas raízes, de encontrar sua família.

Por um ano, trabalhou em um escritório na Bradley Base, fazendo caminhadas nos fins de semana pelos montes Catskills com amigos fuzileiros. No inverno de 1964, renunciou à seu posto e sacou todas as suas economias. Sua única pista era a bíblia que pertencera a seu pai, seu tesouro mais precioso. Na folha de rosto, havia a inscrição: "Para Piet, com amor, da sua mãe. Vrede Huis, Tokai, 1891"...

8

Antes de a equipe do quartel-general do SAS assumir a responsabilidade por todas as unidades das Forças Especiais Britânicas, inclusive o SBS (Esquadrão Especial de Navios, ou Special Boat Squadson, em inglês), e se mudar para o seu atual centro de controle, por muitos anos ela esteve localizada nas proximidades da Sloane Square. Os administradores seniores do SAS ocupavam o mezanino do bloco central do Quartel Duque de York. Os escritórios davam para um único corredor central ao qual só se podia chegar por um lance de escada de concreto vigiado por câmeras, em cujo topo havia duas portas de aço que davam para uma "câmara de revista".

No início dos anos 1970, algumas das janelas dos escritórios do SAS foram declaradas vulneráveis à espionagem hi-tech a partir dos apartamentos em Cheltenham Terrace, do outro lado da pista de corrida da guarnição. Instalaram telas protetoras, mas a segurança continuou de modo geral fraca. Imediatamente abaixo do mezanino havia um salão vazio que as autoridades do quartel alugavam para praticamente qualquer grupo público que estivesse procurando um local espaçoso. Na manhã de quarta-feira, 5 de janeiro de 1977, Gordon Jackson e outros integrantes do elenco de *Upstairs, Downstairs*, um seriado de TV da BBC que na época era exibido internacionalmente, saíram do salão, dando lugar a uma reunião de instituição de caridade.

Os dois seguranças civis no portão eram afáveis africanos ocidentais que, quando souberam que haveria uma reunião do Grupo de Apoio de Hampstead do Hospital Real de Chelsea, permitiram a entrada de qualquer pessoa que mencionasse o nome daquela instituição de caridade. Limitavam-se a perguntar: "O senhor sabe como chegar lá?"

O primeiro a aparecer foi Bob Mantell, ex-comandante e banqueiro aposentado da City. Retirou as folhas amarrotadas de script e esvaziou os cinzeiros, resmungando baixinho contra os perdulários da BBC. Colocou lápis e folhas de papel A4 diante das cadeiras distribuídas em torno da mesa retangular, a única peça de mobiliário no salão melancólico.

Os outros chegaram sós ou em grupos. Houve saudações, algumas alegres, outras meros resmungos. August Graves, 65 anos, um motorista negro de táxi e radioamador obcecado, fazia muito barulho antes e depois das reuniões, mas a menos que fosse solicitado, raramente abria a boca durante elas. Ainda assim, sua capacidade de encontrar qualquer coisa a respeito de quem quer que fosse na grande Londres era nada menos que milagrosa. Era também a ligação com várias mentes criminosas, apesar de ele próprio nunca ter saído dos trilhos. Chegou em companhia do Don, que recentemente havia se aposentado da Universidade de Warwick.

Os Gêmeos, já septuagenários mas parecendo mais velhos, haviam se conhecido na prisão por volta do início da Segunda Guerra. Foram indultados para poderem se juntar ao corpo de engenheiros reais, e depois da guerra tornaram-se bombeiros hidráulicos. Conheceram o Fundador no final da década de 1960, quando terminavam um serviço. Tal como August Graves, tinham bom conhecimento das ruas e contatos de grande valor para o Comitê.

Jane, cujo sobrenome ninguém usava, chegou discutindo acaloradamente com Bletchley, o Presidente naquele dia, um *tory* dogmático e antiquado.

— Vira-casaca — resmungou ela. — É um traidor da pior espécie. Wilson teve a decência de fazê-lo secretário do Interior, e veja o que ele faz? Faz a nós todos de idiotas. E por quê?

— Porque, cara senhora — retrucou Bletchley —, ele tem o bom-senso de entender que este país pertence à Europa. Heath tem razão. Não conseguiremos sobreviver sozinhos agora que a Comunidade desapareceu e o seu Roy Jenkins é um dos poucos socialistas a reconhecer esse fato. Bom para ele, digo eu. Olá, Mantell. Pelo que vejo, tudo pronto. Parabéns.

Bletchley sentou-se na cabeceira da mesa e se ocupou com suas notas. Naquele momento, pelo menos aparentemente, ele ainda estava bem.

Jane, uma solteirona formal e rígida, era orgulhosa e idolatrava o Fundador. As reuniões quinzenais anteriores ocorreram na casa em Hampstead onde Jane havia cuidado da mãe até a morte dela alguns anos antes. Tal como o Don, ela havia trabalhado em Inteligência durante a Segunda Guerra. Tirou dez canecas de plástico da sacola de compras e os distribuiu pela mesa, colocando uma garrafa térmica de café com leite na extremidade oposta à do Presidente. Para Jane, os pequenos rituais eram o que importava na vida.

Os últimos a chegar foram o coronel Tommy Macpherson, presidente da filial de Londres do CBI, junto com Michael Panny e Spike Allen.

— As boas ou as más notícias? — Panny se dirigiu à sala na sua maneira jovial. Era alguém que dava grande importância ao fato de ser popular. A maioria detestava, mas, como ex-advogado empresarial e mina de informações da City, ele era o protegido de Bletchley e, como tal, uma presença inevitável. Ninguém respondeu.

— Bem, a má notícia é que Roy Jenkins renunciou. A boa é que os Sex Pistols foram demitidos pela sua própria gravadora.

Spike sentou-se ao lado de Bletchley, de quem não gostava, um fato de que ninguém teria suspeitado pois Spike demonstrava tanta emoção quanto uma cobra ao sol. Preferia as reuniões alternadas, quando Macpherson era o Presidente. Sabia que haveria problema com relação ao serviço de Bristol, por isso decidiu apresentar primeiro o relatório sobre Islington.

O coronel Tommy Macpherson e Bletchley eram, ao lado do Fundador, os iniciadores do Comitê. Naquele dia, oito anos e muitos sucessos depois, Macpherson olhou Bletchley e se perguntou como o Fundador, ótimo em julgar pessoas, o havia escolhido. Pensando bem, ele havia sido um importante motor nos primeiros dias e uma grande fonte de inspiração. Fora ele o criador do nome "Homens-Pena", "porque o nosso toque é leve". Em algum ponto do caminho, entretanto, ele havia sofrido uma mudança sutil.

Apesar de conhecer o Fundador há mais de 40 anos e do fato de os dois terem origem em clãs das Highlands, servido na Forças Especiais durante a guerra e ter sido prisioneiros na Alemanha (o Fundador, em Colditz), Macpherson nunca entendeu o funcionamento da mente brilhante do Fundador. Os motivos precisos para fundar o Comitê estavam perdidos na névoa dos tempos, mas havia rumores de uma tragédia, relacionados a alguém próximo a ele, cuja morte em 1968 poderia ter sido evitada se não fosse o despreparo da polícia. Os culpados haviam sido o alcance e o orçamento do departamento, não a sua eficiência. Não houve policiais suficientes no momento certo e no lugar certo.

A própria decência da democracia limita a prevenção de muitos crimes. Em Belfast, o Exército Britânico sabe a identidade de mais de uma dúzia de assassinos do IRA, mas a lei proíbe que as forças da lei "arranquem-nos de casa". E assim os assassinos continuam atacando. O mesmo princípio se aplica aos traficantes de drogas, assaltantes e outros predadores semelhantes à solta em todo o Reino Unido.

O Fundador conhecia suas limitações: não pretendia atacar todos os males da nação. Ateve-se ao seu próprio nicho, pois a caridade começa em casa. Conhecia intimamente a família dos regimentos SAS, regulares e territoriais, e propôs a criação de um grupo de cães de guarda para cuidar do bem-estar dos mais de 2 mil ex-membros do Regimento dos Artistas do Rifle e outras unidades SAS. Esse corpo também responderia aos pedidos de socorro que viessem de fora do alcance das associações regimentais existentes.

É um fato triste nas sociedades democráticas a existência de áreas onde o crime viceja e cidadãos inocentes são atacados, e a polícia é impotente para agir.

No início dos anos 1950, o Regimento 21 do SAS estava aquartelado nas proximidades da estação de St. Pancras e era comandado pelo famoso membro de unidades de assalto durante a guerra, coronel Charles Newman VC. Newman era um dentre vários ex-membros das Forças Especiais, inclusive os coronéis Lapraik, Sutherland e Bill Macpherson, que sucessivamente comandaram o 21 SAS. Este último, que pouco depois tornou-se chefe do clã Macpherson, era parente do coronel Tommy.

Certo dia, um sargento veterano visitou o coronel Newman e se queixou de que sua família estava sendo ameaçada por bandidos locais em Notting Hill. Newman convocou uma reunião de meia dúzia de homens decididos e uma comissão, em trajes civis, visitou a origem das ameaças. A tática teve sucesso e chegou aos ouvidos do Fundador. Tecnicamente, nenhuma lei do país tinha sido violada, pois o gângster de Notting Hill não pagou para ver e não houve nenhum tipo de confronto.

Bob Mantell centralizava todas as questões que exigiam ação do Comitê, e elas vinham de diversos pontos do país, principalmente de ex-membros do SAS em várias profissões, inclusive policiais. Sempre que conseguia convencer a parte ofendida a tratar com a polícia, ele o fazia, mas em quase todos os casos ela já tinha sido procurada e não tivera condições de ajudar.

Depois do preâmbulo de sempre, Bletchley abriu a reunião com uma lista curta de casos de menor importância a serem tratados e de ações que aparentemente não foram bem-sucedidas. Depois de uma hora, a discussão se concentrou em dois tópicos considerados "delicados" por Bletchley. Ambos vinham do território de Spike Allen.

Spike não era bom com as palavras.

— Em Islington — disse ele, erguendo rapidamente os olhos dos papéis — tudo funcionou bem. A informação de August era confiável e a Mercedes foi devolvida aos nossos amigos com mais mil libras em dinheiro para compensar o desconforto.

Bletchley assentiu.

— A polícia? — perguntou suavemente.

Spike estava pronto.

— Nosso local verificou na delegacia da Upper Street. O Sr. James denunciou o roubo imediatamente depois do desaparecimento do carro. Explicou como sabia que o departamento de serviços da oficina Davenham estava em conluio com uma quadrilha de Islington e como podia afirmar que o carro seria alterado dentro de três horas na oficina. — Spike folheou o relatório. — A polícia entrou em contato dois *dias* depois com a ladainha usual. Não havia sinal do carro e eles não podiam investigar a oficina Davenham sem um mandado judicial.

— Quantas pessoas você mandou à oficina? — perguntou Bletchley.

Ele sempre dava grande importância à necessidade de aplicação mínima de força.

— Três — respondeu Spike. — Três armários.
— Satisfeito, Michael?
Bletchley se dirigiu ao ex-advogado Panny, que concordou.
— August conhece bem os irmãos Davenham. São pequenos demais para forçar um confronto apenas para salvar o ego, e dificilmente poderão se queixar à polícia do uso de intimidação para forçá-los a devolver propriedade roubada ao legítimo dono. Não. Acho que Spike tratou do problema com a força necessária.

Spike, que não gostava de roubar a glória de ninguém, agradeceu aos Gêmeos, que lhe tinham aconselhado quanto ao nível de pressão capaz de recuperar o carro. Passou imediatamente ao relatório de Bristol, esperando que se beneficiasse da boa vontade gerada pelo sucesso em Islington.

— Bristol — anunciou. — A operação que o Comitê aprovou na reunião de setembro. Ela foi completada em novembro e posso agora declarar tranquilamente que não houve retorno à polícia ou da polícia ou de qualquer outro meio de publicidade. Nosso local tem bons contatos na cidade e confirmou que Symins, o homem diretamente responsável pela morte da filha do nosso amigo, se mudou de Bristol. — Spike mostrou a pasta azul diante dele. — Jane distribuiu a todos cópias do meu relatório detalhado.

Don ergueu os olhos.
— Eu não diria detalhado — murmurou. — Só duas páginas que tratam apenas do alvo. Eu mesmo gostaria de saber mais sobre as nossas próprias atividades. Compreendo plenamente que chegaram ao resultado desejado, mas gostaria de saber que meios foram utilizados. Como a ação foi executada em nosso nome, precisamos ter certeza de que aprovaríamos os métodos usados pelos seus locais, você não acha?

Houve um muxoxo de concordância da maioria, como Spike já esperava.

— Aconselhei-me com membros deste Comitê quanto a melhor maneira de lidar com esse problema. — Não olhou para eles, mas naquele momento, os Gêmeos se interessaram vivamente pelas suas pastas. — Qualquer coisa menos persuasiva, eles me garantiram, teria sido perda de tempo. Apenas dois locais se envolveram e os dois sabiam precisamente até onde poderiam chegar. Não houve nenhum sinal de dano físico em Symins.

O rosto de Don estava sério.

— Então, você mandou torturar esse homem?

Spike explicou os meios usados por Hallett e Mason. Não mencionou seus nomes, pois Mantell, que havia estabelecido as regras de comportamento, definiu que apenas Spike deveria conhecer a identidade dos locais. Então, no caso de conflito com algum local, ele só seria capaz de reconhecer Spike, e nenhum outro membro do Comitê. Nenhum local sabia o verdadeiro nome de Spike, nem seu endereço. Só sabiam o telefone da sua secretária eletrônica e um número de caixa postal. Caso Spike morresse, seus testamenteiros enviariam a Bletchley e Macpherson envelopes selados contendo os detalhes de contato dos locais.

— Esqueça a ausência de cicatrizes — insistiu Don. — Para todos os fins e propósitos, nós, o Comitê, fechamos os olhos para o uso de tortura. Sim ou não?

— Espere aí, amigo. — Era August, com um tom avermelhado no rosto. — Spike recebeu a tarefa de se livrar desse filho da puta, esse assassino de crianças, sem feri-lo. Bem, ele conseguiu e eu digo parabéns para Spike e seus homens no Oeste. Meu Deus, o que você esperava, Don? — Bateu na mesa com a pasta.

— Ninguém quebra nozes usando tesouras.

Don continuou calmo.

— Ninguém está falando de tesouras. Mas pendurar alguém de um gancho é um dos processos favoritos dos regimes mais cruéis. Os nazistas o usavam, e hoje é muito popular no Oriente

Médio. Basta ler qualquer relatório da Anistia Internacional. Pendurar uma pessoa de um gancho no teto pode levá-la rapidamente à loucura. É uma crueldade que eu não aceitaria nem para o meu pior inimigo.

O gêmeo mais gordo murmurou:

— O seu pior inimigo, Don, deve ser o seu fiscal do Imposto de Renda. Você está enfiando a cabeça na areia, amigo. A força é a única coisa que esses traficantes entendem. Se Spike não o tivesse assustado de verdade, ele não ia nem desmanchar o penteado e logo estaria atacando os meninos de Bristol como se nada tivesse acontecido. — Recolheu-se depois de fazer o discurso mais longo já ouvido no Comitê vindo de qualquer um dos Gêmeos.

— Nós existimos para tratar com gente dessa laia — continuou Don —, mas não podemos responder à violência com violência. Poderíamos, tenho certeza, tê-lo assustado com uma forte dose de medo. Não estou defendendo que se quebrem nozes com tesouras, August, estou recomendando estourar cálices com a frequência sonora correta. Devemos fazer um jogo de xadrez, de emoção e oportunidade. Primeiro temos de obter informações precisas, depois atacamos com inteligência, não com a força. Assim continuamos dentro da lei e mantemos a decência.

Bletchley sugeriu mansamente.

— Talvez, pela dificuldade de obter informações suficientes, Spike teve de se valer de uma reação excessiva?

Macpherson observou que os olhos de Bletchley estavam agitados.

— Minhas informações foram detalhadas e suficientes para os nossos objetivos — respondeu Spike. — Nossas fontes em Bristol são ótimas. Confirmaram que o nosso alvo não responderia a avisos e ameaças verbais.

— Nesse caso — interpôs Bletchley —, não seria melhor você ter contatado imediatamente o Comitê? Poderíamos ter reexaminado a operação. Escolhido uma abordagem diferente ou mesmo tê-la cancelado.

O Presidente ergueu o braço num gesto abrupto e derrubou o café. Jane se levantou imediatamente para buscar papel de um lavatório próximo.

— Você está levantando a questão da nossa política geral, não está? — A voz de Macpherson era fria. — Devemos entender que você já não está tratando da questão específica de Bristol?

Spike ouviu com interesse. Ele fazia questão de não participar das discussões acaloradas entre os membros do Comitê, mas nunca perdia uma nuance. Ao longo dos três anos anteriores, vinha sentindo que Bletchley se tornava cada vez mais dogmático. Ele achava que somente Macpherson tinha influência para evitar que Bletchley deprimisse o espírito do Comitê até o ponto da castração.

Bletchley geralmente podia contar com o apoio de Mantell e Panny quanto a questões de lei e ordem, mas Macpherson, como último recurso, poderia contar com o voto do Fundador, ausente, mas ainda assim a *éminence grise*.

Mantell havia recrutado e operado os primeiros locais no início dos anos 1970, mas então uma operação nos seus quadris fracassou parcialmente. Spike assumiu por sugestão de Mantell e tornou-se o único membro assalariado da equipe. Somente Macpherson sabia a identidade do patrono que pagava o salário de Spike, que passou a antipatizar com Mantell, que seguia rigorosamente a linha estabelecida por Bletchley. Para Spike, a obediência estrita à lei poderia causar, e geralmente causava, perda de eficiência. Poderia também colocar em risco os seus locais. O fato de não poderem portar armas, mesmo que tivessem legalmente porte, era uma questão rigidamente imposta por Spike, ainda que não concordasse. Mesmo a menos importante das operações era sempre registrada, e, depois de discutida pelo Comitê, arquivada na casa de Jane.

A decisão de Bletchley, de que Bristol nunca deveria ter ocorrido, não seria alterada por Macpherson naquela ocasião.

— A ética do Comitê e as atividades desonrosas ocorridas em Bristol estão inseparavelmente entrelaçadas — queixou-se raivosamente ao Comitê em geral e a Macpherson em particular. — Temos um número suficientemente grande de contatos de alto nível para manipular acontecimentos dessa natureza. Uma palavra nos ouvidos da polícia de Bristol teria, com toda certeza, sido igualmente eficaz. — Voltou-se para Spike. — Foi tentado um contato com a polícia?

De acordo com Bletchley, o Comitê era abençoado com contatos prestigiosos que poderiam ser acionados praticamente em qualquer local por uma série de cordas puxadas estrategicamente. Para ele, todos os criminosos poderiam ser enganados pela astúcia, pela desinformação e xeques-mates. A pressão correta na hora certa resultaria na conquista de todos os objetivos do Comitê.

Spike sabia que esse era o conceito original do Fundador e de Macpherson, mas, ao contrário de Bletchley e seus discípulos, eles haviam se adaptado às exigências da realidade, quando o conceito demonstrou ser um sonho.

— Não. Não acionamos a polícia — retrucou Spike. — Os senhores irão se lembrar que o meu relatório de outubro deixou claro que a polícia tinha conhecimento de que o nosso alvo estava envolvido no tráfico de drogas muito antes de nos envolvermos. Mas não tinha fundamentos para prendê-lo e estava impotente para agir contra ele.

— Presidente. — A voz de Macpherson soou irritada. Era um homem de ação e não suportava a perda de tempo em discussões vãs. — Essa questão se resume mais uma vez à pergunta simples se, como Comitê, estamos preparados para sermos flexíveis e nos movermos de acordo com os tempos. É claro que eu não estou sugerindo que devamos baixar o nível das nossas regras morais ao das pessoas desagradáveis que tentamos frustrar. Mas devemos nos inspirar nos exemplos de Churchill e Kennedy, dois líderes democráticos que acreditavam que certos fins justificavam certos meios. A maldade capaz de atingir nossos ex-SAS está se tornando mais variada e nossos inimigos estão mais sofisticados para encontrar brechas na lei. Se e onde a polícia é incapaz de oferecer proteção adequada, nós *temos* de tentar encontrar um meio adequado de fazê-lo.

Fez-se silêncio completo, não fossem as notas de uma aula de flauta misturadas com os gritos abafados das crianças da Hill House School jogando futebol no gramado lá fora.

Macpherson continuou:

— Durante a guerra, nossos melhores líderes das Forças Especiais foram os que estudaram Lênin, que dizia, entre outras coisas: "A necessidade de ver todos os lados é a salvaguarda contra a rigidez." E o presidente Mao repetiu: "Precisamos ver o reverso das coisas. Em certas condições, uma coisa ruim muitas vezes leva a bons resultados." Este comitê não vai chegar a lugar algum se continuar a se pautar por regras que nós mesmos estabelecemos há uma década.

Durante meia hora a questão de Bristol foi debatida exaustivamente. A recomendação final de Bletchley não incluiu uma censura aos métodos usados. Limitou-se a sugerir uma verificação periódica para garantir que o alvo não retornasse a Bristol, e que já era tempo de avisar ao amigo em Chippenham que o assassino da sua filha havia sido expulso da cidade e no futuro não voltaria a perturbar os jovens.

O Comitê passou a outros assuntos. Mas no devido tempo Macpherson associaria àquele dia os problemas subsequentes com Bletchley.

9

COM MUITO TEMPO à sua disposição, De Villiers caminhou ao longo do riacho até o pátio da casa de barcos ao lado da ponte Al Maktoum. Sentou-se sobre um fardo de algodão e ficou olhando as tripulações da abra abaixo.

Dubai, ele sabia, tinha conquistado, muito tempo antes da produção de petróleo, um acúmulo de riqueza graças a um eficiente mercado de pérolas. Era uma operação eficiente por causa do tratamento cruel aos pescadores por parte dos seus *nakhoudas* (capitães). Os dhows de pérolas passavam a estação de mergulho sobre um mar liso como vidro durante a época mais quente do ano. As rações diárias de mergulho consistiam em um pouco de água, algumas tâmaras e um pouco de arroz, pois mergulhadores mal alimentados eram capazes de ficar mais tempo debaixo d'água.

Raramente havia limões para prevenir o escorbuto — muito caros — e nenhuma sobra de água fresca para lavar o sal, e profundas feridas supuravam sobre a pele. Para alguns, o fim chegava por envenenamento do sangue, ao passo que outros morriam das feridas dolorosas da água-viva vermelha, do chicote de alguma arraia ou pelo ataque de tubarões.

As pérolas cultivadas japonesas arruinaram o mercado na década de 1950 e privaram os mergulhadores do seu doloroso meio de vida. Os construtores de barcos de Maktoum então se voltaram para a construção de dhows motorizados, muitos suficientemente rápidos para vencer as chalupas piratas e as lanchas de patrulha da Guarda Costeira indiana. Aqueles barcos se tornaram a base da grande riqueza de Dubai pela reexportação de ouro, principalmente para a Índia.

De Villiers voltou ao seu hotel para trocar de camisa, pois mesmo no inverno, Dubai é desconfortavelmente quente. Tomou um táxi velho para o lado Djera do riacho e logo se viu preso num engarrafamento, formado por uma longa fila de Toyotas. Era 12 de janeiro de 1977, o dia de sua reunião.

Não sabia nada do cliente, mas calculava que seria local e rico. Oito semanas antes, ele havia chegado a Dubai e fora informado de que o homem estava doente. O encontro foi adiado e De Villiers foi bem compensado pelo tempo perdido. Já tinha trabalhado para árabes, no norte da África e no Golfo. Dois anos antes, tinha afogado um líder fundamentalista egípcio em Zamalek, no Cairo, e Meier tinha modificado letalmente o aparelho de som de um príncipe saudita a pedido de outro. De Villiers se perguntava se desta vez o alvo seria um israelense. Se fosse, teria de lutar contra os seus princípios. Sempre respeitara os israelenses e talvez recusasse um contrato para matar um deles. No passado, já havia recusado trabalhar para seguidores de Pol Pot e traficantes colombianos. Havia assassinado muitos inocentes por dinheiro de fontes dúbias, mas não via razão para vez por outra não atender aos seus caprichos.

Graças à reputação cuidadosamente mantida da Clínica, De Villiers sempre tinha trabalho e podia se dar ao luxo de ser seletivo. Com frequência, dividia a Clínica entre dois serviços, e às vezes os três trabalhavam contratos separados. Meier e Davies operavam bem sozinhos, mas era com os três que a Clínica era mais eficaz. Mesmo o alvo mais cuidadosamente protegido estava condenado, tão logo os detalhes e o pagamento do sinal tivessem entrado nos livros da Clínica por um dos três agentes internacionais de De Villiers, sendo Tadnams, de Earls Court, Londres, o mais importante deles.

Dos muitos assassinos profissionais da Europa e dos Estados Unidos, De Villiers tinha uma excelente reputação de resultados de sucesso, "sem a menor suspeita". No mercado crescentemente competitivo de meados dos anos 1970, essa especialização passou a render mais contratos. Havia assassinos demais caçando muito poucos contratos e chegou-se ao ponto em que, em Birmingham, na Inglaterra, um amador anunciou, sem o menor verniz de sutileza, nas páginas amarelas locais. Em 1976, em Chicago, mais de um quarto dos assassinatos profissionais registrados pela polícia envolviam a morte de um profissional por outro. Para todos, com exceção de alguns especialistas, a "nata da nata", no dizer de Davies, era um mercado do comprador, em que alguns operadores aceitavam preços abaixo da metade dos praticados antes daquele ano.

Não havia redução da demanda. Longe disso. Havia era uma onda de assassinos amadores, geralmente desempregados e, em sua maioria, homens sem chances de conseguir emprego em razão do seu estado emocional. Veteranos do Vietnã, esgotados depois da retirada dos Estados Unidos no ano anterior. Muitos cobravam 500 dólares por um assassinato simples que, depois de deduzidas as despesas e a comissão do agente, geralmente deixava um lucro de cerca de 100 dólares. Preços tão baixos estimularam um aumento de atividade no extremo inferior do mercado. Cidadãos frustrados descobriam que a agência local era um método financeiramente viável de se livrar de vizinhos barulhentos ou de sogras irritantes.

O motorista do táxi, um palestino, voltou-se para De Villiers.

— Abu Daoud foi libertado — disse ele, os olhos brilhando de orgulho.

Avançavam lentamente através de uma multidão de árabes que cantavam e riam, todos palestinos, acreditava De Villiers, que brandiam velhos fuzis e bengalas, e tinham paralisado quase completamente o trânsito. A causa da alegria era a humilhante rendição do governo francês naquela manhã à coerção terrorista. No final da semana, a polícia de Paris havia prendido Abu Daoud, notório fundador do grupo Setembro Negro, acusado de organizar o ataque terrorista à Olimpíada de Munique de 1972, quando foram assassinados 11 atletas israelenses.

Agora, depois de uma audiência apressada no tribunal, os franceses o deportaram, livre, para Argel, o que causou grande alegria entre os palestinos.

Talvez o cliente fosse um palestino. Mas não, havia muitos assassinos ex-OLP disponíveis. Mais provável, pensou De Villiers, um xeique do petróleo com um ressentimento particular. Havia mesmo a possibilidade de De Villiers se encontrar com um representante. Ou mesmo com um reles representante do representante. Era essa a razão de ele nunca enviar Meier ou Davies para se reunir com um cliente. Nessas ocasiões, era necessário ser afiado como uma navalha. Lembrou-se da ocasião em que se encontrara com um representante holandês que tentou encaminhá-lo, como um bumerangue, contra o seu próprio patrão, o verdadeiro cliente. O instinto, e não um vacilo qualquer do holandês, alertou De Villiers, que decidiu pedir a Tadnams que enviasse uma foto do empregador do holandês. Evitou-se uma situação embaraçosa e o resultado foi um preço duplo pelo alvo original e o representante desleal.

De Villiers pagou ao feliz taxista no lado deserto da rua e caminhou cinco minutos diante das portas arriadas do mercado de ouro. O hotel era luxuoso e discreto. Seguindo as instruções recebidas de Tadnams, acenou polidamente para o recepcionista, evitando contato visual com ele, e se dirigiu ao salão de barbeiro no fundo do saguão de entrada. Ninguém estava cortando os cabelos, ninguém estava fazendo a barba. Por volta do meio-dia, o barbeiro estava *hors de combat* tal como todos por ali.

A porta interna do salão tinha uma placa, "Só empregados", e uma relação de atendimentos programados. De Villiers fechou a porta atrás de si. Estava agora dentro de um elevador revestido de nogueira com apenas dois botões, para cima e para baixo. Subindo até um andar indeterminado, ele saiu num corredor revestido de tapeçarias persas e balúchis onde foi recebido por uma menina de uns 11 anos, com um sorriso tímido. Ele a seguiu pela passagem admirando o bordado intricado da sua *jellaba*. Seu pescoço, orelhas e punhos tilintavam com os ornamentos de prata no estilo do sul da Arábia, provavelmente do Iêmen.

A menina entrou numa sala comprida e ricamente mobiliada. O perfume sutil de *leban* (incenso) era agradável e deixara um aroma prazeroso na sala. Havia um elaborado lampadário de latão em cada um dos quatro cantos, as lâmpadas ocultas dentro de globos gigantescos de vidro, de forma que cada peça em forma de repolho emanava uma luz alaranjada que se refletia nas tapeçarias e almofadas.

— Venha me ajudar, meu amorzinho.

A voz era suave. À medida que a vista se acostumava ao ambiente pouco iluminado, De Villiers viu a garota tomar a mão de um velho afundado numa poltrona de couro.

Cumprimentaram-se. O homem se apresentou como o xeique Amr bin Issa no inglês passável da maioria dos comerciantes árabes do Golfo. O rosto, outrora forte, outrora era enrugado e prematuramente envelhecido pelo sofrimento, e estava cinzento pela doença.

— Sente-se perto de mim, pois a minha voz é fraca. — A menina ajudou o xeique sem dificuldade, pois ele era penosamente magro, emaciado.

Em seguida, pediu-lhe para trazer café.

— Não sei o seu nome, apenas a sua reputação pouco invejável. Não vou perder tempo com preâmbulos, pois a dor logo vai voltar.

O xeique explicou que possuía uma cadeia de comércio de alimentos em expansão no Golfo, Turquia, e Iraque. Logo iria abrir filiais no Chipre e no Irã.

— Tenho lucros suficientes para reinvestimento, e posso pagar 2 milhões de dólares anualmente para a causa palestina. Meus filhos estão estudando numa universidade na Inglaterra. No verão passado, eu não pensava em convocar um assassino como o senhor.

O xeique tossiu e levou alguns minutos para se recuperar da dor. Se aquele era o seu cliente, refletiu De Villiers, deveria fechar o contrato sem demora, pois o manto da morte estava próximo.

A menina trouxe o café num *dhille* de prata com um bico elegante e xícaras pequeninas de fina porcelana. Quando ela se foi, o xeique continuou:

— Shamsa, minha neta, perdeu o pai há sete anos, quando ele lutava contra as tropas do sultanato em Dhofar, a minha pátria. Três dos seus tios também foram mortos naquele triste conflito. Quatro dos meus seis filhos foram mortos e nenhum foi vingado.

O xeique Amr explicou a história do seu exílio em Dubai. Quis ter a certeza de que De Villiers entenderia bem a gravidade que o seu povo atribuía ao seu fracasso, como seu xeique, em cumprir os mandamentos da *thaa'r*.

— Já visitei Dubai ao longo de um quarto de século e sei que os ocidentais e mesmo muçulmanos de fora de Dhofar sabem muito pouco sobre a minha terra. Reciprocamente, o mesmo vale para os meus *jebalis*. Eles não compartilham do ódio histórico dos árabes muçulmanos por Israel simplesmente porque Israel não significa nada para eles, não toca as suas vidas. — Fez uma pausa para enxugar gotas de suor da testa. — Devo lhe dizer que ainda não vi a passagem de 50 anos. Há sete meses, eu estava com saúde. Então vieram as primeiras dores. Em poucas semanas, os médicos disseram que eu tinha um tumor maligno nas minhas entranhas. Deram-me no máximo um ano e voltei a pensar na minha vida. Bakhait, meu filho sobrevivente mais velho, *é* a minha vida. Tem a suavidade da mãe e os meus instintos para os negócios. Quero acima de tudo, para ele e para o irmão, que tenham sucesso na terra que poderia ter sido deles se não fosse o nosso exílio; um exílio a que eu, por minhas próprias ações, os condenei. Dei-lhes tudo, dinheiro sem limites, a melhor educação, tanto a ocidental quanto a corânica, mas ainda assim, o que tudo isso vai valer para eles no que é mais importante, a terra dos seus ancestrais?

Deu um suspiro e fez como se fosse tocar o braço de De Villiers. Mas, talvez lembrando a natureza da sua profissão, interrompeu o gesto.

— O senhor é agora a chave do futuro dos meus filhos. — Fez uma pausa. — O passaporte que os levará de volta a Dhofar.

Em agosto, quando os filhos voltaram para as férias de verão, o xeique lhes contou sua nova decisão. Nenhum dos dois estava comprometido com o absolutismo das tradições *jebali*; ambos haviam se corrompido pelo tempo passado na Inglaterra e pelo próprio liberalismo do pai. Entretanto, quando Amr exigiu de Bakhait a promessa de vingar o assassinato dos seus irmãos, uma promessa de honra a ser repetida no seu túmulo, Bakhait não hesitou. Devotado ao pai e sofrendo a dor da notícia da sua doença, ele deu sua palavra como Bakhait bin Amr al Jarboati de que realizaria o desejo do pai de cumprir a *thaa'r* e depois voltar para Dhofar e, se Deus quisesse, seu lugar de direito como chefe dos Bait Jarboatis.

Dhofaris sempre passavam por Dubai e visitavam a família e os amigos que lá viviam. Um número crescente foi para o Reino Unido para treinamento militar, em engenharia, serviços sociais e outras profissões. Amr sabia por eles que, no ano anterior, seu país passara por mudanças enormes. A revolução terminou, o novo sultão era metade dhofari e dera a eles tudo que seu pai havia lhes negado.

As oportunidades de negócios eram praticamente ilimitadas, e o poder político, num nível nunca sonhado, era agora atingível. Os jovens dhofaris podiam sonhar em ser ministros de Omã. Mas não Bakhait. Se voltasse um dia a Dhofar — e não existia nenhuma regra do governo que o impedisse —, teria certamente de ficar vigilante, à espera da bala que viria.

Durante três horas De Villiers ficou sozinho com revistas europeias, suco gelado de *loomee* e um prato repleto das melhores tâmaras de Sohar. Amr bin Issa, dilacerado por dores no estômago, havia se retirado para o seu quarto. Quando voltou, parecia impaciente por uma resposta de De Villiers.

— Veja bem — disse —, estou lhe pedindo para localizar e executar quatro homens. O método do assassinato não deve deixar suspeitas nem na mente do amigo mais íntimo.

Se o xeique esperava ver a surpresa estampada no rosto de De Villiers, perdeu tempo, pois ele continuou inexpressivo, como sempre.

— Além disso — continuou, inclinando-se para a frente —, o senhor deve lembrar a cada um desses homens, quando os encontrar, da responsabilidade pela morte do meu filho. O senhor vai filmar tudo, os avisos e as execuções, e por cada filme que me entregar ou, depois da minha morte, entregar para o meu filho Bakhait, o senhor receberá um cheque de um milhão de dólares americanos, da minha conta no Banco de Dubai. Quando todos os quatro filmes tiverem sido satisfatoriamente recebidos, vamos fazer um pagamento final da mesma quantia.
— Fez uma pausa. — O senhor tem alguma pergunta?

De Villiers continuou impassível. Pensava já ter ouvido todos os motivos possíveis na face da terra para um homem desejar a morte de outro. Aquele era apenas uma variação do tema comum da vingança. Mas com que diferença! Sabia por que o xeique insistia num método de "não violência", pois a simples suspeita de uma cadeia de assassinatos relacionados poderia levar ao envolvimento da Interpol e à interferência da Polícia Real de Omã. Se Amr fosse suspeito, sua família poderia ser exilada oficialmente pelo sultanato e isso representaria a derrota do propósito das mortes.

Também entendeu a razão por que o xeique precisava de provas em filme. Ele tinha de mostrar aos que o tinham exilado provas sólidas do julgamento e da execução dos culpados. Mas, do ponto de vista de De Villiers, avisar aos alvos determinados de que iam morrer acrescentava uma nova dimensão ao ato. Ele via a reação de Meier e Davies quando soubessem dessa exigência contratual particular. Por outro lado, o preço era excepcional.

— Não tenho perguntas — disse. — Quem são esses homens e quando eles devem ser mortos?

O xeique Amr explicou.

PARTE 2

10

...Durante toda a noite as fogueiras queimaram ao longo das encostas de Table Mountain. Os cães uivavam nos vales e De Villiers se sentava nu no parapeito da janela para receber a brisa e fruir o perfume da noite que vinha do terraço de buganvílias abaixo. Não conseguia se lembrar de outra época em que se sentisse tão feliz como nos últimos meses na propriedade de La Pergole.

No Cabo, primavera de 1969, ele obteve um emprego temporário na pista de corrida de cães de Kenilworth e, usando o seu apartamento de um quarto como base, explorou o distrito de Tokai em busca de Vrede Huis e da família De Villiers.

Descobriu muita gente que tinha o seu nome, mas ninguém que se lembrasse de Vrede Huis. Durante meses, persistiu e já estava a ponto de esgotar suas opções quando chegou a La Pergole. O proprietário do lugar, Jan Fontaine, era um bôer convicto, apesar do nome, que tinha orgulho das medalhas do general Smuts e do rei da Inglaterra. Servira no deserto com o Primeiro Exército e fez boas amizades com os ianques. Gostava da aparência do estrangeiro alto e jovem que procurava suas origens bôeres e concordou em levá-lo a Vrede Huis.

— Você quer dizer que a casa existe? — De Villiers estava cético como sempre, mas seu rosto ficou rubro de ansiedade.

— Espere, homem. Não fique tão animado. — Fontaine elevou a mão acauteladora. — Posso levá-lo à velha casa, mas está em ruínas. Já moro aqui há 40 anos, e na década de 1930 os tetos já haviam desaparecido, além das portas. Nossos *kaffirs* há muito vêm usando os materiais para suas casas. Não conheço ninguém que se lembre dos moradores originais.

Um *xhosa* do Transkei coberto de cicatrizes, com quase 2 metros de altura, criado de Fontaine, já havia levado o patrão, paralítico, na cadeira de rodas até o castigado Chevrolet e o ajudado a se sentar no banco do carona, as pernas se arrastando como as de um boneco. O zulu assumiu a direção.

— Para onde, Baas? — Sorriu.

— A casa velha perto da pedreira, Samuel.

Saindo de casa, seguiram pela avenida, passando por amplos estábulos e estradas estreitas e poeirentas até os vinhedos Fontaine, que se estendiam até onde alcançava a vista de De Villiers, para leste e para oeste. À frente, a terra subia gradualmente até as florestas de Tokai e as faldas da Table Mountain.

A paisagem fez De Villiers perder o fôlego. Aquela era a sua terra, mas mesmo que não fosse, decidiu, gostaria de viver ali para sempre. Era certamente a terra mais linda do mundo.

Vrede Huis, quando chegaram à clareira, foi um anticlímax, pois não havia nem mesmo ruínas, apenas pilhas de entulho cobertas de samambaias e densas moitas de bambus com ninhos de tecelões. Lagartos se aqueciam ao sol nas pedras, e tapetes de nerines em flor colonizavam o que provavelmente fora um pátio central. De Villiers entrou num mato atrás dos bambus, um lugar cheio de morangos silvestres, musgo e amoreiras plantadas. Na superfície de uma pedra trabalhada de granito, ele viu uma única palavra: VREDE.

Percebeu então que o desaparecimento do clã De Villiers não o angustiava. Se seus primos tivessem morrido, o que fazer? No devido tempo, ele iria comprar aquela terra de Fontaine, construir outra Vrede Huis e criar sua família para continuar sua linhagem. Ainda que suas economias mal dessem para comprar um carro usado, ele não abriu mão do plano.

Desde os dias solitários de órfão em Vancouver, De Villiers havia recitado para si mesmo, como um judeu teria recitado a linhagem de Moisés, a história conhecida da sua família tal como lhe fora amorosamente passada por seus pais durante a infância no Alasca. Quando Jan Fontaine lhe perguntou o destino dos De Villiers proprietários originais de Vrede Huis, ele respondeu quase mecanicamente. De Matje e Anna, seus bisavôs, ele pouco sabia, apenas que viveram na África do Sul e tinham origem *voortrekker*. Mas o avô fora o herói da sua infância.

Em 1897, um ano em que as relações com os britânicos esfriaram, o filho mais novo de Matje, Piet, respondeu ao chamado romântico do outro lado do mundo, sua chance de fazer fortuna na corrida do ouro. Trabalhando para pagar a passagem até Seattle, ele se juntou ao corpo principal de klondikianos, como os prospectores de 1897 passaram a ser conhecidos, a partir da palavra índia *thron-diuck* ou "martelo de água". Num navio de roda de popa lotado, o *Skagit Chief*, ele seguiu a Passagem Interna para o norte. O jovem Danny ouvira cem vezes as histórias contadas pelo filho de Piet. Redemoinhos de névoa e águas profundamente verdes, geleiras que desabavam, baleias assassinas e clareiras repentinas com aldeias indígenas e totens grotescos. Passaram por Wrangel, Sitka e Juneau até chegarem a Dyea: uma estreita baía arenosa sujeita a ondas de maré de 6 metros que engoliram muitos klondikianos que tentavam carregar suas posses do navio para a terra ao longo daquele traiçoeiro caminho de 1,5 quilômetro.

Piet conseguiu chegar à cabeça de ponte e começou o pesadelo de carregar as posses, uma formiga humana numa fileira de 40 mil, escorregando e amaldiçoando na lama e na neve. As almas que se sentiam fraquejar repetiam o refrão: "Dezessete dólares a onça. Dezessete dólares a onça." A trilha era marcada pelos cadáveres emaciados dos burros de carga.

Por volta da primavera de 1898, Piet e todos os seus bens chegaram ao sopé do Passo Chilkoot. Uma subida de 1.000 metros feita em uma trilha de 6 quilômetros extenuantes. Piet fez esse percurso exaustivo 38 vezes. No dia 3 de abril, carregando sua 26ª carga, foi atingido por uma avalanche de neve úmida que enterrou uma área de 4 hectares do Passo sob uma camada de 10 metros. Várias centenas de klondikianos foram varridos dos degraus precários conhecidos como as Escamas. Piet abriu caminho com as mãos até chegar à superfície, mas muitos, inconscientes ou de cabeça para baixo, ficaram como estavam. Sessenta e três corpos foram descobertos e a corrida continuou.

No lago Bennett, Piet e quatro colegas construíram um bote com dois troncos de 6 metros e, quando o gelo se quebrou no dia 29 de maio, juntaram-se a outros 7 mil botes, todos sobrecarregados, todos se dirigindo para o norte em busca do ouro. Houve redemoinhos, tocos afiados, blocos de gelo, vendavais que levantavam ondas de 1,5 metro e, durante todo o dia, mosquitos. Os veteranos contavam histórias de mosquitos do Yukon tão grandes que carregavam águias para alimentar os filhotes.

Nas corredeiras White Horse, o bote de Piet, que pela graça de Deus não carregava nenhuma das suas posses, afundou e três dos seus amigos se afogaram. Ele passou o inverno na lama, nos bares e bordéis de Dawson City. Naquele ano, Piet não achou ouro, apesar de ter tentado a sorte em Bonanza e Eldorado, em French Hill e Cheechako.

No verão de 1899, decidiu mudar de paisagem e respondeu a uma nova corrida para Nome. Um vapor o levou, e mais centenas de outros, o mais perto de terra que o capitão considerava seguro e, depois de duas semanas de espera ao largo da praia rasa, Piet conseguiu um lugar numa barcaça de desembarque. Carregou suas coisas pelos últimos 30 metros.

A praia estava negra de homens e mulheres peneirando a areia em busca de ouro. Em Nome não havia outra lei que não a força da personalidade. Não existiam documentos legais de posse nas areias da maré baixa, mas um homem podia trabalhar a areia até a distância de uma pá de onde estava. Ao longo de muitos quilômetros, não havia florestas, e Nome estava tomada inteiramente de barracas. Não havia sistema de esgoto. Os lavatórios públicos custavam 10 centavos a visita e os efluentes caíam nas cisternas de fornecimento de água. Tifoide e malária matavam furiosamente e Wyatt Earp era o proprietário do bar do local.

A sorte de Piet sempre foi ruim e quando em 7 de setembro de 1900 todas as suas coisas, e a maior parte de Nome, foram carregadas para o mar por uma grande tempestade, ele resolveu desistir e se estabeleceu na foz do Yukon numa aldeia onde a pesca era boa. Casou-se com uma enfermeira na missão, e o pai de Daniel De Villiers nasceu antes do final daquele ano.

A sombra do gigante *xhosa* passou por De Villiers quando ele empurrou a cadeira de rodas de Fontaine até a clareira.

— Você gosta daqui, De Villiers? — Fontaine não esperou resposta. — Desde que os *skollies* me atacaram, venho procurando um homem forte para ser o meu capataz em La Pergole. O que você me diz?

De Villiers não hesitou. Não tinha nada a perder; e tudo a ganhar. Se não gostasse, bastava ir embora.

Para Fontaine, foi uma ótima solução, pois De Villiers só precisava que o trabalho fosse explicado uma vez. Aprendia depressa e era um trabalhador disposto. O pessoal da fazenda era uma mistura de negros do Cabo, e os negros descobriram que o novo capataz não era preconceituoso, por isso trabalhavam de boa vontade para ele. E reconheceram um homem alerta e não tentaram enganá-lo. Depois de alguns meses, ele ficou sabendo que não foram os *skollies* os responsáveis pela paraplegia de Fontaine, mas o capataz que o precedeu, um africâner que, insultado por Fontaine na frente dos empregados por alguma ineficiência, o atacou numa noite escura e o deixou por morto no chão dos estábulos.

Fontaine sobreviveu, mas nunca mais andou: um golpe de um porrete aborígene havia lesionado permanentemente a sua espinha.

De Villiers foi acomodado em aposentos confortáveis no sótão e fazia refeições com o casal Fontaine. Gostava da companhia dos dois, pois Jan era um homem educado e, apesar de ser obstinado e desprezar os outros africâners, parecia respeitar De Villiers por sua origem norte-americana. Anne, sua mulher, era uma convivência problemática, pois pouco tinha a dizer e quando começava algum comentário, Fontaine tinha o hábito de interrompê-la. De Villiers ficou sabendo pelos empregados que Madame havia vindo do estrangeiro para La Pergole quando ainda era menina e foi acolhida pelos falecidos pais de Fontaine. Usava os longos cabelos louros num coque e passava a maior parte do dia cavalgando pela propriedade. De Villiers sentia-se cada vez menos à vontade na sua presença, pois ela era a mulher mais linda que já vira.

Fontaine, aos 60, era uns trinta anos mais velho que a mulher e abertamente ciumento. De Villiers evitava demonstrar o menor interesse por Anne, pois sua vida naquele paraíso dependeria do apoio e aprovação de Fontaine. Ainda assim, suas fantasias noturnas se concentravam cada vez mais na mulher do seu anfitrião.

Não tinham filhos e De Villiers havia vislumbrado um olhar de absoluta solidão no rosto lindo de Anne. Sentiu o coração se apertar de pena, um sentimento raro na sua vida.

Os meses de sonho se passaram entre os vinhedos, as montanhas azuis e o clima suave e maravilhoso do Cabo. As imagens de sofrimento do Nam deixaram de perturbar o sono de De Villiers e ele aprendeu a ignorar as manifestações negras de raiva e frustração crescentes que a cada dia atormentavam Fontaine.

Numa noite de verão, quando ele estava sedado na cama, De Villiers tentou fazer Anne sair. Perguntou-lhe sobre cavalos, pois sabia que eles ocupavam uma posição central em sua vida, mas ela continuou reticente, pouco à vontade. Ao final da refeição, quando o copeiro trouxe o café até a varanda e o sapo-boi coaxou no *vlei* (pântano), ela lhe disse em voz baixa:

— Os empregados ganham uma recompensa quando contam coisas ao meu marido. Não deixam passar nem um olhar entre nós. Por favor, tenha cuidado por nós dois.

— Claro — respondeu ele. — Eu entendo.

Ao falar, seus olhos se encontraram pela primeira vez em todos aqueles meses e De Villiers soube que aos poucos tinha se apaixonado por ela.

Houve dias, no campo, em que sentia o sangue ferver ao simples eco de cascos distantes. Começou a odiar o seu benfeitor doente, Fontaine. Quando o médico em Weinberg murmurou pela primeira vez alguma coisa sobre internação, De Villiers teve de fazer um esforço para esconder sua alegria.

No dia de Ano-Novo, quando Cabo estava alegre com festas de fogueiras e, depois do cair da noite, o estampido de fuzilaria, nenhum sinal de alegria perturbou La Pergole. Os homens do campo tradicionalmente comemoram a passagem do ano atirando além dos limites da propriedade, e os vizinhos de Fontaine não eram exceção.

Os tiros excitaram os cães de Tokai e das terras vizinhas. Seus primos ferozes, que ficaram selvagens no sopé das colinas, respondiam com o coro primordial em homenagem à lua e o sono custou a chegar para De Villiers. Vestiu um short e saiu para a varanda. Sentou-se nos degraus voltados para o norte, para as montanhas. Chegou a meia-noite e com ela a intensificação dos sons das comemorações distantes, que se reduziram e logo só se ouviam os grilos na mata de pinheiros próxima.

Ela chegou sem fazer barulho, os pés descalços macios sobre o ladrilho vermelho. Beijaram-se sem uma palavra, sem preâmbulos. Ele sabia apenas que ela devia sentir o mesmo que ele e sentiu a urgência da sua necessidade.

De mãos dadas, passearam pelo jardim, passaram pelo terraço de oleandros até a beira da mata. Ela o conduziu até um ponto que conhecia, a roupa úmida do orvalho na grama.

— Você me ama? — perguntou ela, o rosto voltado para ele, o cabelo caindo até o meio das costas.

Ela *nunca* foi amada, De Villiers se maravilhou. Falou num sussurro para conservar melhor a mágica.

Ajoelharam-se na floresta e as palavras de amor saíram aos borbotões. Nenhum dos dois conhecia tal profundidade de sentimentos, pois haviam tido vidas vazias de calor humano. As palavras que haviam trocado eram o prólogo necessário da paixão crescente. O conhecimento do que viria era sublimemente sensual.

Então De Villiers sentiu o cheiro do suor do zulu. Saltou de lado, mas o porrete do gigante raspou o seu ombro e uma dor forte correu pelo seu braço. O zulu voltou para as sombras e empurrou a cadeira de Fontaine para a clareira.

— Samuel devia ter usado a lança — gritou ele, os lábios rígidos de fúria.

Vestia um roupão de seda azul e uma espingarda calibre 12 repousava sobre suas pernas sem vida. Por que deixou De Villiers partir nenhum dos dois jamais saberia.

De Villiers foi levado até Weinberg por um Samuel mudo, suas únicas posses guardadas na mochila que trouxe na primeira vez que chegou a La Pergole, quase um ano antes.

Fontaine espalhou por toda a comunidade do Cabo que De Villiers havia abusado da sua hospitalidade. Ele não conseguiria outro emprego num raio de muitos quilômetros em torno de La Pergole ou, o que para ele era mais importante, Vrede Huis.

De Villiers conhecia o rígido código religioso dos africâners. Anne jamais abandonaria Fontaine. O sonho fora destruído no instante em que se materializara e, sem nada que o prendesse na África do Sul, ele voltou para Nova York.

Um amigo dos fuzileiros apresentou-o a uma associação que oferecia trabalho para veteranos do Vietnã. Em 1971, ele já havia entrado no negócio de assassinatos por contrato e, depois de mais quatro anos, ele trabalhava internacionalmente para uma agência sediada nos Estados Unidos. Depois de um trabalho complexo na Grécia, juntou-se a Meier e Davies e nasceu a Clínica...

11

Em Londres, De Villiers se encontrou com os dois colegas e explicou o novo trabalho. A reação imediata de Meier foi:
— Como esse xeique fez contato com a agência?
— Simples — respondeu. — Ele tem um filho estudando na Inglaterra que assistiu a *O Chacal*. O rapaz disse ao pai que os europeus se matam por dinheiro. O xeique então consultou seus amigos da OLP, que vivem aos montes em Dubai e cujo escritório, como você sabe, já fez negócios com a agência. Bingo.
— Quais, na sua opinião, são as nossas chances de encontrar os alvos do xeique? — perguntou Meier.
De Villiers não cultivava o otimismo nem o pessimismo, pois considerava ambos igualmente pouco confiáveis.
— Se fosse simples, tenho certeza de que o xeique Amr não teria nos procurado. Seus filhos foram mortos ao longo de um período de seis anos por forças do governo. — Meier e Davies ouviam atentamente, pois sabiam que De Villiers não gostava de repetir. — O xeique me deu um resumo de cada uma das mortes e todas ocorreram em áreas controladas pelas unidades omanis ou pelas Equipes de Treinamento do Exército Britânico,

conhecidas pela sigla BATTS. São grupos pequenos e especializados de homens do SAS.

— Então os nossos alvos são britânicos ou omanis? — insistiu Meier.

— Não exatamente — De Villiers falou devagar. — Os BATTS são formados também por fijianos e os oficiais das Forças Armadas do Sultão são britânicos, dhofaris, australianos, paquistaneses, sul-africanos, indianos e balúchis. Como os nossos alvos podem ou não estar mortos ou afastados das atividades militares, nossa busca pode ser bem ampla.

Davies assoviou entre os dentes.

— Seria mais fácil localizar quatro pulgas num rinoceronte — murmurou.

— Ninguém pagaria 5 milhões por isso.

— Lembrem-se — De Villiers interrompeu —, não temos limite de tempo além da morte prematura dos nossos alvos antes de encontrá-los. Portanto, podemos continuar com nossas atividades normais e nos concentrar nos alvos dhofaris quando houver pouco trabalho.

— Vai ser mais fácil encontrar homens ainda na ativa — raciocinou Davies. — Mas depois de reformados, será muito mais fácil atingi-los.

— Precisamos calcular bem — disse Meier. — Não podemos sair procurando aleatoriamente.

De Villiers olhou para o belga.

— Não é essa a minha intenção. — Sua voz soou sem expressão. — Temos quatro meses antes de começar a trabalhar no contrato de Miami. Para aproveitar ao máximo a equipe, vamos nos dividir. Davies vai cobrir o caso do segundo filho do xeique Amr, que morreu em 1972. Seu assassino, com toda certeza, foi o comandante do SAS na guarnição dhofari de Mirbat. Os SAS estão sediados em Hereford. Por ser galês e ex-militar do exército, Davies não deveria ter grandes dificuldades em fazer investigações discretas por lá.

Davies concordou com a cabeça, mas o meio sorriso estava ausente.

— Você e eu — De Villiers se dirigiu a Meier —, nós vamos procurar o homem que matou o primeiro filho de Amr em 1969. Esse incidente foi uma emboscada numa parte remota na *jebel* de Dhofar que era coberta apenas por uma companhia do exército do sultão. O xeique não sabe onde os omanis guardam os registros das suas ações militares, o que chamamos de diários de guerra, mas não deve ser muito difícil descobrir. Vamos até Muscat tão logo Tadnams providencie os nossos vistos ou Certificados de Não Objeção, como os omanis os chamam.

Meier não encontrou furos nesse programa ou, se os achou, guardou-os para si.

— E os dois outros alvos?

— Não tão fáceis — disse De Villiers, franzindo a testa. — O terceiro e o quarto filhos de Amr foram mortos em 1975, o último ano da guerra. Morreram numa luta amarga e confusa perto da fronteira com o Iêmen do Sul.

Sete anos depois de mandar o pai reacionário para o exílio no hotel Dorchester, em Londres, o sultão Qaboos havia arrancado Omã da Idade Média e, graças às rendas crescentes do petróleo, instalou a panóplia completa dos benefícios do século XX — escolas, estradas, hospitais — onde antes havia apenas estagnação e sofrimento. Qaboos, o 14º governante da dinastia Abu Saidi desde o seu início, em 1744, detinha o poder absoluto. A lei da terra era corânica e imposta por *qadhis* nos tribunais regionais. O sultão quase não permitia turistas em Omã, e por isso sua polícia era capaz de impor um controle rígido sobre os estrangeiros que pudessem causar problemas.

Com 30 e poucos anos, o sultão era igualmente elegante nos seus ternos da Saville Row nas funções em Londres ou quando paramentado com as insígnias sultânicas completas nas cerimônias em Muscat. Passou grande parte de janeiro de 1977 no seu novo palácio próximo à cidade de Seeb e conduzia entrevistas diárias com ministros e conselheiros. Entre estes, estava o vice-comandante reformado das Forças Armadas do Sultão, o brigadeiro Colin Maxwell. Depois de 25 anos com as forças que ele próprio havia reunido em 1952, Maxwell havia se reformado para se tornar assessor de defesa do sultão.

Durante uma hora, os dois homens discutiram a omanização das Forças Armadas do Sultão, um processo pelo qual o número de oficiais britânicos seria reduzido tão rapidamente quanto pudessem treinar os seus substitutos omanis.

Maxwell deixou o palácio, com suas linhas modernas e grandiosas e a grande área de lagos. Nunca deixava de agradecer ao Senhor por ter, como Alá, dado Qaboos ao povo de Omã. Adorava os omanis e se sentia feliz por seus séculos de lutas e atraso terem, por meio apenas daquele homem, chegado ao fim.

O motorista omani de Maxwell deixou-o em casa, em Ruwi, parte do primeiro bloco moderno de prédios construído na área. Said Fahher, tio do sultão Qaboos e vice-ministro da Defesa, também vivia ali.

Diante dos apartamentos, a velha cidade de Ruwi se espalhava na direção do mar e, exatamente à frente do leito, como se Beau Geste fosse um vizinho, o muro de ameias do Forte de Bait al Falaj cochilava sob as bandeiras vermelhas do sultanato.

A não ser por sua equipe, Maxwell vivia sozinho. Nos últimos trinta anos, desde o serviço na Somália logo após a Segunda Guerra, ele vinha sofrendo de artrite crônica, mas isso não tinha diminuído a afabilidade do seu caráter. Os oficiais administrativos estrangeiros das Forças Armadas do Sultão eram conhecidos por seus conflitos mortais e punhaladas nas costas, mas Maxwell era universalmente apreciado, pois não tinha um pingo de maldade ou cinismo para com seus companheiros. Naquele dia particular em janeiro de 1977, isso talvez fosse uma infelicidade.

Por volta das 19 horas, quando Maxwell descansava na varanda, o criado anunciou a chegada de dois historiadores militares americanos que haviam telefonado mais cedo naquele dia. Não era novidade. Já havia recebido muitos visitantes como aqueles desde a sua nomeação como historiador militar das Forças Armadas do Sultão.

Maxwell estava radiante porque o interesse pelo seu tópico favorito estava se espalhando por terras distantes, até os Estados Unidos, e ele passou os trinta minutos seguintes exaltando eloquentemente as origens das forças que havia criado. Os dois americanos aparentemente se especializaram na expansão comunista no mundo nas décadas de 1950 e 1960. Estavam especialmente curiosos com o final de 1969, quando o marxismo havia chegado ao ponto de quase engolfar Dhofar. O fator crítico que atrasou o ataque da guerrilha naquele período pós-monção, quando toda Dhofar, com exceção de uma reles faixa costeira de menos de 15 quilômetros, estava sob controle marxista, envolveu o avanço repentino de uma pequena força do sultanato para dentro do território oriental. Aquela incursão, chamada Operação Arranco, detonou o que viria a se tornar uma onda de ex-guerrilheiros que mudaram de lado e se juntaram às forças do governo, que à época contavam com menos de trezentos homens.

A Operação Arranco matou um comissário político importante e o líder de um esquadrão de tortura Idaaraat chamado Salim, filho mais velho de Amr bin Issa, o xeique da região.

Maxwell procurou numa das suas pastas e finalmente deu um grito de sucesso.

— Sim — disse, enquanto acendia um cigarro francês —, foi uma operação brilhante executada por nosso oficial de inteligência, Tom Greening, e comandada por Peter Thwaites. Desarticulou o *adoo* durante meses.

— O senhor está dizendo que o comandante de campo foi Thwaites? — perguntou De Villiers, que tomava notas.

— Não, não. — Maxwell soltou uma nuvem de fumaça de cheiro penetrante como esterco de camelo. — Peter comandava todas as forças em Dhofar. Não tenho bem certeza de quem era o homem no campo, mas vocês poderiam descobrir no regimento. Eles certamente ainda têm os velhos relatórios de contato. — Extraiu da pasta um gráfico de disposição de tropas. — Ah — irradiava prazer —, uma companhia do Regimento da Fronteira Norte (NFR) era a única unidade estacionada nas proximidades da área da Operação Arranco. Era o meu antigo regimento, sabem? Eu o formei em 1955, com base na Força Batinah, e comandei-os na primeira ação, um ataque ao imã em Rostaq. — Um sorriso pequeno e nostálgico vincou seu rosto queimado de sol. — Mas, não. Vocês estão interessados na década de 1960, não na de 1950. Vocês devem procurar o atual oficial comandante do NFR. Ele vai lhes contar tudo o que querem saber. — Fez uma pausa. — Mas esperem. O NFR está em Simba atualmente. — Balançou a cabeça, franziu o cenho, depois se animou. — Não tem problema, meus amigos. Vou telefonar para Ted Ashley no JR, o Regimento Jebel. Ted é o coronel e vocês o encontrarão em Nizwa, bem na estrada que vai para o interior. Ele vai lhes dar toda ajuda que puder. E também os seus oficiais, muitos, velhos dhofaris. É claro que o NFR seria melhor, mas eles estão estacionados em Dhofar, além do seu alcance, por assim dizer.

Despediram-se com muitos apertos de mão e mútua afabilidade.

Tadnams havia obtido Certificados de Não Objeção para De Villiers, Meier e um motorista indiano. Foram informados por Charles Kendall, de South Kensington, o agente do sultanato no Reino Unido, que um importante projeto de pesca estava para ser implantado e que a American Temple Black Corporation estava recrutando trabalhadores. A esposa do chefão, Shirley Temple, havia sido a garota dourada de Hollywood e, segundo os boatos, o ídolo da adolescência do atual ministro da Pesca.

— O que vamos ser agora? — Meier resmungou quando saíram do apartamento do brigadeiro. — Inspetores de pesca ou historiadores militares?

— Estamos bem encaminhados para o nosso primeiro alvo — respondeu De Villiers. — Esses britânicos são uns tolos. É só puxar pela memória deles e contam tudo o que você quer saber.

O motorista, Karim Bux, esperava-os no hotel, o Al Falaj, com a pick-up Nissan que haviam alugado. Foram em direção ao sudoeste ao longo da nova estrada pavimentada que levava aos campos de petróleo de Fahud. Depois de uma hora, percorreram a grande ponte alemã que cruza o wadi Sumail, um vale sujeito a espetaculares inundações perenes.

De Villiers se inclinou sobre Meier e apontou para o norte em direção a uma linha verde-escura do vale.

— Guarde na memória aquela aldeia deserta, Karim Bux, e o bosque de tamareiras abaixo. Se for necessário um RV (rendezvous point — local de encontro), vai ser ali.

A estrada era agora flanqueada ao norte por despenhadeiros de 3 mil metros de altura, perpendicularmente ao platô do monte Akhdar. Em Izki, eles viraram para oeste e entraram em Nizwa, uma antiga cidadela do século VIII.

Graças ao telefonema de Maxwell, o Nissan já era esperado na guarnição do Regimento Jebel, e um soldado os escoltou até a cantina dos oficiais. O ajudante, capitão Mohanna Suleiman, já os esperava.

— Vou dar toda ajuda que estiver ao meu alcance.

Sentaram-se em cadeiras confortáveis no salão, um lugar cheio de cinzeiros de latão, inúmeros jornais velhos e boys vestindo mantos brancos.

O capitão explicou que o coronel Ashley estava fora. Dentro de pouco tempo, contou com orgulho, o major Ibrahim assumiria o comando, o primeiro coronel omani.

Depois de uma conversa de pouca importância, De Villiers abordou a questão principal.

— Capitão, sah'b, o brigadeiro Maxwell nos disse que, em outubro de 1969, uma companhia do Regimento da Fronteira Norte estava estacionada em Dhofar. Estamos escrevendo um relato sobre aquela época para um editor americano. O senhor conhece alguém que se lembre daqueles dias?

O capitão omani sorriu.

— Deus gosta do senhor. Há um oficial de polícia que veio de Seeb que às vezes vem nos visitar porque foi comandante de uma das nossas companhias e, tal como nosso segundo em comando, major Mackie, foi um fuzileiro naval britânico. Seu nome é Milling, John Milling.

— Esse John Milling pertencia a qual regimento? — perguntou De Villiers.

— Pertencia ao NFR na época que interessa aos senhores. Foi transferido para este regimento em 1971 para formar a nossa primeira companhia. Tenho certeza de que ficará feliz em conhecê-los. Poderão encontrá-lo na Ala Aérea de Polícia com o destacamento de helicópteros. *Insh' Allah*, tudo estará bem para os senhores.

Quando estavam saindo, passou por eles o intendente-chefe. O ajudante o fez parar.

— Chefe, esses senhores estão interessados em Dhofar para um livro de história. Talvez o senhor possa ajudá-los.

O intendente-chefe disse a De Villiers tudo que sabia e já foi muito. O capitão Milling estava realmente na *jebel* ocidental em outubro de 1969 e, na época, havia comandado uma missão muito perigosa envolvendo o primeiro informante *adoo* a ajudar o exército.

— Essa ação foi conhecida pelo nome Operação Arranco? — perguntou Meier.

— Isso eu não sei, mas posso lhes assegurar que não houve outras operações na área naquela época, e John Milling foi definitivamente o oficial responsável. Por que não verificam por si mesmos? Posso telefonar para ele, se quiserem.

De Villiers agradeceu apressadamente. Não seria necessário o telefonema. Despediram-se e voltaram para Ruwi. O sol mergulhou abaixo da *jebel* ocidental e os vales recuaram para os vazios escuros e tristes.

12

Marches é o antigo nome da região dos dois lados da fronteira entre Gales e a Inglaterra. Ali os cumes escarpados das Black Mountains dão lugar a campos de lúpulo, pomares e floridas cercas vivas. O profundo desfiladeiro de Wye corta a floresta de Dean, e a cidade-catedral de Hereford, Rainha de Marches, continuou serenamente próspera durante todas as profundas recessões que ocorreram em outras partes da Grã-Bretanha.

Hereford, uma cidadezinha sonolenta, é o lar e o coração do regimento SAS. Certos pubs, na cidade ou no entorno, são frequentados por seus membros ou ex-membros, mas alguém de fora não seria capaz de identificá-los, pois a maioria é muito calma, indivíduos afáveis que têm grande orgulho do seu anonimato e, ao contrário de outras forças especiais em todo o mundo, raramente se envolvem em brigas públicas.

Em 1988, o pub Bunch of Grapes, no lado norte da cidade, foi fechado por problemas estruturais e deixou de ser um refúgio de membros do SAS à paisana. Mas no dia 11 de fevereiro de 1977 os dois pisos pulsaram vida e música. Num canto do bar principal no térreo, Bob Bennett, em licença de seu regimento na Alemanha, segurava alto sua caneca de cerveja John Smith e, com o amigo Ken Borthwick, brindava à saúde da rainha.

— Que ela reine por mais 25 anos — disse Ken. — Deus a abençoe.

Era membro da Reserva Territorial Voluntária e policial da vizinha Worcestershire, mas os dois homens haviam se encontrado no Bunch of Grapes para comemorar o jubileu de prata, tal como milhares de outros por todo o país naquele ano.

— Saúde, meus amigos. — O proprietário, Tony Burberry, juntou-se ao brinde. — Quanto tempo, Ken. Como vai a Força?

Tony era um proprietário de bar sem ligações com o exército. Seu carisma e discrição atraíram a fraternidade do SAS para o Imperial, um pub que havia arrendado em meados da década de 1960. Então, quando se mudou para o Grapes, o SAS o seguiu. Ninguém poderia desejar uma clientela melhor, pois eles gastavam um bom dinheiro, bebiam comedidamente, comportavam-se bem e sua reputação espantava os maus elementos.

Havia as desvantagens, como o medo permanente de uma bomba do IRA, mas os homens mantinham sua própria segurança, e eram mais alertas e capazes que o sistema de segurança mais caro que o dinheiro podia comprar.

Tony conhecia três gerações do SAS: os homens da Malásia, a turma de Bornéu e, mais recentemente, os homens BATT de Omã. Uniam-nos as lembranças das guerras em que tinham lutado. É claro, todos haviam operado em outros palcos de combate, guerrearam em escaramuças nos territórios que por algum tempo atraíram a atenção do Foreign e do Commonwealth Offices, mas sempre em pequenos grupos de dois, quatro ou seis. Estes não trocavam entre si as histórias de luta, nem com qualquer outra pessoa, o que deixava muito pouco espaço mútuo para reminiscências além das três grandes campanhas dos anos pós-guerra, em que esquadrões inteiros agiram juntos.

Bob Bennett, cuja casa ficava em Hereford, conhecia muitos personagens locais e os discutia com Ken Borthwick. Alguns do seu grupo começaram a ir embora para outros pubs à medida que a noite avançava. Um galês com uma mulher agarrada na cintura encontrou espaço na mesa. A moça estava muito bêbada, mas o companheiro ainda conseguia falar coerentemente. Cantou baixinho para ela uma canção de amor dos vales e foi aplaudido pela multidão.

Um dos que bebiam, um urso de homem com uma mão que eclipsava completamente a sua caneca de cerveja, era um fijiano que Bob reconheceu como um sargento do SAS. Ele e os amigos começaram a trocar lembranças de um amigo comum há muito perdido dos dias de Bornéu, e o galês ficou visivelmente atraído. A conversa mudou para um fijiano cujo nome era Labalaba que todos pareciam conhecer, e então alguém mencionou Salalah.

— Eu estive em Salalah — interpôs o galês —, servi no Regimento Muscat vindo dos Fuzileiros. Instrutor em armas de mão para ajudar a apresentar os novos fuzis FN para os recrutas. — Estava radiante. — É muito bom encontrar pessoas que também estiveram lá. É raro acontecer. — Pagou uma rodada para todos. Bob Bennett foi incluído, mas Ken se despediu.

O Grapes só esvaziou bem depois da hora de fechar e Bob seguiu o Escort vermelho do galês a uma distância discreta. Depois de deixar a moça no centro da cidade, o galês tomou o rumo oeste na A438 em direção à aldeia de Brobury. Entrou no jardim de Brobury House, e Bob estacionou na beira da estrada, desaparecendo nas sombras de um jardim bem-cuidado. Conhecia bem o lugar. Recentemente havia sido comprado por um casal americano.

O Escort passou pela casa grande e estacionou diante de duas casas no fim de um caminho asfaltado. Bob havia visto o suficiente. Voltou para casa em Hereford e para sua mulher, Lyn.

Seis dias na semana, Spike Allen corria no Hyde Park durante quarenta minutos. Normalmente não gostava do exercício, mas, já passado dos 40 anos, tinha de compensar o gosto pela boa comida ou juntar-se à maioria na sua forma de pera. Às 8h30, quando voltou ao apartamento, sua mulher já havia saído para o Museu Britânico, onde trabalhava como assistente do curador.

Como sempre, verificou a secretária eletrônica. Deveria ligar para um número de Worcester. Não era o de um local, mas estava relacionado na sua lista de informantes, uma lista de indivíduos não pertencentes ao Comitê, a maioria das Midlands, de Gales e do sul da Inglaterra, que ofereciam informações pertinentes a que o Comitê poderia desejar reagir.

O número atendeu.

— Alô, Ken. Spike retornando.

Ken Borthwick, um ex-sargento do SAS, atualmente detetive, não perdeu tempo em floreios.

— Spike, você talvez pense que é exagero, mas aí vai. Ontem à noite, fui beber no Grapes com Bob Bennett, ex-Esquadrão B que está aqui em licença da Alemanha. Saí cedo do pub, mas Bob me telefonou hoje cedo com um problema em potencial. Ele não sabe nada sobre você nem sobre as nossas ligações. Chamou-me apenas porque pertenço à polícia e eu tinha visto o galês antes de sair.

— Galês?

— É. Tinha um leve sotaque de Borders e deu a entender que já fora dos Fuzileiros Galeses. Estava bebendo com o pessoal e disse que havia sido cedido às FAS na década de 1970. De início, Bob não deu importância, mas para um membro das Forças Armadas do Sultão, o sujeito era ignorante demais. Ele se referia aos homens em Dhofar como "SAS" em vez de "BATT", e contou uma história sobre um oficial do SAS cujo nome ele não lembrava, mas cujo ordenança era primo dele. Como nenhum oficial do SAS jamais teve ordenança, Bob ficou com a pulga atrás da orelha.

— Mas não o suficiente para considerar o galês indesejável — comentou Spike.

— É verdade, mas à medida que a noite avançava, o sujeito ficava falando sobre Mirbat e, em particular, os combates de 1972. Bob achou que ele estava jogando verde, e como esteve envolvido naquele dia em Mirbat, ele decidiu seguir o galês. Ele ficou numa pousada na estrada de Hay.
Houve uma pausa.
— E daí?
— Daí que pode ser outro caso igual ao de Tim Shand. Lembra? O rapaz do Esquadrão G cujo endereço em Ross foi descoberto pelo IRA no ano passado. Nós o colocamos sob vigilância, mas não aconteceu nada e deixamos pra lá. Um mês depois, ele encontrou uma bomba de 1 quilo montada no seu Peugeot.
— Mas — Spike sentia que não estava entendendo bem — pensei que você tinha dito que o galês estava jogando verde sobre Dhofar, não Belfast.
— Pobre Spike — a voz de Ken soou cheia de simpatia —, só tem merda na cabeça. Se *você* quisesse identificar quem da clientela do Grapes estava com o Regimento, e não apenas um ex-exército, você iria tecer uma rede com a seda de Belfast? Claro que não. Respeite os Provos, cara.
— Então você concorda com as suspeitas de Bob, Ken?
— Em princípio, sim — foi a resposta firme. — Eu só vi o galês rapidamente, mas senti que ele estava pouco à vontade e o sujeito tinha feições duras e más. Ouça, Spike, nós, os homens de azul, não reagimos a esse tipo de suspeita aleatória sem mais provas de intenção. Não se justifica nenhuma tentativa de alertar os chefes. Eu ia apenas receber uma aula sobre a falta de gente e a definição de prioridades.
— Está bem, Ken. — Spike suspirou. — Passe-me os detalhes da pousada e vou ver o que posso fazer.
Spike comeu uma tigela de cereais com xarope de bordo e ajudou a descer com uma xícara de café. A mastigação o ajudava a pensar. Decidiu acionar John Smythe, um fotógrafo free-

lance que havia se desligado dos SAS Territorials um ano antes por causa do aumento da demanda por isolamento de teto. Estava à toa e aceitava todo trabalho que pagasse bem e não atraísse a atenção da Receita. Uns dois meses antes, havia telefonado a Spike para se queixar de que a vida estava devagar e perguntar qual a vantagem de ser um local se Spike nunca o chamava.

Apesar de Hereford, a cidade natal de John Smythe, estar perto de Hitchin e ser um ponto de recrutamento para o Esquadrão C do 21 SAS, havia muito que Spike não recebia nenhum chamado daquela área. Decidiu não usar Hallett, o local da região oeste, e atender ao chamado de Borthwick colocando Smythe na cola do galês.

Às 17 horas, horário de Muscat, De Villiers fez uma chamada programada para a Inglaterra de uma das cabines da loja da Cable & Wireless no centro da cidade, único meio disponível de fazer uma chamada internacional de Omã.

Em Brobury House, Davies estava esperando. Ele explicou em linguagem cifrada que os SAS eram um bando de gente cheia de suspeita e de pouca conversa e que ele não tinha nada a relatar.

— Esqueça — disse De Villiers. — Tivemos identificação positiva e precisamos de você aqui imediatamente. O agente vai lhe dar detalhes, mas você deve apressar as coisas e ir imediatamente à embaixada para providenciar o visto.

Duas horas depois de Smythe se instalar com binóculo, garrafa térmica e o rádio do carro sintonizado na Rádio 4, o Escort vermelho saiu da Brobury House e disparou para leste.

Smythe havia aprendido muita coisa sobre vigilância com os erros do passado. Ele agora tinha uma caixa de acessórios destinados a melhorar os seus resultados. Quando Davies estacionou na Trebovir Road, próximo à estação Earls Court do metrô, Smythe esperou no carro. Quando o galês desapareceu, ele pegou na caixa uma lata de Coca-Cola levemente amassada e colocou-a na frente de um dos pneus traseiros do Escort. De volta ao carro, acomodou-se para dormir logo depois de ligar o receptor do aparelho da Coca-Cola. Uma luz verde começou a piscar, e continuaria até os contatos no interior da lata serem unidos por pressão. A luz se apagaria e seria substituída por uma série de apitos suficientemente altos para acordar Smythe do sono mais profundo.

No dia 27 de fevereiro de 1977, oito membros do Comitê se reuniram na casa de Bob Mantell em Richmond, uma casa tranquila próxima ao East Sheen Gate, no Richmond Park.

A reunião havia sido convocada sem aviso prévio por Spike, e entre os ausentes contava-se Bletchley, que fora hospitalizado para um check-up, de acordo com a sua empregada.

O coronel Macpherson, que detestava reuniões no domingo, estava de péssimo humor e decidido a apressar os procedimentos. Isso atendia aos desejos de Spike. Ele explicou os antecedentes das atividades de vigilância de Smythe em Hereford.

— No dia seguinte à sua chegada em Londres ele foi ao número 64 de Ennismore Gardens, a embaixada omani, e o nosso local o seguiu até a seção de vistos. Depois de uma longa espera, durante a qual os dois preencheram formulários de requerimento de Certificados de Não Objeção, o galês foi chamado ao escritório interno. Sr. Alfred Jones foi o nome chamado pelo funcionário omani. Não temos nenhum outro detalhe além do número do seu carro Avis alugado e uma fotografia muito desfocada tirada pelo nosso local.

— Quando esse galês Jones vai a Omã? — perguntou Macpherson.

— Essa é a razão pela qual pedi esta reunião sem demora. Usando o nome Alfred Jones, telefonei à Gulf Air e pedi a confirmação da data da reserva do meu voo para Muscat feita pela minha secretária. Disse que ela estava doente e que a minha agenda não estava no escritório. — Fez uma pausa para ler as anotações. — Jones deverá ir a Muscat via Doha e Dubai no voo 006 da Gulf Air do próximo sábado.

— Nós temos contatos em Omã? — perguntou Michael Panny.

— Ninguém — respondeu Spike depois de verificar com Mantell. — Mas tenho um amigo na Kendall's que administra contratos de oficiais com os omanis. Ele vai conseguir os vistos para mim sem muitas perguntas.

— Por que vamos precisar de um visto? — As sobrancelhas brancas hirsutas de Macpherson estavam erguidas.

— Só temos um suspeito, o galês, cujo paradeiro atualmente é desconhecido porque nosso homem o perdeu pouco depois de sair da embaixada. Ou temos alguém para seguir o galês quando tomar o avião para Muscat ou abandonamos completamente o assunto.

— E por que não abandoná-lo? — comentou acidamente Don. — Não consigo entender por que você se interessou.

— Então o seu ar intelectual de nada vale, Don. — August Graves era, como sempre, o aliado confiável de Spike. — Até eu sou capaz de perceber que esse cara está aprontando.

Macpherson, vendo o início de um bate-boca, interrompeu:

— Spike fez o esforço para chegar até aqui. Agora precisamos decidir se devemos continuar. Uma vigilância inesperada de uma possível ameaça do IRA a alguém da nossa fraternidade de Hereford se transformou em algo bem diferente. Então agora estamos diante de uma charada. Por que alguém iria se dar ao trabalho de espionar um oásis do SAS com a intenção aparente de identificar soldados por seu envolvimento em algum incidente do passado em Dhofar? E por que o mesmo personagem deveria correr para a embaixada omani com a provável intenção de ir a toda a pressa a Muscat tão logo consiga um visto? — Macpherson olhou em volta da mesa. — Alguma ideia?

Não houve resposta imediata, e Macpherson não esperou pelas especulações inevitáveis.

— Como não temos pistas — continuou — além do provável envolvimento do SAS em algum contexto desconhecido, sugiro o envio de um local conveniente, se houver um, com a missão de vigiar as ações do suspeito em Muscat e saber o que for possível.

— Tenho um homem excelente que já serviu nas Forças Armadas do Sultão. — Spike aceitou a deixa. — Fala razoavelmente o árabe e é solteiro. Se estiver preparado para ir, vou precisar pagar suas despesas.

O Comitê estava claramente intrigado por uma questão diferente de todas as outras que tinham chegado até ele. Havia o suficiente para uma ameaça questionável à comunidade para garantir o interesse do Comitê. Não existia nem a mais remota possibilidade de uma força policial seguir uma pista tão indeterminada, e o único obstáculo evidente era o dos recursos.

— Temos mais que o suficiente para cobrir uma passagem de ida e volta e acomodações básicas para duas ou três semanas — ofereceu Jane sem que lhe perguntassem.

Todos concordaram mais facilmente do que Spike havia esperado. Agora só faltava localizar o homem certo para o serviço.

13

Às 21 horas, no último dia de fevereiro, Mason dirigia seu Porsche com estudada legalidade pelas ruas de Berlim Oriental. Estava fardado. Havia jantado com um amigo da cavalaria num restaurante *echt Berliner* de nome impronunciável. Um Trabant ocasional surgia melancolicamente e os rostos brancos dos motoristas olhavam o Porsche com palpável hostilidade.

Mason atravessou o Posto de Controle Charlie usando seu documento de identidade, chegando à Heerstrasse pouco além do Portão de Brandenburgo. A ampla e reta Heerstrasse é comandada por semáforos sincronizados. Se você viajar a uma velocidade constante de 50 quilômetros por hora, pode chegar ao final dela sem ter de parar. Mason percebeu que 100 quilômetros por hora é uma progressão matemática. Quando essa velocidade funcionou sem problemas, ele apostou e ganhou 50 libras dos colegas oficiais ao percorrer a mesma distância a 200.

Depois de uma viagem de dois minutos para o norte na Heerstrasse, Mason chegou ao Quartel Wavell, sede da maior parte da guarnição britânica de Berlim, que em março de 1977 incluía um batalhão de paraquedistas, um batalhão dos Guardas Galeses e um esquadrão de cavalaria. O poder blindado dos britânicos em Berlim totalizava 12 tanques. Seus aliados franceses e americanos estavam igualmente equipados, ao passo que, formados contra eles, havia 12 mil tanques do Pacto de Varsóvia. A atitude fatalista do oficial comandante de Mason, tenente- coronel Charles Guthrie, e da maioria dos outros oficiais aliados em Berlim era compreensível.

Mason tinha apenas desprezo pelas forças aliadas vizinhas, os franceses ao norte, com suas cantinas cheias de vinho barato e ruim que corroía por dentro as garrafas plásticas depois de armazenado três semanas, e uma maioria de soldados recrutados absolutamente inúteis. A única exceção eram os oficiais regulares e os suboficiais, muitos dos quais haviam sido excelentes soldados da Legião Estrangeira.

Os americanos, ao sul, ele resumia como "um monte de equipamentos, muito dinheiro e esposas enormemente gordas com uma dieta ininterrupta de batatas fritas e comida de péssima qualidade".

O Porsche rosnou pelos chiqueiros do batalhão onde o cabo encarregado distribuía lavagem para os porcos. Mason estacionou ao lado da cantina dos oficiais e tremeu com o frio de Berlim.

Deu uma olhada nos cubículos no saguão da cantina dos oficiais. Nada: ninguém o amava. Subiu as escadas até a antessala. Até mesmo a mesa de sinuca estava deserta. O Guarda Coleman surgiu do nada, elegante como um pinguim lavado, e lhe ofereceu um gim-tônica que não tinha pedido.

— Mensagem para o senhor, capitão Mason. Cerca de uma hora atrás. Favor entrar em contato com o seu tio em Londres.

O único tio de Mason nunca ia a Londres. Deu um suspiro, mas sentiu a fisgada de excitação que sempre acompanhava um chamado de Spike Allen. Pegou um exemplar do *Times*, determinado a curtir seu drinque durante cinco minutos.

Seu momento de paz foi interrompido por dois segundos-tenentes, com aparência de cansados, que desabaram em cadeiras próximas.

— Quase me dei bem com a Angela ontem à noite — disse um deles, coçando-se de uma forma especialmente nauseante, que Mason detestava. — Mas dei azar — continuou. — No momento em que a adorável Angie estava estendendo aquelas pernas longas e maravilhosas, um daqueles porcos malditos de Grünewald atacou as latas de lixo dos Everley, embaixo da janela dela.

Os Everley eram um casal de uma das unidades residenciais cuja babá de Kent era, então, a tentação da maioria dos oficiais solteiros do Quartel Wavell. Como aquele subalterno tão pouco atraente havia chamado a atenção da garota, era um mistério para Mason. Na última vez em que a guarnição tinha sido convocada à noite para um "Rocking Horse" (o código da OTAN para os exercícios de resposta a um ataque soviético), o atual namorado de Angela não comparecera e foi confinado à prisão por três meses.

A *bête noire* de Mason continuou o lamento.

— As crianças acordaram e gritaram por causa do barulho das latas de lixo. Angela esfriou. Ficou seca comigo. Aqueles porcos malditos deveriam ser mortos a tiros.

Mason resmungou, congratulando mentalmente os porcos amantes de latas de lixo, e saiu da sala para fazer uma chamada da cabine ao lado da antessala. Dado o adiantado da hora, a ligação foi completada quase imediatamente. Spike explicou a história por trás da missão em Muscat. Mason era claramente o sujeito indicado para a tarefa. Por segurança, Spike havia reservado para ele um lugar no voo das 10 horas de Heathrow, no dia 5 de março. Ele poderia embarcar?

— O seu senso de oportunidade continua péssimo, como sempre.

Ele devia começar sua licença anual no dia 4 de março. Ele e outro oficial tinham programado esquiar na Itália durante 15 dias. Não havia como transferir seus deveres em Berlim antes da meia-noite do dia 4 de março. Em compensação, ele sempre tentou não desapontar Spike. Decidiu-se.

— Vou verificar a minha programação, Spike, e telefono dentro de uma hora ou duas.

Mason fez várias ligações e sua disposição começou a melhorar. Sua segunda conversa foi uma chamada a cobrar feita de uma cabine do lado de fora do quartel. O telefone da antessala era tudo, menos confidencial.

— Se antecipar a minha licença por umas sete horas antes do permitido — Mason falou, quase com prazer —, se subornar um suboficial da Polícia Militar Real e dirigir em altíssima velocidade na noite de 4 de março, vou chegar na hora do embarque. Meu amigo esquiador, se eu lhe pedir depois, será capaz de jurar que eu estava na Itália com ele, bebendo *Glühwein* e esquiando. Vai imaginar, tenho certeza, que eu passei duas semanas de farra com uma mulher casada. — Aqui Mason falou mais duro. — Então, estou pronto, desde que você, Spike, contorne algumas das suas regras normais.

Spike reagiu com um suspiro.

— Se você está pensando em levar algum item com você, como em Chipre, esqueça.

— Sem item, sem Muscat, Spike. Tenho o máximo respeito pelos seus princípios no Reino Unido, mas já arrisquei minha vida e partes do meu corpo por dois anos em Omã e a razão de estar vivo hoje é o meu princípio da autopreservação.

Spike nunca perdeu tempo em discussões vazias.

— Eu lhe disse para viajar legalmente. Se você tiver outras intenções, eu nada sei sobre elas.

— Ótimo — disse Mason. — A outra questão são as minhas despesas. Viagem, acomodações e 2 mil marcos do presente para o meu amigo da polícia militar e todas as despesas incidentais.

— Sem problema. Vou usar o seu segundo passaporte para o Certificado de Não Objeção e deixá-lo pronto para você em Heathrow junto com uma foto do galês.

Mason fez outra chamada a cobrar para um amigo, Patrick Tanner, no seu apartamento em Londres. Pediu desculpas pelo adiantado da hora, mas precisava urgentemente da ajuda de Patrick segundo as mesmas linhas do ano anterior e envolvendo mais ou menos os mesmos equipamentos. Depois de um bate-papo bem-humorado, Tanner anotou uma complexa lista de compras. A maior parte deveria ser recolhida no depósito do próprio Mason, na propriedade dos seus pais em Oxfordshire. O pai de Mason era um tanto conservador e não apreciava que os amigos civis do filho aparecessem para passar a noite, a menos, é claro, que David estivesse com eles. Em compensação, ele tinha enorme orgulho da ficha de serviço do filho, e qualquer irmão oficial dos Guardas era sempre bem-vindo. Por isso, no ano anterior, David havia assegurado uma recepção amistosa para Patrick Tanner apresentando-o como um oficial dos Guardas, Douglas Erskine-Crum, de quem seu pai ouvira falar, mas não conhecia pessoalmente. Tanner concordou em se apresentar como Erskine-Crum, e Mason ligou para os pais para avisá-los da chegada dele na manhã seguinte. Teria cama, mas não café, pois deveria sair muito cedo para a Escócia.

Patrick Tanner acordou às 4 horas. Deixou uma nota de agradecimento para os Mason na mesinha de cabeceira e desceu para o escritório para pegar a chave do depósito. David tinha lhe dito exatamente onde estaria. Silenciosamente, pois o pai de David poderia ter sono leve, destrancou a pesada porta do depósito, desarmou o alarme interno e, com admiração e um toque de inveja, examinou as armas que cobriam as paredes. Estava grato pela lista que David lhe dera no ano anterior. Naquela ocasião ele pegara um revólver Colt Python .357 Magnum.

Havia várias espingardas — 410s, calibres 20 e 16 —, mas os itens premiados eram um par de Purdeys calibre 12 com canos de 30 polegadas fabricadas na década de 1920, o melhor período das armas de caça inglesas.

Patrick sorriu ao ler a lista. David era um *connoisseur*. Era quase uma homilia.

S&W .45 ACP
Automática, nove tiros. Boa automática, tiro rápido etc., mas, como todas as automáticas, tende a engasgar mais que um revólver.

Walther PP
Calibre .32. Excelente automática pequena, mas requer muita precisão no tiro (ou dois a três tiros) para parar o alvo. Qualquer pistola de calibre menor que este não serve para nada, a menos que se queira dar um tiro na boca para obturar um dente.

Walther .22LR
Rifle semiautomático com moderador de som (silenciador) para animais pequenos (ideal para coelhos).

Colt Python .357 Magnum
Revólver. Pesado e mortalmente preciso. A 90 metros, concentro meus tiros num raio de 10 centímetros. O melhor revólver já feito. Atira balas pesadas de 160 grãos.

Stephen Grant .22 Hornet
Para animais ligeiramente maiores. *Mortalmente* precisa entre 110 e 140 metros, depois a trajetória decai rapidamente. Convertida por J. Rigby & Co. a partir do "rifle de corvo" original de calibre .250.

Parker-Hale .243
Rifle. Barato, mas preciso. Boa trajetória para pequenos animais fora do alcance do .22 Hornet.

Rigby .275
Rifle de ação Mauser. Tenho três desses, um de cano extralongo e dois com canos padrão. Soberbos, ideais para a caça de veado. Um tem

mira Zeiss 4 x 40 mm, outro mira Pecar 4 x 30 mm, e o de cano longo tem mira aberta.

Daniel Frazer .303
Rifle duplo. Item de colecionador. Muito preciso.

Rigby .350 Magnum
Rifle de ação Mauser. Velhinho (década de 1920). Muito confiável. Mira aberta. Para caça grande.

Rigby .375 H&H Magnum
Rifle. Convertido de um .350 especial (calibre obsoleto). Rifle maravilhoso, capaz de parar qualquer coisa. Coice de mula. Mira Zeiss 1,5-6 x 40 mm.

Pair de Purdey .450
Rifles duplos. Itens de colecionador (virada do século).

Rigby .470 Nitro Express
Rifle duplo. Arma fantástica. Lindamente construída (cerca de 1930). Perfeita condição. Muito valioso. Para *qualquer coisa*. Faz barulho igual a uma explosão nuclear quando atira (bala de 500 grãos a 645m/s).

Você há de notar que a maior parte dos meus rifles foi fabricada por John Rigby & Co. Já há um século eles vêm sendo, na minha opinião, os melhores fabricantes de todos (ainda são), embora, apenas em termos de precisão, e não de qualidade de mão de obra, existam alguns outros nomes.

São esses os rifles e as armas de mão que eu tenho no momento. No que se refere a armas militares, a minha favorita é o rifle de assalto russo AKM (brilhantemente simples, projeto inteligente, nunca emperra, leve e fácil de operar, munição leve etc.), e a que me agrada menos é tudo o que foi fornecido para o exército britânico desde que o rifle .303 Lee Enfield e o Bren LMG foram substituídos, com a honrosa exceção do rifle de franco-atirador L42 e, até certo ponto, o GPMG, embora os dois talvez fossem melhores se usassem munição .303 modificada para sem aba, em vez da Winchester (7.62 mm OTAN). O SLR, o Sterling SMG e a pistola automática Browning 9 mm "High Power" são todos mal projetados, costumam falhar, péssimas armas, embora a versão com silenciador do Sterling tenha suas aplicações...

Patrick dobrou a nota de Mason, retirou a Hornet .22 da grade e material suficiente para dez tiros de munição .22 de uma caixa na gaveta imediatamente abaixo. Escolheu na estante um estojo de plástico rígido para o rifle, passou a maior parte de uma hora centralizando os itens menores da lista. Finalmente, retirou uma velha mala marrom com roupas. Nem todo o equipamento que Mason havia pedido estava à vista, mas Patrick reuniu uma lista de compras a ser providenciada mais tarde no mesmo dia. Guardou as chaves, saiu da casa e dirigiu a Kombi tão silenciosamente quanto possível na entrada cascalhada do Eynsham Park.

Às 17 horas do dia 4 de março, tendo passado seu posto o mais cedo possível, David Mason saiu apressado do Quartel Wavell. Tecnicamente, ele estava ausente sem licença, pois sua dispensa de duas semanas só começaria oficialmente depois da meia-noite. Quinze minutos depois, ele chegou ao Posto de Controle Bravo, ponto de entrada para o Corredor de Berlim, e se irritou por causa da fileira de carros esperando a verificação de documentos. Furou a fila e mostrou seu documento de identificação a um burgomestre que mostrou sinais de indignação. O oficial da Real Polícia Militar se apresentou imediatamente e Mason lhe passou o cheque de 2 mil marcos com o qual ele já tinha concordado em troca de manter um espaço às 4h30 para o Porsche 911 verde de Mason, número de registro EZ242 B, das Forças Britânicas na Alemanha. O oficial anotou os detalhes da licença de Mason, sua identificação e a cobertura de seguro Green Card. O sistema do Corredor de Berlim era rigidamente controlado para garantir que nenhum motorista, depois de sair do posto de controle dos dois extremos do Corredor, tivesse tempo livre para fins condenáveis, tal como transportar ilegalmente os locais para o Ocidente.

Os regulamentos também garantiam que não poderia haver excesso de velocidade, ao estipular o tempo *mínimo* de duas horas para o percurso de 160 quilômetros. Mason saiu do posto de controle às 17h30, não às 16h30 como indicado pelo oficial. Ele poderia, portanto, cobrir a distância no Corredor a uma velocidade de 160 quilômetros por hora e chegar à hora "correta", 18h30, ao posto de controle Helmstedt da Volkspolizei da Alemanha Oriental.

Os guardas de fronteira da Alemanha Oriental se limitaram a uma verificação perfunctória, e os ingleses no Posto de Controle Alfa deixaram Mason passar sem nenhuma verificação. Em seguida, ele se preparou seriamente para dirigir na autobahn, passando por Hanover, Dortmund e pela fronteira belga em Aachen, que cruzou a 220 quilômetros por hora.

Chegou a Zeebrugge às 22h15 e tomou o ferry das 23 horas. A bordo, comprou 12 rolos de filme Kodak Tri-X e quatro rolos de Ilford FP4, ambos de 35mm, na duty-free e dormiu durante duas horas.

Depois de passar pela alfândega em Dover às 4h30, ele partiu pelas rodovias A2 e M2 para Londres, depois pela M4 até Heathrow, onde, às 7 horas, parou atrás da Kombi de Patrick na pista de acesso ao estacionamento de longa duração.

Dentro do compartimento traseiro trancado da Kombi, beberam café da garrafa térmica de Patrick, e Mason acendeu um charuto, colocando o rifle .22 e todos os outros itens trazidos na mesa do veículo. Explicou cuidadosamente a Patrick o que exatamente teria de ser feito nas duas horas seguintes.

Patrick ligou o carro para ativar o exaustor na esperança de se livrar da fumaça de charuto antes de morrer asfixiado e para se assegurar de que a conversa não seria ouvida. Um jornalista da BBC lhes desejou um bom-dia com a notícia de que milhares haviam morrido num terremoto na Romênia.

Mason explicou que a arma havia sido produzida pela Stephen Grant & Son, do número 67a da St. James Street, em Londres, no início da década de 1930. Foi fabricada como um rifle de caça .25 e mais tarde adaptada para munição Hornet .22. O cano era octogonal, o que lhe dava uma aparência de antiguidade que traía a sua eficiência. Era acionada por uma alavanca lateral e abria como uma espingarda moderna, disparando um único tiro, e não usava carregador.

Para desmontar o rifle, Mason retirou a peça de madeira diante do gatilho, e quebrando a arma ao empurrar para baixo a alavanca lateral, separou o cano.

O fogareiro da Camper tinha duas trempes sobre as quais Mason segurou uma vara de aço com 1/8 de polegada de diâmetro e, na outra mão, o cano da espingarda. Patrick aqueceu uma vela preta de forma que a cera quente pingasse num escalfador de ovos.

Mason passou óleo de máquina num pedaço de chiclete mascado e o empurrou pelo cano até a boca da arma. Ele então segurou o cano aquecido apoiado no chão e enfiou a vara de 50 centímetros no cano de 60 centímetros até desaparecer. Sacudiu o cano e a vara fez barulho. Patrick então despejou a cera derretida no espaço entre a vara e a parede interna do cano da espingarda. Quando esfriaram, a cera se solidificou, e a vara ficou rigidamente presa na posição.

Mason removeu o pedaço de goma de mascar e aplicou verniz com um pincel nas duas pontas da vara, aplicou Gun-Black como uma camada final de camuflagem e bateu nas duas pontas da vara com uma chave de fenda. O efeito foi o de um cano tamponado pela polícia. Para todos os efeitos e propósitos, a arma era agora apenas uma antiguidade. Nessa condição, ela poderia ser transportada como carga aérea. Mason tornou a montar a espingarda, depois de retirar a agulha e a mola principal. Então a guardou no estojo de plástico e apagou o charuto.

— O próximo estágio vai ser mais demorado. — Retirou os rolos de filme Ilford FP4 das embalagens plásticas e começou a separar delicadamente as tampas com um abridor de garrafas. — Perdi horas quando tentei isto pela primeira vez com filmes Kodak. Eles saem fácil, mas são difíceis de montar de novo. Além disso, o espaço vazio no interior dos carretéis desses filmes Ilford é mais espaçoso.

Mason usou uma faca de modelar para cortar a parte central do carretel. Ficou apenas com as pontas truncadas, que pareciam pequenas cartolas negras. Pediu a Patrick para trabalhar um segundo rolo de filme e voltou a atenção para os componentes das dez balas Hornet calibre .22. Primeiro os cartuchos vazios, novos, sem espoleta, que foram preparados com espoletas Eley usando uma ferramenta Lyman e apertando-a firmemente contra o fundo do cartucho. Quando os cinco cartuchos estavam preparados, ele os amarrou firmemente num feixe apertado usando esparadrapo. Então colocou uma "cartola" do carretel Ilford nas duas pontas do feixe e forçou o conjunto no estojo original do carretel Ilford. Como os cartuchos Hornet tinham exatamente 35 milímetros de comprimento, eles se ajustaram com precisão no espaço deixado pelo filme.

O carretel acabado parecia perfeito, apesar de agora pesar 33 gramas em vez de 20. Depois de colocar a espoleta no segundo grupo de cartuchos, Mason colocou-os no carretel que Patrick havia acabado de preparar. Ele cortou 13 centímetros da ponta da película e inseriu no carretel para ser visto como num filme normal. Colocou o carretel numa das câmeras Olympus OM-1, e passou a ponta de filme em torno do carretel da máquina, sem entretanto prendê-lo. Depois de fechar a câmera, ele puxou várias vezes a alavanca de alimentação. Apesar de o filme não ter se movido, o contador de exposições indicava 12. Fez o mesmo numa segunda câmera com os outros cinco cartuchos. No raios X da segurança, o mecanismo da câmera disfarçaria os cartuchos.

Faltava agora preparar as balas e a pólvora. Mason usou balanças pequenas de precisão para pesar os 11 grãos de pólvora IMR 4227, que ele deitou num pequeno saco plástico com o rótulo de sílica-gel. Selou o saco com cola instantânea, e repetiu o processo 12 vezes, deixando dois pacotes extras para o caso de perda por dano ou na inspeção da alfândega. Os sacos foram colocados num bolso lateral do estojo da câmera. Se submetida a teste de droga, a pólvora não tinha gosto e, tal como a sílica-gel, era higroscópica. O estojo também continha um tanque de revelação, bandejas, produtos químicos, papel fotográfico e peças de um ampliador.

As dez Hornady de 45 grãos (2,9 gramas) de calibre .22 de ponta oca couberam perfeitamente no centro dos dois pacotes de dropes Polo que ele colocou no bolso da calça.

Gastaram mais meia hora verificando e embalando todo o equipamento, e às 8h50, Patrick deixou Mason no Terminal 3 da Ala de Embarque. O balcão de check-in da Gulf Air recebeu a sua mala grande e o estojo da espingarda como bagagem embarcada e ele passou à Emigração.

Na máquina de raios X, Mason colocou a bagagem de mão na correia transportadora e passou pelo detector de metais, que apitou ruidosamente. Um funcionário da segurança o fez esvaziar os bolsos numa mesa lateral e tentar novamente. A máquina ficou silenciosa, mas ele foi "apalpado" e o conteúdo dos seus bolsos verificado item por item. Eram chaves, relógio de pulso, caneta Parker, moedas, óculos de sol, canivete, lenço e dropes Polo. Todos foram considerados inócuos.

A bagagem de mão de Mason foi aberta por uma senhora eficiente vestindo suéter cinza. Ela ligou o barbeador, o ditafone e rádio, e inspecionou as câmeras e lentes com cuidado. Ignorou os saquinhos de sílica-gel e vários outros itens pequenos de aparência inofensiva.

Tão logo terminou a passagem pela segurança, ele se dirigiu ao toalete no saguão de embarque, onde fixou com fita uma sacola de polietileno ao interior da caixa de um dos vasos. A sacola continha os itens "culpados", inclusive o equipamento de escuta, a agulha da arma, os dropes e os rolos alterados de filme. Colocou rolos normais de filme Ilford nas máquinas fotográficas.

Nem bem tinha se sentado atrás de um jornal, quando seu nome foi chamado no sistema de alto-falantes. Teve de voltar à segurança. Lá ele foi levado a uma sala lateral e confrontado com o estojo da espingarda. Abriu a caixa e explicou que era uma antiguidade sem condições de ser operada para a qual ele tinha um possível comprador em Muscat. Sua intenção era trazer na volta um mosquete de mecha de quase 2 metros.

Os funcionários pareceram satisfeitos, mas tornaram a verificar toda a bagagem de Mason. Tudo correu sem problemas e ele voltou ao toalete para buscar o seu equipamento. Lembrou-se de que no ano anterior se sentira culpado durante a segunda verificação *en route* para Chipre. Agora não foi perturbado por nada semelhante.

Davies ainda não havia embarcado quando soou a última chamada para o voo dos dois, mas Mason o viu e identificou com grande alívio. O galês viajava na primeira classe, Mason pela classe econômica.

O Tri-Star estava com metade da lotação até Doha, mas então se encheu, principalmente de asiáticos, para os trechos finais até Dubai e Muscat. Aterrissou no Aeroporto Internacional de Seeb um pouco antes da meia-noite. O ar noturno estava fresco e Davies foi recebido por um motorista de táxi com uma placa com seu nome. Enquanto Davies voltava para retirar sua bagagem no meio de uma agitação de asiáticos, Mason perguntou ao motorista do galês se ele estava livre.

— Sinto muito, sah'b, vou levar outro homem ao hotel Gulf. Mas não se preocupe. Há muitos táxis aí fora para o senhor.

Mason se tranquilizou. Spike já havia feito uma reserva para ele no Muscat Gulf, o melhor dos três hotéis de toda Omã. Não precisava se preocupar se as bagagens de Davies aparecessem antes das suas.

14

Bill Baíley, superintendente-chefe da ala aérea da Polícia Real de Omã, observou o helicóptero desaparecer em direção às montanhas para uma desocupação médica de emergência solicitada pelo Exército. Enviou John Milling, porque ninguém conhecia melhor o monte Akhdar.

A maioria dos helicópteros de Bill Bailey era Augusta Bell 205s, desenhados pelos italianos com base no American Huey, e extremamente confiáveis, mesmo quando voavam além dos limites especificados. Foram projetados para carregar, sob condições normais, um máximo de 12 homens com equipamento completo, mas Bill já havia contado 24 dhofaris, todos com pacotes de equipamentos pessoais, desembarcarem de um.

Bill conhecia John Milling havia muito tempo, pois os dois tinham servido com os Fuzileiros Reais na Europa. John não exibia o temperamento normalmente alegre nos dois últimos dias e Bill atribuiu isso à morte da rainha Noor, da Jordânia, na queda de um helicóptero. Durante uma visita real a Omã, em dezembro último, John havia conduzido a rainha a todos os lugares de interesse e passou a gostar dela. Bill sabia que a maioria dos seus pilotos teria simplesmente dito "Que pena". Mas

John sofria com essas coisas. Se gostasse de alguém, era o mais leal dos amigos. E também um romântico, Bill sempre pensou. Provavelmente devido aos seus genes: ele vinha de uma família devotamente protestante de Ballymoney, na Irlanda do Norte, onde seu pai era administrador para a Costa Norte do National Trust. Alto e belo, John havia conquistado muitos corações nas suas viagens ao longo dos anos.

A razão para a introspecção de agora não tinha, na verdade, nada a ver com a rainha da Jordânia, e tudo a ver com sua esposa. Bridget, ou Bridgie, como todos a conheciam, estava grávida de sete meses e meio do segundo filho do casal e mostrava sinais preocupantes de um parto prematuro. Com menos de um mês até a chegada do forte calor do verão de Omã, John estava ansioso para que Bridgie tivesse o filho na Europa, e até lá iria tratá-la como porcelana.

Esportista nato, John havia remado em Henley pela escola e depois foi admitido nos comandos. Após servir no Extremo Oriente, transferiu-se em 1969 para as forças do sultão, e foi condecorado por bravura sob fogo. Durante algum tempo, pilotou helicópteros nas Índias Ocidentais até que, em 1975, ele se desligou dos fuzileiros e se juntou à Ala Aérea da Polícia Real de Omã. Passados 18 meses, sua alma inquieta já dava sinais de tédio. Procurava novos e longínquos horizontes.

O Bell atravessou a garganta de Sumail. Ao sul, centenas de quilômetros de areia e rochas ígneas, as regiões de Wahiba e Sharqiya; ao norte, a grande escarpa dos montes Akhdar e Nakhl. Ao descer no acampamento de Izki, John embarcou uma peça de gerador, e então, afastando-se ligeiramente do seu plano de voo, foi para o norte, para os luxuriantes jardins de Birkat al Mawz, Lagoa das Bananas. Para deleite do seu tripulante omani, Ali, tomaram a direção de um vale que rachava a face do Akhdar, a 3 mil metros de altura.

O rosto de John relaxou visivelmente, as suas preocupações pessoais desapareciam quando a sua habilidade de voo se tornava fundamental. Era o voo de fração de segundo, no coração do cenário mais espetacular do mundo. Os canyons do Colorado eram meros regatos quando comparados à ravina espiralada do Akhdar.

A mudança atmosférica dentro da ravina e seu efeito no Bell foram imediatos, quando o ar quente do planalto encontrou os ventos catabáticos da escarpa. John operou os seus controles com a habilidade e o prazer de um adolescente num videogame. Mas aquilo era real, um teste para qualquer piloto.

O fundo do vale, o rio Miyadin, ziguezagueava abaixo deles, principalmente na sombra, um corredor contorcido de quedas d'água, lagos profundos e rochas enormes lançadas ali pelas ondas em anos passados.

Aquilo era a vida, uma agitação que John havia sentido somente ao voar e no calor da batalha em Dhofar, seis anos antes; em uma outra vida. John desprezava muitos dos seus colegas estrangeiros que prestavam serviço em Omã. Pareciam se preocupar apenas com o pagamento e os benefícios, demonstrando pouco ou nenhum interesse naquela terra maravilhosa e no seu povo amistoso. De sua parte, ele lamentava o desaparecimento do antigo Omã. Apesar de reconhecer os enormes benefícios do progresso trazido pela ascensão de Qaboos, ele tinha saudade do encanto, da atmosfera única que o havia atraído de volta ao país. Os omanis ainda vestiam o tradicional manto branco, o turbante conhecido como *shemagh* e a adaga curva, mas os óculos de sol Polaroid tornaram-se uma parte triste da vestimenta nacional. Garrafas de Coca-Cola, linhas telefônicas e lambretas infestavam todos os cantos da terra. Eram todos, sem dúvida, bênçãos para o povo local, mas um desapontamento para o observador romântico.

John falava e escrevia o árabe clássico. Talvez pudesse ensinar inglês nas montanhas do Iêmen do Norte, onde o único sinal do progresso do século XX foram as nuvens mortais do gás nervoso Tabun dos caças egípcios dez anos antes. Bridgie talvez achasse essa vida um tanto solitária, mas logo passaria a amá-la, pois era corajosa e adaptável. John havia transformado o sonho numa forma de arte.

O Bell subiu e se libertou das sombras das ravinas profundas, e John tocou os controles para virar para oeste sobre a pequena lagoa de Salut, meio oculta por pomares de tamargueiras e oleandros, onde os camelos e bodes vinham matar a sede. Depois de alguns minutos, a vista se abriu para o panorama etéreo das encostas da *jebel*. Rochas maciças e aldeias penduradas nos despenhadeiros, cascatas de águas cadentes e um risco verde onde os terraços de pomares desafiavam a gravidade.

Numa saliência abaixo, viu o que sobrara de um bombardeiro Venom, da RAF, uma baixa da rebelião de 1959 na montanha. O sultão agora mantinha permanentemente um destacamento do exército em Sayq, na *jebel*, mas em 1958 um imã rebelde, com ajuda saudita, havia tomado o forte da montanha com uma tropa fortemente armada de setecentos guerrilheiros. Ao longo de novecentos anos, nenhum invasor tinha conseguido tomar a montanha pela força, apesar de muitos terem tentado. Em 550 a.C., os persas chegaram pela primeira vez e abriram caminho pelo simples peso do seu número até o platô superior. Nem mesmo a rota de acesso mais fácil, das 23 existentes, era mais larga que uma trilha para uma fila indiana.

Em janeiro de 1959, duas tropas de homens do SAS, recém-chegados das florestas malaias, surpreenderam os soldados do imã subindo por uma rota de alpinistas saindo da aldeia de Kamah. O ataque foi comandado pelo capitão Peter de la Billière, que em 1991 seria o comandante das forças britânicas na Guerra do Golfo.

John aterrissou no Campo de Batalha de Sayq. Um mensageiro do comandante trouxe um adolescente árabe de olhos assustados, *dishdash* suja e pés descalços. Este, disse o mensageiro, é o marido da pessoa a ser socorrida. John apertou a mão do rapaz e falou com ele na sua língua. Pertencia à tribo Beni Riyam e vivia em Shiraija. Sua mulher tinha sido mordida por uma cobra e estava passando muito mal. Ele tinha corrido ao quartel do exército, mas os três médicos estavam em exercício em outro lugar na *jebel*.

— Você matou a cobra? — perguntou John ao jovem árabe, e ficou aliviado quando ele confirmou com a cabeça.

Conhecedor da geografia de Shiraija, percebia a sensatez do transporte por helicóptero para um hospital com muitos soros capazes de combater o veneno da maioria das víboras de Omã. Sempre que socorria casos de mordida de cobra, ele tentava entregar, junto com o paciente, a cobra morta às autoridades do hospital. Era uma garantia de que seria usado o soro correto sem demora.

John entregou a peça do gerador ao mensageiro do comandante, prendeu o rapaz com um fone de ouvido no banco de trás do Bell e partiu para Shiraija. A aldeia ficava a menos de 2 quilômetros do acampamento de Sayq, mas estava encravada no alto de uma ravina quase vertical. A encosta abaixo da aldeia caía em vertiginosos terraços irrigados. Cada uma das camadas era atendida por canais artificiais que extravasavam para os níveis inferiores até o último dos pequenos pomares, 900 metros abaixo.

Plantas e árvores com folhagem exótica estavam carregadas de frutas: figos, pêssegos, amêndoas, nozes, morangos, bananas e romãs, só para mencionar algumas. Moitas de cana-de-açúcar vicejavam nos níveis inferiores e campos de alfafa oscilavam ao vento fresco e perfumado.

O tripulante Ali conversava com o jovem árabe, cujo rosto apertado contra a janela fazia sinais indicando movimento para baixo. A moça devia estar trabalhando num dos pomares mais baixos. John fez um círculo, lentamente, inclinando o helicóptero para que o rapaz pudesse ver os terraços. Finalmente o jovem gritou no microfone e os dois tripulantes se assustaram. Ele tinha encontrado a mulher.

A 180 metros acima da localização da vítima, John encontrou um canteiro de alfafa com largura suficiente para aterrissar o helicóptero sem estourar as pás na parede do nível acima. Os três correram para baixo pelos pomares até onde a moça estava deitada na grama. Seu rosto estava tingido pelo amarelo da flor do açafrão. Viu imediatamente que estava morta. Pobre moça, pensou John: havia morrido sozinha, sofrendo muito. Seu corpo estava rígido e arqueado, os olhos muito abertos e a língua para fora. Parecia tão jovem para já ser casada — não mais que 12 anos, calculou. As glândulas da garganta estavam horrivelmente inchadas e ele procurou o pulso, mas não houve reação. A cobra, fraturada e castigada, era uma eckis, não uma naja, e quase certamente, com sua grande cabeça chata, uma Schneider muito venenosa.

O rapaz se ajoelhou ao lado da moça morta. Suas mãos se juntaram diante da boca e as lágrimas desceram pelo rosto dele. John apertou os ombros do rapaz e, quando começaram os soluços profundos, ele o abraçou.

Carregaram cuidadosamente o corpo pequeno para o helicóptero. John falou com o sinaleiro de Sayq e, quando voltaram ao acampamento, um Land Rover com maca e saco de cadáver os esperava.

A lembrança duradoura de John naquele dia foi o rosto do menino, tão só e perdido quanto uma gazela ferida. Ele e Ali voaram em silêncio ao voltar para Seeb. John não disse nada a Bridgie naquela noite, mas sentiu um carinho especial por ela e pelo filho de 3 anos, Oliver.

15

Mason pagou o táxi num ponto onde o tráfego da manhã, uma confusão barulhenta de camelos e carros, passava por uma abertura rasgada no muro da cidade. Matrah, um formigueiro de comércio, havia mudado muito desde que deixara o serviço em Omã. Um porto moderno, Port Qaboos, estava em construção e as escavadeiras varriam grande parte da cidade para abrir espaço a modernos edifícios de escritórios.

Davies não tinha pressa e se comportava como qualquer trabalhador estrangeiro recém-chegado à cidade tão fascinante. Passeou sem pressa pela babel de trabalhadores asiáticos das construções, olhou para o novo e o velho na área do porto e perambulou pelo mercado cercado pelos muros dos khojas, o Sur al-Lawatiyah. Gerações de mercadores khoja, originalmente de Sind, haviam mantido sua língua e seus costumes enquanto, do labirinto de corredores de Lawatiyah, dominavam o comércio de Matrah.

Mason foi forçado a se aproximar ou corria o risco de perder o galês. As passagens estreitas e perfumadas fervilhavam de gente e ele começou a sentir certa urgência e propósito no passeio até então aleatório da sua presa. Cabeça e pescoço acima da multidão, ele conseguiu manter contato, mas só com muita dificuldade e muitos olhares hostis dos frequentadores do *sooq*, vestidos de manto branco.

Num ponto de onde saíam três corredores, Mason não conseguiu abrir passagem entre duas mulheres com máscaras negras Ibadhi. "*Min fadlak*", gritou, "*indee mushkila*", mas as mulheres, pesadas e redondas como lançadoras de peso soviéticas, ignoraram-no. A fofoca das bruxas se intensificou, as duas falando e nenhuma ouvindo. Davies desapareceu.

Uma busca de meia hora em todas as barracas de Lawatiyah e nas ruas adjacentes se mostrou inútil, então Mason pegou um táxi de volta ao hotel Gulf. Davies deveria voltar para lá, e Mason precisava preparar algumas coisas. Seria melhor que elas estivessem prontas sem demora, agora que Davies dava sinais de atividade.

No banheiro, ele montou as dez balas com a sua prensa Lyman e aqueceu o cano da espingarda com um ferro de passar que a camareira havia lhe emprestado. A cera preta derreteu e ele soltou a vara de aço. Mais tarde, iria limpar o interior do cano com chumaços de algodão embebidos em gasolina. Depois de encher uma sacola de viagem com a coronha e o cano, ele colocou umas roupas por cima e pediu um táxi.

— *Muaskar al Murtafa'a* — instruiu o motorista, referindo-se ao complexo do quartel norte das Forças Armadas do Sultão.

No portão, seu táxi entrou sem dificuldade. Mason parecia o oficial que ele já fora. Mais de quatrocentos oficiais e suboficiais trabalhavam para superiores omanis no amplo quartel, e a taxa de rotatividade era tal que ninguém conhecia ninguém.

No lavatório do refeitório dos oficiais, vestiu a farda do Regimento do Deserto, que só era diferente da farda de outros regimentos das FAS na cor do boné e do cinto. Ficou feliz por não ter engordado durante o tempo passado na Europa. Passeou pelo quartel, respondendo adequadamente a continências, até as linhas da Seção de Transporte Motorizado. Centenas de caminhões Bedford, Land Rovers e Land Cruisers estavam estacionados ao lado de igual número de Datsuns civis e alguns Mercedes de uso dos oficiais mais graduados.

Havia um procedimento razoavelmente rigoroso de saída, mas Mason ignorava toda burocracia nos dias em que recursos e homens eram muito mais escassos e o controle era muito mais rigoroso. Encontrou um Datsun com as chaves na ignição e voltou ao hotel Gulf sem se preocupar com "os canais oficiais". Deixou o carro no estacionamento do hotel, suficientemente longe da entrada principal para ninguém notar a placa das FAS e, de qualquer forma, ele seria apenas mais um dentre muitos Datsuns brancos. Entrou no saguão. A chave de Davies ainda não estava no escaninho, e ele se sentou com um uísque e uma *Newsweek* já bem velha num canto no fundo do saguão. Sem a boina do Regimento do Deserto, ele era apenas mais um oficial administrativo do exército descansando.

O mercador khoja era gordo como um lutador de sumô e sua careca brilhava sob as luzes fluorescentes em virtude da aplicação diária de um unguento perfumado. Era solícito ao extremo e por duas vezes interrompeu a reunião com ofertas de mais café, até De Villiers lhe dizer para deixá-los em paz.

Ele saiu do *majlis*, a sala do fundo usada para entretenimento e negócios, feliz por ter cobrado muito daqueles arrogantes filhos da puta. Encontrou o "representante local", Karim Bux, na salinha atrás da sua barraca.

— Esse homem alto era inglês? — perguntou Karim Bux ao khoja. — Tem certeza?

O comerciante deu de ombros.

— Foi como eu lhe disse. Minhas irmãs só viram esse inglês atrás do seu amigo e, como me pediram, elas lhe bloquearam a passagem. Ele falou com elas em bom árabe, mas como *ingleezi*

Karim Bux sorveu um pouco do seu *loomee*. Apesar dos ventiladores, a sala acolchoada estava carregada do cheiro do ato de fazer amor e ele desejou que De Villiers terminasse logo. Decidiu não mencionar o homem que seguiu Davies. Havia sempre muitos europeus em Lawatiyah. O khoja e suas irmãs estavam com toda certeza procurando uma gorjeta extra.

Karim Bux era o único agente de Tadnams no subcontinente e tinha muitos trabalhos supervalorizados em Delhi. Não gostava do papel atual em Omã, pois não estava acostumado a ser o segundo em comando para os europeus. Mas guardou para si seus sentimentos, pois Tadnams lhe pagava bem e ele sabia que seus clientes eram veteranos com grande influência em Earls Court.

Davies folheou as fotografias de John Milling, sua mulher e dois outros homens: mostravam os homens fardados ou apenas descansando na praia.

— Sujeito grande, esse Milling. Parece um deus grego — comentou.

De Villiers deu de ombros.

— Amanhã vamos testar a sua imortalidade.

Davies estava satisfeito com os planos. Preferia os métodos que a Clínica havia usado com sucesso no passado, e De Villiers havia decidido, no caso de Milling, por um simples acidente doméstico.

Durante duas semanas, Milling e sua família haviam passado por um meticuloso estudo. Era costume da Clínica identificar padrões repetitivos de atividade na vida dos seus alvos ou, se nenhum fosse identificado, ganhar acesso a algum indicador dos planos futuros, como um diagrama do escritório, uma agenda ou uma secretária pessoal que pudesse ser incentivada a fazer fofoca.

Uma vez que se identificasse um padrão ou a intenção de uma atividade, a Clínica selecionava uma data e um lugar onde o alvo estaria só e vulnerável a um acidente.

Quando chegaram a Omã, De Villiers se hospedou no Intercontinental, e Meier, no Falaj. De Villiers cuidou da vida familiar de Milling, e Meier, das suas atividades na Ala Aérea da Polícia.

Uma placa no portão da Ala Aérea anunciava que as atividades de manutenção eram de responsabilidade de J. & P. Contractors, então Meier foi até o seu escritório de recrutamento em Azaiba. Suas excelentes referências, inclusive sete anos na Mercedes, já seriam suficientes, mas engenheiros eletricistas e mecânicos eram sempre muito procurados. Por sorte, naquela manhã a J. & P. havia enviado um engenheiro europeu para casa, de licença por problemas pessoais. As ligações da companhia permitiram que ela pudesse contornar as regras de imigração que exigiam a saída de Meier do país enquanto seu visto de permanência era processado. Ele começou a trabalhar poucas horas depois do telefonema para o contratante da J. & P. Foi designado para a equipe de manutenção encarregada do contrato do complexo da Royal Flight e da Polícia, inclusive as alterações em andamento nas oficinas da Ala Aérea da Polícia.

Estudos comparativos subsequentes indicaram que, apesar de Meier estar decidido e confiante de ser capaz de sabotar o helicóptero de Milling de forma a resultar numa "morte acidental", o meio mais seguro seria uma visita à casa do alvo numa hora em que normalmente estivesse sozinho.

Davies deveria providenciar meios de remoção enquanto os outros dois completariam o assassinato de uma maneira que já tinham preparado e treinado minuciosamente.

A Clínica concordou em todos os detalhes, e Karim Bux os deixou nas proximidades do hotel de cada um.

Às 15h45, John Milling, com um *wizaar* verde e branco enrolado na cintura, observava sua mulher sair, como de hábito, para as compras de quinta-feira no supermercado Matrah Cold Store.

Sentiu uma pontada de ciúme desnecessário quando seu amigo Geoff Leggatt, 1,90m de altura, ajudava Bridgie a embarcar no assento dianteiro. Mesmo com sete meses e meio de gravidez, ela era incrivelmente atraente. As pernas longas e esbeltas, os cabelos dourados, os grandes olhos verdes e o animado temperamento irlandês lhe tinham dado o título de a mulher mais linda e sexy de Omã.

Cha Cha, o criado caxemir albino, sentou-se no banco de trás com Oliver, o filho de 3 anos, cujas feições já revelavam traços de Milling. Geoff bateu a porta e acenou para John. Eram amigos desde a escola, em Enniskillen. Quatro anos antes, John havia se apaixonado perdidamente por Bridgie, então namorada de Geoff. Seguiu-se um caso apaixonado, pontuado pelas viagens de Bridgie pelo mundo, pois ela era comissária de bordo da BOAC. Geoff aceitou a situação e os dois continuaram melhores amigos. Ele os havia visitado na semana anterior, a caminho do Japão, onde ia ensinar inglês.

John Milling fechou a porta do bangalô e se acomodou numa poltrona com os pés na mesa da sala. Dentro de uma hora, sairia para correr na estrada da praia. Não era normalmente o treino que ele fazia na tarde de quinta-feira, mas o piloto James A. Sims Junior, com quem costumava correr ou mergulhar duas vezes por semana, estava de licença. Jim era natural do Tennessee, alto, solteiro e moreno. John estava ansioso por essa saída, pois estava achando cada vez mais difícil acompanhar o americano atlético, e naquele dia iria acompanhar George Halbert, navegador aposentado da RAF, 45 anos, e um dos pilotos dos aviões de asa fixa da Ala Aérea. George gostava de beber e se manter em forma, por isso se dedicava a cada uma dessas atividades em meses alternados. Ele vivia na mesma rua de Milling.

A revista *Economist* escorregou para o chão quando John começou a cochilar ao som do ar-condicionado. Minutos depois foi acordado pelo som da campainha da porta. Talvez George tivesse chegado cedo, o idiota, no ponto alto do calor da tarde.

Milling não reconheceu nenhum dos dois visitantes. Ambos usavam calça de ginástica e camisas brancas limpas, e o homem mais baixo e careca usava óculos e trazia uma pasta. Os dois foram profusos nas desculpas. Não faziam ideia de que o superintendente Milling poderia estar descansando. Voltariam mais tarde. Eram historiadores militares americanos e preparavam um relato definitivo da guerra de guerrilha a partir de meados do século XX. Colin Maxwell e Ted Ashley haviam sugerido que procurassem a orientação de Milling. Aquilo excitou sua curiosidade.

— Entrem — convidou-os para a sala fresca, que tinha as cortinas fechadas. — Posso lhes oferecer uma cerveja, *loomee* ou chá gelado.

Indicou as poltronas e foi até a geladeira na cozinha. O bangalô era quase todo aberto internamente. A geladeira estava encostada a uma parede lateral da cozinha e não podia ser vista da sala. Quando Milling voltou trazendo duas latas de cerveja e canecas, viu o revólver de cano curto na mão do homem mais alto.

— Coloque as cervejas no chão, superintendente, e deite-se de bruços.

Milling obedeceu.

— Agora, junte as mãos e cruze os dedos atrás da cabeça.

Um dos dois homens prendeu as mãos e os pulsos com um material elástico que lhe pareceu ser fita isolante. Apesar de não sentir desconforto, estava bem apertada e não respondeu a nenhuma das tentativas posteriores dele em afrouxá-la.

Ajudaram-no a sentar-se numa das cadeiras e o homem armado colocou-se atrás dele. O outro montou uma câmera de 8mm num tripé e percorreu a casa fechando todas as janelas e portas. Abriu uma única persiana para iluminar o rosto de Milling.

Meier foi com a pasta para o banheiro e começou seus preparativos. Dois dias antes, enquanto a família passava o dia na praia, e Cha Cha cuidava do churrasco, De Villiers havia feito um molde em gesso da base do boxe do banheiro, 15 centímetros acima do nível do chão. Karim Bux preparou então, com chumbo derretido, a cabeça de um porrete com a forma do molde.

O cenário da morte era simples. Milling teria decidido tomar um banho depois da corrida, escorregado num pouco de shampoo, rasgado a cortina do boxe e, ao cair, batido o occipital, a parte de trás onde o pescoço e a cabeça se unem, na base. O resultado seria um afundamento do crânio por fratura, que provocaria dano cerebral e a morte. Como só haveria um único golpe na cabeça, Meier tinha um grande estoque de polietileno preparado para induzir asfixia se fosse necessário.

Depois de verificar que tudo estava pronto, Meier voltou à câmera filmadora e fez um sinal para De Villiers, que adiantou o revólver e a cabeça para entrar no quadro, atrás de Milling. Falou com calma e clareza.

— No dia 18 de outubro de 1969 o senhor assassinou Salim bin Amr Bait Na'ath numa emboscada na aldeia de Qum, em Dhofar. O senhor confessa?

Milling ficou em silêncio durante um momento, digerindo aquela acusação absolutamente inesperada e absurda. Quando respondeu, sua voz estava controlada.

— Em 1969, eu era oficial do Exército lutando contra terroristas comunistas. Lembro-me de ter comandado parte da minha companhia na operação em Qum e me lembro de que dois *adoo* foram mortos, mas *não* por mim.

Somente o zumbido da câmera e o ruído abafado do ar-condicionado perturbaram o silêncio. De Villiers tentou outra vez.

— Como oficial comandante da emboscada em Qum, o senhor era o responsável por todos os seus homens. Se, por sua ordem, um deles disparou as balas que mataram Salim bin Amr, o senhor é tão responsável quanto se tivesse puxado o gatilho.

Os acontecimentos de oito anos antes voltaram instantaneamente à memória de Milling. Soube exatamente o que tinha acontecido, mas se desse um nome, colocaria em risco outra pessoa. Tomou o caminho do meio.

— Quem quer que você seja, está louco. Ninguém é *assassinado* numa batalha. Soldados eliminam seus inimigos em circunstâncias militares, não morais.

De Villiers não hesitou.

— O senhor poderia ter aceitado a rendição de Salim bin Amr. Não tinha necessidade de matá-lo. O senhor será agora executado como decretado pelo pai do homem que assassinou.

Uma parte da mente de Milling brincou com a ideia de que esses homens eram loucos, obcecados com alguma vingança ou até mesmo envolvidos em alguma brincadeira no estilo de Esther Rantzen. Mas os olhos de Meier, o tom duro e categórico da voz de De Villiers e a tranquila economia de movimentos dos dois homens militavam contra tais teorias.

— Houve *realmente* um oficial que fez uma emboscada para um comissário marxista em Qum. Lembro-me do acontecimento, mas não do nome do oficial. — John se lembrava muito bem do nome, mas preferia morrer a revelá-lo. — Se não acreditam, podem verificar os senhores mesmos. O oficial em questão escreveu um livro sobre a emboscada e os acontecimentos que levaram a ela. Ele descreveu claramente tudo o que aconteceu.

— O senhor tem esse livro?

Mais uma vez, John viu que não poderia salvar a própria pele à custa de outro homem. O livro estava a dois passos da sua cadeira, junto com muitos outros títulos sobre a Arábia.

— Não — respondeu —, mas ele pode ser facilmente obtido através da Family Bookshop, em Muscat.

De Villiers já tinha visto tudo aquilo antes. Em face da morte iminente, a maioria das pessoas descobria que o pensamento racional era ilusório, mas havia algumas que se mantinham calmas e capazes de criar uma teia de mentiras na tentativa de se manterem vivas. Sabendo que Milling era o único oficial no local e que Salim bin Amr havia morrido nas mãos de um homem branco, De Villiers não se deixou levar pelas evasivas de Milling. Olhou para Meier, que concordou com a cabeça. O filme já estava na lata.

De Villiers não quis arriscar, pois Milling era sem dúvida um homem forte e em plena forma. O revólver continuava fora de sua vista e do seu alcance.

— Fique de joelhos e vá para o banheiro.

Milling se arrastou ajoelhado até o banheiro e foi amarrado de bruços sobre o vaso. O cano do revólver roçou os seus lábios e dentes. Um chumaço de papel higiênico foi empurrado à força dentro da sua boca. Atrás de si, ouviu um dos dois homens abrir a pasta e então o som maravilhoso da campainha da porta.

Meier e De Villiers agiram sem hesitação. Fecharam a pasta e Milling no banheiro, e saíram pela porta da cozinha. Depois de cruzarem o jardim dos fundos, desapareceram por um portão e passaram pelo terreno baldio até onde Karim Bux os esperava com Davies, na estrada para Seeb.

George Halbert, ao não receber resposta à campainha ou aos seus gritos, deu a volta pelos fundos da casa e entrou pela porta da cozinha. Encontrou o amigo no banheiro. Com uma faca de pão, ele cortou as fitas isolantes.

— O que você estava fazendo? — Halbert estava atônito.

— Boa pergunta. Muito boa pergunta.

Encheu a pia e mergulhou a cabeça na água fria. Precisava de tempo para pensar. Se dissesse a George, logo todos saberiam, inclusive Bridgie — o que devia ser evitado a todo custo. O médico havia avisado que ela tinha de evitar sustos de todo tipo ou poderia perder o bebê. Não podia se angustiar, e ele sabia muito bem como ela reagiria à notícia de uma tentativa de assassinato.

— Acho que foram os idiotas do QG das forças do sultão — disse a Halbert. — Nós brincamos com eles na praia na semana passada e eles provavelmente resolveram que seria uma boa vingança me amarrar à minha própria privada.

— Estou surpreso por você ter deixado. — Halbert não parecia convencido.

— Devem ter entrado pela cozinha e me pegaram cochilando. Eram cinco.

John fez um esforço para parecer normal, provocando-o por causa da barriga, mas seus pensamentos se concentravam no pesadelo que fora aquela visita dos "historiadores". Tentou telefonar para Colin Maxwell e Ted Ashley, mas não encontrou nenhum dos dois. Decidiu avisar o oficial que havia matado o *adoo*, tão logo voltasse para o Reino Unido.

Naquela noite, ele foi particularmente atencioso com Bridgie. Foram a uma festa de São Patrício na casa de alguns amigos irlandeses onde se cantaram muitas canções rebeldes, e John começou a relaxar. Apesar de ser protestante, ele não era um animal político e se juntou feliz à cantoria.

Bridgie saiu para respirar ar fresco. Pertencia à família O'Neill Wallis e acreditava em todas as superstições celtas. Parou no corredor com um pequeno grito de horror. Um vaso de flores coloria um nicho na parede lateral. Mas aquelas cores, e numa casa irlandesa. Algo estava errado.

Bridgie apertou as mãos sobre a barriga, sentindo um calafrio descer da nuca. Dia de São Patrício e a flores vermelhas e brancas: sinal certo de morte iminente.

16

Mason não estava no seu melhor humor na sexta-feira, dia 18 de março. Por 12 dias, o galês descansara no hotel como se estivesse em férias com todas as despesas pagas. Tinha cantado as comissárias de bordo da Gulf Air que pernoitavam no hotel Gulf, e deu sorte com pelo menos duas. De uma janela no sexto andar, Mason o havia fotografado ao lado da piscina, usando uma Olympus OM-1 com objetiva de 300mm. Como o seu banheiro não ficava completamente escuro, ele havia revelado o filme Tri-X no armário de vassouras mais próximo, com resultados razoáveis. Em todos os outros aspectos, sua excursão omani tinha sido um fracasso, uma perda de tempo, não tinha nada a relatar a Spike.

No único dia em que o galês se aventurou fora do hotel, Mason logo o perdeu em Lawatiyah – e ele só voltou ao quarto às 18 horas. Tempo suficiente para Mason, na falta de um chaveiro, pegar a chave do galês na portaria durante a oração do meio-dia e devolvê-la antes da volta do recepcionista. Durante o minuto e meio que ficou no quarto do galês, prendeu com fita adesiva um transmissor ativado por voz, do tamanho de uma caixa de fósforos, na parte inferior da mesinha de cabeceira. A pilha de 9 volts permitia 24 horas de transmissão contínua ou trezentas horas em stand-by. Mais do que suficiente para Mason, que deveria estar de volta ao seu regimento em Berlim no mais tardar na terça-feira seguinte.

Seu humor não melhorou pelo fato de Davies ter seduzido uma terceira comissária da Gulf Air naquela noite, e de o receptor ter-lhe fornecido ampla evidência da virilidade e notável imaginação do galês durante toda a madrugada.

Às 7 horas, os dois homens praguejaram quando o telefone de Davies o acordou. Era uma convocação para uma reunião com De Villiers. Mason ouviu o suficiente para entender que uma terceira pessoa buscaria o galês na portaria do hotel.

Vestiu a farda das FAS e, levando suas duas sacolas de viagem já preparadas, foi até o final do estacionamento. Com óculos Polaroid e *shemagh* das FAS, sentou-se no Datsun e esperou.

Davies saiu às 8 da manhã, e caminhou pela estrada até não ser mais visto do hotel. Minutos depois, Mason viu uma pick-up Nissan bege pegar o galês. Seguiu a uma distância discreta, feliz porque a estrada de terra da sua época havia sido substituída por asfalto, eliminando a poeira que agia como um sinal de fumaça para qualquer veículo em movimento.

Alguns quilômetros ao sul de Seeb, a Nissan virou para oeste na estrada para Nizwa, que seguiu até a ponte Sumail. Naquele ponto, o motorista do galês tomou várias vias secundárias que passavam atrás da aldeia de Fanjah e contornavam um denso muro de palmeiras de tâmaras.

Mason teve de usar toda a sua concentração para seguir a Nissan sem ser visto. Finalmente, numa terra rochosa, ele parou num leito seco coberto de cascalho e cercado de moitas de acácias e espinheiros.

A maior das duas sacolas de viagem de Mason podia ser usada como mochila, pois as tiras podiam ser passadas pelos ombros. Ele não tinha um cinturão, mas suas mãos estavam livres para levar a Hornet .22 e uma mira leve Zeiss. Tirou os óculos. Tinha percorrido aquele terreno quando esteve baseado perto de Bidibid e conhecia a área tão bem quanto qualquer local, à maioria dos quais raramente se aventurava além do Sumail verdejante e fresco.

Como não havia habitação nem nenhum ponto de interesse para gente como o galês naquela terra rochosa, Mason presumiu que ele e seus companheiros estavam ali para encontrar alguém. Viu os três homens descerem da Nissan, mas não percebeu Karim Bux agachado sob a sombra das acácias, mascando fumo. Mason usava um par de botas Clark de camurça para o deserto, de longe as mais frescas e eficientes que se pode encontrar para trabalhar na areia ou em terreno pedregoso. Aproximou-se silenciosamente da Nissan e descobriu que a cabine estava trancada. No banco da frente, viu uma velha .303 de ferrolho, do tipo usado por muitos omanis como símbolo da sua independência e para tiroteios nas montanhas.

Seguiu o grupo até um platô onde os viu se ajoelharem ao lado de um monte de terra semelhante a um enorme formigueiro com a coroa escavada numa cratera. Outras formações semelhantes pontilhavam aqui e ali o platô, e Mason sabia que eram aberturas de túneis verticais que davam acesso a um *falaj*, canal subterrâneo de água.

Mason tirou muitas fotos dos dois cúmplices do galês. Um deles usava óculos e um chapéu branco mole; o outro era um homem alto e atlético que puxava uma corda para tirar uma mala do buraco.

Os três homens voltaram pelo mesmo caminho, trazendo a mala e, depois de passar pelas pedras onde Mason estava escondido, pararam na sombra da primeira acácia que encontraram.

Quando pararam, Mason, rastejando abaixo da silhueta das pedras, fez um círculo de 180 graus, ficando com o sol às suas costas e se arrastou na terra até ficar a 20 passos de onde estavam.

O espinho da acácia é mais afiado e duro que o de qualquer roseira, e Mason não conseguiu chegar mais perto nem quando deixou a sacola de viagem atrás de si. Abriu-a e retirou um lançador pequeno de microfone. Conseguia ouvir a conversa, mas não entendia as palavras, por isso carregou um dardo transmissor e armou o poderoso mecanismo da besta. Via claramente o alvo somente no nível do chão, e mirou as raízes da acácia, perto do chapéu mole, que estava na terra próximo ao seu suado dono. O dardo caiu bem perto do chapéu e, colocando os fones de ouvido, Mason conseguiu sintonizar a conversa.

A posição do microfone não era ideal, e Mason só conseguiu entender as palavras de um dos homens. Sotaque alemão, pensou, mas não tinha certeza. A reunião durou 25 minutos. Mason ficou sabendo pouco, embora algumas informações tivessem interesse imediato. O homem que falava era empregado num hangar de helicópteros da polícia, seu chefe era chamado superintendente-chefe Bailey e ele ia sabotar a máquina para cair durante o voo da manhã.

Mason ficou animado. Iria localizar o chefe de polícia mencionado e avisá-lo do perigo. Enquanto isso, se ele se colasse ao homem de chapéu mole em vez do galês, poderia identificar o líder e a motivação por trás das atividades do grupo.

Esperou bastante tempo até ouvir a Nissan partir. Então se levantou e correu com toda pressa que a espingarda e a sacola lhe permitiam até o Datsun. Colocou a espingarda ao seu lado e se virou para jogar a sacola no banco de trás. Esse movimento talvez tenha salvado a sua vida, pois uma bala estourou o para-brisa. Mason reagiu rapidamente. Agarrou a sacola de viagem e a espingarda, saiu pela porta do carona e deslizou até um arbusto.

Quase imediatamente, uma segunda bala atingiu a lataria do Datsun. Mason localizou a única posição de onde o seu carro seria visível, um monte de pedras a menos de 150 metros à sua frente e do outro lado do leito seco. O sol não favorecia a nenhum dos dois atiradores, mas Mason era um atirador de elite e o Hornet .22 era sua arma favorita.

Com uma bala tão pequena, ele teria de acertar um tiro na cabeça. Mirou cuidadosamente a pedra mais provável. Segundos depois, viu um rosto moreno e um ombro vestindo camisa branca à esquerda do ponto que mirava. Realinhou num instante e apertou o gatilho.

A espingarda estava ajustada para 100 metros, por isso a bala de ponta oca de 45 grãos, a uma velocidade de 700 metros por segundo, exigia uma correção de elevação de 6 centímetros. Não se ouviu outro som. Nenhum movimento. Mason deixou a sacola junto do arbusto e correu pelo leito, depois de recarregar a espingarda.

O corpo pertencia a um asiático. Devia ter vindo na Nissan com os outros. Mason deu de ombros. Notou que a bala havia entrado 2 centímetros acima de onde ele tinha mirado. A intenção era atingir o ponto onde o crânio era mais fino, a órbita do olho esquerdo. Mas a bala havia penetrado a sobrancelha e o osso mais grosso e a cavidade do seio atrás, perfurando o cérebro.

Não sentiu o pulso na artéria carótida sob o queixo. Uma gota de sangue havia escorrido do ferimento, e outra do ouvido, mas não havia ferimento de saída: a bala, provavelmente fragmentada, estava em algum lugar dentro do crânio. Uma revista rápida do corpo revelou apenas uma caneta Parker e uma lata de fumo. Mason começou a avaliar se deveria dispor do corpo ou tentar alcançar a Nissan, quando o veículo reapareceu em velocidade na curva mais próxima do leito seco.

Sem saber se estavam armados, Mason não se arriscou. Enfiou a .303 do asiático atrás de uma pedra, saiu correndo para oeste, afastando-se do leito. Correu para o platô dos montes dos *falaj*, a única cobertura num raio de muitos quilômetros.

Não ouviu tiros atrás de si, mas não olhou para trás até chegar ao monte onde a pasta estava escondida, encontrou uma corda de alpinista fixada num prego de aço, e desapareceu pelo poço do *falaj*. Antes de começar a descida, viu os três homens a pouca distância.

O sistema dos *falaj* foi desenvolvido na Pérsia em 400 a.C. e introduzido em Omã há 2 mil anos. Os escavadores eram conhecidos como *muqanat*, "rei dos matadores", pois muitos eram mortos pelas pedras ou por vazamento de gases. Eram geralmente meninos, cegados ao nascer, que desenvolviam uma incrível precisão ao cavar através da rocha maciça com ferramentas simples, de forma que os canais eram retos e desciam quase imperceptivelmente, apenas o suficiente para manter o efeito da gravidade. Alguns *falaj* tinham até 45 metros de profundidade e chegavam aos 80 quilômetros, tirando água sob o deserto mais quente sem quase nenhuma perda por evaporação.

Desde a expulsão dos últimos invasores persas, passaram-se séculos em que muitos *falaj*, especialmente os ramais menores para aldeias abandonadas, foram esquecidos e parcialmente bloqueados. Mason não tinha meios de saber até onde poderia chegar, mas tinha certeza de que naquelas circunstâncias estaria mais seguro abaixo do chão do que acima.

Chegou ao nível do canal, ou melhor, a uma pilha de entulho e uma carcaça de bode a 5 metros de profundidade. O diâmetro do poço até ali era suficientemente estreito para permitir que um homem subisse por ele sem ajuda de uma corda, e ele presumiu que os outros poços não seriam mais largos. Dirigiu-se para o sul sabendo que o canal deveria subir gradualmente, pois se afastava das montanhas.

Encontrou muitas outras pilhas de pedras caídas, mas nenhuma delas fechava completamente a passagem. Mason sabia que vários tipos de víboras e cobras d'água infestavam o sistema *falaj* de Omã, mas procurou pensar em outras coisas. Um grito mais alto ou o som de um tiro poderia provocar um desmoronamento.

Era possível que ninguém o seguisse. Depois de passar pelo segundo poço vertical, parou e prestou atenção, praguejando silenciosamente ao ouvir o ruído de pedras caindo atrás de si. Aumentou a velocidade e afundou até a cintura numa poça de água onde havia uma falha no canal. Mais à frente, perto do terceiro poço vertical, a cabeça abaixada de Mason bateu dolorosamente na parede de terra.

Praguejando em voz alta, ele esfregou a cabeça. Ao mesmo tempo ele sentiu um calafrio percorrer seu estômago, o que era raro, pois era abençoado com um limiar razoavelmente alto de medo. O motivo foi o som de vespas, muitas centenas, agitando-se nervosas. Dois anos antes, numa patrulha no centro de Omã, Mason testemunhou a morte horrível de duas jovens omanis atacadas por vespas nativas sob um telheiro no meio do deserto. O ninho estava pendurado na parede como um gigantesco cone de barro. A lembrança o fez cair no chão e rastejar para a frente. Para seu alívio, o caminho estava livre, com espaço suficiente abaixo do ninho para ele passar. Sabendo que o cheiro de medo poderia deixar um rastro, ele se forçou a ficar calmo e imóvel ao longo da superfície úmida do canal. Não foi picado e o ninho se acalmou. Avançou cautelosamente e, minutos depois, ouviu os gritos terríveis dos seus perseguidores ecoando pelo túnel. Seguiu-se o som de corpos caindo na água, depois o silêncio, cortado apenas por um ou outro gemido.

Mais dois poços para o sul, Mason chegou a uma pilha de entulho que o ajudou a se posicionar, como alguém que escala uma chaminé, na base do tubo feito pelo homem. Esperou pacientemente duas horas e então, com as costas e os braços subindo de um lado, os pés subindo do outro, e a espingarda pendurada pela correia, chegou à saída ofegante e imundo.

O platô estava sem vida em todas as direções, o calor do meio-dia elevando paisagens invertidas ao sul. Voltou cautelosamente ao Datsun, retirou a sacola dos arbustos, arrancou os cacos do para-brisa e voltou à estrada principal. Não viu sinal da Nissan. Levou a segunda sacola de viagem ao leito seco, 1,5 quilômetro acima de Fanjah e, lavando-se com cuidado, trocou de roupa, vestindo o uniforme padrão do estrangeiro, calça esportiva de algodão e camisa de manga.

Do bolso da calça suja da farda do Exército, tirou o cartucho da única bala que disparou e o enterrou no leito. Acendeu um charuto Montecristo, limpou a Rigby e relaxou para desfrutar a vida, e em especial a magnífica vista das grandes montanhas ao norte.

Às 15 horas, de volta ao hotel, Mason telefonou para a Informações. Havia dois números do superintendente-chefe Bailey da Ala Aérea da Polícia Real de Omã. Anotou os dois e tentou primeiro o número da residência.

O criado caxemir da família Bailey, Said, que falava bem o inglês, respondeu e pediu desculpas, o sah'b não estava e não poderia ser encontrado no resto do dia.

— Mas é muito urgente.
— Lamento, senhor.
— Você poderia lhe passar uma mensagem?
— Será um prazer, senhor.
— Por favor, diga a ele para não voar amanhã de manhã. Na verdade, para ele não voar enquanto não falar comigo neste número.

Deu ao caxemir o número do hotel e do quarto, mas não deixou o nome.

Mason tinha uma reserva no hotel Gulf como "MOD VIP ex-Kendall" e, ao chegar, disse ao recepcionista que seu passaporte estava na Embaixada Britânica para ser renovado. Três gorjetas subsequentes e generosas por pequenos serviços haviam ajudado a evitar muita atenção para a falta do documento. Ele se apresentou como Sr. D. Messon e deu a entender que sua estada chegaria a três semanas.

O caxemir repetiu a mensagem de Mason e acrescentou:

— O superintendente-chefe Bailey não vai pegar o avião amanhã, senhor. O senhor não precisa se preocupar. Ele não vai pegar o avião nos dois próximos dias, pelo menos.

— Você tem certeza? — Mason estava em dúvida.

— Absoluta, senhor. Ele não vai pegar o avião. Eu sei a programação dele. Eu cuido dele.

Mason agradeceu ao caxemir. O homem parecia honesto e confiável. Não havia mais nada a ser feito para avisar Bailey até o dia seguinte. Em momento algum no Sumail o seu rosto fora visto pelo galês ou pelos seus companheiros. Disso ele tinha certeza. Nada poderia ligá-lo ao homem morto e ele estava quase certo de que o outro lado ocultaria o cadáver. Naquela noite, quando o trânsito de entrada e saída do QG do Norte estava mais movimentado, ele devolveu o Datsun à Seção de Transporte Motorizado e tomou um Land Rover emprestado para substituí-lo. Se alguém notasse a condição de sujeira da sua farda, poderia sentir desprezo, mas não suspeita.

Depois de um excelente jantar, Mason voltou para seu quarto, para uma noite de Tolkien e espera pelo retorno do galês.

Bridgie usava um vestido branco bem-cortado que acentuava os ombros estreitos e os seios avantajados enquanto disfarçava o tamanho da sua cintura. Estava um pouco preocupada com a disposição de John, que continuava atencioso e carinhoso como sempre, mas distraído por alguma razão. Estivera alterado depois da missão no Akhdar, mas agora era completamente diferente. Se não o conhecesse bem, poderia pensar que estava nervoso. Isso e a lembrança do Dia de São Patrício a deixaram especialmente ansiosa quando John não apareceu no jantar da embaixada. O embaixador, Sir Peter Treadwell, estava se despedindo, e sua esposa havia preparado um grande banquete, um eco distante do Raj.

John havia voado a Salalah com Geoff Leggatt para inspecionar um barco e se despedir de amigos da RAF. Depois de 49 anos, a RAF de Salalah, um dos postos mais remotos da Grã-Bretanha, se preparava para partir e descia a bandeira. Sua simples existência havia salvado o sultanato da tomada marxista no final da década de 1960.

Os convidados tomaram seus lugares, e Bridgie estava muito preocupada. Tinha toda confiança na capacidade de John como piloto, mas não conseguia afastar o sentimento de premonição que pesava cada vez mais sobre a sua mente.

O terceiro prato já tinha sido servido quando o murmúrio animado se reduziu a quase silêncio. Todas as mulheres na sala seguiram a figura esplêndida de John Milling vestindo o seu smoking branco quando ele se dirigiu ao embaixador para se desculpar pelo atraso inevitável. Pousou afetuosamente as mãos nos ombros nus de Bridgie e se sentou entre duas senhoras que se dirigiram imediatamente a ele. Muitos membros da comunidade estrangeira de Muscat tinham um ciúme secreto do casal Milling, apesar de todos considerarem os dois muito simpáticos.

Os charutos de depois do jantar e o magnífico vinho do Porto, da adega da embaixada, logo deram lugar a brincadeiras turbulentas, e muitos convidados, inclusive John, acabaram dentro da piscina completamente vestidos.

De volta a casa, John e Bridgie já dormiam por volta da meia-noite. Suas preocupações estavam esquecidas e os dois esperavam ansiosos o domingo livre com o jovem Oliver na sua praia secreta. A vinte minutos de helicóptero a sudeste de Muscat, John tinha descoberto uma praia de areia e espuma brancas. Lá os dois tinham passado muitos dias perfeitos passeando nus ao longo da praia sem fim, catando conchas e relaxando num piquenique nas dunas.

17

MASON ACORDOU CEDO no sábado e telefonou para a casa de Bailey às 7 da manhã. Dessa vez, o criado caxemir interrompeu o café da manhã do superintendente-chefe.

Mason foi direto ao ponto.

— Estou feliz de fazer contato. Preciso falar com o senhor imediatamente. Tenho bons motivos para acreditar que a sua vida está em perigo.

— Agradeço a sua preocupação — a voz de Bailey soou fria —, mas, desculpe, quem é você?

David tentava evitar o vazamento da sua presença em Muscat. Ainda havia alguns britânicos, antigos oficiais do exército, que poderiam se lembrar dele, e as pessoas gostam de falar. Em pouco tempo, algum dos Guardas Galeses poderia ouvir alguma coisa.

— Por favor, entenda que é difícil falar pelo telefone. Posso ir até o senhor imediatamente.

Bailey pareceu mais frio:

— O senhor disse ao meu criado que eu não deveria pegar o avião?

— Correto. — Mason foi enfático. — A sua máquina foi avariada, sabotada por um dos seus empregados. Posso lhe mostrar uma foto do homem.

— O senhor informou à polícia?

Mason hesitou.

— Não tenho prova... Mas sei que o senhor está em perigo. Precisamos nos encontrar para que eu possa lhe explicar a situação.

Bailey agora estava impaciente.

— Veja, eu tenho um dia muito cheio hoje e não espero ter de pegar um voo. Com toda honestidade, acho que é um problema para a polícia, e o senhor deveria entrar em contato com ela imediatamente. Só vou poder me encontrar com o senhor amanhã de manhã, e meu tempo vai ser curto. Esta época do ano é muito agitada para nós.

Mason concordou em se encontrar com o chefe de polícia às 8h30 do domingo. Passou o sábado de manhã revelando o filme de Sumail. Davies tinha voltado e usava o serviço de quarto para todas as suas refeições. Mason teve de conter a curiosidade de saber se as vespas tinham alterado a aparência do homem.

Davies, na verdade, tivera muita sorte: fora salvo por ter pulado dentro de uma lagoa e ficado lá até as vespas irem embora. Os membros da Clínica haviam se dividido quando Mason desceu. Davies o seguiu no *falaj*, mas os outros dois continuaram na superfície para o caso de a sua caça reaparecer. Davies finalmente saiu da lagoa, mas não conseguia ver nada através das pálpebras inchadas. Ao ouvir os seus gritos, os outros desceram e o içaram com uma corda.

Deixaram o corpo de Karim Bux no cascalho do wadi Umayri, longe da estrada, para os lobos e abutres. Foram então para o hotel Gulf e acompanharam Davies até o seu apartamento, onde o médico do hotel removeu duas dúzias de ferrões de vespa de seu rosto e mãos. Ele não poderia mais colaborar nas operações.

Meier passou um bom tempo em conversas com os mecânicos europeus da PRO. Milling, ele ficou sabendo, era muito respeitado e quase sempre indicado como piloto-instrutor dos cadetes da polícia nos seus primeiros voos de helicóptero. Meier decidiu então continuar a operação naquela noite, pois três voos de cadetes estavam programados para a manhã seguinte.

Ele e dois trabalhadores contratados da Joannou e Pariskavides passaram a manhã instalando dutos para um novo sistema de intercomunicadores no hangar da PRO. Todo o pessoal normal foi embora por volta das 13h30. Somente três pessoas continuariam no hangar, o chefe de operações, que saiu por volta das 18 horas, e dois mecânicos, um de asas fixas e outro especialista em helicópteros, que cobririam o turno da tarde. Deveriam completar tarefas deixadas pelo turno da manhã e preparar as aeronaves para o programa do dia seguinte, inclusive, naquele dia, revisar por vinte minutos o Bell que seria usado por Milling. Apenas uma inspeção rotineira dos níveis de óleo e da integridade do controle.

Meier e seus dois colegas da J. & P. trabalharam durante a tarde, concentrando-se na instalação do intercomunicador e deixando os dois mecânicos entregues ao seu trabalho. Não houve voos, e por volta das 16 horas, eles já haviam completado as inspeções diárias e a preparação das aeronaves para a programação do dia seguinte, e então saíram. Meier ficou aliviado. Ele tinha delegado as tarefas mais simples de fixação dos dutos aos dois colegas indianos, enquanto trabalhava isolado separando a fiação em outra sala. Pouco depois de os mecânicos da Airwing terem ido embora, ele sugeriu aos dois da J. & P. que também fossem, mas que ele continuaria um pouco mais para terminar o que estava fazendo. Disse-lhes para irem na pick-up da J. & P., enquanto ele iria com o chefe de operações até a estrada e de lá pegaria uma carona para a cidade.

Por volta das 16h30, avisou ao chefe de operações que os trabalhadores da J. & P. já estavam indo. Depois de se certificar que já não estavam no local, ele desceu à oficina geral embaixo da sala de operações, estendeu um colchão no piso, fechou a porta e dormiu. O despertador do seu relógio de pulso estava ajustado para as 19 horas.

Às 17h30, Meier foi acordado por um ruído metálico. No extremo mais distante da oficina bem-iluminada, um homem alto estava examinando uma caixa de ferramentas. Meier reconheceu Brendan O'Brien, um dos Rothmans, um ás de acrobacias aéreas, da Inglaterra. Os quatro biplanos Pitt Special do grupo estavam no hangar, e O'Brien estava provavelmente fazendo manutenção na sua máquina.

Meier ficou imóvel, sem saber se havia sido visto ou não. Estava preocupado por duas razões. O superintendente-chefe Bailey estava oferecendo uma festa naquela noite, para a qual os Rothmans tinham sido convidados. Se O'Brien o visse, poderia mencionar o fato para ele. Em compensação, se O'Brien tivesse a intenção de trabalhar toda a noite no seu biplano, os planos de Meier estariam prejudicados.

Depois de mais ou menos uma hora, Meier ouviu O'Brien rindo com o oficial de operações ao sair do hangar. Certificou-se de que estava realmente sozinho no prédio e subiu as escadas até a sala de operações, onde verificou o quadro do dia. No dia seguinte, 20 de março, a principal atividade marcada era "Voos de helicóptero para familiarização de cadetes da polícia", em que Milling era o instrutor. A primeira decolagem de três voos separados estava programada para as 8 horas, mas ele sabia que os mecânicos chegariam pelo menos uma hora antes para inspecionar e preparar a máquina. Meier tinha 12 horas à sua disposição. Um único guarda armado patrulhava o local, mas só entraria no hangar se tivesse razão para suspeita.

Meier tirou suas roupas e vestiu um macacão azul com luvas táteis. Colocou então as suas ferramentas num carrinho e foi até a máquina identificada com o número correto na cauda. O plano era muito simples. Criaria um defeito mecânico, e Milling cairia, mas o acidente seria atribuído a um erro do piloto, não a uma sabotagem.

Meier se ergueu do piso do hangar até o interior da máquina, passando pelo anel de borracha que protege o helicóptero do movimento pendular do gancho de carga. O gancho mesmo não estava instalado. Se estivesse, Meier teria que trabalhar em cima do helicóptero depois de remover a capa metálica da caixa de engrenagens, à vista de qualquer visitante que chegasse de surpresa ao hangar.

Uma vez no interior da área conhecida por todos os aficionados de helicóptero como "buraco do inferno", Meier usou o protetor de borracha como um assento convenientemente instalado. Posicionou-se cuidadosamente no lado traseiro esquerdo do buraco do inferno com as costas apoiadas naquele lado. Prendeu uma lâmpada fluorescente de inspeção acima de um cano de entrada e a sacola de ferramentas em torno da cintura.

Omã é relativamente fresco em março, e o hangar, apesar da falta de ar-condicionado, se manteria em torno de 20 graus durante toda a noite. No buraco do inferno, Meier trabalhava numa posição difícil, e logo ele estava sujo de graxa impregnada de terra e areia.

O sistema hidráulico do Augusta Bell 205 A-1, uma versão civil do famoso Huey do Vietnã, tem dois reservatórios de óleo que alimentam três acionadores hidráulicos, ou "jacks". Cada um desses cilindros é ligado à caixa de engrenagens e à estrela não girante que está situada no mastro e abaixo da cabeça do rotor.

O cilindro que Meier pretendia alterar era o que assistia o nível de controle coletivo do piloto, cuja função era erguer o aparelho verticalmente.

O manual de manutenção Bell deixa claro que o cilindro principal estava situado atrás e à esquerda do corpo da caixa de engrenagens estática. Meier localizou o tubo hidráulico de entrada no ponto em que se conectava ao cilindro coletivo e, usando duas chaves de boca de 5/8, desligou e bloqueou as duas pontas. Houve um pequeno vazamento de fluido hidráulico MIL-H-5606, que Meier limpou com um pano.

Depois de descansar os braços durante algum tempo e de ajustar os óculos, Meier começou a procurar o tampão. Em cada cilindro havia quatro ou cinco tampões de aço, originalmente furados de forma a permitir a saída dos acessórios internos. Cada buraco tinha apenas 3 milímetros de diâmetro, e, como a rosca de cada porca fora perfeitamente nivelada com a parede do cilindro e pintada com tinta verde, Meier percebeu que poderia não encontrar o tampão apenas pelo toque. Se não conseguisse, teria de sondar, mas era um processo demorado.

Depois de vários alarmes falsos, localizou um tampão no lado quase exatamente oposto à sua posição e bem embaixo da superfície do cilindro. Entre o tampão e o lado de dentro do buraco do inferno, havia um espaço de 20 centímetros em que teria de trabalhar; um desafio do tipo que ele mais apreciava. Manipulando uma broca em ângulo reto com 3 milímetros de diâmetro e ponta de tungstênio, removeu o tampão com precisão total. Apenas esse trabalho lhe tomou três horas, pois teve de se assegurar que não haveria detritos metálicos no interior do cilindro.

Com extremo cuidado, cortou uma rosca na parede interna do buraco que havia exposto, passou graxa e aparafusou o seu próprio tampão, que era apenas 1/4 de milímetro mais comprido que o original, uma diferença imperceptível em tamanho ou forma.

O tampão de Meier tinha nesse estágio duas importantes características auxiliares: uma rosca de liga metálica soldada em torno de todo o seu comprimento, como uma bobina em torno de uma barra magnética, e uma porca de aço de 2 milímetros. O tampão com rosca era parafusado no buraco na porca por uma distância de 0,25 milímetro, o limite da rosca-fêmea da porca. A porca tinha 1,5 milímetro de profundidade e dois furos pequenos haviam sido feitos em dois dos seus lados opostos.

O revestimento externo do cilindro tinha 4 milímetros de espessura. Meier apertou o tampão de duas partes no lugar usando uma chave de torque para evitar que um aperto excessivo soltasse a rosca de liga metálica do núcleo de aço. Então, colocou o segundo dispositivo de sua autoria sobre a porca quadrada de forma que os pinos na sua base se ajustassem nos pequenos buracos feitos nos lados da porca. O final de um tubo de aço aberto entrou com precisão no buraco no alto da porca.

O conjunto era um martelo explosivo em miniatura com potência apenas suficiente para concentrar uma explosão de 3 mil psi diretamente sobre a peça com rosca de liga, forçando-a para dentro do cilindro cheio de óleo. O dispositivo media 10 centímetros de lado e 7,5 centímetros de profundidade. Sua unidade explosiva continha um anel oco preenchido com PE4 tratado e um detonador Kaynor .008, do tamanho de um bico de engraxadeira. Destacando-se ligeiramente da superfície superior do dispositivo, havia um microrrelógio Seiko. Usando a ponta da sua esferográfica, Meier havia ajustado a hora do disparo para as 10h05, quando o helicóptero havia sido programado para estar em voo com os cadetes da polícia.

Com o dispositivo preso à porca, Meier colocou a terceira e última invenção, uma almofada de 15 por 10 centímetros de Kevlar cobrindo os seus dispositivos. Ela iria minimizar os danos à parede interna do buraco do inferno e depois da explosão ajudaria a lançar todos os traços do dispositivo e a porca de aço pela abertura do buraco do inferno, caindo ao chão a uma grande distância do ponto de queda do helicóptero. O único item deixado por Meier no aparelho seria o tampão, e ele estaria dentro do cilindro furado.

Meier sabia, por ouvir dos mecânicos da PRO, que Milling era um piloto muito respeitado, que insistia em voos realistas de treinamento de cadetes, "eventos inesquecíveis" de voo baixo. Calculou que, quatro ou cinco segundos depois do vazamento induzido de fluido, o helicóptero apresentaria tendência a se acidentar. Na próxima vez que tentasse sair de um mergulho, o piloto iria descobrir que o controle coletivo já não dava a resposta imediata a uma leve pressão. De repente, ele se veria diante de graves problemas de controle, superáveis em condições de voo alto normal, mas letais nas circunstâncias erradas.

Meier gastou mais duas horas religando o tubo de entrada e limpando todos os sinais da sua presença. Muito pouco fluido hidráulico havia se perdido, talvez 1/8 de litro, o que não seria notado. Não seria necessário completar o nível. Ele sabia que haveria ar na tubulação, mas o sistema se autossangraria tão logo a coluna de direção fosse acionada durante as verificações de antes da decolagem.

Havia sobra de trapos e querosene na oficina, e por volta das 4 horas Meier estava limpo e dormindo no lavatório, na companhia de uma dúzia de exemplares sujos de graxa da revista *Flight International*.

18

Cha Cha trouxe chá e acordou John Milling suavemente.
— Seis horas, sah'b.
— Obrigado, Cha Cha. — John sorriu ao pensar no dia que começava. — Hoje nós vamos para a praia. Ok? Você prepara piquenique. Nós vamos levar Oliver. Você tem a tarde de folga. Ok?
O caxemir falava mal o árabe e pior ainda o inglês.
— Ok, ótimo, sah'b. Excelente, piquenique, mas não hoje.
— Não hoje? — John ergueu as sobrancelhas.
— Não hoje. — As sobrancelhas finas do albino imitaram as de John. — Hoje o patrão voa helicóptero. Telefone do quartel... por isso eu traz chá cedinho.
John sentiu o coração apertar. O maldito comando havia alterado a programação outra vez.
Por consideração ao caxemir, ele jogou o *wizaar* na cintura e foi trotando até o telefone. Algumas palavras raivosas trocadas com o oficial de operações confirmaram os seus piores receios. Richard Shuttleworth ou um dos outros tinham sido afastados do treinamento de cadetes e agora o seu domingo estava arruinado. A reação de Bridgie foi surpreendentemente suave.

Depois de estarem todos vestidos e alimentados, ele a levou com Oliver até a piscina e lhe disse que esperava estar de volta para o almoço. Os dois estavam desapontados pela destruição dos planos. John suspeitava de uma requisição de última hora do major do treinamento de cadetes para que Milling, e somente Milling, se encarregasse dos voos de familiarização simplesmente porque ele falava fluentemente o árabe, enquanto seus colegas pilotos mal se comunicavam.

Imerso em pensamentos, dirigiu até o QG da Ala Aérea. Apesar de ainda estar decidido quanto a Bridget nada saber sobre o atentado contra a sua vida, se fosse realmente um atentado, ele estava realmente preocupado com a possibilidade de os dois loucos aparecerem novamente quando ela e Oliver estivessem em casa durante os quatro ou cinco dias antes da partida para a Europa. Decidiu procurar um amigo, um major no Departamento de Investigações Criminais. Talvez se pudesse conseguir uma vigilância discreta apenas durante aqueles quatro ou cinco dias. É isso, ele ia acertar tudo amanhã, bem cedo.

Às 7h20, Meier telefonou para Davies. O anestésico local havia aliviado um pouco o desconforto, mas ele ficou aliviado ao ouvir as instruções de De Villiers, pois estava morto de tédio dentro dos limites do hotel Gulf. Ele deveria providenciar reservas separadas para os três primeiros voos. De Villiers, para Amsterdam, os outros dois, para Paris.

— E a ação? — perguntou Davies.

— Hoje de manhã — respondeu Meier, e desligou.

Mason, que naquele momento estava pedindo um táxi para aquela manhã, perdeu aquela rápida conversa.

Às 7h30, John Milling enfiou a cabeça pela porta da sala do superintendente-chefe Bailey.

— Bom dia, chefe — disse, com um sorriso cheio de significados.

— Sinto muito pela mudança da programação, John, mas é como as coisas são. Tudo bem com Bridgie e Oliver?

— Estão ótimos, mas não posso dizer que não esteja louco para sair de licença.

John vestiu o macacão de voo e se encontrou com seu tripulante Ali. Juntos, subiram à sala de operações para completar as preparações de voo e, em seguida, para as linhas de voo para as quais o seu Augusta Bell 205 A-1 já havia sido completamente inspecionado pelos mecânicos.

Dois minutos de verificação de pré-partida.
Dois minutos de carga.
Sinalizar a partida externa.
Abrir válvula de combustível.
Chamar controle de tráfego para decolagem para Qurum.
Receber liberação imediata.
Subida da área de taxiamento, subir a 150 metros.
Transferir para a Escola de Treinamento da Polícia em Qurum depois de 7 minutos.
Aterrissar no círculo H no campo de desfiles e desligar motor.

John cumpriu a sequência de instruções em árabe, sem notas, para uma assembleia de cadetes de polícia, homens que haviam cumprido todas as etapas e foram selecionados para comissões. Familiarização com o voo era uma das seções mais excitantes do treinamento. John poderia acomodar grupos de 13 cadetes em cada voo, portanto três voos haviam sido programados em rápida sucessão.

Aquela seria uma introdução ao uso de helicóptero. Regras de segurança. Retirar os pentes e desativar as armas antes da montagem. Só abordar o piloto de onde ele possa vê-lo. Nunca se aproximar por trás, nem mesmo da área de bagagens, sem a companhia de um tripulante. Cuidado com terreno irregular, onde a distância ao solo é mínima e a decapitação pode ocorrer instantaneamente.

A atitude de John era amigável, confiante e bem-humorada. Os cadetes passaram a gostar do tema e até os mais apreensivos começaram a relaxar.

Mason chegou à Ala Aérea trinta minutos antes da hora, mas o chefe de polícia estava ocupado até as 8h30 da manhã. Apertaram-se as mãos e Bill Bailey não pediu a identidade de Mason. Sentiu imediatamente que ele não era um impostor e decidiu que devia ser um agente de Whitehall ou da DPO (Departamento de Pesquisa de Omã), o equivalente local do Ramo Especial do Reino Unido.

Mason foi simples e claro. Mantinha sob vigilância um grupo de personagens dúbios. Na antevéspera, ouvira um deles dizer que havia preparado a máquina do superintendente-chefe Bailey. Não com tantas palavras, mas a mensagem foi clara. O homem era empregado da J. & P. e trabalhava exatamente no edifício onde estavam. Por que Bailey foi escolhido como alvo ninguém sabia. Mason passou-lhe um maço de fotografias e disse:

— Acredito que o seu empregado seja o homem de chapéu. Suas feições estão parcialmente ocultas em todas as fotos, mas talvez você consiga descobrir sua identidade.

— Temos muitos trabalhadores transitórios aqui, mas nenhum que seja capaz de sabotar um dos meus helicópteros. As máquinas são sempre inspecionadas minuciosamente pelos meus mecânicos antes de cada voo. — Bailey ficou pensativo por um momento. — Por outro lado, a oficina do hangar está sendo alterada e o pessoal da J. & P. tem muita liberdade de movimentos... Venha comigo ao hangar. Nunca se sabe, talvez você reconheça o homem agora mesmo.

Dois eletricistas estavam trabalhando, mas nenhum havia estado antes no hangar e não podia identificar Meier nas fotografias. Bailey percorreu o hangar com Mason. Vários pilotos, mecânicos e pessoal administrativo estavam por ali, mas Mason não identificou nenhum deles. De volta à sala de Bailey, Mason agradeceu a atenção e concordou que talvez tivesse havido um erro. Ainda assim, Bailey disse que queria ficar com as fotografias e continuar a procurar alguém que se ajustasse à descrição do Chapéu Mole. Também pretendia pedir aos pilotos para manter um olho aberto para quaisquer irregularidades.

— Como posso contatá-lo, caso o homem apareça?

— Telefone para este número no Reino Unido e deixe uma mensagem. Nós telefonamos de volta. — Mason deu o número residencial do chefe de polícia Patrick Tanner. Se qualquer um dos pombos perdidos de Mason voltasse ao ninho, Patrick era um mestre da negativa. Mason precisava saber caso o Chapéu Mole aparecesse depois de ele ter voltado a Berlim.

Cumprimentaram-se e Mason voltou ao hotel. Tinha reserva no próximo voo para a Europa. Não tinha mais nada a fazer. Estava disposto a arriscar muito por Spike e pelo que ele representava, mas não uma corte marcial por ausência sem licença. De volta à Europa, escreveria um relatório completo e meticulosamente detalhado para ser entregue, com as fotografias, a Spike.

Os cadetes estavam empolgados. John havia acabado de explicar que iriam voar muito baixo. Os 13 primeiros saíram para a pista de desfiles nos seus elegantes uniformes cáqui e boinas azuis. Embarcaram da forma correta e Ali afivelou seus cintos de segurança. Nove deles se sentavam frente a frente na parte dianteira do compartimento de passageiros, e quatro olhavam para fora dos dois lados do buraco do inferno.

O helicóptero deixou o Centro de Treinamento da PRO em Qurum dirigindo-se para o norte, procurando o ponto mais próximo na costa. Estavam no horário: 10 horas, pelo Rolex castigado de John. Em Ra's al Hamra, Cabo Donkey, ele se inclinou para leste e começou o voo real, refletido nos olhos arregalados dos cadetes na cabine principal. John Milling estava feliz como nunca, confiante como nunca, voando baixo e veloz com total concentração. O helicóptero abraçou a praia, desviou dos despenhadeiros e tocou o mar espelhado com tanta precisão quanto um carro esportivo na pista cheia de curvas de Nurburgring, na Alemanha. Os rotores giravam a poucos metros das paredes rochosas e os recrutas se entusiasmavam com a competência do piloto.

A Baía de Mina al Fahal passou veloz, deixando ver brevemente as silhuetas de arraias e tubarões. John examinou os instrumentos. Todos pareciam e o faziam sentir-se bem. Continuaram a uma velocidade de 100 nós, 5 metros acima das areias brancas. O cabo Darsait surgiu à frente. Para meados de março, a temperatura de 30°C estava bem acima da média, e, nas condições de alta densidade da altitude, o Bell estava próximo das suas condições de carga máxima. O promontório rochoso de Darsait enchia toda a frente do para-brisa. Imediatamente ao sul do helicóptero e da orla da praia de Fahal, secretárias e executivos olhavam das janelas dos escritórios do Shell Market. No último minuto, John elevou o nariz do Bell puxando o controle cíclico, sacrificando a velocidade para ganhar altitude. Naquele ponto, sua intenção era provavelmente um torque forte na direção do mar. Mas uma velocidade de 100 nós no ponto mais baixo se reduziu a 40 no alto do penhasco, por isso ele imediatamente reduziu a alavanca, permitindo que o torque de reação virasse o nariz do aparelho para a esquerda e para o mar, enquanto empurrava o controle cíclico para a frente a fim de recuperar velocidade por um mergulho raso de 30 graus. Depois de recuperar a velocidade de 100 nós, ele iria iniciar a subida a um nível pouco acima do mar.

As coisas não saíram como o planejado. No fundo da sua mente, John registrou um som diferente. Não era alarmante, mas também não era normal. Uma pancada abafada e não identificável. Ele se voltou rapidamente para verificar se um dos cadetes tinha feito alguma bobagem, mas tudo parecia sob controle.

A pressão normalmente contida no acionador para resistir à carga de realimentação do rotor fica normalmente entre 500 e 700psi. Com o estouro do tampão, o fluido hidráulico vazou num jato fino e contínuo. Dentro de poucos segundos, deixou de existir toda a assistência hidráulica para o controle coletivo.

A 9 metros acima da superfície do mar, John começou a elevar o nariz do Bell e a puxar o passo coletivo com a mão esquerda. Para sua surpresa, o coletivo estava extremamente duro. Ele sabia que o ar parado e o peso da carga tornavam o controle mais duro, mas aquilo era completamente diferente. Franzindo o cenho, examinou o indicador da velocidade do ar. A agulha registrava 90 nós. Com apenas 15 metros de altura, uma ampla folga se as respostas de subida estivessem normais, ele puxou com toda a sua considerável força para exercer os 16 quilos de deslocamento no coletivo, apesar da dificuldade da sua posição sentada.

Percebeu os sons de preocupação na cabine principal e encontrou tempo para gritar acima dos ombros:

— *Maa shekhof. Maa shekhof. Kull shay ba stawi zehn, insh' Allah* (Não se preocupem. Está tudo bem, queira Deus).

Mas nada estava bem, pois, naquele momento crítico, uma combinação de fatores sem relação se juntou: a relativa inexperiência de John com excesso de peso em altitudes de alta densidade combinada com a repentina falha hidráulica.

John lutou duro e quase venceu a batalha aerodinâmica. O mergulho se transformou numa série de retomadas. Sua mente lutava para se manter à frente da emergência que se apresentava. Não queria aceitar que a situação era irremediável. Seu maior medo era o nariz do helicóptero tocar a água, e, para evitar isso, ele precisava de uma resposta delicada dos controles; o que não teve.

Sua concentração se fixou na teimosa alavanca do coletivo, o que teve o efeito subsidiário de piorar o controle da alavanca cíclica. Puxou o nariz do Bell para cima um tanto rápido demais e imediatamente se preocupou com a possibilidade de o rotor tocar a água.

Para nivelar, acionou a cíclica para a frente. Mais uma vez o seu toque foi um tanto pesado demais. A menos de 1 metro acima da água, um tanto rápido era rápido demais e o nariz tocou a água.

Suas veias se dilataram na testa quando ele puxou a coletiva teimosa com a mão esquerda e tentou ao mesmo tempo uma correção delicada do nariz com a direita.

Um piloto menos experiente teria perdido o controle naquele ponto. John manteve a cabeça fria até o final. De alguma forma, ele conseguiu arrancar o Bell da água, mas ainda estava preso num dilema. Acima de tudo, ele precisava de controles delicados para elevar o nariz sem afundar a cauda. Mais uma vez, uma pequena e inevitável correção fez o nariz tocar a superfície plúmbea do mar.

Apesar de o Bell estar nivelado no momento do impacto, o efeito desacelerador da imersão foi catastrófico. A caixa de engrenagens foi arrancada dos suportes e abriu caminho através do teto da cabine de passageiros e dos pilotos. O enorme feedback de controle causou um surto momentâneo de pressão de 5 mil psi e arrancou vários tampões dentro dos dois outros cilindros não alterados.

John e Ali, presos por cintos abdominais, mas com os ombros livres, perderam os sentidos ao bater no painel de instrumentos.

O Bell caído flutuou durante alguns segundos. Então, em menos de um minuto, afundou até o leito do mar, a cerca de 12 metros de profundidade. John e Ali morreram sem recuperar a consciência.

Uma operação de resgate foi montada rapidamente. Dentro de poucos minutos homens com equipamento de mergulho, inclusive George Halbert, estavam dentro da cabine em busca de sobreviventes presos em bolsões de ar. Cinco cadetes não conseguiram escapar; os outros chegaram à superfície e foram resgatados. Se o aparelho tivesse mergulhado de nariz no primeiro impacto, todos a bordo certamente teriam morrido.

Uma investigação meticulosa e o relatório sobre o acidente concluíram que a queda fora causada por muitos fatores. Os tampões estourados foram notados, mas não geraram suspeita.

Três dias depois, em Berlim, depois de ler a coluna do obituário do *Times*, Mason telefonou para a Ala Aérea, em Seeb. Bill Bailey não estava, mas outro oficial lhe disse:

— Não houve sabotagem. Ou foi erro do piloto ou uma falha mecânica.

Bill Bailey estava certo de que o acidente não poderia ter relação com sabotagem. Não tinha certeza da identidade de Mason ou do seu paradeiro, pois não recebeu resposta da secretária eletrônica, e o próprio Mason nunca mais voltou. Percebeu que não podia haver relação entre a visita de Mason e o infeliz acidente, mas, mesmo assim, passou as fotografias para um dos policiais omani perifericamente envolvidos na investigação do acidente. Não foi possível prosseguir, pois não havia um ponto de partida, nem razão para outras investigações.

O obituário de John Milling no *Times* em 22 de março de 1977 foi direto: "No dia 20 de março, em virtude de um acidente em Omã, faleceu John Milling, ex-fuzileiro naval servindo na Ala Aérea da Polícia Real de Omã, marido muito amado de Bridget (*née* Wallis) e pai amoroso de Oliver, filho querido de Desmond e Diana, Condado Antrim."

Um artigo no *Globe and Laurel*, a revista dos fuzileiros reais, declarou: "É um justo tributo a John e uma medida do respeito e amizade que granjeou o fato de as notícias da sua morte terem trazido mensagens de simpatia de Sua Majestade, o sultão Qaboos, de omanis e britânicos dos dois países."

John foi enterrado no cemitério cristão que domina Mina al Fahal e o Golfo de Omã. Muitos amigos, cristãos e muçulmanos, estiveram presentes. Eminentes omanis e simples soldados se entristeceram pela perda de um verdadeiro amigo do país.

PARTE 3

19

...Na Segunda Guerra Mundial, os diamantes eram necessários para as ferramentas nas novas fábricas de armamentos, por isso o preço das pedras disparou. Então, durante a Guerra da Coreia, as pessoas em todo o Ocidente compraram diamantes, geralmente hipotecando suas casas, pois pensavam que a Terceira Guerra Mundial era iminente. Quando ela não veio, o preço dos diamantes desabou e muitos suicídios aconteceram. Até 1979, não houve nenhum aumento espetacular do preço dos diamantes, mas então a situação mundial causou o grande boom da década de 1980. O preço de um diamante "D" de 1 quilate, sem jaça, chegou a 65 mil dólares. Um ano depois, o preço da mesma pedra caiu a 7 mil dólares.

Como os diamantes, tal como as drogas, são mais fáceis de esconder e transportar que o ouro, eles estão na origem de muitos crimes.

Em abril de 1976, o rodesiano proprietário de um bem-sucedido restaurante, Derryck Quinn, se juntou ao número crescente de brancos que queriam ir, com sua riqueza e sua família — geralmente nessa ordem — para um país mais seguro. Naquela época, a África do Sul parecia um lugar seguro comparado com a Rodésia, mas em junho daquele ano, viu os primeiros grandes distúrbios de Soweto e então não havia mais opção entre os dois países. Ambos ofereciam futuros decididamente inseguros para os brancos.

O embargo internacional contra a DUI (Declaração Unilateral de Independência) de Ian Smith foi apoiado oficialmente pela África do Sul, mas quantidade suficiente de suprimentos críticos, inclusive petróleo, continuou a chegar à Rodésia por caminhão ou trem cruzando o rio Limpopo.

Durante anos, Quinn havia se beneficiado por estar num negócio que lidava com dinheiro. Guardou-o na sua propriedade no subúrbio de Bulawayo, uma prática totalmente estranha para os povos preocupados com a inflação dos países ocidentais, mas uma segurança bastante comum para muitos rodesianos e sul-africanos desde meados da década de 1950. O grande medo deles, solapando a capacidade de viver uma existência segura e sem preocupações, era a tomada do poder pelos negros, possivelmente com tempo para fugir, mas mais provavelmente de forma repentina e sangrenta, com esposas e filhas estupradas contra um cenário de mansões e posses em chamas.

Um antigo colega de escola da África do Sul, proprietário de hotéis nas ilhas Maurício e na Namíbia, deu a Quinn um endereço que estimulou anos de um vago desejo para uma ação empolgada.

Quinn não tinha filhos, mas sentia orgulho de sua linda esposa eurasiana, Davisee. Confiava plenamente nela, e ela era parte integral do seu plano.

Duas vezes ao longo de um período de quatro meses, ele voou a Joanesburgo, aos luxuosos escritórios do comerciante de diamantes Krannie MacEllen, situados no Diamond Exchange Building, na esquina das ruas Quartz e De Villiers, no extremo norte da cidade. Mencionar o nome do seu amigo hoteleiro, Quinn descobriu, tornava-o uma pessoa com referências e, portanto, mais aceitável para MacEllen, que era naturalmente desconfiado.

Se tivesse desejado estabelecer-se na África do Sul, Quinn poderia fazê-lo sem muitos problemas, mas ele acreditava na teoria do dominó. Quando a Rodésia caísse, a África do Sul e a Namíbia não tardariam a seguir o mesmo destino. Ele queria ter o seu dinheiro no lugar mais seguro, e para ele esse lugar era Genebra. Davisee, que seria qualificada como negra na África do Sul, convenceu Quinn de que eles deveriam se estabelecer em Londres.

Na terceira viagem a Joanesburgo, Quinn entregou a MacEllen uma pasta contendo, em dólares rodesianos, o equivalente a 2 milhões de dólares americanos. MacEllen, um otimista que considerava altas as chances de Ian Smith vencer, tinha concordado em trocar o dinheiro rodesiano de Quinn, à época extremamente desvalorizado, por diamantes. Como estava comprando em dinheiro, Quinn evitava o imposto de 25 por cento e assim tinha boas razões para se manter ao largo dos Assuntos Internos e seus agentes da Alfândega.

O encontro se realizou no escritório de MacEllen. A sala era eletronicamente monitorada. Mesmo que Quinn fosse um agente disfarçado da polícia, qualquer instrumento de gravação, fosse um gravador passivo ou uma escuta ativa, teria sido identificado, alertando MacEllen para não realizar nenhum negócio não oficial. Da mesma forma, se Quinn se apresentasse como agente da Alfândega na hora em que recebesse os seus diamantes em troca do seu dinheiro, MacEllen poderia alegar que as pedras em questão eram oficialmente registradas. Afinal, uma grande quantidade de pedras de todas as variedades passava legitimamente pela sua empresa quase todas as semanas do ano.

Tal como muitos comerciantes de diamantes em todo o mundo, a empresa de MacEllen era, em sua maior parte, oficial, sua atividade de lapidação insuspeita, e seu estoque de pedras não oficiais, bem ocultas por documentos comprobatórios, estava guardado ao lado do estoque oficial. Como tinha o número de um galpão do governo, o VSJ, podia comprar e vender sem pagar impostos, mas somente nas vendas e compras para outros titulares de números de VSJ. Como também tinha uma licença-padrão de comerciante de diamantes brutos, ele podia sempre declarar, no caso de o negócio com Quinn ser ilegal, que *pretendia* "preparar em breve uma nota fiscal completa e legal". Era tão bem-informado quanto qualquer policial CID (Compra Ilegal de Diamante) da Praça John Vorster sobre seus exatos poderes legais.

MacEllen contou o dinheiro de Quinn e lhe entregou quase mil quilates de diamantes lapidados, todos grandes, brilhantes e sem jaça, com as maiores gradações de cor e qualidade. Em seguida, deu o endereço de um joalheiro judeu já idoso na rua Kerk, no centro da cidade. O casal Quinn foi imediatamente até lá de táxi e recebeu do joalheiro o recibo referente aos diamantes, que desenhou então vários projetos de engaste, e Davisee escolheu os seus preferidos. O joalheiro prometeu ter tudo pronto em cinco ou seis semanas, exatamente como especificado pelo casal.

Dois meses depois, voaram para Londres, o destino preferido dos *émigrés* sul-africanos, já que, apesar do tempo geralmente ruim, a cidade nunca deixou de ser um destino da South African Airways e tinha uma população simpática à sorte da população branca sul-africana. Além de tudo, poucos sul-africanos sabiam falar outra língua que não o africâner ou o inglês, e assim a sua escolha de um novo país era limitada. No final de 1976, Londres era a terceira maior cidade sul-africana, depois de Joanesburgo e Soweto.

O casal hospedou-se no hotel Savoy a pouca distância do mercado de diamantes de Hatton Garden. Não tiveram nenhum problema com a Alfândega em Heathrow, passando com os carrinhos de bagagem pela seção verde. Mais da metade dos diamantes adornava o corpo escultural de Davisee, com joias fabricadas pelo joalheiro. Ela se sentia maravilhosa, como uma estrela de cinema, apesar de ter jejuado durante as 13 horas de voo, inclusive na escala em Nairobi. Apesar dessa precaução, o ato de caminhar foi definitivamente difícil devido à presença de uma camisinha contendo as três melhores pedras envoltas em algodão, que não foram entregues ao joalheiro num capricho de última hora de Davisee.

Na sala dos fundos de um comerciante de diamantes de Hatton Garden recomendado pelo amigo hoteleiro, Quinn depositou as joias e as três pedras soltas. Observou enquanto o joalheiro da casa desmontava as pedras das joias de ouro de baixo quilate, transformando-as num simples conjunto de pedras lapidadas.

O comerciante então passou uma meia hora verificando todas as pedras, sem revelar prazer nem desapontamento. O casal Quinn estava nervoso, mas se esforçou para esconder a impaciência.

Finalmente, o comerciante deu um suspiro peremptório.

— As três pedras que os senhores trouxeram separadas são ótimas e estou disposto a pagar por elas 200 mil dólares. — Ergueu os olhos para o Sr. Quinn.

Houve um silêncio tenso, quebrado finalmente pelo exasperado Quinn.

— E o resto? Quanto você me dá pelo resto?

A face gorda do judeu continuou sem expressão, os olhinhos negros marmoreados pelas grossas lentes.

— Nada, Sr. Quinn. Não posso lhe dar nem um centavo pelo restante dos itens. O senhor não há de encontrar nenhum comerciante na Europa que lhe compre estas. São todas falsas. O nome científico é zircônio cúbico. Como o senhor obviamente não é uma fraude, suponho que tenha sido enganado pela pessoa que lhe vendeu estas pedras.

O casal ficou arrasado. Seu mundo desmoronou e os sonhos de um futuro feliz e seguro construído sobre uma vida inteira de trabalho duro se transformaram rápido em amargo ressentimento, ódio cego e, finalmente, num desejo insaciável de vingança.

Quinn conseguiu uma apresentação à fraternidade criminosa de Londres por meio de um advogado amigo do comerciante, e, depois de separar 500 libras em dinheiro para um intermediário, recebeu a visita de um representante da Tadnams Remoções Leves.

A falta de trabalho no momento e a curiosidade sobre Anne Fontaine atraiu De Villiers quando seu agente mencionou um trabalho na África do Sul. Encontrou-se com o infeliz Sr. Quinn e, depois de se informar rapidamente, pegou um voo da British Airways para Joanesburgo.

Depois de 15 dias, De Villiers já tinha se informado sobre as práticas criminosas mais comuns que haviam empobrecido o seu novo cliente. Esperava um trabalho fácil, sem necessidade de acionar Meier nem Davies.

Krannie MacEllen, ele descobriu, havia entregado a Quinn diamantes verdadeiros, mas por um preço abusivo. Para todos os fins, ele tinha *roubado* várias centenas de milhares de dólares do dinheiro de Quinn.

O joalheiro de Joanesburgo, um artesão cheio de manhas, havia substituído os diamantes verdadeiros por zircônio, sabendo que, uma vez encaixados, seria muito difícil identificar os diamantes falsos, a menos que fossem desmontados das garras. O índice de refração do zircônio e, portanto, o seu fogo e brilho, são comparáveis aos dos diamantes verdadeiros.

De Villiers telefonou a Quinn relatando o que descobrira. Ele gostaria de ver os dois homens liquidados? Quinn explicou que queria os diamantes ou o seu dinheiro de volta. Se isso não fosse possível, então ele ia querer vingança. De Villiers lhe informou que operava com remoções, não com trabalhos de retomada, mas que por 100 mil dólares mais despesas, ele estaria disposto a fazer o melhor possível. Ou a mercadoria de Quinn seria recuperada ou os culpados seriam eliminados.

O joalheiro fraudador, um homem nervoso, entregou a De Villiers todas as pedras originais de Quinn que ainda estavam em sua posse e um pagamento em dinheiro pelas que já tinha vendido. Sua política pessoal era ceder e viver para vencer noutro dia.

Na primeira visita, Krannie MacEllen pareceu a De Villiers ser a timidez personificada. Prometeu que teria a quantia adequada em dinheiro no dia seguinte. De Villiers pressentiu problemas. Cinco horas antes do prazo acertado para a entrega do dinheiro, ele chegou num carro alugado e estacionou diante do edifício Cinerama, bem em frente ao Complexo de Cinemas Star e da Diamond Exchange, onde estava instalado o estabelecimento de MacEllen. De Villiers observou os membros do grupo de equilibristas Hillbrow, em roupas comuns, estenderem uma rede discreta e segura em torno do edifício. Deu-lhes seis num total de dez pontos pela sutileza e camuflagem dos seus agentes. MacEllen havia destruído suas opções de sobrevivência.

MacEllen e sua família tinham uma lancha na casa de veraneio — ele a chamava de sua dacha — à margem do rio Vaal, nos limites da cidade. Com ou sem amigos, eles iam para lá quase todos os fins de semana para descansar, flutuar sobre colchões de ar ou passear de lancha com uma cesta de *braiiflais* — ou churrasco.

De Villiers comprou equipamento de mergulho e atacou numa manhã de domingo, quando o comerciante e seus alegres colegas esquiavam na água.

Quando o cadáver gordo de MacEllen foi trazido para a terra, não se via nenhuma marca de violência nem qualquer razão para suspeitar de *causa mortis* mais incomum que um ataque cardíaco ou um episódio grave de cãibra.

De Villiers tomou as providências para enviar a Quinn seus diamantes e dinheiro. Reteve o preço acertado pelo assassinato, mais o bônus adicional pela retomada. Com muito tempo livre, tomou o voo da South African Airways para a Cidade do Cabo, com a intenção de fotografar a vida selvagem e algumas das 2.500 espécies de plantas que cresciam nas encostas das montanhas do Cabo. Durante uma semana, ele acampou, explorando as montanhas hotentote-holandesas. Voltou feliz com o que sabia serem fotos superlativas de babuínos, híraces — a hírace das pedras mencionada na Bíblia —, *sugarbirds* de longas caudas e os *sunbirds* multicoloridos, todos contra um pano de fundo de cores misturadas.

A necessidade que havia sido a verdadeira razão para a visita de De Villiers ao Cabo tornou-se cada vez mais inegável durante os dias e as noites passados naquele paraíso grandioso, e, no oitavo dia, ele dirigiu seu Moke alugado na direção de Tokai. Pretendia revisitar as ruínas de Vrede Huis com um farnel preparado, tirar algumas fotografias e voltar à Cidade do Cabo.

As ruínas continuavam inalteradas e De Villiers mais uma vez teve aquele sentimento intenso de pertencimento, mas agora uma necessidade mais clara e mais forte interferiu com o seu senso de bem-estar. Passou um dia inteiro em Vrede Huis e, pela primeira vez em dez anos, permitiu-se pensar nos dias passados em La Pergole.

Tarde da noite, quando a névoa, a mítica fumaça do cachimbo do pirata Van Hunks, se fechou em torno do Devil's Peak e das encostas da Cabeça do Leão, De Villiers descobriu que seus pés e seu coração se dirigiam para o bosque distante de árvores prateadas, o marco que ele havia usado tantas vezes para voltar a La Pergole passando pelos vinhedos.

O garanhão anglo-árabe era o cavalo favorito de Anne Fontaine. Quatro noites por semana, ela cavalgava pelo terreno e, com tempo bom, ia ainda mais longe pelos bosques de pinheiros de

Tokai e as matas resinosas de Platteklip. Aquelas saídas eram seu único prazer. Cavalgava usando apenas um vestido fino de algodão para melhor sentir a força do cavalo.

Às vezes, e apesar do entorno, Anne desejava nunca ter nascido. Desejava filhos, mas não podia tê-los; os médicos não sabiam a causa. Ansiava pelo amor e só tinha o ciúme. Queria satisfação sexual, mas sua sensualidade natural não tinha lugar fora do casamento por causa do severo código moral de sua formação. Só uma vez ela conhecera um homem com quem seu corpo poderia ter-se libertado e feito Luther ir para o inferno.

Dentro das paredes frias do seu casamento, houve muito sexo, sempre rápido e mecânico. O mistério que restara era por que a aversão não a tinha tornado permanentemente frígida.

A lua crescente surgiu acima do bosque prateado e Anne falou baixinho para o anglo-árabe, pressionando as coxas para dentro e puxando suavemente as rédeas. Acalmaria o garanhão percorrendo passo a passo o último trecho do vinhedo.

Naqueles dias, Jan Fontaine passava a maior parte do tempo nos hospitais e, por causa do seu péssimo temperamento, passava de uma clínica para a seguinte com uma alegria que dependia do interesse da equipe. Anne detestava as visitas, os interrogatórios à beira da cama, a amargura crescente e irracional. O divórcio era inconcebível para ela, representando um pecado mortal, mas muitas vezes viu-se lutando contra o desejo de que seu marido morresse.

Anne fora uma noiva virgem, como então era normal. A primeira experiência sexual com Fontaine havia sido um choque brutal. O homem só era sensível aos seus próprios desejos imediatos, rapidamente saciados. Os primeiros anos foram infernais, mas depois do acidente ele já não era mais capaz de cumprir um papel ativo, e as coisas pioraram. Agora, esperava que ela satisfizesse suas necessidades como se fosse uma prostituta ou uma garota de programa.

O movimento rítmico do cavalo vacilou e ela escorregou para o chão para verificar os cascos da frente. Encontrou uma lasca de granito e soltou-a com uma lima de unha que levava para esse fim. O garanhão resfolegou, aspirando o ar, e Anne viu claramente o vulto de um homem na estrada arenosa que levava à casa.

Passou por ele tentando não encará-lo, pois não era a hora nem o lugar para conversar com um desconhecido. Quando chegasse à casa, alertaria Samuel para a presença de um estranho na propriedade.

O homem havia parado, como uma estátua, quando ouviu sua aproximação, mas, somente quando já tinha passado por ele, ouviu o seu nome. Ouvira aquela voz tantas vezes em sonhos. Seria possível ou seria o bandido-fantasma, Antje Somers, saído do seu esconderijo nos sopés dos montes?

Poucas palavras foram ditas. O tempo deixara de existir. Estavam de volta à clareira na floresta dez anos antes. O garanhão pastava ao lado da trilha e o mundo estava muito distante.

Seus corpos se moveram como um corpo único sob as sombras da lua de uma ilha de bambu. Selvagens como animais, suaves como hedonistas, em abandono ditado por seus instintos. Cada um havia alimentado fantasias daquele ato — um ao longo de tantos assassinatos, a outra durante tantas noites quentes de desesperança.

Durante três semanas maravilhosas, eles se encontraram à noite, longe de olhos indiscretos, pois não existe máquina de boatos nem telégrafo de tambores capaz de vencer a videira do Cabo.

Quando De Villiers foi forçado a partir para se dedicar aos trabalhos na Europa, ele lhe disse a data da sua volta.

— Vou viver para esse dia — disse ela, os olhos cheios de lágrimas de puro amor.

Ao partir da África do Sul, De Villiers era um ser humano sensível e amoroso...

20

As moscas *khareef*, pequenas como os maruins europeus ou canadenses, mas bem mais agressivas, andavam pelos seus braços e chupavam o sangue do seu pescoço. A camisa estava encharcada pelo chuvisco das monções e seus óculos estavam opacos pela umidade. No dia primeiro de junho de 1972, Mike Kealy, oficial do SAS no posto avançado da *jebel* de Tawi Ateer, o Poço dos Pássaros, estava agachado na lama alaranjada numa clareira acima do acampamento. Seu rifle autocarregador estava ao alcance da mão, mas sua concentração estava inteiramente voltada para a plumagem iridescente do beija-flor que pairava a menos de dois passos dos seus joelhos. Da ponta de uma asa à outra, Mike calculava o tamanho do animal em 6 centímetros, uma minúscula obra-prima da natureza, e lamentava amargamente não ter trazido sua câmera.

Regatos amarelos marcavam o solo de argila em torno de ilhotas de samambaias e gladíolos *bidah*. Dos despenhadeiros acima, na extremidade da clareira, caíam cipós em úmida profusão. Tamarineiros e citros selvagens dividiam a carga de chuva numa tatuagem rítmica ininterrupta, enquanto todo tipo de inseto rastejante e saltador animava a vegetação rasteira.

A fascinação de toda a vida pela natureza era uma garantia de que ele nunca se entediaria durante os longos dias cinzentos da monção de 1972. Na sua terra, em Sussex Downs, o pai de Mike lhe havia ensinado com amor, na sua casa em Ditchling, tudo o que sabia da então abundante fauna da região. A única irmã de Mike havia morrido jovem e o mundo da família Kealy girava em torno do filho. Depois do Eastbourne College, ele frequentou Sandhurst, desejoso de uma carreira no velho regimento do pai, os Surreys da Rainha.

Em 1965, ele foi comissionado e, depois de seis anos como oficial de infantaria, transferiu-se para o pequeno, mas seleto, grupo de elite escolhido dentre os muitos que tentam ser oficiais do SAS. Depois de quatro meses de intenso treinamento, foi enviado para o Esquadrão B, então comandado pelo pequeno dínamo jovial, o major Richard Pirie.

Mike se deu bem, mas achou a vida muito mais tensa e competitiva do que a dos anos de infantaria, onde comandara principalmente adolescentes em exercícios rotineiros. No SAS, ele se viu indicado para a Tropa 8 (Mobilidade), geralmente considerada a melhor do regimento. Uma dúzia ou mais de veteranos de várias guerras e operações secretas em todo o mundo constituíam os novos comandados do oficial de 27 anos. Eram homens que não aceitavam nada sem discussão, que questionavam ordens com uma avaliação fria baseada quase sempre na experiência, enquanto o pensamento de Mike era geralmente o resultado do dogma militar da sala de aula.

Os primeiros meses com a Tropa foram um teste muito mais duro que o curso de seleção do SAS. Sofria todo dia e tinha consciência disso. Não foram poucos os jovens oficiais aspirantes, entusiasmados pelo sucesso na seleção e exibindo orgulhosamente a adaga alada, que se viram na condição de inaceitáveis para os soldados aos quais foram designados. Nesses casos, o oficial sempre era transferido, não os soldados.

Ao contrário do que se passava nos regimentos de infantaria, onde cada oficial tem um ordenança para atender às suas necessidades, o oficial do SAS às vezes é obrigado a cozinhar para o seu operador de rádio enquanto este se ocupa durante a noite de códigos e cifras ao chegarem a uma "basha" (barraca improvisada). Uma forma de apressar o processo de aceitação pela tropa é, evidentemente, o oficial provar-se na batalha. Aquele era o primeiro turno de serviço em Omã, e até então os *adoo* só uma vez abriram fogo contra seus homens.

No dia 8 de junho, a Tropa 8 foi transportada de helicóptero da *jebel* até a cidade costeira de Mirbat. A aldeia de pescadores se isolava num promontório tempestuoso sob a sombra de uma escarpa de 900 metros. Duas pequenas fortalezas de barro protegiam o lado de Mirbat voltado para a *jebel* e os quebra-mares protegiam contra ataques do sul. Um emaranhado de arames farpados contornava os fortes e a cidade de leste a oeste, começando e terminando no mar.

Mike e seus oito homens ocupavam uma casa solitária de barro conhecida como a Bat-house, entre os dois fortes, um pouco mais para o sul. A própria aldeia se agachava na miséria e imundície entre a Bat-house e o mar.

O *wali* do sultão, ou prefeito da aldeia, vivia no forte a noroeste da Bat-house, com a guarnição da milícia de trinta velhos *askars*. O segundo forte, a 600 metros a nordeste da Bat-house e poucos metros do perímetro de arame farpado, abrigava duas dúzias de soldados da Dhofar Gendarmerie. Aqueles cinquenta homens armados com fuzis antiquados de ferrolho formavam toda a força de defesa do *wali*. A pequena presença do SAS era uma tentativa de oferecer apenas ajuda civil e treinamento militar. Sua própria defesa era composta de duas metralhadoras montadas no teto e um morteiro ao lado da Bat-house.

Alguns morteiros e foguetes eram lançados ocasionalmente à noite contra Mirbat, mas por volta da data em que a Tropa 8 iria ser substituída por uma nova equipe do SAS, Mike ainda não tinha tido o seu batismo de fogo. Uma rotina de deveres de guarda era rigidamente seguida, mas os meses de inatividade tendiam a reduzir a prontidão dos homens.

O Ninho da Águia, o topo do monte Samhan, ficava a 1.800 metros acima de Mirbat. Ao anoitecer do dia 18 de julho, setenta homens começaram a difícil descida pela sua encosta úmida de névoa, todos pesadamente carregados de armas e munições.

Ali, o segundo filho do xeique Amr bin Issa, liderava a sexta e última subunidade do Wahidaat a Wasata wa Sharqeeya. Na semana anterior, seus homens haviam completado a enervante tarefa de localizar e recolher as minas plásticas antipessoais que a FPLO havia anteriormente plantado naquelas trilhas vertiginosas.

Todos estavam orgulhosos de fazer parte daquele ataque histórico. O sangue omani e *ingleezi* iria esguichar e as tropas de choque da FPLO seriam heróis lembrados nos anos futuros.

O próprio Ali era da região de Arzat, a oeste, e pouco conhecia daquela região árida ao norte de Mirbat. Durante três dias, ele e seus homens haviam estudado os vazios cavernosos do Samhan superior. A *jebel* ali era de calcário sobre um leito de dolomita. A erosão havia desgastado os estratos mais macios em numerosos penhascos e túneis tortuosos.

O coração de Ali estava cheio de orgulho quando liderou os homens pelo caminho escorregadio e precipitoso. Em alguns lugares, havia cordas fixas, mais uma evidência dos complexos preparativos para a operação.

Na manhã anterior, Ali havia ouvido na Rádio Aden as notícias de um importante revés. O pérfido presidente Sadat havia expulsado do território egípcio os assessores soviéticos que apoiavam o Islã. Pois que fosse: no dia seguinte, a FPLO iria mostrar ao mundo o que os árabes eram capazes de fazer sem um único assessor soviético.

Não parou para considerar o arsenal que seus homens e as outras unidades da FPLO estavam carregando naquela noite. Os lançadores de granadas e foguetes, os morteiros pesados, as metralhadoras de vários calibres, os canhões antitanque sem recuo e os rifles pessoais AKM e AK-47 eram todos de origem soviética.

Os líderes da FPLO haviam feito seus planos com cuidado. O ataque ia coincidir com a máxima cobertura de névoa vinda do *khareef*, tornando impossível o apoio aéreo do governo à guarnição de Mirbat.

Uma distração no dia anterior havia atraído a *firqat* de Mirbat, os cerca de cinquenta ex-FPLO vira-casacas normalmente baseados na aldeia. Aqueles homens estavam agora a várias horas de marcha para o norte, um fator importante, pois, ao contrário dos *askars* e Dhofar Gendarmes nos dois fortes de Mirbat, eles estavam todos armados com rifles automáticos.

O elemento *ingleezi* seria uma vítima fácil, pois eram menos numerosos que os dedos de um único homem.

Muito antes da meia-noite, os homens de Ali cruzaram a ravina do rio Ghazira. Ali se lembrou de uma visita àquele rio quando criança. Seu padrasto trouxera a ele e ao seu irmão Tama'an de Qum para ver a grande inundação. Os dois tremeram de medo, muito antes de chegarem ao leito, diante do urro reverberante da água da tempestade que descia pela escarpa. Nunca esqueceria aquele barulho, o som de Deus. Nenhum homem vivo que tivesse visto e ouvido aquela inundação seria capaz de engolir a bazófia marxista de que Alá era apenas uma invenção dos imperialistas britânicos. Os dois meninos se agarraram à cintura do pai, a boca aberta diante do redemoinho que enchia a garganta de 12 metros, mudando para sempre a sua forma, destruindo tudo no seu caminho e lançando os detritos escuros bem longe no oceano Índico. Ao olhar para a encosta da montanha às suas costas, espantaram-se com as camadas de água que caíam, Niagaras batidas pelo vento e mergulhando da *jebel* para a área de drenagem dos rios, como se fosse outra vez o início dos tempos.

Alguém chamou Ali. Um dos seus homens, ao cruzar o leito, havia sido picado por uma cobra, uma grande naja. Ele disse ao homem, um escravo negro libertado de Darbat, que ficasse imóvel. Eles voltariam para buscá-lo depois de terminado o ataque. Também distribuiu sua pouca munição entre os outros. Cada um carregava quase 50 quilos de equipamento letal. Ali caminhava com todo cuidado agora. Naqueles dias, com o perigo das minas, a gente se esquecia das cobras. Mas, mesmo assim, um coquetel de víboras infestava a vegetação mirrada daqueles rios secos da costa, entre elas, a rara *Thomasi* com seus anéis nitidamente desenhados, a Boulenger ou a Rhodorhachis Pintada, que sobe rochas quase verticais tão rápido quanto uma folha levada pelo vento, a pequena, quase invisível cobra-fio, e mais de sessenta outras espécies igualmente inamistosas.

Depois de cruzar o leito seco, tomaram posição entre várias rochas e Ali contou mais de duzentos homens passando por ele na semiescuridão. Alguns levavam longos tubos ou outras cargas difíceis, partes das armas pesadas de longo alcance.

Duas horas antes da aurora, as linhas de ataque estavam prontas. Duzentos e cinquenta dos melhores soldados da FPLO, treinados em Moscou e Odessa, tomaram posição acima da aldeia silenciosa e seus fortes insignificantes. Um esquadrão de matadores se separou do corpo principal e subiu silenciosamente em direção ao único posto de vigilância do governo ao norte do perímetro de arame.

Os Dhofar Gendarmes que ocupavam o posto foram tomados de surpresa. Quatro foram agarrados pelas costas e tiveram a garganta cortada, mas outros fugiram na noite, e um, antes de se livrar do rifle para correr melhor, disparou um pente para avisar os homens do *wali*.

Velozes, as forças *adoo* se espalharam por todo o perímetro de arame e mais 700 metros ao norte. Ali se encontrou imediatamente diante do forte da Dhofar Gendarmerie, o primeiro dos alvos principais do ataque, além do canhão de 25 libras instalado dentro de uma trincheira de sacos de areia.

Exortou cada um dos seus homens, então mergulhou a mão na sacola e pegou o boné chinês de campo de que se orgulhava. Puxou-o sobre as orelhas e verificou a alavanca que armava sua AK-47.

Com uma repentina explosão de *son et lumière*, os morteiros pesados da FPLO começaram a ofensiva no momento em que os primeiros raios da aurora chegaram a Mirbat.

Mike estava deitado, meio acordado, agradavelmente ciente de que a vida estava para assumir um novo colorido rosado. No dia seguinte, a Tropa 8 seria dispensada dos seus deveres. Dentro de poucos dias, ele estaria novamente em casa, na sua amada Sussex. Lentamente, repassou as coisas que deveriam ser feitas em preparação para a transferência para o Esquadrão G.

Ouviu o estalo de morteiros; outra ação simbólica dos *adoo*. Não se esperava nada de grave. Não houvera nenhum aviso do "limo verde" (o jargão do SAS para Inteligência).

Quando vários morteiros explodiram perto, Mike se levantou e tateou no escuro em busca dos óculos. Com um short e chinelos de borracha, ele agarrou seu fuzil FN e subiu uma escada até o teto da Bat-house.

O céu de antes da alvorada brilhava com balas de alta velocidade. À sua frente, Mike viu um lance do arame do perímetro se desintegrar numa explosão de morteiro, enquanto balas Spaagen de 12,7 mm arrancavam o reboco da parede do forte da Dhofar Gendarmerie, e estilhaços passavam gritando sobre a Bat-house. Não se tratava de um ataque de baixa intensidade.

Mike estava mentalmente bem-preparado. Havia passado algum tempo no mês anterior estudando reações imaginárias a ataques hipotéticos contra Mirbat. Sabia exatamente o que devia fazer, tal como os homens da Tropa 8. Uma grande quantidade de tiros era lançada contra o forte, um sinal claro de que o edifício era um alvo prioritário dos *adoo*. Os Dhofar Gendarmes, mal-armados, não resistiriam a um ataque frontal sem ajuda imediata. Se caíssem, o canhão de 25 libras também cairia.

Mike sabia que o seu sargento fijiano, um gigante chamado Labalaba, já tinha saído correndo no escuro para ajudar o único artilheiro omani na trincheira ao lado do forte. Laba, como era conhecido, era uma alma bem-humorada, dada a se jactar de que um ancestral havia se banqueteado com o missionário John Wesley. Era um dos vários fijianos recrutados pelo exército britânico para servirem em Bornéu quando havia grande falta de bons soldados para a luta na selva.

Mike abordou o Cabo Bob Bennett, um homem calmo da região Oeste encarregado dos morteiros da Bat-house. Mike havia estabelecido uma boa relação com Bob ao longo dos três meses anteriores.

— Explosivos e fósforo branco, Bob — ordenou Mike. Os morteiros de fósforo branco criariam uma cortina de fumaça branca entre os *adoo*, comprometendo a sua precisão e dando a Labalaba tempo suficiente para preparar o canhão de 25 libras para a ação.

— Certo, chefe — respondeu Bob, e transmitiu por rádio as instruções sobre o fogo de morteiro para Fuzz Pussey, homem de Oldham, no poço de morteiros.

Mike percebia a iminência de problemas graves. Dirigiu-se ao soldado musculoso atrás da mira da metralhadora Browning .50.

— Pete, veja se você consegue estabelecer comunicação com o QG.

Pete Winner era um homem do norte com uma natureza inflamada. Em maio de 1981, iria liderar um Grupo Alfa de Assalto num ataque à embaixada do Irã em Kensington, Londres.

Pete saiu do teto da Bat-house e telegrafou uma mensagem em morse para o QG do SAS próximo a Salalah: "Contato. Sob fogo pesado. Espero. Desligo." Seu rosto se cobriu de areia e lama quando um par de foguetes Katyusha de 120mm explodiu perto dele.

Uma alvorada monótona de monção despontava sobre a praia e a aldeia. Os homens do SAS usavam shorts, camisas e botas do deserto. Todos tinham a cabeça descoberta.

Durante meia hora, os atacantes despejaram balas, morteiros e foguetes sobre os fortes e a Bat-house. Bob e Fuzz devolviam o fogo de morteiro e os outros formaram uma linha para arrastar caixas de munição até o teto.

Pouco antes das 6 horas, houve uma calmaria repentina na agitação e crianças subiram aos tetos das casas da cidade atrás da Bat-house. Bob Bennett, com as mãos em concha, gritou "Desçam daí, desçam daí".

As duas metralhadoras do SAS continuaram em silêncio para não denunciarem sua posição antes do início do ataque por terra. Exatamente às 6 horas, estourou o inferno.

De uma praia à outra, ao longo de todo o comprimento do arame, o *adoo* avançou sobre os defensores de Mirbat e, em grupos de 12, os comandos começaram o assalto. Usando como proteção a pouca luz da manhã, os restos de névoa e a irregularidade do terreno, eles avançaram de uma pedra para a próxima. Superavam a guarnição por uma margem de 5 por 1 e seu poder de fogo era ainda maior.

No teto, Pete Winner esperava atrás da sua metralhadora pesada. Resfriada a ar e alimentada por fita, ela era capaz de disparar até seiscentos tiros por minuto.

A alguns passos de distância, Geoff Taylor, emprestado pelo Esquadrão G, ajustava a mira da GPMG (metralhadora geral) 7.62 e preparou as fitas com a ajuda de Roger Coles, um homem de Bristol magro como uma vassoura.

Mike sentiu a tensão lhe paralisar o estômago. Limpou os óculos com a barra da camisa e olhou através da nuvem de pó e cordite. Sufocou um apavorante surto de medo.

Onde quer que olhasse, homens avançavam a pé na direção do perímetro. Quando irromperam numa corrida, Mike se virou e gritou: "Abrir fogo!"

Winner e Taylor foram totalmente eficientes com suas armas. O terreno ao norte do arame logo ficou juncado de cadáveres de *adoo* retalhados pelas pesadas balas .50 e pela alta velocidade das GPMG.

As linhas da FPLO continuaram o avanço, ignorando os gritos dos seus moribundos. O arame foi rompido em vários lugares e os lançadores de foguetes foram assentados atrás das rochas. Pouco depois, o forte da Dhofar Gendarmerie e o poço do canhão sacudiram com impactos diretos de foguetes Carl Gustav. Buracos enormes surgiram no forte e corpos de gendarmes mortos se dobraram sobre as ameias dos muros.

O grupo que operava o canhão no poço era insuficiente, mas Laba trabalhava como um demônio para recarregar e atirar a relíquia da Segunda Guerra Mundial à queima-roupa. Suas atividades atraíram uma saraivada de balas, uma das quais arrancou parte do seu queixo.

No poço de morteiros da Bat-house, o segundo fijiano da Tropa 8, outro gigante chamado Sekavesi, perdeu o contato por walkie-talkie com o amigo e afrontou os 600 metros de terreno aberto sob fogo pesado lançando-se da Bat-house até o poço do canhão.

Roger Coles saiu rastejando da Bat-house com um sinaleiro Sarbe. Esperava atrair um helicóptero de Salalah para evacuar os feridos. Escolheu um ponto favorável perto da praia e sinalizou para um aparelho que se aproximou a baixa altura sobre o mar. O fogo assassino do inimigo não permitiu a aterrissagem e o helicóptero se afastou na neblina. Coles teve sorte de conseguir voltar à Bat-house.

No poço do canhão, Sekavesi e o ferido Laba operavam o 25 libras. Cobertos de sangue, cordite preta e suor, queimados pelos cartuchos metálicos vazios, eles lançavam tiros e mais tiros contra o arame farpado à sua frente. Uma bala 7.62 entrou no ombro de Sekavesi e se alojou junto da espinha. Uma segunda bala cortou um sulco fundo no seu crânio. O sangue desceu em cascatas pelo seu rosto, mas, percebendo o perigo iminente de ser ultrapassado, apoiou-se sobre os sacos de areia com seu fuzil e, limpando o sangue do olho direito, continuou a atirar no arame.

Laba correu mancando até o cano de 60 milímetros de um morteiro. Uma bala penetrou na sua nuca e o grande fijiano caiu morto. Ao seu lado no poço, o artilheiro omani se contorcia com uma bala na barriga. O grande canhão, de vital importância para a defesa de Mirbat, foi silenciado.

No teto da Bat-house, Mike estava ensurdecido pelo fragor da batalha, mas sentiu o silêncio repentino no poço do canhão. Sem receber resposta para os chamados repetidos no seu walkie-talkie, ele soube que tinha de ir lá sem demora. As balas agora passavam sobre a Bat-house vindas do sul e do norte. Isso só podia significar que o *adoo* tinha flanqueado os fortes e já estava na aldeia. A Tropa 8 estava cercada. Mike se forçou a esquecer aquela situação desagradável. Bob, Pete e os outros poderiam defender a casa; ele tinha de ajudar os fijianos a defender o perímetro norte a qualquer custo. A ideia de percorrer o corredor polonês da Bat-house até o poço, agora que o *adoo* cobria todo o perímetro com todo o seu poder de fogo, significava encarar a morte de frente. Ainda assim, todos os homens no teto foram voluntários para ir com ele. Escolheu Tommy Tobin, o ordenança médico. Quando se preparava para sair, Bob lhe chamou a atenção:

— Você não vai longe com as sandálias.

Mike desceu ao quarto, calçou e amarrou os coturnos. Então os dois homens, arrastando-se em torno do poço dos morteiros ao lado da Bat-house, saltaram para um riacho baixo e usaram a sua proteção para percorrer algumas centenas de metros. Estavam a meio caminho do poço do canhão quando o *adoo* os descobriu e abriu fogo. Com armas modernas, especialmente as metralhadoras, e a uma distância de 30 metros, não é difícil atingir um alvo do tamanho de um homem. Entre cinquenta e sessenta guerrilheiros da FPLO ajustaram suas armas e concentraram fogo sobre Mike e Tommy.

Fora da proteção do riacho, não havia cobertura. Somente a velocidade e pura sorte preservaram suas vidas durante os quatro longos minutos de corrida até o poço do canhão. Morteiros explodiam à volta dos dois, balas traçantes riscavam o ar acima das suas costas curvas e, cada vez mais perto, o ruído dos projéteis de uma metralhadora pesada batendo no chão. Do teto da casa, Pete Winner descobriu a metralhadora *adoo*, ajustou a mira da sua Browning e dilacerou o homem. Mike e Tommy, os pulmões ofegantes e os olhos cegados pelo suor, lançaram-se sobre os sacos de areia do poço do canhão. Mike caiu sobre o estômago do cadáver eviscerado de um gendarme dhofari.

Avaliou a posição. Dentro de minutos seriam superados. Somente o fuzil de Sekavesi ainda estava ativo dentro do poço e muitos *adoo* já estavam atravessando os rolos de arame farpado.

O forte da Dhofar Gendarmerie ali perto estava cheio de buracos e reduzido ao silêncio. Todo o fogo *adoo* estava dirigido para o poço do canhão e seus ocupantes. Seu escudo de aço retinia com as balas, tiros diretos ricocheteavam e batiam na parede do fundo do poço. O queixo de Tommy Tobin e um malar foram arrancados do rosto por um tiro. Ele caiu deitado ao lado do corpo de Laba, o sangue esguichando pelo pescoço.

Um grupo de *adoo* se desvencilhou do arame e correu para a parede mais distante do forte. Contornaram a construção até o canto mais próximo do poço do canhão, a apenas 13 metros de distância de Mike e Sekavesi. Soltaram as granadas de mão, arrancaram o pino e avançaram para o golpe final.

As horas infindas de treinamento de tiro ao alvo em Hereford que Mike e Sekavesi, tal como todos os homens do SAS, praticaram, agora mostravam todo o seu valor. Desviando dentro do poço, Mike sujeitou tudo que se movia ao tiro duplo, a sequência rápida de dois tiros que era a marca do treinamento de Hereford. Matou o primeiro *adoo* no momento mesmo em que ele arrancava o pino da sua granada. O cadáver do homem cobriu a explosão.

Uma metralhadora leve atirou contra os dois sobreviventes no poço e durante algum tempo todo movimento tornou-se impossível dentro dele. Incapaz de atirar contra o *adoo* que se aproximava, Mike não viu a granada cair no saco de areia acima dele. A explosão encheu o ar de areia, aço e um barulho que pareceu romper-lhe os tímpanos. Mike forçou-se a ajoelhar e, em seguida, a se levantar. Limpou rapidamente a terra dos óculos e, ao recolocá-los, viu a imagem borrada de um *adoo* imediatamente à sua frente e embaixo do muro da fortaleza. Atirou duas vezes e estourou a cabeça do homem contra a alvenaria.

Meia dúzia de granadas traçaram curvas no ar em direção ao poço. A maioria detonou do lado de fora dos sacos de areia, mas uma rolou por cima da parede e caiu sobre o cadáver do gendarme. Mike observou a fumaça desaparecer depois dos seis segundos do pavio e se preparou para morrer.

A granada falhou. Mike rezou uma oração de agradecimento a Deus e se perguntou por que ainda estava vivo. Já não sentia medo. Se tinha sobrevivido até ali, ele ia viver. Uma bala passou pelo seu cabelo e outra quase raspou o seu rosto. Viu claramente um *adoo* no que havia restado da cerca do perímetro mirando a sua arma nele. Matou o homem e viu seu boné chinês se enganchar nas farpas do arame.

Dois jatos BAC Strikemaster passaram urrando, enfrentando a visibilidade quase impossível. Uma cortina de fogo de metralha dos atacantes *adoo* se elevou contra os aviões e ambos foram atingidos. Fizeram a volta sobre o mar e Mike colocou um tecido fluorescente no fundo do poço para orientar os pilotos.

Os Strikemasters fizeram o possível durante os poucos segundos de ataque livre da neblina. Foguetes e tiros de canhão atingiram o que havia sobrado da cerca de arame farpado, e deram aos defensores de Mirbat um alívio curto, mas bem-vindo.

Gravemente danificados, os jatos voltaram com dificuldade para Salalah e os *adoo* retomaram o ataque. Mike agora ouvia fogo pesado oriundo do lado do poço do canhão voltado para o mar e chamou Bob Bennett para despejar fogo de morteiros sobre os atacantes mais próximos do poço. O homem dos morteiros do SAS, Fuzz, trouxe o seu tubo até a elevação máxima, mas Mike ainda não ficou satisfeito com os resultados.

— Quero os morteiros mais *perto* — ordenou.

— Não posso — gritou Bob no walkie-talkie. — Eles vão cair sobre você.

— É o que eu quero — foi a única resposta de Mike.

Ao ouvir as ordens passadas por Bob, Fuzz sorriu e, erguendo a arma apoiada nos pés, abraçou o tubo junto do peito. Tentando não errar a mira, soltou bomba atrás de bomba na vizinhança imediata do poço do canhão.

Dois outros Strikemasters atacaram o perímetro e, finalmente, depois de cinco horas desde o início do ataque, os *adoo* começaram a recuar para a neblina. Para o sul, os sons da batalha aumentaram ao longo de uma ampla área, e Mike ficou aliviado ao ouvir uma mensagem pelo rádio que anunciava a chegada do reforço dos helicópteros do Esquadrão G. Foram convocados de um exercício de treinamento e preparados para a batalha com toda a rapidez possível. Depois de uma hora, as novas forças do SAS haviam expulsado os últimos *adoo*.

Mike deixou Sekavesi no poço e entrou no forte destruído, e lá o major Alistair Morrison, do Esquadrão G, o encontrou. No seu relatório, ele escreveu: "Fiquei sem voz quando vi a área do forte. Havia poças de sangue dos feridos, buracos de morteiros, círculos de granadas, e o próprio 25 libras estava muito castigado, apesar da blindagem. O chão estava marcado pelas muitas granadas explodidas. Era evidente que uma batalha extremamente feroz a curta distância havia sido travada ali. Todos os homens do capitão Kealy fizeram questão de me dizer que ele foi o homem mais corajoso que já tinham visto... Acredito que sua liderança inspirada e coragem salvaram as vidas dos seus homens e evitaram a queda da cidade."

Em meio à carnificina e aos sacos de cadáver, Labalaba foi identificado e levado de helicóptero. Mais de cem atacantes do FPLO foram mortos e muitos dos defensores estavam mortos ou agonizando. Bob e Mike sentaram-se juntos no teto da Bat-house, esgotados, mas entusiasmados. Tommy Tobin foi transportado para a Inglaterra para se submeter à reconstrução da face. Mike o visitou no hospital em Aylesbury. Um dente quebrado se alojou na caixa torácica de Tommy e ele morreu dois meses depois.

Três dias depois do ataque a Mirbat, Mike e seus homens voltaram para a Inglaterra de licença. Mike encontrou os pais na sala da Forge House, em Ditchling, East Sussex. Na Grã-Bretanha, não houve cobertura noticiosa dos acontecimentos em Mirbat. Ao jantar, e até a 1 hora, Mike descarregou tudo para os pais.

— Era como se eu estivesse vendo um filme — disse ele —, só que os que morriam, morriam de verdade. Pensei que ia morrer e me preocupei com as pessoas que viriam informá-los da minha morte... Foi tão sangrento... Senti uma grande paz quando tudo terminou.

Dois anos depois, Mike e Bob Bennett se encontraram na sede londrina do SAS e viram o quadro oficial comemorativo dos acontecimentos em Mirbat. O comandante, coronel Peter de La Billière, pediu a opinião dos dois sobre a autenticidade da obra. Sentiram os olhos arderem com a emoção das lembranças.

Só quatro anos depois da batalha, os detalhes foram finalmente liberados para o público em geral, quando as forças da FPLO já estavam em retirada em toda Dhofar.

Mike Kealy foi condecorado pela rainha com a Cruz da Ordem por Serviços Notáveis, uma medalha inferior em significância apenas à Victoria Cross. Foi o inglês mais jovem a receber tal condecoração desde a Guerra da Coreia. A única recordação que ele guardou foi o boné chinês que tirou do arame do perímetro antes de sair de Mirbat.

21

O RIO WYE PASSA pelas cidadezinhas de Fownhope e Mordiford a caminho do Severn e, antes de entrar nos subúrbios de Hereford, corre próximo a um pub do Velho Mundo, um lugar de lareiras e rodas genuínas de carroça, chamado de Bunch of Carrots. Até o final da década de 1980, era esse o ponto de encontro dos membros casados do Regimento SAS, um fato que Davies descobriu sem dificuldade na primeira semana de abril de 1978.

A Clínica estivera ocupada nos Estados Unidos ao longo de todo o ano anterior. De Villiers recebera prontamente o pagamento de Bakhaait em Dubai. O filho mais velho do xeique Amr bin Issa havia abandonado a escola na Inglaterra e assumido de corpo e alma os negócios da família de uma forma que teria sido estranha para seu falecido pai. Não tinha o menor interesse na questão da *thaa'r*; na verdade, De Villiers havia sentido a hostilidade palpável do jovem dhofari, que mal tinha se interessado em assistir ao filme de Milling antes de lhe entregar o cheque do Banco de Dubai no valor de 1 milhão de dólares.

Uma calmaria temporária de novos contratos havia levado De Villiers a despachar Davies de volta à caça do segundo alvo de Dhofar. Os fatos conhecidos naquele caso eram uma boa indicação: Ali bin Amr Bait Jarboat havia sido morto no dia 19 de julho de 1972 durante um ataque à aldeia de Mirbat. O destacamento que comandava recebeu ordens diretas de capturar a peça de artilharia britânica, e os membros sobreviventes do seu grupo viram Ali ser atingido à queima-roupa pelos estrangeiros no fosso do canhão.

Davies se lembrava bem das tentativas anteriores de levantar informações do pessoal do SAS e sabia que era uma tarefa difícil. Mas, com paciência, tinha confiança de que acabaria por identificar o comandante do destacamento do SAS de Mirbat.

Estacionou diante do Bunch of Carrots pouco depois de o pulo abrir e se acomodou em uma mesa com um jornal local e um caneco de HP Bulmer Strongbow. Por volta das 20 horas, o local estava lotado, e Davies fez uma lista mental dos prováveis membros do SAS. Havia muitas pistas óbvias, desde os bronzeados, os cortes de cabelo, até os calçados, mas Davies os ignorou. Os que voltavam do serviço antiemboscada na Irlanda do Norte ou os que se dedicavam ao serviço antiterror em Heathrow tinham rostos pálidos e geralmente cabelos longos. Botas do deserto tinham se tornado algo tão ostentatório nos homens do SAS na Grã-Bretanha quanto as velhas gravatas de Eton, mas homens que afiam a condição física e a prontidão, que preferem observar e ouvir a gritar e gargalhar, desenvolvem seu próprio molde e estampa.

Bob Bennett, que frequentava um curso local do exército, desfrutava o seu drinque noturno acompanhado da esposa Lyn e de vários colegas de regimento. Seus olhos passeavam pela sala como se tivessem vida própria, sem perder nada. Lyn costumava cutucá-lo ao notar esse hábito no marido enquanto os demais se envolviam nos debates mais acalorados.

Pouco depois de ter chegado e se acomodado no salão maior, Bob viu o galês. Posicionou-se de forma a poder ver sem ser visto. Não tinha dúvida de que era o mesmo homem que mencionara a Ken Borthwick no ano anterior. Se ainda houvesse incerteza, as ações do homem não permitiam dúvida. Ao longo de um período de duas horas, ele circulou entre três grupos, mantendo-se na periferia, rápido para rir e oferecer uma bebida, sempre sorrindo. Em dois dos três alvos do interesse do galês, Bennett reconheceu pelo menos um homem do SAS.

Às 21h30, o galês voltou do toalete e estacou, como quem tivesse topado com um fantasma. Durante um momento ficou paralisado olhando fixamente a parede, então retomou tranquilo o passeio de volta ao seu último grupo. Dez minutos depois, com um aceno alegre para ninguém em particular, pôs um boné de tweed, uma capa e saiu. Bob Bennett não o seguiu porque da última vez tinha avisado Ken Borthwick e não tivera retorno: o homem era perfeitamente inocente, ainda que curioso demais por natureza.

Davies telefonou para De Villiers com a sua descoberta, mas foi convocado por oito meses para um serviço complicado em Los Angeles. Quando voltou ao Bunch of Carrots, na primeira semana de dezembro de 1978, havia muitos *habitués* do SAS e alguns ex-SAS, Bob Bennett entre eles, desfrutando de um bate-papo pré-natalino.

Depois de considerar o galês inofensivo, Bob não lhe deu muita atenção até que uma palavra, "Mirbat", agiu como uma bala no seu ouvido e ele se concentrou na conversa do sujeito com um grupo às suas costas.

— Eu poderia jurar que o quadro estava na parede, aqui mesmo — dizia o galês —, um quadro pequeno, impressão do artista da batalha e, como eu digo, tenho certeza de que tinha a palavra "Mirbat" impressa embaixo... Uma imagem muito poderosa, sabe, a fortaleza impassível, armas fumegantes, corpos por todos os lados.

— Algum dos caras a colocou aí no Ano-Novo — explicou alguém —, mas em maio Keith Grant levou para outro lugar quando fez a redecoração.

— Mirbat foi um caso sério — insistiu o galês. — Pelo que ouvi, foi um punhado de vocês contra uma horda.

— É, foi uma confusão — interpôs a voz baixa de um escocês. — Foi há uns sete anos. Saiu nos jornais há uns dois anos. O chefe lá, Mike Kealy, ganhou uma medalha. Merecida, é o que todo mundo diz.

A conversa continuou, mas Bob Bennett estava alarmado. Estivera certo desde o começo. Esperou até o galês se despedir, saiu sorrateiro pela porta de serviço do pub e anotou os dados do carro do suspeito. Não tentou segui-lo, pois não queria perturbar Lyn nem abandonar o grupo. Ligou para Ken Borthwick. O policial não estava, mas Bennett deixou recado com sua mulher. "O galês voltou e ainda está interessado em Mirbat." Ela lhe assegurou que passaria o recado para o marido quando ele voltasse. Tranquilo por ter feito o que podia, voltou para o bar.

Bem cedo na manhã do domingo 3 de dezembro de 1978, o Comitê se reuniu na casa do coronel Macpherson, no número 4 de Somers Crescent, em Londres. O quorum estava completo, o que era normal para as reuniões de inverno, especialmente quando se podia esperar um encontro agitado. Spike convocou-o de última hora, significando que havia no ar algo estranho. A esposa do coronel estava em Balavil, a casa da família Macpherson em Kingussie, por isso Jane trouxe a sua parafernália para servir café, e os membros se sentaram num círculo apertado, pois a sala era comprida e estreita. Bletchley era o presidente do dia e ficou claro para todos que ele não estava de bom humor.

Spike discorreu mais uma vez sobre a questão Dhofar, e Bletchley estava determinado a não permitir que o Comitê se envolvesse naquele maldito problema.

— Não. Não. Não. — Ficou batendo com o polegar no braço da cadeira. —Vocês não estão vendo que isso está fora do nosso estatuto? O Fundador e eu — fez uma pausa, e então acrescentou, com um olhar venenoso para Tommy Macpherson — e o coronel concordamos unanimemente quando definimos as limitações para o envolvimento. Uma regra importante foi, e até o ano passado sempre foi, a de que nunca nos envolveríamos com organizações terroristas. Não o IRA, nem a Máfia, nem outros grupos menores. Somos pequenos demais. Não temos recursos, e acima de tudo, somos limitados pelas leis do lugar.

— Bletchley tem razão — Macpherson interrompeu o presidente antes que ele pudesse continuar, o que não foi difícil, pois as frases de Bletchley saíam em haustos que se estendiam como se ele tivesse esquecido a direção geral do seu argumento. — Mas nós definimos essas regras há muitos anos, e nenhuma organização é capaz de sobreviver ou competir se não se adaptar às mudanças das circunstâncias. — Passou a mão pelos cabelos curtos e ondulados, um sinal de exasperação que o Comitê conhecia bem. — No início, definimos os nossos uniformes conforme a moda da época, mas eles se tornaram numa camisa de força e agora nos arriscamos à castração... à impotência. Permitam-me sugerir mais um maoismo: "Um sapo no fundo do poço diz que o céu não é maior que a boca do meu poço." Creio que chegou a hora de examinar em detalhe o poço do Comitê, porque estamos aqui para proteger os nossos, *não importa de onde* venha a ameaça.

As sobrancelhas de Mike Panny se ergueram.

— Quais aspectos?

Ele gostava de ver o próprio nome nas minutas como o instigador de perguntas penetrantes e de ideias novas.

— Qualquer um que revele que a nossa visão está coberta de teias de aranha. Exatamente com quais atividades nós devemos nos envolver? Quando devemos informar à polícia? Quanta força ou coerção os locais estão autorizados a usar? Até que ponto eles devem se conter na letra da lei nos casos que sabemos que a lei não pode fazer nada?

— Não podemos esquecer — Panny continuou — do outro lado da moeda. Acredito que devemos mudar as regras de controle dos locais. Não pode estar certo que somente Spike saiba a identidade dos nossos próprios homens, que somente ele possa fazer contato com eles. Não é pessoal, mas acredito que devemos, como Comitê, ter um controle muito maior sobre o Controlador, seja ele Spike ou qualquer outra pessoa.

Bletchley e Mantell concordavam, Graves e os Gêmeos balançavam a cabeça e o Don sorria sardonicamente. Os pontos de vista pessoais eram bem distribuídos em tópicos semelhantes. O que não era mau, pois, longe de flexíveis, eles eram quase intratáveis.

— Presidente — era Macpherson mais uma vez —, esta reunião deve terminar por volta das 10 horas, como o senhor sabe. Estamos aqui para decidir sobre uma única questão. Posso sugerir que tenhamos uma próxima reunião para discutir mudanças na política geral? Esta deve se ater a pontos específicos.

— Está muito bem — disse Mantell, preenchendo a lacuna deixada pelo silêncio inesperado do presidente, que parecia estar claramente passando mal: parecia ter perdido o controle da língua e limpava o suor da testa com um lenço —, mas o presidente teme com razão que qualquer acordo quanto a qualquer atividade relacionada com essa questão específica envolva uma mudança básica da nossa política geral. Precisamos, portanto, reavaliar esta última *antes* de tratarmos das necessidades imediatas de Spike.

— Olha, cara — August Graves interrompeu o trabalho de escavação do seu dedinho dentro da orelha direita para gesticular na direção de Mantell —, com o devido respeito para com o nosso presidente, Spikey nos pediu um "sim" ou "não" no caso de Hereford. Nós todos sabíamos disso quando levantamos esta manhã. Estou certo? Claro que estou, então chega desse seu blá-blá-blá moral. Proponho que votemos para dar ao rapaz a resposta que ele pediu.

Don balançou a cabeça sem acreditar e não disse nada. Os Gêmeos assentiram vigorosamente na medida do que permitiam a sua idade e o queixo duplo, e Jane continuou a tomar notas.

Bletchley recuperou a voz:

— Como estamos pressionados pelo tempo, vamos votar a questão imediata e no mês que vem vamos rever a nossa política geral. — Fez um sinal para Jane, que controlava as agendas. — Devo mais uma vez dizer ao Comitê que, na minha opinião, não devíamos de forma alguma ter sancionado a operação de Omã no ano passado. O piloto Milling não tinha ligação alguma com os nossos interesses, e o nosso homem, é claro, não conseguiu provar nenhuma ligação entre a sua morte e o galês que descobrimos em Hereford. — Voltou-se para Mantell: — Está correto, não está?

Mantell anuiu e respondeu:

— Passamos as fotografias aos nossos amigos na Scotland Yard. Não havia registro nem nos arquivos antiterroristas. A Imigração também não encontrou nada. Nenhum dos três homens fotografados pelo homem de Spike em Omã tem registro nos computadores do Reino Unido, nem nos da Interpol.

— Então, não há razão para gastar tempo com esse galês. Ele talvez esteja envolvido em alguma coisa desonesta; na verdade, não há dúvida quanto a isso, mas o infeliz Milling, eu repito, não tinha nada a ver com Mirbat nem com o nosso pessoal. Minha recomendação é que determinemos que Spike abandone esse caso e que você, Mantell, informe as devidas autoridades a respeito do galês visto na sexta-feira em Hereford.

Mantell concordou. Spike levantou a mão.

— A polícia não pode fazer nada. Eles precisam de provas, motivo e nomes. Não temos nada disso. Ou *nós* acompanhamos essa nova visita do galês ou ninguém o fará. Se ninguém o fizer, acho que outra morte vai acontecer, e tenho quase certeza de que um dos sobreviventes de Mirbat será a vítima.

— Por quê? — perguntou Don. — Se Milling não tinha nada a ver com Mirbat?

— Não sei — Spike falou com simplicidade —, mas o galês, que no ano passado foi ligado a Milling e a Mirbat, agora está novamente perguntando sobre Mirbat e, pelo que se sabe, já localizou os nomes dos homens do SAS que lutaram lá. Existe, no mínimo, o risco de que ele possa tentar matar um ou mais de um deles. — Correu os olhos pela sala. — Isso é claramente uma ameaça direta a pessoas a quem, de acordo com o Fundador, devemos proteger. Se alguém morrer porque não agimos, vou sentir um peso enorme na *minha* consciência. Não tenho voto no Comitê, mas recomendo com veemência que os senhores decidam que eu descubra imediatamente o paradeiro do galês e faça alguém segui-lo.

Spike recolheu as nove folhas de papel A4. Cinco estavam marcadas com um V. Quatro, com uma cruz. Os dois presidentes tinham direito de voto, e Spike era capaz de adivinhar a decisão que cada um dos presentes tomaria, com exceção de Jane e do Don. Estava aliviado. Ao sair da sala, ele viu que Bletchley suava profusamente e olhava para a lareira com uma expressão de quase desespero.

Encontraram-se a meio caminho, no posto de gasolina Leigh Delamere, e Spike entrou no Avenger de Darrell Hallett num canto do estacionamento movimentado. Como sempre, a traseira do carro estava cheia de barras de chocolate Yorkie. Sob o rugido do tráfego noturno da M4, Spike passou as instruções ao outro.

Hallett estudou a lista dos sete sobreviventes de Mirbat, seus endereços e atividades conhecidas. Naquele momento, só três viviam na Grã-Bretanha, e um deles era o capitão Michael Kealy, oficial ainda na ativa no Exército britânico.

— Estou trabalhando no distrito central — Hallett explicou. — Poderia me concentrar em Bennett e Kealy, que moram em Hereford. Tenho um colega em Bristol que pode vigiar o terceiro.

— Lembre-se — insistiu Spike —, se você localizar o galês, me avise tão logo ele faça alguma coisa errada, ou caso você encontre com os outros dois das fotos. Tenha sempre à mão a sua câmera e o equipamento de gravação para qualquer reunião que ele participe. Mas *não* se envolva em nada mais violento, a menos que ele ataque você, Kealy ou Bennett. Tão logo consiga qualquer prova, nós a passaremos para os rapazes de azul.

22

Ciente da crescente sofisticação das unidades ativas do IRA na Grã-Bretanha, o lorde chanceler emitiu, em 26 de fevereiro de 1982, uma diretiva que tratava da liberação de informações de registros pessoais. A partir daquela data, nenhum registro poderia ser divulgado pelas autoridades sem permissão expressa do soldado envolvido.

No dia 4 de dezembro de 1978, Davies não teve de enfrentar esses obstáculos burocráticos quando telefonou para o Ministério da Defesa, Departamento de Informações sobre Oficiais, e pediu o endereço atual do capitão Michael Kealy.

— Posso perguntar o seu nome?

Davies deu um nome.

— E a razão para o pedido de informação?

— Sim, claro, quero enviar detalhes centenários da escola do capitão Kealy, o Eastbourne College.

— Lamento, mas no caso do capitão Kealy, não tenho autorização para fornecer o endereço, mas posso lhe fornecer o dos pais dele, que o senhor também poderia obter no serviço de informações da companhia telefônica.

— Eu ficaria enormemente grato — ronronou Davies.

No dia seguinte, ele já estava na estrada antes do amanhecer num Ford Escort da Tadnams. De Londres, seguiu pela A23 até Albourne, então virou para leste na sonolenta cidadezinha de Ditchling sob a sombra de South Downs.

Não foi difícil encontrar Forge House, que estava na estrada principal que atravessava a cidadezinha exatamente em frente ao pub North Star. Davies estacionou numa rua lateral, tomou um chá e comeu um donut na padaria Tudor. Revigorado, voltou ao carro e preparou o seu equipamento-padrão, composto de um conjunto básico de observação de pássaros, assento portátil, binóculo e uma câmera com uma objetiva indecentemente longa.

Estacionado diante do North Star, ele notou um Renault no jardim da Forge House, ao passo que um outro carro verde, que havia visto mais cedo, tinha desaparecido. Vários itens estavam empilhados na traseira do Renault, e Davies viu com o binóculo o que parecia ser um inócuo par de perneiras. Aquelas faixas são usadas desde a Primeira Guerra Mundial por unidades de infantaria e são sempre de cor cáqui, com a única exceção das dos oficiais do SAS. As deles, tal como o par que Davies descobriu no Renault, são bege-claro.

Mike Kealy fez para o pai um pouco de chá e levou para o seu quarto. O coronel detestava doenças e, preso ao leito com gripe, queria sair e passear. Mike afofou um travesseiro nas costas do pai e sentou-se na beirada da cama. Admirava-o mais que a qualquer outra pessoa viva e sofria por não poder passar mais tempo com ele. Sua avó materna havia morrido dez dias antes e ele havia prometido à mãe que compareceria ao funeral em Frimley naquela tarde.

Com um lembre-se gentil do pai, Mike foi para seu quarto se barbear. Ao erguer os olhos e limpar o vapor do espelho, viu alguém às suas costas. Sem os óculos, virou-se. Era apenas o velho boné chinês dependurado na parede. Riu. Sua tia Olga o havia repreendido uma semana antes por causa dele.

— Jogue fora esse chapéu terrorista — dissera ela. — Vai lhe dar azar.

Mike se despediu do pai e dirigiu o Renault para o norte. Sua mãe tinha ido antes para preparar as coisas. Gostaria de ter passado um ou dois dias em Ditchling para ajudá-la, mas tinha de estar em Hereford para cuidar da sua esposa, Maggi.

O casal tinha uma filha de 3 anos, Alice, e agora Maggi estava perto de dar à luz gêmeos, como lhes garantira o médico. Havia contraído caxumba faltando apenas duas ou três semanas para o parto, e assim Mike estava cuidando dela com extremo zelo, e sentia-se mal por não estar sempre perto.

Depois de um ano com o seu regimento de origem, na Alemanha e na Irlanda do Norte, ficou muito feliz ao receber o comando de um esquadrão do SAS. As caixas com seus pertences haviam chegado poucos dias antes de Werle, na Alemanha, à sua nova residência em Hereford. Vários dias de operações do tipo "faça você mesmo", além dos cuidados de Maggi, esperavam por ele.

Passou por Billingshurst e Loxwood. Uma coisa em que andava pensando, além da preocupação natural quanto à competência para comandar um esquadrão dos melhores soldados da Grã-Bretanha, era a questão do seu preparo físico. O trabalho no escritório lhe dera tempo para uma corrida diária, mas Mike se acostumara a estar sempre em boa forma. Poucos homens conseguiam superá-lo nas colinas com mochilas pesadas, e ele acreditava que devia assumir o comando do Esquadrão D no ápice de sua condição física. Tão logo Maggi estivesse recuperada, ele começaria um treinamento rigoroso.

Chegou ao meio-dia à Igreja St. Peter's, em Frimley, a tempo de se juntar à mãe no primeiro banco. Depois da cerimônia, com mais ou menos trinta parentes, caminharam pela estrada até o pub White Hart para o almoço. Mais tarde, Mike dirigiu até a cidade vizinha de Chobham, onde seu sogro, o reverendo Acworth, era o pároco. Depois do chá na sacristia, voltou para casa com um armário de canto, presente do sogro, se projetando do porta-malas do Renault.

No lugar em que a A49 entra nos subúrbios de Hereford, Mike virou à direita na Bradbury Lines, Quartel-General do Regimento e área residencial dos casados, e subiu o Bullingham Lane. O número 79 era um pouco recuado, afastado da rua por uma rotatória sem saída. Quando precisava ir ao quartel do regimento, Mike podia entrar pelo portão principal e identificar-se ou caminhar até uma entrada lateral na cerca de segurança e usar seu cartão eletrônico.

Davies esvaziara sua garrafa térmica e o donut era uma lembrança distante, por isso ele ficou satisfeito quando Kealy finalmente voltou para casa à noite. O fato de a sua residência ficar dentro do quartel do SAS não o agradou nem um pouco e ele saiu de Bullingham Lane depois de ver Kealy levar o armário de canto para dentro de casa e estender um jornal sobre o para-brisa contra o gelo da noite.

Após deixar o Ford a três quarteirões de distância, Davies, com o seu assento portátil e uma lanterna, percorreu o mato e o terreno irregular imediatamente atrás do jardim dos fundos da casa de Kealy. Notou uma torre de água alta ali perto, um marcador conveniente, e, em seguida, dirigiu para oeste em busca de uma pousada. Naquela noite, optou por um casal de aposentados em Stretton Sugwas. Em dezembro não havia falta de acomodações, então decidiu mudar diariamente a sua base e a sua identidade.

Davies telefonou para De Villiers em Nova York.

— Já localizei o nosso homem e vou precisar de vocês aqui dentro de três semanas.

Passou as informações de contato e se acomodou para se entediar com uma *Reader's Digest* velha. No dia seguinte, com extremo cuidado, ele começaria o levantamento do estilo de vida de Kealy.

23

Como em todos os grandes hospitais, os longos corredores antissépticos serviam de passagem para dois tipos de pessoas: os doentes de pijama com muito tempo de sobra, e os médicos e enfermeiros apressados, para quem o dia nunca tem horas suficientes.

Na maternidade do Hospital Geral de Hereford, um médico novo passou, bem mais lentamente que seus colegas, dos toaletes dos funcionários para a ala neonatal. A rotatividade de médicos e cirurgiões era grande e não havia preocupação com a verificação de identidades nas várias entradas.

Dois anos antes, no Hospital Católico Mater, em Belfast, a deputada Maive Drumm foi assassinada em seu leito por homens que se apresentaram em jalecos médicos. Como poucas aventuras policiais que têm como cenário hospitais fogem do clichê do criminoso que se faz passar por membro da equipe médica, o truque poderia ser considerado perigosamente esgotado. Mas, se ainda funciona, por que não usá-lo? Davies não se importou com o plágio. Abordou uma jovem enfermeira na recepção da ala neonatal e foi informado da localização do leito da Sra. Kealy e do fato de ela ter dado à luz gêmeos na noite anterior.

Maggi Kealy estava acordada e cercada de flores. Davies chegou com prancheta, estetoscópio, vestindo o jaleco branco de sempre. Curvou-se sobre a ficha no pé da cama e fez um lançamento na sua prancheta enquanto prendia um transmissor na estrutura da cama. O grampo foi fixado com cola, não com ímã, para minimizar a interferência na transmissão.

— Tudo parece estar muito bem, Sra. Kealy. Aproveite para repousar enquanto ainda pode. — Sorriu e saiu do cubículo, congratulando-se pela facilidade.

Seguiu os copiosos sinais até a Ala de Clínica Geral e procurou a enfermeira de plantão. Explicou que vinha da Ala Geriátrica e precisava de insulina e clorpropamida, que o estoque deles estava esgotado. Clorpropamida é usada por pacientes diabéticos que não usam insulina.

Obteve as duas substâncias e assinou dois conjuntos de formulários de confirmação de recebimento.

Depois de três semanas congelando os pés no mato atrás da casa, Davies se convenceu de que seria impossível cuidar de Kealy dentro da cidadela do SAS, em Hereford. Duas vezes ele e a mulher passaram algum tempo no quintal, e nas duas cuidaram de um coelho doente. Kealy se queixara de que não tinha tempo para cuidar do preparo físico e disse que, depois do nascimento dos gêmeos, ia passar algum tempo em Brecon Beacons. Essas colinas, que Davies também conhecia, eram o principal campo de treinamento do SAS, onde, ao longo dos anos, alguns infelizes haviam morrido de frio na ânsia de serem aceitos na seleção do serviço. Davies já havia elaborado um plano simples a ser apresentado a De Villiers quando ele chegasse.

Darrell Hallett não descobriu nenhum sinal do galês nos muitos hotéis, motéis e pousadas que visitou em Hereford e seu entorno, mesmo com a foto de Davies na piscina do hotel Gulf.

Finalmente desistiu e decidiu seguir o carteiro Bob Bennett. Mais uma vez, nada. Só um cachorro afegão mostrou algum interesse impróprio em Bennett. Então se voltou para Kealy.

Às 16 horas, no primeiro dia útil depois do Natal — Kealy com a filha Alice aos braços, ele chegou para visitar Maggi. Hallett estacionou duas fileiras atrás do seu Renault e se acomodou para observar qualquer manifestação de interesse duvidoso em Kealy ou no seu carro.

Passaram-se vinte minutos e sua atenção foi atraída continuamente para o ocupante de um Ford Escort quatro carros de distância e parado paralelamente ao seu. O homem vestia um jaleco de médico, mas o que chamou a atenção de Hallett foram os fones de ouvido e alguma coisa no seu perfil. Ocorreu-lhe que o rádio do Escort tinha uma antena de ótima qualidade, então, por que os fones de ouvido? Além do mais, a excelente teleobjetiva de Mason tinha tirado ótimas fotos de perfil do galês e, não fosse o fato de o homem com os fones estar ficando careca, ele era exatamente igual à presa de Hallett.

Decidido a verificar a coincidência, Hallett virou silenciosamente seu carro, contornou o estacionamento lotado e parou diante do Escort, a dois carros de distância. Observou o homem com o binóculo e comparou com a fotografia de Muscat. Sentiu o aumento da excitação. Não podia ser mera coincidência. Aquele *era* o galês.

Davies deve ter pressentido, sem realmente ver, o interesse de Hallett, pois estava concentrado na conversa do casal Kealy. Ele se deu conta de que estava espiando um mundo de ternura, de amor desinteressado entre dois seres humanos, algo que ele próprio nunca sentiria. Seus olhos focalizavam uma distância média, sua mente estava longe, quando aquele sexto sentido comum a muitos que vivem à margem atraiu o seu olhar para o carro que se movera por trás do seu, até parar na sua frente, do qual não saíra nenhum motorista.

Para Davies, o binóculo de Hallett poderia ser uma arma. Arrancou os fones de ouvido, ligou o carro e arrancou de marcha a ré. Hallett foi ainda mais rápido. Os dois carros correram para a saída do estacionamento, mas o Avenger de Hallett cortou o caminho do Escort. Uma cascata de barras de Yorkie desabou sobre ele. Davies, temendo uma emboscada da polícia, decidiu que era melhor fugir a pé. Correu para uma porta lateral no bloco mais próximo do hospital, com Hallett atrás dele e ganhando terreno sem os entraves do jaleco e do terno.

Davies se viu acuado no toalete do primeiro andar. Estava sem fôlego. Hallett, acostumado a brigas de rua desde a infância, assumiu automaticamente a posição de luta. Davies chutou e acertou o joelho de Hallett. Este baixou a guarda, e Davies, então, conseguiu dar um golpe certeiro no seu pescoço com o cabo de uma vassoura que ele achou ali. Hallett se contraiu de dor, mas resistiu à tentação de levar a mão ao pescoço. Seu gancho de direita atingiu Davies no nariz e lhe rasgou o lábio superior. Nesse momento, a porta se abriu e duas faxineiras entraram com seus baldes. As duas gritaram e Davies derrubou-as para sair do banheiro.

Hallett tentou falar com as mulheres, mas sua garganta estava doendo. Engolir era um tormento. Seguiu o galês, mas os corredores estavam lotados de gente alegre, comemorando ainda o período de Natal. Quando chegou ao estacionamento, não viu mais sinal do Escort. Telefonou para o número de Spike e passou o relatório para a secretária eletrônica. Havia uma ameaça real contra Kealy. Ele deveria ter proteção imediata.

De Villiers e Meier não estavam à vontade. A descrição feita por Davies do homem que o atacara no hospital não se ajustava à ideia de vigilância policial. Ainda assim, se não pertencia aos serviços de segurança, quem era ele? Pertenceria ao mesmo grupo do homem alto no *falaj*, em Sumail?

De Villiers enviou Davies de volta aos Estados Unidos. Ele agora era um risco na Grã-Bretanha e poderia conduzir os inimigos até Tadnams ou à Clínica. Apesar de tudo, ele tinha feito um bom trabalho e De Villiers gostou do método que ele sugeriu, e para o qual já tinha começado a se preparar.

As fitas gravadas no hospital confirmaram a opinião de Davies. Mike Kealy disse à esposa que o regimento o queria em Belfast para uma semana de apresentação ao trabalho que ele e seu novo esquadrão iniciariam lá. Depois de voltar, teria uma ou duas semanas antes de assumir o comando irlandês.

— Antes, preciso intensificar o treinamento nas montanhas.
— Mas você está em ótima forma, meu amor.

Ele negou com um movimento de cabeça.

— Não, infelizmente não estou, mas vou reforçar os exercícios e passar mais uns dois fins de semana em Brecons. Se completar esse programa com uma marcha forçada com os recrutas, estarei preparado para Armagh ou qualquer outro posto.

Sua mulher sabia que não adiantava discutir. Mike sempre fora fanático pelo preparo físico. Ele brincou com Alice, que estava sob seus joelhos e os dois conversaram sobre os gêmeos e o futuro.

Os dois membros da Clínica ouviram cuidadosamente as fitas e examinaram as fotografias que Davies tinha tirado do casal, da casa em Hereford, do carro, das duas entradas principais do quartel do SAS e até da Forge House, em Ditchling. O relatório escrito de Davies era conciso e completo. O major Kealy não poderia ser executado nem em casa nem no local de trabalho. Sobrava a sua intenção declarada de treinar em Brecon Beacons. O método de Davies se baseava no seu conhecimento da área durante os meses de inverno.

24

Hallett avançou pelo mato escuro sem nenhum som. Vestia um agasalho esportivo verde com um cachecol cinzento em volta do pescoço inchado. O vento frio era cortante e o gelo cobria uma lagoa próxima.

Construída na década de 1930, a casa de dois andares era cheia de azaleias, e estava fincada entre a estrada e a ferrovia, a 3 quilômetros de Hereford. O capitão Tony Shaw, do SAS, e sua família moravam ali, e Hallett observava as comemorações do Ano-Novo com os Kealy, plenamente consciente de que, desarmado como estava, pouco poderia fazer além de avisar caso o galês e seus amigos resolvessem atacá-lo naquele local isolado.

Uma semana mais tarde, no dia 14 de janeiro, emaciado pela falta de sono, Hallett tomou mais um copo de café da sua garrafa térmica. Estava estacionado diante da sacristia, observando os convidados da festa de aposentadoria do pastor de Chobham. Todos se divertiam. O pai de Maggi Kealy, o reverendo Roney Acworth, fez um belo discurso, e Hallett partiu. Apesar de toda a boa vontade do mundo e da lealdade irrestrita a Spike Allen, ele simplesmente tinha de retomar o trabalho ou seria demitido pela Rowntree.

— *Ninguém* demonstrou o menor interesse em Kealy ou na sua família — assegurou a Spike — desde que descobri o galês no hospital. Minha opinião é que ele, ou qualquer um que trabalhe com ele, se assustou.

Spike concordou, relutante. Tinha plena consciência de que Kealy talvez ainda estivesse em perigo, mas seus locais não cresciam em árvores. Semana após semana, alternando entre seus empregos normais e longas horas no frio esperando o aparecimento de estranhos, a pedido de Spike, não os fazia apreciar mais a causa.

Com um suspiro, Spike telefonou a Wallace, um fazendeiro de Malvern que havia alternado com Hallett a vigilância de Kealy, e o dispensou.

Com as pesadas mochilas bergen no banco traseiro, os dois oficiais do SAS desceram a A465 até Abergavenny e, passando por Llangynidr, chegaram na barragem do Reservatório Talybont. Estacionaram o Renault próximo dos açudes, vestiram os uniformes de combate leves do SAS, coturnos DMS e as mochilas de 16 quilos. Partiram com os passos longos e fáceis de homens com grande experiência nas montanhas, e subiram o Vale Tarthwynni.

De um telefone a 1.500 metros, na cidade de Aber, Meier chamou De Villiers, que, com três homens regulares de Tadnams, estava estacionado ao lado da cabine telefônica no Centro de Campismo Storey Arms, do outro lado de Beacons.

Meier voltou para os açudes Talybont e prendeu uma escuta embaixo do painel do Renault. A janela do carona fora deixada ligeiramente aberta, mas, mesmo que todas estivessem trancadas, Meier teria encontrado um meio de entrar no carro em menos de dois minutos e sair sem deixar sinal da sua presença.

Antes de deixar a Grã-Bretanha, Davies havia marcado num mapa a trilha detalhada da marcha forçada do SAS, com indicação dos locais especialmente remotos onde se estreitava.

No meio da semana, à noite e em pleno inverno, podia-se ter certeza de que haveria muito poucos caminhantes nos Beacons. Eram essas as condições necessárias para o plano de Davies.

Bem depois do anoitecer, Meier observou os dois homens voltarem ao Renault. Nenhum deles dava sinais de exaustão. Enquanto descalçavam os coturnos e se livravam das mochilas, a conversa tratou da fuga do xá do Irã na semana anterior.

Ao guardar o coturno no equipamento molhado, Kealy comentou com o companheiro:

— Bem, nada mal. Vamos dar uma canseira nos novos rapazes, na quinta-feira.

— A que horas vai começar? — perguntou o outro homem do SAS.

— As viaturas saem de Hereford à 1h30 e os primeiros caminhantes partem às 3 horas.

— A previsão do tempo é péssima.

— Só sei que não devem ser suficientes para interromper a aposta.

— Qual é o peso atualmente?

— O mesmo de sempre — respondeu Kealy —, 25 quilos em ordem de marcha.

— E a trilha?

— Ainda são 65 quilômetros a serem completados, no máximo, em 17 horas.

Quando o Renault partiu, o som nos fones de Meier desapareceu. Ele desligou o equipamento, pois não precisava ouvir mais.

Ao longo dos três dias seguintes, sob um clima cada vez mais inclemente, a Clínica e seus ajudantes se familiarizaram com os terrenos nebulosos e estéreis de Brecon Beacons.

De Villiers havia comprado suas roupas e equipamentos de uma loja de excedentes do governo na Strand. O proprietário lhe explicara os vários itens: farda de camuflagem Denison, calças de combate OG, camisa KF, perneiras cáqui, coturnos DMS e uma insígnia dos Engenheiros Reais numa boina preta. Auxiliares, como um poncho que pode ser usado como barraca, fogão de hexamina com blocos de combustível, talabarte padrão 57 com bolsos, três cantis de plástico, talheres de rancho e uma mochila grande do tipo bergen usada por soldados aerotransportados.

Com os cabelos curtos, estilo militar, De Villiers sentou, com sua bergen, num dos bancos de madeira na estação de Hereford. O trem de Londres deveria chegar em vinte minutos. Abriu um maço de Players nº 6 e ofereceu um cigarro ao homem alto de jeans e casaco de couro, esparramado no banco ao seu lado. De Villiers o escolheu entre 20 outros ao longo dos dois dias anteriores.

— Até que é uma boa — foi a única resposta.

De Villiers acendeu os cigarros com um isqueiro Ronson Storm.

— Não te vi mais. Algo errado? — disse Villiers, olhando de rabo de olho para o homem.

— Um daqueles filhos da puta disse que eu o insultei ontem no Fan — grunhiu o soldado.

— E insultou?

O homem deu um meio sorriso.

— É provável. Eu estava muito mais puto do que pensei ser possível nesta segunda vez. Todas as bolhas estouraram no pé. Talvez seja melhor assim, mas detesto pensar no pessoal lá em Catterick. Vão me encher o saco durante meses. Eu tinha tanta certeza de que ia conseguir. E você?

De Villiers foi encantador e convincente como só ele sabia ser. Viajaram até Paddington, trocaram as insígnias das boinas, e quando se separaram, havia pouco que De Villiers não sabia sobre o processo de seleção do SAS e o horror que o esperava.

Às 23h45 de 31 de janeiro, sob uma pesada chuva, uma Ford Transit recuou até encostar na cerca atrás do rancho dos oficiais do SAS. Do teto, De Villiers jogou a mochila bergen e saltou sobre a cerca, amortecendo a queda com a técnica dos paraquedistas.

Depois de alguns segundos, estava escondido atrás das paredes escuras do centro recreativo, ao lado da cozinha do regimento. Teria de esperar uma hora ou mais, e se acomodou sob um arbusto, o poncho puxado sobre a boina. Apesar de Meier ter falhado, a primeira parte do plano daquela noite já estava em andamento, e a previsão do tempo não podia ser melhor: ventos fortes e neve nos terrenos mais altos. Meier havia tentado convencer um dos cozinheiros do Exército, mas foi impedido pelo sistema de segurança do SAS. Seu plano era simples: identificar um dos cozinheiros de uniforme branco atrás da cozinha. Não foi difícil, com o binóculo que tinha no carro na Bullingham Lane. Seguir o homem à noite até o local onde bebia e suborná-lo, dizendo ser parte de uma aposta, para deixar entrar um soldado, o próprio Meier, no quartel vestindo uniforme "branco". Mas, como veio a saber ao fazer amizade com um jovem cheio de espinhas, o SAS proibia que o pessoal da cozinha saísse do quartel com o uniforme. Lá havia um vestiário, e qualquer cozinheiro não reconhecido que tentasse entrar era detido e obrigado a se identificar pela polícia do quartel. Além disso, o rapaz informou a Meier que Scouse, o cozinheiro-chefe do SAS, que já estava lá havia vinte anos, era um terror que vigiava zelosamente a sua equipe, até os temporários. Uma das suas regras era "nenhum estranho diante do fogão".

Meier quebrou a cabeça, mas improvisações não técnicas não eram o seu ponto forte, e quando, por volta das 22h30 naquela quinta-feira, ele não encontrou nenhum meio seguro de entrar no quartel, transferiu o problema para a habilidade de De Villiers e foi de carro para Talybont.

* * *

Quarenta e cinco minutos depois da meia-noite, com a chuva ainda forte, De Villiers reconheceu Mike Kealy saindo das sombras do lado direito do bloco de comando na direção do rancho dos oficiais. Estava completamente equipado, mas se movia silenciosamente e sem dificuldades.

De Villiers jogou a bergen sobre o ombro e seguiu Kealy até o refeitório. Subiu os quatro degraus de pedra atrás dele e os dois entraram juntos. Dentro da sala em forma de L bem-iluminada, entre trinta e quarenta recrutas e equipe de seleção já estavam sentados e comendo. Havia pouca conversa e camaradagem, pois aquele seria o teste final da Semana de Seleção, um marco na carreira dos poucos afortunados.

De Villiers jogou sua bergen ao lado da de Kealy e enfiou um rádio minúsculo num dos bolsos laterais. Entrou na fila diante das chapas de comida, onde um cozinheiro logo lhe serviu uma porção grande de grelhados e uma caneca de chá quente. Vira Kealy passar pela mesa da equipe de seleção, o único grupo alegre na sala. O instrutor sênior, um homem enorme, saudou o major com um sorriso.

— Alô, Lofty. — Kealy sorriu e sentou-se a uma das mesas reservadas para os recrutas.

Com todo cuidado para evitar contato visual, De Villiers sentou-se ao lado de Kealy e, quando este saiu para buscar uma colher, estendeu o braço para pegar um açucareiro e derramou um pó branco no chá dele.

O pó, quatro comprimidos triturados de 250mg de clorpropamida, não teria efeito imediato. Depois de uma hora ou duas, Kealy começaria a suar, a sentir-se fraco e cada vez mais desorientado, pois clorpropamida é uma droga de ação semelhante à da insulina no corpo. O teor de açúcar do sangue de Kealy cairia lentamente abaixo de um nível tolerável e o deixaria perigosamente vulnerável aos elementos. Os efeitos da hipoglicemia aumentariam até um máximo ou, do ponto de vista de Kealy, um mínimo, entre três e seis horas depois da ingestão.

Muitos alunos eram homens solitários. Alguns eram sargentos veteranos, de unidades aerotransportadas com anos de serviço a seu crédito. Se conseguissem ingressar no SAS, iriam reiniciar a carreira como soldados rasos e concorrer pelas chances de promoção contra homens mais jovens e menos experientes.

De início, apresentaram-se para a seleção 150 homens do Exército Britânico. Depois de uma semana de introdução à navegação e outras competências básicas, foram submetidos a três semanas de amaciamento, com graus sempre crescentes de dificuldade. Caíram como moscas, pois os membros da equipe de seleção do SAS observavam todos os movimentos e circulavam como abutres para mergulharem sobre o menor sinal de fraqueza. Os infelizes se viam novamente esperando na estação de Hereford com uma passagem só de ida para o seu regimento de origem.

A quinta e última semana foram semanas excruciantes e, para os quarenta sobreviventes exaustos e feridos agora reunidos na cozinha, era o ato final. Conhecido simplesmente pelo nome de "Resistência", o teste envolvia a travessia de 65 quilômetros de terreno difícil com 25 quilos de equipamento. O tempo máximo permitido eram 17 horas, mas mesmo que alguém conseguisse terminar o percurso muito mais rapidamente, ainda poderia não ser selecionado, sem que qualquer razão fosse apresentada. Cursos com até 160 alunos haviam terminado sem que nenhum entrasse para o SAS. Não era de espantar, portanto, que os recrutas estivessem engolindo a comida numa atitude introspectiva, prestando pouca atenção uns nos outros. De Villiers se sentiu mais feliz quando os instrutores, sem nada dizer, se levantaram da mesa seguidos pelos alunos.

Do lado de fora, na semiescuridão, De Villiers vigiava Kealy. Quando dois caminhões Bedford de 3 toneladas pararam ao lado da sala da guarda, os recrutas tomaram seus fuzis e subiram com suas bergens. De Villiers, na chuva e nas sombras, não entrou na sala da guarda.

O instrutor principal viajava na cabine do primeiro caminhão. Kealy, provavelmente por não querer tratamento diferenciado do dos alunos, durante o treinamento físico que se obrigava a participar, subiu na traseira ao lado de outros 19, De Villiers entre eles.

Os veículos gemeram ao longo dos subúrbios de Hereford, desviando-se das pilhas de lixo deixadas pela greve nacional.

— Adivinha quem vai aderir à greve amanhã?

Vozes sem corpo do fundo do caminhão de De Villiers.

— Não conheço ninguém que ainda esteja trabalhando.

— Pois é. Os coveiros entraram em greve esta noite. Morra hoje e sua mulher vai ter de abrir espaço no congelador.

— Não em Hereford — disse uma voz galesa. — Todos os nossos coveiros trabalham em meio expediente. A maioria, também nos bombeiros.

Quando chegaram a Pontrilas, no extremo leste do Parque Nacional Brecon Beacons, a maioria havia se calado na escuridão. A 1,5 quilômetro da barragem do Reservatório Talybont, o sargento mandou parar os caminhões num estacionamento ao lado do rio Tarthwynni. Não se gritaram ordens. Cada um havia recebido instruções detalhadas em Hereford. As bergens foram pesadas em balanças de mola e Lofty, o sargento-chefe do treinamento, ordenou com um aceno a saída para a caminhada na noite.

De Villiers entrou no mato e, quando Kealy, um dos primeiros a sair, partiu, ele o seguiu a uma distância de 13 metros. Não ligou o seu rastreador, mas seguiu o vulto, diferente dos outros por sua bergen antiquada. A maioria deles também usava farda camuflada Denison, mas Kealy usava o uniforme SAS à prova de vento, mais curto. Mesmo com uma mochila de apenas 7 quilos e em boa forma, De Villiers teve dificuldades para acompanhar.

Todos os soldados usavam casacos 3/4 feitos de plástico revestido de nylon. "Nunca marchem com eles", aconselhou o sargento. "Vocês vão ficar tão molhados do próprio suor como se fosse da chuva. Então, no dia seguinte, o inimigo vai sentir o seu cheiro a mais de 1 quilômetro de distância. Só usem quando estiverem reunidos num ponto e estiver chovendo forte."

Apesar de poucos alunos remanescentes se conhecerem de nome, alguns já sabiam da identidade de Kealy, que em duas ocasiões havia participado de alguns testes de subida de montanha, e se espalhou a notícia de que ele era um oficial regular do SAS de histórico notável. Kealy continuou reservado. A adulação muda dos recrutas, os olhares disfarçados e os comentários sussurrados, enquanto se espalhava a notícia da presença de um herói entre eles, o faziam sentir-se pouco à vontade e constrangido. Ainda assim, as vantagens de treinar ao lado daqueles sonhadores ansiosos superavam essas dificuldades, porque eles estavam no máximo da sua condição física e muitos eram dez anos mais jovens que ele. Sabia que, ao medir seu próprio desempenho em comparação com o deles, teria certeza de que poderia comparar sua resistência com a de qualquer um no esquadrão que iria comandar.

Durante duas horas, Kealy andou bem, apesar da escuridão, da chuva, da subida íngreme de 600 metros por terreno irregular e das áreas onde a neve se acumulava até o nível dos joelhos.

Por volta das 5h30, ao se aproximar do cume do platô de Waun Rydd, De Villiers notou com satisfação que o passo de Kealy dava mostras de enfraquecimento. Durante algum tempo, ele subiu com passo deliberado, depois seguiu um curso em zigue-zague, e novamente seguiu firme na direção oeste, como se tivesse um ponto à sua frente visível só para ele.

À medida que diminuía a velocidade de Kealy, alunos solitários começaram a alcançá-lo, e quando chegaram ao platô, marcado pelos monumentos de Carn Pica, reuniram-se e começaram a gritar contra o gemido de um vento sudoeste carregado de gelo, com rajadas de 70 nós. De Villiers se agachou ao lado da sua bergen a alguma distância a favor do vento quando Kealy se aproximou do grupo de alunos. Concentrou-se em se manter oculto dos soldados sem perder contato com Kealy.

Ao se aproximar dos recrutas nos monumentos, Kealy os exortou a continuar para oeste, mas a maioria já estava tremendo e com medo da exposição ao frio. Dois deles decidiram seguir para o norte para buscar abrigo nos vales de Nantlannerch, e os outros se dirigiram para o sul em busca dos reservatórios Neuadd. Kealy deu de ombros e continuou na direção oeste. Conhecia muito bem os sintomas sutis da hipotermia. Já havia ensinado a muitos soldados jovens como reconhecer o perigo da exposição ao frio. Sabia também como evitar o início dos sintomas nas piores condições. A regra número 1 era entender que, por mais capaz que seja um homem de identificar nos outros os sinais do início da hipotermia, *ninguém* pode ter a certeza de reconhecer a própria deterioração, simplesmente porque, quando cai a sua temperatura interna, o corpo retira calor do cérebro, que começa a ficar mais lento, sem o estado normal de vigilância e vontade necessárias para a autopreservação.

Um Kealy sem o efeito da droga não teria dificuldade na caminhada de oito horas entre Talybont e Storey Arms. O clima era atroz e ele vestia roupas leves como era seu costume e o de muitos outros veteranos das montanhas. Carregando um peso grande, fuzil, e roupas de algodão, Kealy havia completado muitas vezes marchas muito mais longas em condições muito mais perigosas. Conhecia todos os passos da rota e, ao contrário de muitos outros naquela noite, ele nunca se perdia. Fisicamente em ótima forma, pois corria todos os dias quando trabalhava no escritório, recentemente havia se juntado aos soldados em duas marchas forçadas sob a neve e se mostrara tão bem preparado quanto os melhores entre eles.

Kealy sabia que soldados aerotransportados são capazes de viajar a temperaturas abaixo de menos 50°C, com ventos que produzem fatores de resfriamento de menos 70°C, carregando mochilas pesadas durante vários dias e vestindo apenas roupas de algodão. Completamente encharcados de suor, magros por causa de *semanas* de alimentação inadequada e de falta de sono, ainda assim eles evitam a hipotermia se continuam em movimento rápido para manter a sua temperatura interna acima de 33°C.

Sabia que estava numa condição muito superior à do cenário descrito porque, longe de estar magro, ele estava bem alimentado e seu metabolismo agia como uma máquina, bombeando calor do volumoso desjejum que ainda digeria. Mesmo sem as barras de chocolate que comia ao sentir sua energia fraquejar um pouco, ele teria sido, caso não estivesse alterado pela droga, mais que capaz de lidar com as condições, que certamente eram severas do ponto de vista do montanhista comum, mas não do de Kealy. Apesar da força do vento estar a 70 nós e a temperatura do ar em menos 9°C, aquelas condições produziam uma sensação térmica de menos 50°C, o que não seria um problema, desde que ele continuasse em movimento.

Kealy sabia de tudo aquilo e tinha plena consciência de que não podia parar. O curioso estado de lassidão e o desejo irresistível de descansar que ele de repente sentia tinham de ser, decidiu, um problema temporário. Talvez alguma coisa que tivesse comido, sentiu um frio no estômago, ou um inseto? Lutou incansavelmente contra a inércia e, felizmente, as piores condições, depois de Carn Pica, tinham ficado para trás.

As coisas se tornavam mais fáceis. O caminho era plano, não era mais a subida tortuosa de até então. Tinha pela frente uma trilha bem batida, quase sem neve. Antes ele havia lutado na subida de uma encosta íngreme coberta de mato. Já tinha usado muitas vezes aquele caminho que seguia diretamente para oeste no alto da serra dos Brecons, caindo para uma trilha protegida em Bwlch y Fan. Ele tinha apenas de manter o passo consistente com a manutenção do calor corporal, e tudo estaria bem.

"*Lute contra a sonolência... Logo tudo vai estar bem.*" Repetia isso e se concentrava no caminho imediatamente à sua frente. "*Sempre um pouco mais adiante... Sempre um pouco mais adiante.*"

Alguns outros ainda perseveravam e, durante a hora seguinte, dois ou três notaram o avanço cambaleante de Kealy para oeste. Sabendo quem ele era, sua própria coragem abatida foi renovada. Se o major Kealy, DSO, veterano e herói do SAS, estava achando dura a caminhada, então *eles* deviam ser muito fortes por ainda estar *em movimento*. Um ou dois lhe ofereceram ajuda, luvas, um agasalho. Ele tropeçou numa pedra e machucou os joelhos. Depois de uma parada rápida para se recuperar, recompôs-se e continuou. Iria para o inferno antes de desistir ou aceitar ajuda. Jogou longe as luvas e o agasalho.

Se as coisas piorassem, ele removeria um ou dois tijolos que carregava para completar o peso regulamentar de 25 quilos na mochila. Mas tinha certeza de que recuperaria as forças antes que isso se tornasse necessário. Calculou que a uns 900 metros adiante na trilha, na direção WNW, poderia reduzir a marcha para vencer o estreitamento de Bwlch y Ddwyallt e tomar a trilha turística que saía do Posto de Socorro de Pentwyn.

Por volta das 8 horas, sentiu que o peso da inércia começava a aliviar e que lentamente, à medida que o nível de açúcar no sangue voltava ao normal, seu cérebro começava a receber o sangue de que necessitava.

O vento urrava em poderosas ondas horizontais, mas Kealy sabia que estaria bem *desde que* não parasse para descansar.

Puxou o chapéu de tecido sobre as orelhas. A bergen protegia as suas costas e a cintura. As coisas estavam melhorando.

Quando Kealy passou por duas pequenas lagoas, De Villiers viu através do capuz do pesado agasalho uma baliza pintada com tinta fluorescente mantida de pé por uma pilha de pedras soltas. Pegou no bolso interno um walkie-talkie compacto Motorola. Calculava a chegada dentro de vinte minutos. Às 8h30, em condições de neblina e vento gelado, Kealy foi parado por um homem grande vestindo uma capa alaranjada. Parado ao lado da trilha, o homem gritava:

— Por favor, me ajude. Minha mulher está morrendo. Ela está roxa de frio.

A única coisa que Kealy não queria era parar, nem mesmo uma parada breve. Ele agora estava bem, aproveitando que o mal-estar que vinha combatendo desde Carn Pica estava diminuindo. Mas, no fundo, era incapaz de recusar um pedido de socorro. Irritado, fez um sinal para o homem mostrar o caminho.

Depois de 25 metros através da neblina ao lado da trilha e meio oculta por uma depressão rasa, havia uma barraca camuflada para quatro. O sujeito parou. Kealy largou a bergen, procurando automaticamente o kit de primeiros-socorros preso entre as garrafas de água. À luz bruxuleante da barraca, percebeu dois homens sentados vestindo capas alaranjadas. Os dois sorriam para ele. O homem que o fizera parar estava curvado sobre uma quarta pessoa num saco de dormir.

Quando limpou cuidadosamente os olhos com as mãos, pois ainda tinha problemas com suas lentes de contato, Kealy sentiu uma coisa dura pressionada contra as suas costas.

— Não faça nenhuma estupidez, major Kealy. Estamos armados e o senhor não está em condições de causar problemas. Deite-se de costas junto à barraca e olhe para a luz.

Kealy fez o que lhe mandaram, perguntando a si mesmo se Lofty e sua equipe não teriam inventado um novo teste para completar a prova. Apertou os olhos sob a luz que brilhava sobre o seu rosto. Ouviu o zumbido suave de uma câmera de cinema.

Depois de terminadas as acusações, e das negativas de Kealy, seus braços foram presos, sua camisa e agasalho foram abertos e uma agulha hipodérmica inserida na pele macia das axilas. Depois de alguns segundos com a insulina percorrendo suas veias, ele perdeu os sentidos e foi arrastado para fora da barraca pelos homens de Tadnams, ajudados por De Villiers.

Tomando cuidado para não deixar pegadas, De Villiers e um outro homem carregaram Kealy para perto da trilha e colocaram seus braços nas alças da mochila. Depois de colocá-lo numa posição meio sentada, apoiado na mochila, tiraram seu chapéu e colocaram o fuzil a alguma distância como se tivesse sido abandonado. Os outros dois homens removeram o sinalizador, embalaram a barraca sem deixar sinal da própria presença, e os quatro tomaram a trilha até Pencelli.

Agora imóvel, o corpo de Kealy começou rapidamente a perder calor por convecção, condução, irradiação e evaporação. Quando ele realmente morreu é uma questão ainda indefinida.

Perto das 9 horas, dois recrutas encontraram seu corpo. Um deles, capitão, pensou ter sentido o pulso muito fraco, mas não teve certeza. Fizeram o melhor que podiam e o sinaleiro Simon Maylor passou muitas horas com Kealy, corpo contra corpo, dentro de um saco de sobrevivência.

Vinte horas depois, com condições melhores de tempo, um helicóptero pôde aterrissar. O corpo de Kealy foi levado para o Necrotério Brecon para a necrópsia. Todos os sinais de clorpropamida e de insulina se perderam na corrente sanguínea.

Entre os amigos de Kealy, houve aqueles que se recusaram a acreditar que um homem fisicamente preparado e experiente como ele pudesse morrer naquelas circunstâncias, mas, como não havia outra explicação possível, até os mais prudentes dentre os homens do SAS concordaram que "qualquer um pode morrer de hipotermia naquelas condições". Não houve crime, pois ninguém tinha motivo. Longe disso. Kealy era amigo de todos que o conheciam.

O legista de Brecon, Trevor Evans, discutiu a questão com o chefe de polícia do distrito de South Powys e reiterou em várias ocasiões sua opinião de que o SAS deveria ser mais cuidadoso com seus alunos.

Os pais de Mike Kealy ficaram perplexos. Conheciam o filho, um homem prático de enorme bom-senso que teria retirado os tijolos da mochila muito antes de ter atingido o estágio de se deitar e desistir. "Qualquer um pode morrer de hipotermia", lhes disseram os velhos amigos. Mas eles sabiam que Mike não era "qualquer um".

A imprensa ficou sabendo da tragédia e o ângulo que adotaram para explicar o mistério de um homem tão experiente simplesmente se deitar para morrer, o que era uma infelicidade tão grande quanto sensacional.

Sun: "Herói do SAS, major Mike Kealy, perde a última batalha... Uma tentativa desesperada de mostrar que ainda era tão duro quanto seus jovens recrutas."

Western Mail: "Major do SAS morre tentando superar recrutas."

Daily Telegraph: "Herói do SAS morre na neve tentando provar condição física."

O amigo íntimo de Kealy, major Tony Shaw, concluiu:

"Ele era um montanhista experiente que conhecia bem os riscos. Já havia instruído os soldados e conhecia os efeitos da hipotermia e como evitá-los. Encarou aquele teste de maneira subjetiva, mas positiva: usava roupas leves para evitar o superaquecimento e para aumentar a velocidade. Quando percebeu que havia calculado mal, já era tarde demais, mas ele não iria desistir e descer da montanha. Quando decidiu participar do teste, era parte da sua natureza não permitir que nada o fizesse parar."

A maior ironia foi que Mike Kealy *não* perdeu sua última batalha contra os elementos. Ele venceu por causa da sua obstinação e perdeu a vida por causa da sua bondade inata.

O obituário do major Kealy foi publicado no *Daily Telegraph* (o *Times* estava em greve) no dia 6 de fevereiro de 1979. Tony Shaw escreveu sobre ele: "Ele se ergue como um monumento a tudo que é corajoso e honesto. Não é comum ver pessoas como ele. Sua falta será muito sentida."

25

...Durante dez anos eles ficaram se encontrando bem longe de Tokai, entre as visitas regulares de Anne ao marido no leito do hospital. O amor dos dois amadureceu e gradualmente se impôs à psique de De Villiers. Então, de repente, Jan Fontaine contraiu icterícia no hospital e morreu. Sua morte inesperada forçou De Villiers a enfrentar uma questão que ele havia cuidadosamente evitado. Sabia que não gostava, chegava mesmo a odiar Fontaine, mas nunca, em momento algum, chegou a considerar a solução fácil de um acidente hospitalar. Seria assassinato, não uma questão impessoal e conspurcaria o núcleo puro do seu amor. Da mesma forma, sabia que nunca poderia propor casamento enquanto continuasse ganhando a vida matando.

Vivia pela lei não escrita, mas rígida, do assassino profissional. Se pegasse um assassinato, ele o levaria até o final. Completaria os contratos em andamento, mas não assumiria nenhum trabalho novo.

No inverno africano de 1986, dois meses depois da morte de Jan Fontaine, De Villiers voou com Anne a Pietersburg e alugou um Land Rover. Sem limitações de tempo, percorreram o Transvaal, acampando entre as lagoas silenciosas e colinas cobertas de névoa de Magoebaskloef, ao som dos cantos dos macacos Samango. Depois, no alto dos montes Woodbush, eles percorreram com mochilas as florestas de Kiepersol e Cabbage Trees, examinado as altas árvores de pau-ferro cheias de vida com os cantos dos pássaros.

Mais ao norte, cruzaram os montes Soutpansberg e o rio Limpopo, e entraram em Zimbábue. De Villiers aceitou o conselho de um nativo de conhecer o mais famoso dos baobás gigantes, de mais de mil anos, que se eleva acima dos espinheiros e das árvores da savana. Ignorando as picadas das formigas, ele subiu com sua câmera em busca de ângulos diferentes.

O melhor dos grandes parques de caça da África do Sul é sem dúvida o Kruger National, no leste do Transvaal, por isso cruzaram de volta o Limpopo e entraram na luxuriante floresta ao sul de Phalaborwa.

Ao longo da trilha Wolhuter, viram oribis, zibelinas e rinocerontes brancos e, descansando sob uma sombra calma ao lado de uma lagoa, De Villiers perguntou a Anne se ela concordaria em se casar com ele. Ela respondeu com uma pergunta.

— Sei que você não pode falar do seu trabalho. Sempre soube que não poderia incomodá-lo com a minha curiosidade. Mas se nos tornarmos um só, você vai confiar em mim?

De Villiers olhou para as mãos e falou lentamente:

— Minha vida com você está a um milhão de quilômetros dos meus negócios. São incompatíveis e, agora que você está livre, já decidi mudar de trabalho. Vai demorar algum tempo, porque há coisas que tenho de terminar. Quando eu a deixar no mês que vem, vou resolver os negócios ainda pendentes o mais rápido possível.

— E então?

— Então vou me estabelecer no Cabo. Vou trabalhar com fotografias de animais e esperar pela sua resposta.

Em algum lugar ao norte do Portão Malelane, que dá acesso ao parque, um animal avançou na estrada de terra vermelha diante do Land Rover. De Villiers virou de repente e, por azar, uma roda bateu numa pedra cortante. O veículo bateu numa grande rocha, e, com a pancada, De Villiers perdeu os sentidos.

Quando voltou a si, viu que Anne estava morrendo de dor. O cinto de segurança lhe salvou o rosto, mas suas pernas foram esmagadas e ele suspeitou de lesões internas. Depois de lhe dar analgésicos, ele foi até o Portão Malelane, onde conseguiu uma carona com um caminhão que passava até o telefone mais próximo. Uma ambulância os levou ao hospital Nelspruit, mas De Villiers insistiu em buscar o melhor tratamento e, contra os conselhos dos médicos, voou com ela de Nelspruit para Joanesburgo, conseguindo embarcar na última hora.

Naquela noite, Anne suou, o pulso estava acelerado e ela estava em choque. O médico ergueu cuidadosamente as suas pernas, uma depois da outra. Quando a perna direita se moveu, ela gritou. Sua pressão arterial estava baixa. Depois dos exames e de verificar seu tipo de sangue, deram-lhe Dextran e fizeram radiografias. Depois de alguns minutos, outro médico informou que Anne havia fraturado a pélvis: nada que uma operação simples não resolvesse, mas o problema imediato, tornado crítico pela demora na hospitalização, era a perda interna de sangue. Definido o tipo, ela recebeu quase 2 litros.

Enquanto os cortes de De Villiers eram limpos de forma mais cuidadosa que em Nelspruit, Anne recebeu na veia a transfusão dos frascos de sangue do banco do hospital.

A operação foi tranquila e três meses depois Anne já estava suficientemente boa para montar novamente em La Pergole...

26

Davies sentia uma urgência, uma impaciência, completamente diferente da deliberação fria do De Villiers que conhecia, de resolver a questão dos dois últimos alvos de Dhofar. Durante os sete anos anteriores, a Clínica tinha se mantido ocupada, conseguindo alguns sucessos espetaculares, e sua reputação no mundo dos contratos estava mais alta que nunca.

Três milhões de dólares não era uma quantia desprezível, mas, como o filho do falecido xeique Amr não pressionava a Clínica exigindo o término da *thaa'r*, eles continuaram adiando as pesquisas para identificar os alvos restantes.

Dos dados originalmente fornecidos pelo xeique Amr, ficaram sabendo que os alvos talvez fossem soldados do sultanato, não homens do SAS. Essa informação revelou que Mahad, o segundo filho da primeira mulher de Amr, foi morto nos primeiros estágios de uma operação no dia 4 de janeiro de 1975, perto da base comunista de Sherishitti. Foi morto por fogo pesado de morteiro de uma posição das Forças Armadas do Sultão na montanha de dois cumes que se elevava acima de Sherishitti. Tama'an, o segundo filho de Amr com sua segunda esposa, havia lutado com a unidade Bin Dhahaib e foi morto na batalha de Zakhir, no dia 19 de setembro de 1975, por um tiro do canhão de um carro blindado.

Os registros das duas ações relevantes do exército estavam guardados em Omã pelos regimentos envolvidos à época, e alguns arquivos guardados no QG em Bayt al Falaj. A identificação dos oficiais ou suboficiais responsáveis pelas mortes dos filhos do xeique exigiria o acesso àqueles registros.

Apesar de as mortes de Milling e Kealy terem sido consideradas acidentais, houve nos dois casos sinais claros de reconhecimento oficial por parte de alguma instituição não identificada. Davies não estava mais disposto a arriscar o pescoço em Hereford ou adjacências, e os três membros da Clínica estavam com toda certeza marcados nos arquivos de imigração da Polícia de Omã. Seria no mínimo uma idiotice da parte de qualquer um deles arriscar-se a enfiar outra vez a cabeça no território omani. Com praticamente nenhum turista visitando o país, a polícia seria capaz de examinar todo e qualquer visitante por meio do Certificado de Não Objeção. Assim, ano após ano, o risco continuou alto, apesar da recompensa potencial, pelo menos enquanto a Clínica tivesse muitos trabalhos em outras partes.

Como os perigos em Omã e Hereford não haviam diminuído, Davies não considerou atraente o novo entusiasmo de De Villiers. Foi o que disse, mas De Villiers continuou insistente.

— Temos de abordar de um ângulo diferente.

— Poderíamos enviar outra pessoa — sugeriu Davies, cheio de esperanças. — A agência tem pessoal adequado.

— Você e Meier concordariam com o corte de trinta por cento na sua participação? Seria a nossa parcela, caso resolvêssemos subcontratar parte do processo de identificação. E a nossa reputação de autossuficiência?

— Você quer dizer que *nós* vamos ter que entrar outra vez em Omã?

— Negativo — De Villiers pensou alto. — Precisamos da informação *sem* irmos lá. Alguém que já esteja em Omã pode trabalhar para nós... Por que não o brigadeiro, o amigo do sultão? Já nos ajudou muito antes... Talvez ele se lembre de mim.

— Você quer dizer o brigadeiro Maxwell? Ele *vai* se lembrar de você. É claro. Ele certamente vai associar você com a morte de Milling — completou Meier.

De Villiers balançou a cabeça.

— É uma suposição. Talvez você tenha razão; talvez não tenha. Não sabemos se ele ligou as perguntas de dois historiadores americanos com a morte acidental de Milling. É possível que a polícia nem tenha investigado e nunca tenha perguntado nada ao brigadeiro.

— Mas e o homem que nos seguiu, o oficial do sultanato, possivelmente alguém do Serviço de Inteligência de Omã? Se o SIO sabia de nós, já terá descoberto a nossa visita ao brigadeiro. Eles vão saber que ele nos deu o nome de Milling.

— Talvez não. Eu acho que vale a pena tentar, pois nada se perde se o brigadeiro suspeitar e avisar à segurança omani sobre nós. Em compensação, se ele se lembrar apenas de um grupo de pesquisadores diligentes, sem ligações sinistras, talvez nos diga quem era o comandante do esquadrão de carros de combate em Zakhir no dia 19 de setembro de 1975. Afinal, ele é o biógrafo oficial das Forças Armadas do Sultão. Se ele não souber, ninguém vai saber.

O brigadeiro não estava bem havia algum tempo e se recuperava na sua nova casa em Sidab, um presente do sultão, quando De Villiers finalmente fez contato por telefone. O velho serviçal de Maxwell atendeu e relutantemente foi chamá-lo, interrompendo sua sesta da tarde. A artrite do brigadeiro lhe causava grande desconforto além dos efeitos de uma doença mais séria, mas o cérebro continuava afiado como sempre, e seu caráter caloroso ficou evidente, mesmo ao telefone. É claro que ele se lembrava do encontro em Bayt al Falaj. Ficaria muito feliz em poder ajudar mais uma vez.

De Villiers, confiante na boa vontade genuína de Maxwell e certo de que não tinha nenhuma desconfiança por causa da questão Milling, decidiu não dizer o quanto sentia o acidente do piloto de helicóptero. Preferiu entrar diretamente nas suas perguntas.

— Em setembro de 1975...
— Sim, sim. Os estágios finais da guerra.
— Houve uma batalha entre os comunistas e os carros de combate do sultão num lugar chamado Zakhir.
— Não, não era Zakhir. — O brigadeiro deu uma risadinha. — Não, meu amigo. A região é conhecida como Defa, mas há uma árvore solitária chamada Árvore Zakhir e, por razões da geografia local, houve ali muitos embates sangrentos ao longo dos anos.
— O senhor teria algum relato detalhado sobre aquele período?
— Claro. Não há problema. Desde a nossa última conversa, surgiram dois ou três livros excelentes. Todos fáceis de achar nas livrarias.

Deu a De Villiers três títulos com os detalhes do editor.

— Tenho certeza de que o senhor há de encontrar todos os dados de que precisa nessas obras, mas, se ainda lhe faltar alguma informação, estou à sua disposição.

De Villiers foi efusivo nos seus agradecimentos.

— Mais uma pergunta, brigadeiro. Quem foi o comandante do esquadrão de carros de combate à época? Eu poderia obter dados precisos com ele.

— Claro. — Maxwell considerou a ideia excelente. — Era Patrick Brook, um homem da cavalaria, evidentemente, e... não, espere, Patrick saiu no início de 1975, portanto deve ter sido o seu sucessor, outro cavalariano, como nós os chamávamos. Chamava-se Mike Marman. Um sujeito meio selvagem, mas um excelente oficial. Nono e 12º de Lanceiros, pelo que me lembro. Ele poderá lhe contar tudo sobe a batalha da Árvore Zakhir.

— Ele continua em Omã?

— Meu Deus, não. Partiu há muitos anos. A maioria só serve aqui durante dois ou três anos. Creio que tenha voltado para a Grã-Bretanha ou Alemanha. Você pode tentar a Sociedade Anglo-Omani ou a Associação das FAS em Londres. Eles têm o endereço de todos os homens que serviram nas Forças Armadas do Sultão.

De Villiers agradeceu mais uma vez ao brigadeiro e prometeu lhe enviar um exemplar do livro quando fosse publicado.

No outono, Davies começou a trabalhar em tempo integral na pesquisa sobre Zakhir. Naquele outubro, compareceu a uma reunião mensal da Sociedade Anglo-Omani no local de sempre, Bury House, Bury Street nº 33, em St. James. Vestindo um terno e a antiga gravata do seu regimento de paraquedistas, Davies chegou às 18h30 e se juntou a um pequeno grupo de homens e casais, que subiram para a sala de reuniões sem nenhum tipo de identificação ou apresentação de ingresso.

Encontrou cerca de quarenta cadeiras dispostas em filas diante de uma tela pequena e mais ou menos 12 convidados atendidos por garçonetes simpáticas. Uma ou duas figuras solitárias ficavam pelos cantos, pouco à vontade, e Davies se aproximou. Dois dos que abordou, um petroleiro do Desenvolvimento Petrolífero de Omã e um ex-suboficial dos Guardas da Escócia, não estavam em Omã em 1975, mas o terceiro, um engenheiro especializado em equipamentos de perfuração no mar, claramente extrovertido, havia trabalhado em Dhofar entre 1974 e 1977. Conhecia muitos oficiais das FAS e era um leitor ávido de tudo que se relacionasse com a campanha na região.

Davies conduziu a conversa para o acontecimento em Zakhir e ouviu uma torrente de comentários entusiasmados do engenheiro. Não, Zakhir não havia sido uma operação das FAS. Os homens do SAS foram os principais combatentes e de fato receberam suporte vital dos carros de combate. Um oficial de cavalaria chamado Simon Mirriam havia se distinguido, mas não era o comandante do esquadrão de carros de combate. O comandante havia sido Mike Marman, um sujeito notável, famoso por ter atirado na cantina dos oficiais com um rifle de assalto Kalashnikov durante uma comemoração bem fornida.

— Marman está aqui hoje?

— Não. Nunca o vi em nenhuma das reuniões — respondeu o engenheiro —, mas eu venho raramente, como convidado. Não sou membro da sociedade. Se você quiser fazer contato com Marman ou com qualquer outro membro das FAS, basta pedir ao secretário a lista de endereços dos sócios. Dê-me o seu endereço e eu aviso se descobrir o paradeiro de Marman.

Davies deixou com ele uma das caixas postais de Tadnams. Agora tinha certeza de que Marman era o homem, mas mesmo assim decidiu verificar, procurando números do periódico dos regimentos da sua unidade, o 9º e o 12º de Lanceiros Reais. Na revista de 1976, encontrou um artigo curto escrito por Marman que ofereceu detalhes gráficos de várias ações de que participou em Dhofar entre outubro de 1974 e meados de 1976. O artigo deixava claro que ele havia assumido o comando do esquadrão de carros de combate em janeiro de 1975. Agora só faltava Davies encontrar o homem.

Não conseguiu o endereço com a Sociedade Anglo-Omani, mas um telefonema para o secretário da Associação das FAS lhe forneceu um endereço em Reading via Lloyds Bank. Uma procura mais insistente descobriu o endereço mais recente do major, uma casinha em Clapham.

Encomendas em livrarias do Oriente Médio desenterraram, a preços ultrajantes, os três livros recomendados por Colin

Maxwell. *Quem ousa vence*, de Tony Geraghty, não fazia menção ao acontecimento de Zakhir, mas *Vencemos uma guerra*, de John Akehurst, ofereceu a Davies uma excelente foto do rosto de Marman, e *SAS: Operação Omã*, de Tony Jeapes, dava um relato da luta da Árvore Zakhir e a participação de "uma tropa de carros de combate de Saladin vinda de Defa".

No dia 15 de setembro de 1975, o *Times* relatou que um Rembrandt valiosíssimo foi cortado por um louco, uma greve nacional do aço era iminente, o Príncipe de Gales estava em Papua, o preço dos cigarros havia subido 45 pence, uma secretária bilíngue recebia 3 mil libras por ano, Henry Fonda havia estreado um monólogo em Piccadilly, e *Fawlty Towers* fora apresentado pela primeira vez na televisão. Não houve, é claro, menção a Dhofar, um país cuja existência era desconhecida da maioria dos ocidentais. Na madrugada daquele dia, uma tropa do SAS no oeste de Dhofar planejava um ataque às guerrilhas comunistas que usavam a região da Árvore Zakhir como base de lançamento de foguetes Katyusha. A tropa do SAS era formada por um grupo de homens durões, o sargento Rover Slatting, seu amigo íntimo Danny, Wee Grumpy, Matt e o musculoso Tony Fleming.

Da base das FAS em Defa, partiram 13 homens do SAS com dois guias ex-FPLO. O terreno estava encharcado e uma névoa impenetrável aumentava a escuridão da noite. Os guias não encontraram a Árvore Zakhir e, pouco antes do amanhecer, os homens do SAS se dividiram em dois grupos, para facilitar a descoberta dos alvos. Danny, um cabo, avançou com um guia e finalmente localizou a árvore. Também descobriu muitas marcas frescas de botas e sentiu o cheiro de carne defumada. Ao voltar para o grupo do sargento Slatting, ele percebeu no meio da neblina uma patrulha *adoo*. O inferno estourou na terra. O SAS matou três guerrilheiros, e um de seus homens, Geordie

Small, morreu de hemorragia pela artéria femoral. Muito superados em armamento e sem poder contar com o elemento surpresa, o grupo de sete homens de Slatting deitou na terra úmida no meio de uma floresta de espinheiros.

Tony Fleming recebeu um tiro na coluna e perdeu o movimento das pernas. Foi arrastado por dois homens para o centro do esconderijo do grupo, e naquele momento um guerrilheiro saltou dez passos atrás deles. Slatting se virou e o matou.

O estalo de balas de AK-47 e de granadas ocultou o barulho dos *adoo* que se arrastavam de espinheiro em espinheiro na direção dos sobreviventes do SAS. Ramos estalavam e se quebravam por toda volta, atingidos por balas de alta velocidade. Ficar de pé era um convite à morte instantânea. As condições de neblina e o espinheiro impenetrável exigiam uma reação instantânea a todo movimento hostil. O *adoo* foi fechando o cerco com astúcia e paciência.

Slatting e Danny haviam matado quatro guerrilheiros com seus tiros certeiros. Ao lado deles, Tony Fleming estava deitado imóvel. Sabiam que tentar uma retirada e tentar movê-lo significaria morte certa. Slatting fez contato com o seu oficial pelo rádio. Ele e seus homens deviam ficar onde estavam até serem derrotados ou até que um grupo das FAS chegasse à Árvore Zakhir.

Um dos homens cutucou Slatting. O grupo das FAS já tinha chegado. Através de um fresta na neblina, viram-no avançar pelo lado oposto do vale na sua direção. Um oficial "britânico" de pele clara comandava o ataque, seus homens espalhados dos dois lados nos seus uniformes verdes e *shemaghs*. Uma sensação de alívio que se esvaneceu quando se descobriu que a "cavalaria" era uma tropa regular do Iêmen do Sul que vinha em socorro dos *adoo*. O fogo foi intenso e em minutos todos os homens do SAS foram atingidos.

Uma bala atravessou o pescoço de Slatting e o derrubou. Ele tentou se erguer nos joelhos, mas foi atingido mais duas vezes.

Incapaz de se mover, ficou deitado ouvindo os companheiros anunciando seus próprios ferimentos. Em toda a sua volta, os *adoo* se aproximavam rastejando. Alguns já estavam a menos de 20 metros do reduto espinhoso do SAS.

Danny percebeu um movimento e estourou um *adoo* com uma granada M79. Um minuto depois, uma granada *adoo* explodiu ao lado de Danny, mas os estilhaços passaram milagrosamente sobre ele. O médico do SAS rastejava entre os feridos, aplicando curativos e doses de morfina. O fogo do SAS começou a se reduzir e os *adoo*, encorajados, começaram a se aproximar. Slatting foi atingido pela quarta bala, mas continuou consciente.

Às 8h30, os carros de combate e um pelotão das FAS sob o comando do capitão Alex Bedford-Walker conseguiram avançar até uma posição acima dos *adoo* e os varreram com fogo de balas .76, matando muitos soldados regulares da República Democrática do Iêmen e guerrilheiros da FPLO, entre eles, Tama'an bin Amr.

Às 9 horas, só se ouvia o som melancólico dos pássaros nos espinheiros e a lamúria ocasional de um soldado ferido através da neblina abaixo da Árvore Zakhir. Os corpos dos guerrilheiros mortos e agonizantes ficaram entre os espinheiros muito depois da retirada dos carros de combate para o quartel em Defa, com os feridos estendidos sobre as cobertas dos motores.

27

...A ARBORIZADA SILOM ROAD é o distrito comercial de Bangcoc, mas, por trás dos altos muros que margeiam uma parte dessa rua reta e comprida, um grupo de monjas habita um convento carmelita, e é ele o edifício que serve convenientemente como indicador da entrada da capital do sexo no mundo, duas grandes ruas paralelas, Patpong Um e Dois.

A lei tailandesa proíbe os bordéis, mas 950 estabelecimentos que se descrevem como bares ou clubes prosperam em Bangcoc tendo nomes como Cornucópula e Prazer Púrpura. Para visitantes gays, Pica de Ouro e muitos outros esperam clientes. Os pavimentos agitados vibram com cafetões dos dois sexos em busca de clientes. No interior de antros lotados, os colegas mais valiosos, vestindo apenas sapatos de salto alto, hipnotizam com bundas brilhantes de óleo e mamilos com lantejoulas. A maioria tem menos de 18 anos, muitos são mais jovens e, ao contrário dos colegas europeus, têm corpos firmes capazes de provocar tremor nos lábios de velhos monges. Posam sobre carrosséis ou sobre caixas de frutas emborcadas, de forma que os púbis depilados passem no nível do nariz da plateia.

Os *farangs*, estrangeiros, convergem às centenas de milhares para a "Cidade do Pecado", apesar da Aids, pois onde mais se poderia encontrar tamanha abundância de juventude e beleza oferecidas a tão baixo custo e dispostas a aceitar todo desvio concebível?

Meier se presenteava com uma viagem anual às cidades do sexo do Extremo Oriente, e raramente deixava de fazer uma visita a Bangcoc, geralmente por um período de quatro dias. Dedicando-se ao prazer sexual das 17h30 até as 2 horas, ele dormiria profundamente durante oito horas na sua suíte do quinto andar do Bangcoc Hilton. Depois de tomar o desjejum na cama, passava o dia na enorme piscina aberta do hotel com um suprimento de publicações que eram a sua maior alegria: revistas de engenharia mecânica e elétrica e outras para entusiastas de carros e aviões.

Na sua primeira noite em Bangcoc, Meier assistia a um show de sexo para estimular o nível da sua lascívia. Eram invariavelmente lindas adolescentes no ato ou mulheres que, com suas genitálias acrobáticas, abriam garrafas de Pepsi, engoliam fogo, ou faziam desaparecer bananas ou bolas de ping-pong.

Outubro era o fim da estação chuvosa, média de 29°C de umidade pegajosa. Meier gostava de percorrer a cidade no início da noite como um urubu gordo deixando escorrer do bico a saliva da antecipação, a voar em círculos sobre a carniça, antes de descer e se saciar.

Por 500 *baht*, na segunda noite da visita de 1986 Meier descobriu uma Mercedes com ar-condicionado e flores de plástico em volta da direção e um motorista de poucas palavras.

Não fossem as garotas da região de New Petchburi e Sukumvit Road, o passeio não teria deixado lembranças. Ruas retas, uma cama de gato de fios elétricos suspensos no alto, poluição de fumaça de diesel, o fedor do rio Chao Phraya e, por toda parte, gigantescos anúncios de Marlboro, Seiko e Sony. Milhares de jovens corpos tailandeses recebiam toda noite os *farangs* sedentos por sexo — Meier ria sozinho — para compensar a enorme conta de importação da Tailândia com as exportações invisíveis da nação.

A Mercedes deixou Meier no *soi*, ou rua pequena, próximo ao seu hotel, na frente do Cleópatra Massagens. Juntando-se a um pequeno grupo de turistas, ele colocou os óculos e examinou o salão brilhantemente iluminado em que se sentavam cem ou mais garotas tailandesas de biquíni. Mais tarde, haveria duzentas ou trezentas, mas naquele momento, às 17h45, os negócios mal estavam começando. Era o horário preferido de Meier, pois sabia que mais tarde as garotas não estariam tão limpas. Chamou o gerente e lhe pediu sua garota favorita do ano anterior. Ela havia ido embora, explicou o tratador de carnes tailandês, mas ele ficaria feliz em fazer recomendações.

Meier se decidiu pela número 89, Voraluk, e sua amiga mais jovem, Tui. Todas as moças no estonteante aquário tinham placas numeradas para facilitar a escolha, e as duas deram sorrisos brilhantes quando convocadas para o lado de Meier.

Os três tomaram café num bar próximo. Meier não tentou puxar conversa, limitou-se a se sentar com seu café, devorando mentalmente as garotas. Elas não se importaram e continuaram a conversar animadas. Quando levantou, utilizando a jaqueta safári para cobrir qualquer indicação do seu estado de espírito, as garotas lhe tomaram a mão, conduziram-no rindo a um elevador e dele até um quarto no andar de cima, recebendo de uma mulher gorda no caminho camisinhas, a chave e itens higiênicos.

O quarto era luxuoso, com sofá, cama, banho e, numa seção de piso ladrilhado, um enorme colchão de ar. Tui explorou a boca de Meier com a língua, enquanto Voraluk despia os três e dava nele um banho completo.

Com um unguento perfumado, Tui ungiu o colchão de ar e o próprio corpo. Meier foi deitado na cama e as garotas se alternaram massageando-lhe o corpo com grande cuidado e total intimidade. Voraluk se deitou por baixo de Meier e de frente para ele, enquanto Tui, mais leve, esfregava o corpo oleoso nas costas dele à maneira tradicional da massagem corporal tailandesa. Sua elevação pubiana, a barriga e os seios substituíam o trabalho que seria feito pelas mãos de uma massagista europeia. Pouco depois, o maravilhoso movimento de cima fez com que Meier penetrasse Voraluk, mas Tui pareceu perceber. Levantou-se e separou os dois, girou o corpo de Meier. Então, com Voraluk ainda por baixo dele, ela continuou a massagem por mais dez minutos. Sua especialidade era manter o cliente no limiar do gozo.

As duas garotas enxugaram Meier e o levaram para a cama para atender às suas instruções. Depois lhe deram um banho de chuveiro e o levaram de volta à sala do gerente. Ele pagou 6 mil *baht* e elogiou o anfitrião pela excelência do Cleópatra.

Tui voltou vestindo saia e blusa elegantes e levou Meier no seu próprio Toyota ao Supermercado do Peixe na Sukumvit Road. Com um carrinho, eles assaltaram os balcões de tainhas vermelhas, caranhos, garoupas e muitas outras espécies. Um funcionário uniformizado preparou os peixes à mesa e os dois engoliram a refeição com goles do *sanuk* local em meio à agitação dos *farangs*. Meier se despediu de Tui, pois a necessidade se manifestava outra vez, e fez um sinal para um *tuk-tuk* de três rodas que o levou ao hotel Grace, conhecido localmente como o Supermercado da Boceta, ao lado do gueto árabe em Soi Nana Nua, um feio bloco de edifícios sujos salpicado de mesquitas e pseudominaretes.

Meier passou pelo saguão sujo do Grace, torcendo o nariz para o cheiro de shish kebab misturado com curry do restaurante árabe ao lado, um lugar de arroz e dançarinas do ventre. Desceu uma escada e entrou num porão mal iluminado onde circulavam mais de duzentas prostitutas.

Todo tipo de cliente se distraía no bar, bebia nos pequenos reservados ou se apoiava nos pilares que davam à Coffee Shop o seu ar de obscenidade subterrânea. A fumaça de charutos espiralava entre os pilares como dedos de névoa em torno de estalagmites, e por toda parte se viam olhos famintos e costas enrijecidas. Era o tipo de câmara barulhenta erótica que Meier adorava. Levou seu uísque para um reservado livre e deixou a atmosfera invadi-lo.

O murmúrio baixo e predatório dos homens de negócio ocidentais e árabes com longos mantos era interrompido vez por outra pelos gritos crus de algum sujeito inglês, holandês ou alemão e pelos "ié-ié-ié" que vinham do jukebox.

Drogados e alcoólatras solitários ficavam deslocados ali, pois aquela era a corte da deusa do sexo. Prostitutas de todas as idades e histórias de vida se ofereciam, varrendo lentamente a caverna em busca de atividade. Muitas eram semiprofissionais, buscando uma renda adicional, talvez para comprar um carro ou roupas novas para os filhos. Em Bangcoc, existem mais de 200 mil moças e um número desconhecido de rapazes que vivem total ou parcialmente do lucro obtido através do sexo. Como a renda da prostituição pode chegar a dez vezes à de um emprego regular na cidade, não causa espanto o fato de tantos sucumbirem à tentação, apesar dos perigos.

Durante uma hora, Meier recusou os convites que chegavam ao seu reservado, tendo eliminado uma mulher de 30 anos com seios grandes e firmes e cintura de vespa vestida num macacão de crocodilo. Decidiu-se finalmente por alguém com jeito de menina de 13 anos, vestindo uniforme escolar. Ela o levou até um quarto mínimo a alguns quarteirões de distância do Grace, onde vivia com um bebê numa cama colorida.

Meier ficou até a 1 hora e se maravilhou com a habilidade dela. Falava um inglês americano passável, com sotaque cantado, e lhe disse que ele era grande. Disse que muitos *farangs* cheiravam mal, e os japoneses eram tão pequenos que tinha de usar uma camisinha especial, pequena; as normais acabavam por escorregar.

De volta ao Hilton, foi recebido pelo gerente-geral, um homem encantador que viera recentemente de um hotel em Hong Kong, onde fora gerente por muitos anos. Meier pediu uma Mercedes para o dia seguinte para levá-lo à praia Pattaya, na costa do Golfo do Sião: um lugar de sol e areia, além de sexo.

Às 10h30, foi acordado com o desjejum e o *Bangcoc Post*. Estava especialmente interessado no sequestro em Londres do técnico nuclear israelense Mordechai Vanunu, e ficou extremamente irritado quando uma batida forte na porta da sua suíte revelou ser uma visita inesperada de De Villiers.

— Tente fingir que gostou de me ver.

Meier grunhiu e limpou as migalhas dos lábios.

— A que devo tão grande prazer?

De Villiers, ficou sabendo, estivera trabalhando em Melbourne, quando recebera um chamado de Davies. Decidiu voltar fazendo escala em Bangcoc para o caso de Meier relutar em abandonar suas conquistas tailandesas, como já havia ocorrido em outras ocasiões.

— Saímos para Londres no voo de hoje à noite.

Meier cancelou sua Mercedes, amaldiçoando Davies e De Villiers em silêncio.

28

Douggie Walker já administrava o pub Antelope havia vários anos. Tal como o seu labrador preto, Sam, que amava o clamor e a vida do bar principal no térreo, Douggie era uma figura grande e amável. A clientela do Antelope na noite do dia 30 de outubro de 1986 era, como sempre, ruidosa, uma mistura com todo tipo de pessoas, sempre com alguns estranhos para enriquecer a atmosfera.

No bar, Douggie reconheceu um grupo de ex-soldados do exército e aceitou um caneco oferecido por Keith Ryde, um de vários oficiais do Exército omani que usava o pub como ponto de encontro, geralmente à hora do almoço.

A conversa girava em torno de um *yuppy* chamado Jeremy Bamber, que dois dias antes fora sentenciado à prisão perpétua pela morte cruel de cinco membros da própria família. Na esperança de herdar uma fortuna, havia tramado para que sua irmã fosse acusada. Seguiu-se uma conversa calorosa sobre o tópico. Douggie, Ryde, "Smash" Smity-Piggott e Jackson eram capazes de, sob a influência suave da cerveja Benskin's, levar o tópico mais improvável ao nível de um debate acalorado. Mike Marman estava geralmente no meio da discussão, mas naquela noite ele se sentiu desanimado e decidiu ir para casa, ler tranquilamente e dormir cedo.

Com 40 e muitos anos e desempregado, ultimamente vinha sentindo certa pena de si mesmo. Essa disposição resultava provavelmente do encontro com sua colérica, mas linda ex- esposa, Rose May. No fim de semana anterior, ele a havia visitado no apartamento em Kensington para passar o dia com o filho. Houve uma discussão feroz que ainda o amargurava. Às vezes, os dois pareciam se odiar, mas então ele notava os cabelos louros e a aparência de deusa, suas feições eslavas clássicas e aqueles olhos lindos e distantes, e se perguntava como ele e Rose May haviam se separado.

Ela havia nascido Rose May Cassel-Kokczynska, de mãe sueca e de um ousado oficial polonês que participara da última carga de cavalaria contra os tanques alemães em 1939, e passara os anos de guerra na Inglaterra, onde Rose May havia nascido. Quando Mike a conheceu, durante férias na Sardenha, ela era a diretora e dona de uma escola montessoriana em Kensington.

De início, ele era tudo que Rose May havia sonhado: oficial de cavalaria elegante e belo, esquiador do regimento, combatente do comunismo e amante sem remorso da boa vida.

Marman olhou todo o Antelope, buscando não sabia bem o quê. Eu não devia ter abandonado o exército, pensou; foi quando as coisas começaram a degringolar entre nós. Olhou o relógio: 18h15. Teria de correr para aproveitar a parte favorita do dia: um banho quente ouvindo a Rádio 4. Despediu-se e saiu.

Na porta do pub, Marman percebeu de repente uma briga a menos de 50 metros em Eaton Terrace, exatamente ao lado do seu orgulho, um Citroën 2CV vermelho e preto. Dois homens se espancavam na calçada estreita, encostados no seu carro. Saiu correndo, ignorando os gritos animados dos espectadores. Marman encontrou as chaves do carro e entrou. Ficaria extremamente irritado se estivesse amassado. O 2 CV podia parecer um balde emborcado, mas era muito econômico, o que era cada vez mais importante depois de seis meses desempregado. Um dos briguentos, um negro com a careca sangrando, caiu contra a porta do carona no momento em que Marman, xingando, arrancou e saiu de Eaton Terrace, vagamente consciente das luzes azuis piscando à sua traseira.

Depois de Battersea e já em Clapham, ele entrou na Blandfield Road. Desde o divórcio três anos antes, estava próximo de uma linda garota chamada Julia, mas os dois tinham vidas separadas, e Marman havia comprado a casa em Clapham com as economias dos tempos de Exército. Geralmente um ou dois estudantes de arte alugavam um quarto, mas naquela noite seu único inquilino estava viajando, portanto, a casa era toda sua.

A casa ficava exatamente em frente à loja do feirante simpático que geralmente guardava suas chaves e correspondência. Marman estacionou perto e entrou. Jogou o blazer e a gravata sobre a mesa da sala, serviu-se de uma dose de uísque e correu para cima. Como sempre, havia deixado a porta da rua escancarada, pois era bastante sociável e era raro o dia em que algum amigo não aparecesse. Marman não se preocupava com segurança. Como sempre dizia, "Não tenho nada que valha a pena roubar, a não ser o meu rádio, e se alguém quiser entrar, uma tranca não vai impedir". Depois de alguns minutos, tomava um banho de espuma Badedas com a bebida ao lado e o rádio abafando todos os outros sons.

Meier parou em fila dupla bem diante do número 9 da Blandfield Road, e, às 19h05, no momento em que começou a música dos *Archers*, ele pensou: "Davies disse que Marman nunca perde o programa e gosta de ouvi-lo no banho. A porta está encostada. A câmera está pronta."

De Villiers carregava duas sacolas plásticas, uma com panfletos sobre seguro de vida. Já dentro da sala, foi diretamente até o blazer. Davies tinha lhe assegurado que a agenda preta do *Economist* estava sempre guardada no bolso interno. De Villiers praguejou ao ver a letra: muito pequena para o filme ASA 1600 na Olympus XA4. Teria de usar tripé ou flash. O resultado poderia ser muito granulado, impossível de ser lido depois de ampliado. Melhor ser cuidadoso, especialmente por não haver perigo de interrupção: Meier, no carro lá fora, encontraria um pretexto para segurar um visitante qualquer, e eles sabiam que Marman estava sozinho em casa.

De uma das sacolas, De Villiers tirou uma moldura feita por Meier. Colocou a agenda sobre a mesa, mantendo as páginas abertas com uma corda de piano estendida entre as pernas da moldura. Em seguida, colocou a Nikon F2 a uns 40 centímetros acima da agenda aberta. Meier havia escolhido um filme lento de grão fino aliado a um flash e ajustado manualmente a maior abertura. De Villiers apertou o disparador e tirou uma única foto de cada par de páginas do mês de novembro. Seis minutos depois, ele já estava com Meier e a agenda estava no bolso do blazer de Marman.

29

O PERÍODO DE VIGILÂNCIA era a chave do sucesso. No caso de Marman, Davies havia sido paciente e profissional desde o início. Depois de três semanas, ainda sem um plano de ataque, ele passara a De Villiers o seu conselho ponderado: procure a caderneta de Marman, pois está sempre com ele e ele a usa como um *yuppy* usa uma agenda. A partir das atividades planejadas, escolha uma data em que ele não esteja em Londres e fique sozinho no carro, e monte um acidente rodoviário.

Davies também recomendou que editassem o filme de aviso. Desde os dias de Kealy, as câmeras de vídeo se tornaram comuns e o filme podia ser facilmente editado. No caso de Marman, seria praticamente impossível avisá-lo da morte iminente sem criar um problema para qualquer acidente planejado.

O problema de Marman era a sua imprevisibilidade e o seu amor quase obsessivo pela companhia humana. Muito raramente ele estava só. Sua namorada, Julia, estava quase constantemente com ele depois de sair do emprego no J&B Whisky, o seu estudante de arte passava quase o dia e a noite inteiros em Blandfield Road 9, e um fluxo constante de amigos, a maioria, ex-colegas do Exército, aparecia para bater papo e beber.

Quando saía, seus movimentos não obedeciam a absolutamente nenhum padrão. A procura de emprego parecia ser o motivo de algumas visitas, mas o mais comum era ele ir instintivamente a uma meia dúzia de pubs, como o Antelope, para encontrar os amigos. Ele os acompanhava em extensas turnês entre vários bares até que alguém mencionasse uma festa, quando todo o grupo trocava de roupa, se necessário, ou ia diretamente para o apartamento de quem oferecia a festa, e só voltava para casa ao raiar do dia.

Como a Clínica não reagia ao acaso, De Villiers concordou com Davies e foi buscar a agenda de Marman.

Numa casa segura de Tadnams na Trebovir Road, um porão ao lado de um hotel pertencente a um eslavo, as páginas fotografadas da agenda de Marman foram estudadas em detalhe.

— No sábado, ele vai passar o dia degustando vinho no Hurlingham Club — observou Meier.

— A namorada trabalha lá, portanto é provável que ela esteja com ele — comentou negativamente De Villiers.

— Mas depois — o dedo de Meier bateu nas fotografias — ele vai beber com Poppo. A noite de sábado é sempre propícia para nós. Quem é esse Poppo?

— Esqueça. — De Villiers passou para outra página. — Temos apenas três eventos aproveitáveis durante todo o mês, e todos são fora de Londres. Ele vai viajar sozinho no seu Citroën. Disso nós *sabemos*. Temos os horários, e as estradas nós achamos em qualquer mapa rodoviário. Proponho que nos concentremos nesses horários e esqueçamos a vida dele em Londres.

Não houve mais discussões sobre as anotações na agenda e Meier começou a assumir a expressão de um gato pensando numa tigela de leite.

De Villiers prendeu um mapa da Inglaterra na parede.

— Marman vai fazer quatro viagens específicas ao longo de um período de três semanas. Duas no oeste do país, uma a

Suffolk e uma a Rugby. A mais detalhada vai ser por aqui — disse, indicando a área de Salisbury Plain. — Sabemos exatamente quando Marman vai passar entre dois pontos conhecidos... Meier, no que está pensando? — disse, olhando para o belga.

A resposta foi imediata.

— O "Freio Boston". Tem de ser. Nunca falha e mesmo assim ninguém suspeita de sabotagem.

Davies balançava a cabeça.

— Falhou em Boston, cara. Então por que não falharia aqui?

— Não falhou — cortou Meier. — Você sabe disso. As circunstâncias em Boston mudaram e na última hora nós abandonamos o meu método. Mas tudo estava pronto e ele teria funcionado. Ensaiei durante dois meses na pista do aeroporto com os irmãos Tighe nos stock-cars. Eu era capaz de assumir o controle em 400 metros e, no final, tive sucesso em cem por cento das tentativas. Isso não é fracasso... *cara*!

De Villiers ergueu as mãos.

— Está bem, está bem! Acalme-se, meu amigo. Tenho toda confiança na sua genialidade, mas e se usarmos o Freio Boston na viagem de Salisbury e ele falhar?

Meier balançou violentamente a cabeça.

— No caso improvável de falha, eu transfiro o equipamento para o carro de uma terceira pessoa e nós o pegamos mais tarde — argumentou Suffolk. — Mas eu lhes digo com certeza. ele não vai falhar se eu estiver no controle.

De Villiers ficou pensativo.

— É certo que nesse estágio precisamos assegurar total falta de suspeitas para evitar que algum interessado faça a ligação de Marman com Kealy e Milling. Não há dúvida de que, desse ponto de vista, o Freio Boston é perfeito.

— Se vocês dois estão decididos — Davies deu um suspiro —, como está evidente, então seria melhor mais ao sul. Pelo menos, conhecemos bem a geografia da costa.

No verão anterior, a Clínica havia trabalhado para uma agência sediada em Paris que a acionava vez por outra. De Villiers suspeitava que o cliente fosse um barão da droga que tentava controlar a rota do canal entre Deauville e a Grã-Bretanha e queria destruir um grupo rival sem chamar atenção. Apesar de guerra de gangues não ser exatamente o campo da Clínica, o pagamento era bom.

Davies havia marcado o ponto de desembarque e entrega do alvo num trecho desolado da Reserva Natural de Pagham Harbour, em West Sussex. Depois de observar duas outras cerimônias de entrega de material, ele decidiu que um ataque pelo mar por homens de Tadnams na baía estreita ou uma investida por terra no ponto de encontro dos franceses com o grupo de recepção resultaria em grande agitação. Para poder realizar um ataque-surpresa, a Clínica conseguiu por meio de uma agência de compras saudita um *hovercraft* de 12 lugares e 60 quilômetros por hora, com motor silencioso e capacidade de superar obstáculos de até 50 centímetros. O grupo de Tadnams se aproximou sobre os pântanos e liquidou o grupo francês usando metralhadoras HK53 equipadas com silenciadores, e rebocaram o barco para o mar aberto sem nenhuma reação do grupo de recepção em terra. Não conseguiram localizar a heroína, mas afundaram o barco antes de voltar à terra.

— A viagem de Marman a Wiltshire está programada para a tarde de quinta-feira, 11 de novembro. Dez-dias são suficientes para você, Meier?

— Vou começar a juntar o equipamento imediatamente com a ajuda da agência. Não vejo problemas. A dificuldade vai ser, é claro, encontrar um substituto adequado.

De Villiers não hesitou.

— Marman vai estar em casa hoje à noite. Davies e eu vamos lhe fazer uma visita com o vídeo. Prepare uma proposta completa para Wiltshire, no dia 11, para que possamos decidir amanhã.

Se Meier tivesse levantado objeções à programação, ele teria feito um favor a si mesmo, mas sua inteligência não se estendia à capacidade de ver o futuro.

30

A PORTA DA CASA DE Marman estava escancarada na noite de 3 de novembro. Lá dentro, indiferente à corrente de ar, ele recebia um velho amigo dos dias de Dhofar. Os dois homens se encontravam vez por outra para uma bebida e para salvar o mundo.

— Eu sempre disse que ele era um oportunista — Marman exclamou, ao comentar a renúncia recente de Jeffrey Archer, vice-presidente do Partido Conservador, em seguida a um escândalo sexual. — Aquele sorriso indecente não enganava ninguém.

— Você está completamente enganado — disse o convidado. — Fui informado por fonte fidedigna de que a mulher agiu por encomenda. Um caso claro de desinformação cuidadosamente plantada. Uma vez disseminada a calúnia, especialmente quando a sujeira é razoavelmente crível, a vítima nunca será capaz de apagá-la. Archer agora será para sempre uma nódoa nas mentes da maioria, mesmo depois de os detalhes do suposto escândalo terem sido esquecidos — bateu a cinza do cigarro no carpete —, e, nesse caso, a oportunidade é excelente. A acusação foi publicada no dia 26, com a certeza de que Archer responderia no dia seguinte... E o que aconteceu no dia 27?... O Big Bang, é claro, o maior acontecimento na cidade em décadas. Não haveria muito espaço para as negativas de Archer no momento em que ele precisava gritá-las a plenos pulmões.

Marman fez um movimento afirmativo com a cabeça.

— A mulher dele é bonita. Eu estaria disposto a fazer mais que desenhá-la se ela se cansar do maridinho.

— Nada mal seus últimos presentes, Mike. Onde você os fez?

Os presentes em questão eram alguns desenhos a lápis e carvão de nus reclinados na praia ou saindo do mar.

— Ah, claro, não lhe contei? Passei um feriado excelente no Med. Ajudou a me organizar e pensar positivamente sobre a vida. A moça, na verdade, vestia um biquíni quando a desenhei. Uma pena.

— Você é muito bom nisso.

— Despir mulheres mentalmente... Obrigado. — Ele riu. — Sinto-me muito melhor depois desse feriado. Estava começando a sentir que não valia nada depois de meses recebendo só respostas negativas para os meus pedidos de emprego. Faz a gente sentir que já está em direção ao fundo do poço, um fracassado sem nenhuma perspectiva além do seguro-desemprego.

Levantou-se para encher os copos.

— Ao emprego — disse ele, e brindaram ao novo emprego. — Na semana que vem, tenho duas entrevistas marcadas. Você se lembra de Searby, Brook e Amoore, grandes amigos de Omã? Bem, eles estão me ajudando com algumas indicações.

— Como está a Rose May?

— Eu a vejo nos fins de semana quando vou buscar os meninos. — Calou-se durante um momento, girando em silêncio o copo na mão. — Tenho saudades dela, sabe. Julia é uma grande amiga, um anjo, e Gillie, aqui da rua, é como uma irmã para mim. Mas não é a mesma coisa. A solidão, os arrependimentos, o que poderia ter sido. Ser solto na vida parece muito bom, mas não é para mim.

— Eu não diria que você está solto na vida. E este lugar?

A expressão lúgubre de Marman se abriu.

— É verdade, é o meu salva-vidas. Foi a Gillie, é claro. Foi ela quem sugeriu que eu entrasse no mercado de imóveis, e Deus meu, ela tinha razão. Com a enorme valorização do investimento e a renda de aluguel, foi uma bênção. Mas eu ainda preciso de um emprego. Dois filhos matriculados em Bousefield, e eu quero o melhor para eles. Rose May é uma boa mãe, mas todo mundo precisa de um pai.

O pai de Marman, um heroico piloto da RAF, emigrou para a Austrália em 1962, quando Michael tinha 17 anos e estava decidido a ser oficial da cavalaria. Quando a família partiu, Michael foi morar com os avós em Kingston. Um quarto de século depois, sem contar um irmão na RAF, ele raramente via a família. Os regimentos 9º/12º de Lanceiros lhes deram os melhores anos da sua vida. Foi o seu lar, mas agora estava sozinho, um peixe fora d'água. Não importa. Ele era um lutador. Ia começar vida nova...

Marman percebeu que estava ficando mórbido. Anfitriões tediosos e desmancha-prazeres eram o anátema. Mudou de assunto para os amigos comuns e logo tinha voltado ao seu estado normal, alegre.

Bateram com força na porta, e o amigo de Marman se levantou para se despedir.

— É melhor eu ir andando, Mike, ou Monique vai ficar preocupada. Volto na semana que vem para mais um gole.

À porta, ele se viu diante de dois policiais à paisana. Um, apresentando sua identificação, se dirigiu a ele com óbvia deferência.

— Sr. Marman, poderia nos dar um minuto? — Apresentou-se e ao colega.

— Não, estou de partida. Aquele é o Sr. Marman. Ele se meteu em alguma enrascada?

Ele saiu e Marman fez entrar os visitantes inesperados. Aceitaram uma xícara de chá, e enquanto Marman preparava a água, sentaram de forma que Davies pudesse posicionar a pasta onde se escondia uma câmera Sony com objetiva grande angular.

Sugeriram que Marman havia, às 6h40 da tarde do dia 30 de outubro, quinta-feira, se envolvido numa briga na frente do pub Antelope, no número 22 de Eaton Terrace, que havia irritado membros do público. Duas testemunhas informaram ter visto seu carro fugindo da cena quando a polícia chegou. Marman negou veementemente qualquer envolvimento na confusão.

David Mason estava irritado. Tinha orgulho da memória para rostos, mas ainda assim ele não conseguia se lembrar dos dois policiais na casa de Marman. O Range Rover marrom, 1985, correu pela M40 e A40 até Oxford e então Eynsham, enquanto ele revirava a memória tentando colocar os dois rostos num contexto. Finalmente, não longe de casa, veio-lhe a lembrança e o Range Rover acelerou, levantando cascalho, quando Mason percebeu toda a implicação do seu erro.

Dirigiu a toda para a Scott's House, encontrou as chaves da sala de armamento. Dentro de um dos cofres de documentos, achou uma pasta verde e dela tirou uma pilha de fotografias, os retratos dos assassinos de Milling em Sumail, tiradas dez anos antes. Não havia como confundir os dois homens. Os colegas do Chapéu Mole haviam visitado Michael Marman naquela noite.

Mason telefonou imediatamente para Marman e ficou enormemente aliviado quando ele atendeu.

— Não, eles já foram. Só ficaram uns vinte minutos. Alguma coisa a ver com uma briga no Antelope. Pensaram que eu estava envolvido, mas esclareci tudo e eles pediram desculpas. Por que pergunta?

— Ouça, Mike — Mason falou com deliberada intensidade, pois sabia que Marman ouvia tudo de maneira incrédula —, aqueles homens *não* são policiais. São perigosos, e você deve evitá-los como o diabo foge da cruz. Vou aí falar com você amanhã de manhã para explicar.

Depois de muita insistência, Marman prometeu que iria, no mínimo, trancar as portas e janelas naquela noite, nem que fosse apenas para fazer a vontade de Mason.

Mason então chamou Spike Allen, que estava em casa e concordou em convocar imediatamente os Homens-Pena.

31

O CORONEL TOMMY MACPHERSON acreditava que cidadãos britânicos identificados como assassinos e torturadores nazistas, nos anos 1980, não deveriam receber o perdão por terem sido mais inteligentes que a justiça ao longo de quarenta anos. Também acreditava que a caçada aos assassinos de Milling e Kealy deveria continuar até eles serem presos. Quando Spike Allen o chamou, nove anos depois da morte de Kealy, para dizer que os assassinos haviam reaparecido, a reação imediata de Macpherson foi "Excelente. Desta vez eles não vão escorrer pelos nossos dedos".

Concordou em convocar uma reunião do Comitê para a manhã seguinte, apesar de ter uma reunião importante programada com o bilionário da Nova Zelândia Ron Brierly, no apartamento londrino de um empresário irlandês.

Desde a década de 1970, a vida de Macpherson se tornara muito agitada, e, num prazo de quatro semanas, ele deveria apresentar ao secretário de Estado da Defesa um relatório completo, encomendado pela primeira-ministra Margaret Thatcher, tratando de emprego e outros problemas que pudessem afetar a eficiência do Exército Territorial da Grã-Bretanha e outras reservas voluntárias.

Dois anos antes, Macpherson, diretor não executivo sênior do Conselho Nacional do Carvão, além de confidente e conselheiro de Ian MacGregor, presidente da CNC, havia desempenhado dois papéis que seriam críticos na derrota do líder dos mineiros, Arthur Scargill. Primeiro, ele convenceu Ian MacGregor a limitar suas aparições na televisão e deixar Michael Eaton, mais sutil e pés no chão, tornar-se o rosto visível da CNC. Segundo, insistiu na formação das Empresas Britânicas de Carvão com a tarefa específica e enorme de encontrar trabalho para os mineiros que MacGregor fora forçado a tornar dispensáveis.

Macpherson também presidiu a Câmara de Comércio de Londres, a Câmara Nacional Britânica de Comércio, a filial de Londres e do Sudeste da CBI, a Confederação Britânica da Indústria, Birmid Qualcast, Webb-Brown International, e o Mallinson-Denny Group.

Mesmo quando o Fundador dos Homens-Pena avaliou o jovem Tommy Macpherson, no início da década de 1950, seu histórico já era notável. Educado no Fettes College (do qual é atualmente diretor) e no Trinity College em Oxford, recebeu diversos títulos: Primeiro Intelectual Clássico, Athletics Blue e Scottish International. Também foi jogador de rúgbi e hóquei por Oxford. Pouco depois do início da guerra, foi aceito no Scottish Commando, do Queen's Own Cameron Highlanders, foi feito prisioneiro de guerra em novembro de 1941, mas conseguiu fugir em 1943 e serviu nas forças especiais com a Resistência Francesa e a Italiana. Recebeu a Cruz Militar com duas barras, a Legion d'Honneur, a Croix de Guerre e várias outras honrarias.

No inverno de 1986, Tommy Macpherson estava muito ocupado, mas na manhã da terça-feira, 4 de novembro, cumpriu o compromisso com Ron Brierley e Tony O'Reilly, presidente da Heinz International, e chegou com pequeno atraso à reunião do comitê dos Homens-Pena. Bletchley estava na presidência e

Macpherson ficou chocado com sua aparência. Magro e emaciado, quase cadavérico, ele parecia ter perdido todo o interesse na própria aparência. Seu colarinho estava torto e sua gravata mal ajustada tinha manchas evidentes de comida. Um acidente recente, quando apertou o pedal do acelerador do Audi em vez do freio, havia resultado em contusões e cortes na testa, sobrancelhas e nariz. Resumindo, ele era uma triste figura, e Jane, sentada ao seu lado, tomava notas e lhe oferecia um tratamento maternal.

Macpherson apresentou suas desculpas ao presidente e Spike falou.

— O presidente me permitiu esperar a sua chegada, coronel, antes de apresentar o assunto específico que é a razão desta reunião extraordinária.

Macpherson assentiu.

O Don sorriu para si mesmo. Spike insistira vigorosamente com Bletchley para atrasar o início dos trabalhos por causa de Macpherson.

Além de Macpherson, ninguém mais tinha ideia da razão da convocação repentina de Spike. Estavam todos interessados. Os Gêmeos há muito haviam se desligado, substituídos por dois cinquentões com excelentes contatos no Ministério do Interior. Os dois foram apresentados por Mantell e apoiados por Bletchley, e receberam de August Graves o apelido de "os dois pardos".

— A maioria dos senhores — a voz de Spike era inexpressiva — há de se lembrar de que em 1976 o Comitê autorizou um dos nossos locais a seguir um suspeito à Arábia. O local identificou o alvo daquele homem, mas, infelizmente, o alvo errado. Um piloto de helicóptero, ex-fuzileiro naval, foi assassinado, e três europeus envolvidos foram fotografados, mas não identificados.

Spike correu os olhos pela sala. Como depois comentou com Macpherson, "era possível ouvir o peido de uma mosca, tamanha era a atenção". Bletchley começou a suar profusamente e seu ombro se moveu com um tique furtivo como se um manequim estivesse tentando sair de dentro dele.

— Um ano depois — continuou Spike —, uma das fontes de Bob Mantell na polícia de Worcester nos passou uma informação sobre o mesmo suspeito. Os nossos locais identificaram o alvo correto, mas a vigilância foi cancelada quando, depois de um período de três semanas, o suspeito pareceu ter desistido. Infelizmente, esse segundo alvo, um oficial do SAS, foi morto e não se conseguiu nenhuma informação adicional sobre os assassinos.

— Uma série horrorosa de fracassos — comentou Mike Panny.

Spike ignorou o comentário e continuou.

— Desde então, muita água passou por baixo da ponte, mas ontem, um local veterano reconheceu, na casa do major Michael Marman, em Clapham, o mesmo suspeito implicado nos dois assassinatos anteriores. Apresentou-se como policial, acompanhado de um segundo colega, que nosso homem também reconheceu do assassinato de Milling, em 1977. A razão para a visita parece ter sido a familiarização com a casa e as particularidades de Marman.

— Qual a relação de Marman com os dois alvos anteriores? — perguntou Mantell.

— *Não* é esta a pergunta — explodiu Bletchley. Com o rosto lívido e tremendo como se atacado da dança de são Guido, ele bateu o punho nos seus papéis. — A pergunta deveria ser: o que tudo isso tem a ver conosco?

Durante um minuto, pareceu perder o dom da fala. Inclinou-se balançando o pescoço e Jane colocou ansiosa as mãos sobre ele. Seus olhos arregalaram e ele olhou para ela, num esforço para respirar. Na crença de que Bletchley estava tendo um ataque cardíaco, Macpherson quis sugerir uma ida imediata ao hospital, quando aquele recuperou a voz e a compostura.

— Antes que eu faça meus comentários — perguntou a Spike —, o senhor já terminou o seu relatório?

Spike negou com um movimento de cabeça.

— Acredito que os suspeitos pretendam matar o major Marman. Tal como os dois outros oficiais, ele serviu em Dhofar nas Forças Armadas do Sultão. O motivo pode estar em alguma informação possuída pelos três alvos. Pode mesmo ter relação com vingança ou chantagem. Peço que o Comitê autorize uma vigilância imediata e próxima de Marman até que tenhamos evidências da intenção de assassinato ou de que eu esteja enganado. — Spike sentou-se e várias pessoas falaram ao mesmo tempo.

Como Bletchley tremia paralisado, Bob Mantell passou a ser o seu porta-voz.

— Como o presidente observou e eu repito, "isso não tem nada a ver conosco". Permitam-me lembrar a todos que meus amigos na Yard examinaram em detalhe o caso Kealy. Não encontraram absolutamente nenhuma evidência de crime, e a polícia de South Powys encerrou definitivamente o caso. Devo lembrar aos senhores que a maioria deste Comitê decidiu não se envolver mais com a Conexão Dhofar, o nome que o Don atribuiu às duas primeiras mortes.

Mantell fez uma pausa, movendo o quadril dolorido, antes de continuar.

— Tenho também de perguntar aos senhores... Esse Marman tem alguma ligação com o nosso rebanho? Devemos nos sentir motivados a protegê-lo? O que eu pergunto é: ele serviu ou não numa unidade do SAS?

— Negativo — respondeu Spike —, mas ele é a nossa única ligação com os homens que mataram Kealy e, portanto, nossa única chance de obter justiça para a morte de um oficial do SAS.

— Com o respeito devido aos nossos irmãos regulares — retrucou Mantell —, nós existimos para cuidar de indivíduos vivos com histórico de SAS e de suas famílias. A busca da justiça para os assassinos de Kealy, ainda que louvável, não é tarefa nossa. O caso Marman está fora dos nossos termos de referência e é puramente uma questão para a polícia.

— Já discutimos tudo isso antes. — A voz de Macpherson era baixa e controlada, mas Spike, que o conhecia melhor que os outros, viu que ele estava com raiva. — Como Mantell repetiu o raciocínio defendendo a falta de ação, permitam-me lembrar aos membros antigos, e sugerir aos novos, que a polícia simplesmente não pode agir sobre ameaças vagas, sem motivos conhecidos, a membros não VIPs do público, e por pessoas não identificadas. Portanto, se temos boas razões para acreditar que a vida do major Marman esteja em perigo, devemos ajudá-lo. Ninguém mais vai fazê-lo. O major Kealy foi um valoroso oficial do SAS e eu acredito firmemente ser nossa obrigação ampliar nossas atividades para colocar seus assassinos no lugar que merecem, caso caiam mais uma vez no nosso colo.

— Ouçam, ouçam — gritou Graves, que estava muito surdo. — Não podemos deixar que esses patifes escorreguem por entre os nossos dedos.

— Permissão para falar, presidente? — O mais pálido e alto dos dois homens cinzentos ergueu os olhos por sobre os óculos sem aro, e Bletchley murmurou a concordância.

— O comissário de polícia, Sir Kenneth Newman, publicou no mês passado um aviso de que havia determinado novas iniciativas para controlar o que chamou de "organizações privadas de segurança que operam nas fronteiras da tolerância oficial".

— Ele falava de grupos organizados, não de nós — interrompeu Macpherson. — Nossa existência continua sendo desconhecida pelo comissário.

— É verdade, mas o florescimento de empresas semiclandestinas de segurança provoca alarme crescente no Grupo Especial.

Companhias importantes começam a contratar espiões de alta tecnologia dessas empresas para espionar umas às outras *no interior* do Reino Unido. Com o recuo da Guerra Fria, organizações sem ética sediadas no país se verão cada vez mais sob o foco da atenção oficial. Já surgem sinais de que esse processo começou. No ano passado, o Ministério do Interior autorizou bem menos escutas e violação de correspondência de grupos esquerdistas subversivos e um número correspondentemente maior dirigido contra elementos domésticos que causam preocupação ao Grupo Especial.

Mike Panny decidiu que não seria superado no campo da informação.

— Concordo. Essas gangues da segurança são hoje tão numerosas e suas atividades tão questionáveis que é inevitável algum controle. Somente em Londres, temos hoje os "Keeny-Meenies" da KMS, a Defence Systems de Alistair Morrison, Control Risks, Winguard, DSI, Saladin, Lawnwest, Cornhill Management, SCI, Paladin, Argen, Delta e, é claro, a mãe de todas, ativa desde 1967, Watchguard. — Acenou ameaçadoramente para a mesa. — Prestem atenção no que eu digo, embora muitos tentem permanecer legais, nem todos têm condições de controlar eficazmente seus cães de caça. Haverá escândalos.

Macpherson já vinha observando uma tendência crescente em alguns dos membros mais antigos do Comitê de evitar todo curso de ação que pudesse colocar em risco suas reputações pessoais, o que se aplicava especialmente a Bletchley. Tal como Macpherson, ele se tornara um sênior *player* de prestígio na City, com várias diretorias não executivas, várias presidências de caridades importantes e, até ser limitado pela sua indisposição recente, circulava nos mais importantes círculos sociais. Para Macpherson, era evidente que Panny, o Don e Mantell sofriam, num plano mais baixo, da mesma aversão à autorização de qualquer linha de ação dos Homens-Pena que trouxesse o risco de publicidade capaz de comprometer suas reputações imaculadas. Todos tinham muito a perder e pouco a ganhar, uma situação muito diferente da que existia ao tempo em que foram recrutados para o Comitê, tantos anos antes.

Somente Spike, August e Jane continuavam sem grandes mudanças pela passagem do tempo, pelas mudanças no ambiente e modas, pensou Macpherson. Talvez já fosse hora de uma limpeza. No mesmo momento em que a ideia lhe cruzou a mente, foi abandonada. O Fundador, um homem de intensa lealdade aos velhos amigos, nunca o permitiria. O Fundador também não estava passando bem ultimamente, e Macpherson não o abordaria com questões contenciosas, a menos que não houvesse alternativa.

A questão de Marman foi intensamente discutida e colocada em votação, chegando-se a um resultado inconclusivo.

— Por se tratar de uma questão de vida ou morte, vou exercer meu direito de pedir que reunamos novamente o Comitê completo amanhã. — Macpherson fez a proposta no momento em que se anunciou o empate. Já o esperava e decidiu relutantemente fazer uso do seu único trunfo.

O voto do Fundador em favor da vigilância de Marman foi lançado na reunião seguinte, um procedimento perfeitamente correto, e as ordens foram passadas imediatamente a John Smythe e cinco outros locais no sudeste. Spike não pretendia correr mais riscos.

32

A GENIALIDADE TÉCNICA DE MEIER era uma inegável fonte de dinheiro para a Clínica. As agências que a usavam sabiam, por exemplo, que ele havia projetado uma bomba adormecida, do tipo usado para atacar o congresso do Partido Conservador em Brighton em 1984, que ele ajustou para explodir um ano depois de plantada. Com um cronômetro de quartzo, VCR padrão e baterias de longa duração ligadas em série, ele instalou a bomba durante a desmontagem de um evento anual. Sem nenhuma outra ação, teve a certeza de que a explosão iria detonar um ano depois com um erro de mais ou menos um minuto em relação ao dia e à hora.

Em Boston, em 1974, Meier havia gasto três meses planejando um acidente rodoviário por um engenhoso método que envolvia um "terceiro", que passou a ser conhecido na Clínica como o "Freio Boston". Depois de ensaios que o ajustaram à perfeição, o sistema teve de ser abortado, para frustração de Meier. Agora ele tinha a chance de ressuscitar o sistema e vivia as alegrias da vida.

— Este é Jake, que está trabalhando com Tadnams há quatro anos. Apesar de ser eu mesmo afirmando, ele é um gênio dos carros. É capaz de projetar transmissões e não se deixa desanimar por considerações éticas.

Jake, um sujeito magro, pálido e de dentes ruins, brincava com as mãos, torcendo os dedos longos e fortes como que embaraçado pelo elogio de um mestre.

— Que bom tê-lo trabalhando com a gente — disse De Villiers. Depois, mudou de assunto: — O vídeo está ótimo. Depois de horas num estúdio de dublagem, ficou tão bom que o xeique não vai suspeitar de nada. No filme, eu acuso Marman do assassinato em Zakhir e ele nega enfaticamente. Parece verdade. Agora só temos de pegar esse cara de modo que não levante suspeitas.

— Com certeza. Deixe-me mostrar passo a passo — retrucou Meier.

— Você sempre mostra — disse Davies, esparramado na cadeira, com um suspiro exagerado.

Lá fora, na Trebovir Road, a rua ressoou com tiros, e Meier ergueu os olhos, assustado. Davies deu uma risadinha ante o susto do outro.

— Já ouviu falar de Guy Fawkes? Pois deveria... Ele foi o seu alter ego em uma outra época.

— A Mercedes — Meier recitou — tem um programa de treinamento em Untertürkheim que, desde 1916, forma aprendizes que mais tarde se destacaram no mundo da engenharia de muitas formas notáveis. Jake recebeu lá um treinamento de três anos e, depois, o diploma de mestre mecânico da Câmara Alemã de Artes Manuais. Ele já estudou o meu sistema Boston e está impressionado. Vamos trabalhar juntos até completá-lo.

Meier avançou até a mesa do centro, sobre a qual tinha aberto um mapa rodoviário do sul da Inglaterra.

— Primeiro, temos o relatório de Davies sobre o alvo. O homem é muito *macho cojones*, espada ou, como quer Davies, muito animado no uso de seu instrumento. Na prática, ele quer dizer que o homem gosta da companhia feminina e raramente está só. Todos concordamos que o melhor cenário para encontrá-lo sozinho é a estrada.

Jake interpôs na sua voz tão cavernosa quanto seu rosto.

— A nossa sorte é que o homem tem um Citroën 2CV, máquina muito frágil. Quebra tão fácil como casca de ovo. O motorista não tem *untershied*, não tem proteção.

Meier concordou com seu acólito.

— Correto. Mas estabelecido que a ação deve ter lugar na estrada, nós nos perguntamos: por que não uma bomba? Por que não uma sabotagem? Por que não provocar uma falha dos freios e esperar um resultado fatal? — Fez uma pausa. — Por que em todos esses casos, a polícia faria uma perícia imediata e nem mesmo eu poderia conseguir um veredicto de "morte acidental".

Davies tossiu.

— Ande com isso.

— Então, se um homem de Tadnams num carro reforçado batesse no 2CV ou o jogasse para fora da estrada, será claramente um ato criminoso. Então, o que podemos fazer? É claro, precisamos de um terceiro *aleatório* para colidir de frente com o carro do alvo a uma velocidade acima de 50 quilômetros por hora. Essa velocidade será certamente fatal para Marman e a polícia nunca poderá imaginar premeditação. — Meier estava radiante. — Tudo isso será possível com o Freio Boston.

Davies interrompeu.

— Em princípio, talvez, mas não consigo ver os seus terceiros aleatórios se apresentando para oferecer seus serviços de míssil teleguiado.

Meier o ignorou.

— A teoria é muito simples. Encontramos alguém que, nós já sabemos, deverá percorrer a mesma estrada no mesmo horário que Marman, mas no sentido contrário. Eu sigo, com Jake na direção, o carro preparado. Você segue o 2CV e mantemos contato por rádio, de forma que saberemos exatamente quando e onde os dois carros se aproximarão. Dependendo da velocidade agregada, mas a uma distância de 450 metros antes do ponto projetado de cruzamento, eu assumo o controle por rádio do carro aleatório e o lanço numa colisão frontal com Marman.

— E se eles se cruzarem num engarrafamento, numa rotatória ou nos lados opostos de uma barreira de aço? — Mais uma vez, era Davies.

— Evidentemente, é uma possibilidade. Mas numa estrada regional como a A303, a probabilidade de eles se cruzarem numa pista desimpedida e a alta velocidade é maior que 9 para 1.

— Mas o contrário ainda é possível? — Davies persistiu.

— É, e é por isso que o nosso dispositivo é destacável. Sabemos pela agenda que temos duas outras chances. Jake e eu simplesmente transferimos o dispositivo para outro carro já escolhido para outra viagem de Marman.

— Está bem, está bem — De Villiers ainda não estava convencido —, mas como você vai escolher um substituto adequado?

— Essa providência já foi tomada. — A voz de Meier estava doce e conspiratória. — Vejam aqui no mapa. — Indicou a região entre Londres e a costa sul. Duas marcas com lápis de cera indicavam a casa de Marman em Clapham e a aldeia de Steeple Langford, em Wiltshire. — O alvo vai almoçar nesta aldeia, voltando às 15h15, para estar em Clapham a tempo de dar alguns telefonemas procurando emprego. Ele então vai se encontrar com a namorada Julia em Brook Green. Estimamos uma velocidade numa rodovia desimpedida de pista dupla de 90 quilômetros por hora, e um processo matemático simples nos diz que às 15h45 ele deverá estar entre Winterbourne Stoke e Popham na A303, um trecho de mais 50 quilômetros de estrada de alta velocidade, já admitindo diferenças de 15 minutos e 15 quilômetros por hora em relação aos parâmetros planejados. Precisamos agora encontrar um motorista que esteja dirigindo naquele trecho de 30 quilômetros da estrada na direção oeste, às 15h45.

— É aí que a coisa pega — disse Davies.

— De forma alguma. Observem o mapa aqui e verão que a A303 é uma rodovia arterial que liga Londres a cidades como Exeter e Plymouth. Que tipo de pessoa tem de percorrer frequentemente essa estrada? O representante de uma companhia com escritórios nas duas cidades. Naturalmente, Plymouth me trouxe à lembrança o *hovercraft* que usamos com tanto sucesso no verão passado. Era um Slingsby modelo SAH2200, produzido por um grupo industrial chamado ML Holdings, com uma subsidiária em Plymouth. Tadnams buscou rapidamente numa companhia de pesquisa de aquisições os dados necessários de ML Shorts, de Belfast, e cinco outras empresas com unidades em Londres e Plymouth.

De Villiers balançava lentamente a cabeça, com entusiasmo crescente.

— O que decidiu o processo de seleção foi o fato de ML Holdings ter programado uma reunião de diretoria em Plymouth na manhã do dia 12 de novembro. Todos os diretores de Londres deverão estar em Plymouth na noite do dia anterior, o que significa que, se pretendem jantar num bom hotel por lá, deverão passar pela A303 no meio da tarde do dia 11, o dia D.

Fez uma pausa para deixar a informação ser absorvida, então continuou.

— Não nos preocupamos com os vendedores nesse ponto, e nos concentramos nos empregados mais antigos e nos diretores não executivos que deverão estar presentes na reunião de diretoria. Estamos agora no processo, com total colaboração de Tadnams, de reduzir a lista de 14 pessoas prováveis.

— Reduzir? — alfinetou De Villiers.

— Verificar quais deles deverão estar percorrendo o nosso trecho da A303 na direção oeste às 15h45 da tarde daqui a seis dias. Enquanto isso, Jake vai preparar o equipamento para amanhã à noite e vamos começar os ensaios com quatro carros na pista de pouso da Tadnams em Kent, no dia 7. Não devo ter perdido a sensibilidade do sistema de controle, mas, como sempre, a prática aperfeiçoa.

Davies estudou o mapa rodoviário evitando o olhar feliz do colega técnico.

33

Durante a noite de sexta-feira, 7 de novembro, Meier parou numa oficina de automóveis em Stockbridge e perguntou ao funcionário idoso qual era o melhor caminho para Exeter.

— Bem, meu amigo, posso lhe dizer que estrada *não* tomar, que é a A30. Pode parecer mais direta, mas com os problemas de engarrafamento e tudo o mais, o senhor seria bobo se a tomasse. Vá pela A303 até onde der, perto de Honiton, então entre na A30. É o que faz o povo daqui.

Três quilômetros ao sul de Stockbridge, Meier e Jake estacionaram no acostamento da estrada, no limite da cidade de Houghton. Na noite anterior, tinham visitado as casas de três executivos da ML da lista reduzida. Homens da Tadnams haviam invadido outros escritórios e casas, e agora o processo era repetido para os últimos integrantes da lista. Depois de Houghton, Meier e Jake tinham mais duas visitas a completar, as casas do executivo Pollock, da ML, e outro diretor não executivo, Sebire.

Dois itens fundamentais teriam de ser encontrados, e no caso de Sir Peter Horsley, diretor não executivo da ML Holdings, ambos deveriam estar na sua residência em Houghton —uma ótima casa vitoriana chamada Park Court —, pois ele trabalhava lá, e não em Londres. A única razão para sua inclusão na lista era que ele, tal como seus colegas londrinos, provavelmente toma a A303 para Plymouth. Tadnams havia incluído uma cópia do lançamento do *Who's Who* referente a Horsley, que indicava ser ele um homem de considerável distinção: "Comando de caças (1940)... Comandos dos Esquadrões nº 9 e nº 29... Palafreneiro da princesa Elizabeth e do duque de Edimburgo (1942-52), palafreneiro da rainha (1952-53), palafreneiro do duque de Edimburgo (1953-56)... Vice-comandante-em- chefe do Comando de Ataque (1973-75)..." Numerosas outras realizações também estavam relacionadas, e Meier esperava que, como marechal do ar da reserva, ele não tivesse uma escolta de segurança.

Fogos de artifício estouraram na pequena cidade e os cães de Horsley, um dálmata e um grande munsterlander, ficaram nervosos.

Com uma mochila, Meier e Jake contornaram o ruidoso caminho cascalhado, e do magnífico jardim interior viram Sir Peter na cozinha com seus cães. Não viram sua esposa.

— Os cachorros ficam na cozinha a noite toda — sussurrou Meier. — Lá estão os cestos, tapetes e as tigelas de comida, e não existem portas de cachorro. Estamos com sorte.

Como a agenda de Sir Peter provavelmente estaria no térreo, decidiram esperar até ele subir para dormir. Enquanto isso, foram até a espaçosa garagem para dois carros, uma bela estrutura de dois andares completamente separada, a alguma distância da casa.

As portas estavam abertas. Um espaço estava vazio. O outro era ocupado por um reluzente BMW Série 7.

— Vá até lá em cima, Jake — ordenou Meier. — Veja se não há ninguém. Vou fazer as leituras da máquina.

Meier abriu a mochila, vestiu um macacão e desapareceu entre as rodas dianteiras do BMW com a mochila. Pouco depois, foi interrompido por Jake.

— Acho que demos sorte com esse homem. — Tinha na mão uma agenda preta de mesa.

Meier tirou as luvas, e a lâmpada na testa iluminou as páginas da agenda.

— Onde você encontrou isto?

Jake explicou. Tinha subido a escada do lado de fora da garagem e, no andar superior, entrou num escritório por uma porta destrancada. Era evidente que crimes não eram um problema em Houghton. Três grandes mesas ocupavam o escritório acima da garagem, e Jake descobriu que Sir Peter, sua secretária e sua esposa trabalhavam ali. Não encontrou agenda em cima nem dentro das duas primeiras mesas, mas Lady Horsley mantinha a sua aberta sobre o mata-borrão, e o otimismo de Jake resultava de duas anotações, uma para a segunda-feira, 10 de novembro: "Partida para casa de mamãe"; e outra para a terça-feira, dia 11 de novembro: "P. sai às 15 horas. Yelverton, às 18 horas".

Meier bateu no ombro de Jake.

— Parece muito bom. Muito bom mesmo. Copie todas as anotações de hoje até o dia 13 de novembro e recoloque a agenda no lugar. Estou quase terminando.

Meier notou que com as portas fechadas e um blecaute sobre a janela, o interior não poderia ser visto. As paredes eram grossas e de tijolo, mas seria necessário um abafador de som para a porta. Verificou as tomadas e os contatos do BMW. Iriam precisar de homens de Tadnams para vigiar o exterior da garagem e de um mecânico para ajudar no trabalho. Anotou o que foi possível ver do sistema de freio, os pneus Michelin XVS, 65 mil quilômetros no hodômetro, placa 3545 PH, BMW modelo 728i, automático.

Às 5 horas, terminaram o levantamento das informações dos executivos da ML, e, por volta do meio-dia de 8 de novembro, De Villiers decidiu-se por Sir Peter entre os 13 outros. Ele era de longe o mais promissor.

Todos os equipamentos e ferramentas foram concentrados na pista de pouso de Kent. Foi comprado um BMW 728i automático com sistema de frenagem ABS, além de dois outros carros para exercício de alvo, e começaram os dois dias de ensaios de ajuste e controle. Meier e Jake, aparentemente incansáveis, estavam no seu elemento.

No domingo de manhã bem cedo, Spike recebeu um chamado rotineiro de John Smythe, que controlava o grupo de três homens encarregados da vigilância de Marman. Não houvera nenhum sinal do galês, nem qualquer outra manifestação de interesse no objeto da vigilância. Smythe era um sujeito calmo, confiável, particularmente apropriado para aquele trabalho, pois havia seguido o galês até Londres uns nove anos antes. Ainda solteiro, e trabalhador autônomo, havia se tornado um dos principais locais de Spike no sudeste depois que se mudara de Reading no início da década de 1980.

Mike Marman, depois de ir dormir tarde após uma noitada e bebidas com seu amigo Poppo Tomlinson, resolveu não fazer nada naquela manhã com Julia. Surpreendeu os dois com uma decisão de última hora de ir à igreja, porque era o Domingo da Lembrança. Foram no 2CV até a Capela dos Guardas, em Whitehall, e se juntaram a uma congregação entusiasticamente lúgubre.

Tal como muitos dos seus colegas do Exército, também presentes, Mike havia prendido no sobretudo as suas três medalhas e as exibia com orgulho. Deveria ter uma quarta, a Medalha por Serviços Notáveis, não fosse o desprezo das autoridades desde o tiroteio na cantina dos oficiais em Dhofar. Deu uma risadinha ao se lembrar. Placas nas paredes, garrafas e copos em cacos. Oficiais e pessoal administrativo correndo desesperados quando o major Marman, com um grito selvagem, varreu o bar principal com sua Kalashnikov regulada para tiro automático. Uma lembrança gloriosa. Ele sempre detestara a arrogância dos oficiais superiores, e aquele episódio dera o que pensar a vários deles.

Apesar de ter ouvido espantado o aviso de David Mason e aquela história louca sobre os assassinatos de John Milling e Mike Kealy, dois conhecidos seus, ele não estava convencido. Era inconcebível que alguém pudesse realmente planejar o *seu* assassinato. David entendera alguma coisa errada. Mas mesmo assim a lembrança fez desaparecer o sorriso de Marman. Mason lhe tinha pedido para não mencionar a ameaça a ninguém, e ele tinha concordado.

Durante o sermão, Marman notou que seus pensamentos contemplavam a morte. Tantos dos seus melhores amigos do exército haviam morrido, na guerra ou em atividades em tempos de paz. Charles Stopford havia caído com o seu avião Beaver numa montanha em Dummer, a cidade-natal de Sarah Ferguson. Depois, no fim de semana anterior, ele visitou Rose May e só trouxe um filho. O mais velho, Alistair, ficou para consolar a mãe. O noivo de Rose May, Alan Stewart, morrera no início daquela semana. Produtor talentoso de noticiários da Thames TV, ele passara com o carro sobre uma mina e morreu dos ferimentos no último dia da cobertura da fome no sul do Sudão.

Rose May comentara com Marman:

— Como a vida é estranha. Meu Alan, amante da paz, está morto, e você, depois de anos de guerras e carnificina, ainda está vivo e completamente ileso.

34

No dia 10 de novembro, segunda-feira, cinco homens chegaram a Park Court pouco depois da meia-noite, tendo deixado a perua Volvo num campo, no extremo norte da cidade. Levavam ferramentas e equipamentos em recipientes portáteis, exceto o tanque de ar comprimido para mergulho, que ia sobre o ombro de De Villiers, e as pesadas cortinas, carregadas por dois homens de Tadnams. Andavam bem distantes entre si, prontos a sumir nas sombras, mas nada nem ninguém perturbou o avanço deles até a garagem de Sir Peter.

Meier borrifou lubrificante WD40 nas partes móveis das portas de correr antes de tentar fechá-las. Os homens de Tadnams confirmaram que Horsley e os cachorros estavam dormindo, e continuaram do lado de fora para vigiar e avisar de qualquer ruído que viesse da garagem.

Meier e Jake já tinham instalado e retirado duas vezes o equipamento usando o BMW 728i automático de teste. De Villiers viera para ajudar Meier e, talvez, se certificar de que o plano era tão bom quanto afirmava.

Com as cortinas abafadoras de som instaladas sobre as portas de correr e os blecautes fixados nas janelas, Meier montou

32 unidades separadas e rotuladas, com seus fios, cabos e tubos de ligação, enquanto Jake espalhava as ferramentas e posicionava as luzes alimentadas de uma das tomadas da garagem.

— Você tem certeza de que consegue desmontar tudo depois? — perguntou De Villiers.

— Sem problemas. Não precisa se preocupar. Mesmo que não consigamos recuperar o equipamento por qualquer razão, podemos preparar rapidamente outros conjuntos. Se a polícia encontrar isso *in situ*, vai concluir apenas que alguém tentou matar Horsley, não Marman.

— Não seria mais fácil alterar a direção de Horsley, em vez dos freios? — murmurou De Villiers.

— Mais fácil na hora da ação, mas não é prático de instalar, dadas as nossas necessidades particulares. Precisaríamos de equipamentos mais pesados e de muito mais tempo. E se Horsley sobreviver ao impacto, ele vai ficar confuso, sem suspeitas, quanto ao que deu errado. Alterar o sistema de direção não permite isso. É claro, quando o freio de uma roda trava e o carro derrapa, a direção deixa de funcionar bem. Mais tarde, o motorista não será capaz de explicar o que deu errado. Vai estar confuso, em dúvida. Foi o freio que falhou ou outro defeito? Ele não vai saber.

Meier fez um gesto mostrando o equipamento.

— A beleza de controlar os freios é que, caso Horsley sobreviva, ele vai se lembrar perfeitamente de que o carro desobedeceu à direção. Vai ficar perplexo, claro, mas não vai suspeitar. Lembre-se, também, de que deve ser fácil *retirar* o equipamento depois do acidente, amanhã à noite. Não seria tão fácil no caso de alteração da direção.

Meier agachou ao lado dos seus dispositivos pré-fabricados.

— Se tudo isso tivesse de ser montado como uma unidade única, não haveria meio de instalá-lo sob o capô. Nós colocamos tudo em espaços apertados. Mesmo que Horsley levante o capô, digamos, para verificar o óleo, ele não veria nada.

De Villiers viu que Meier estava convencido de que o sucesso era o único resultado possível.

— A dificuldade do meu sistema é a imprevisibilidade do comportamento dos quatro freios individuais. Já usei radiocontrole em modelos de carros, barcos e aviões de minha própria criação, alguns reduzidos à metade do tamanho original, mas nada exigiu tanto trabalho de aperfeiçoamento quanto este sistema. Nesta semana, em Kent, ensaiamos no asfalto e na grama irregular, e agora tenho condições de prever as reações do motorista ao perceber a colisão iminente. Devo também enfatizar que podemos abortar até um instante imediatamente antes da colisão, se surgir algum obstáculo, fixo ou móvel, antes do ponto de encontro.

— Qual é exatamente o seu plano, em termos leigos? — De Villiers estava ávido por entender o máximo possível e Meier estava encantado por poder explicar.

— Você vai manter contato permanente comigo por rádio, seguindo o carro de Marman. Vai me manter informado da posição exata dele ao se aproximar de Horsley. Jake vai dirigir o Volvo e assegurar que, no momento em que eu tomar de Horsley o controle, o nosso Volvo tenha uma visão clara e desimpedida do BMW. Então lanço o BMW num impacto frontal direto sobre o Citroën de Marman.

Meier retirou uma caderneta e caneta do bolso do avental e desenhou um diagrama de um sistema de freio padrão.

— Nós admitimos que este modelo tenha um sistema antibloqueio de freios ABS, desenvolvido como opcional em 1978. Como ele tem uma placa personalizada, não temos ideia do ano de fabricação. Portanto, o meu sistema opera com modelos com ou sem ABS. Poucos motoristas ingleses optam pelo sistema, mas Horsley pode ser um deles.

Meier correu o dedo pelo diagrama.

— A parte mais importante do sistema de freio é o cilindro-mestre, cheio de fluido e ligado ao reservatório, de forma a estar sempre com a pressão adequada. Quando o motorista aperta o pedal de freio, a pressão, assistida pelo vácuo do coletor de admissão do motor, força o fluido por um tubo estreito até o pistão, que por sua vez aperta as pastilhas contra o disco de freio. Isso acontece ao mesmo tempo nas quatro rodas. O motorista solta o pedal do freio e o fluido retorna para o cilindro. Se o carro tem o sistema ABS, as unidades estão colocadas entre o cilindro-mestre e o pistão, e são acionadas por uma ligação à bateria do carro. Como não queremos que o ABS opere quando eu tomar o controle, vou cortar via rádio a ligação elétrica da unidade de antitravamento. O que você sabe sobre radiocontrole?

— Nada — respondeu De Villiers.

— A chave é um servomotor, ou atuador, que, ao receber um sinal de um pequeno receptor de rádio, faz uma alavanca girar 90 graus ou até 180 graus e acionar uma válvula, ligar ou desligar um interruptor. Assim, o atuador é controlado por um receptor, que recebe suas ordens de um transmissor a várias centenas de metros de distância. O meu transmissor é composto de uma placa com quatro alavancas que controlam cada um dos quatro freios do BMW. Quando eu puxar uma, o freio correspondente é acionado com uma força tão grande quanto eu queira, o que é feito por dois transmissores "proporcionais", mas vou usar um transmissor de um canal para ativar o sistema inteiro e desativar o sistema ABS, caso haja um. Esse último transmissor é capaz de operar vários atuadores e relés ao mesmo tempo... Entendido?

— Claro como água barrenta.

— Nesse caso, você não vai ter nenhuma dificuldade para entender o *meu* sistema de freio. — Meier desenhou rapidamente um diagrama mais complexo numa nova página da caderneta. — A fonte de energia que vou usar para substituir a pressão do pé de Horsley é um pequeno cilindro de ar, 25 centímetros de comprimento por 5 centímetros de diâmetro. É um item comum, usado por mergulhadores e com meio litro de ar comprimido a 200 bar em caso de emergência.

O indicador de Meier deslizou pelo diagrama.

— Em seguida, temos outra peça de equipamento de mergulho, um "regulador de primeiro estágio", um dispositivo de distribuição de ar a pressões diferentes para diferentes partes do equipamento de mergulho. Ele vai ser usado para distribuir a pressão para os quatro sistemas associados aos quatro freios. De cada saída desse regulador, o ar flui para uma válvula motorizada toda vez que eu abrir a torneira. Quando fecho, por um movimento da alavanca, o ar escapa e o freio é liberado tanto ou tão pouco quanto eu queira.

De Villiers parecia satisfeito, e Meier continuou:

— Para cada roda existe então o meu próprio cilindro-mestre, que modifiquei fechando três saídas e usando apenas uma para canalizar o fluido para o freio correspondente. Uma modificação mais complexa, feita pelo excelente Jake, foi permitir que os cilindros operem apenas com a pressão do ar, sem a pressão mecânica nem a assistência do vácuo. Cada um dos meus cilindros tem o seu próprio reservatório de fluidos.

Meier pegou uma de quatro válvulas pequenas.

— Estas são críticas para o meu sistema. Uma simples válvula de transferência que, a um toque de uma alavanca, desvia o fluido de freio de uma rota para a outra. Quando está em "Normal", o cilindro-mestre do BMW transmite os comandos do pé de Horsley aos freios. Mas quando eu passo para "Remoto", *o meu* sistema assume o controle. No meu painel, tenho um único transmissor que, no momento certo, transfere para "Remoto" as quatro válvulas que, como se espera, isolarão os quatro sistemas ABS. A partir daí, eu passo a controlar cada um dos quatro freios.

Os três homens começaram a trabalhar de acordo com o padrão definido por Meier e Jake. O trabalho era silencioso e não se esperavam problemas.

O fluido de freio foi drenado para uma bandeja e as linhas de freio, desligadas do cilindro-mestre, foram ligadas nas válvulas de transferência. Estas foram conectadas aos cilindros modificados e aos servomotores. Os fios já estavam ligados aos receptores.

Linhas separadas das válvulas de transferência, rotuladas "Normal", foram conectadas ao cilindro-mestre do BMW. Veio em seguida o trabalho delicado de ligar os fios positivos de cada sistema ABS e os relés em série para ligação ao único canal do receptor. Usando fitas especiais, Meier e Jake fixaram firmemente as novas unidades e, por meio de um transformador de voltagem, conectaram os receptores e servomotores à bateria. O sistema e os cinco reservatórios foram então completados com fluido de freio nas posições "Normal" e "Remoto".

De Villiers girou manualmente uma roda levantada. Meier, como por mágica, parou a roda ao tocar um transmissor de controle remoto temporário. Todas as quatro rodas foram assim testadas e o cilindro foi completado com a pressão de 200 bar de um tanque de 15 litros.

Meier então ajustou o sistema para "Normal", os três transmissores para "Desligado" e abriu completamente a torneira do cilindro de ar. O sistema estava pronto.

Quando todos os sinais da presença deles foram removidos e as portas, novamente abertas, o único vestígio da visita de oito horas era um leve cheiro de fluido de freio misturado com suor, que também havia se dissipado quando o sol nasceu.

35

John Smythe não tinha dependentes e vivia confortavelmente com o que ganhava como fotógrafo freelancer.

Nunca estava tão feliz como quando fazia algum trabalho para Spike. Lembrava-se de Mantell, que o havia recrutado, mas Spike representava tudo que ele próprio gostaria de ser. Nunca chegou a considerar a possibilidade de ser pago por seu tempo e raramente informava as suas despesas a ele. Smythe idolatrava o pai, mineiro de carvão de Nottingham, como um herói e sabia que ele teria aprovado, se ainda estivesse vivo, tudo o que Spike representava. Sentiu que estava fazendo a sua parte pela Pátria, pelo bem-estar dos seus concidadãos e, como dizia Spike, agindo como o furão que caça animais nocivos que os guarda-caças oficiais não conseguem pegar.

Estava ligeiramente preocupado com o dia à sua frente, pois nenhum dos quatro locais que colaboravam na vigilância de Marman estaria disponível antes do anoitecer, e ele estaria completamente só naquele dia. Seguir um "alvo" móvel sem ser percebido exige grande concentração e reações rápidas; uma tarefa muito mais difícil do que poderia imaginar alguém que nunca tentou.

Marman saiu da Blandfield Road às 11h05, completou o tanque do 2CV com gasolina aditivada num posto na rodovia M3, e chegou a Steeple Langford, no vale do Wylye, em Wiltshire, às 12h45. Smythe estacionou bem longe da entrada de Manor House e se sentou no limite de um pasto. O vento de outono soprava com força, mas ele vestia um velho agasalho e um boné de tweed. Como sempre, nos trabalhos para Spike, trazia um estojo com uma garrafa de café, sanduíches de queijo e o binóculo do seu falecido pai.

Mike Marman estava de ótimo humor, porque Rose May lhe tinha telefonado para contar que na noite anterior o pai dela concordara em pagar a escola particular dos dois filhos: um peso enorme que era tirado dos seus ombros. Também estava feliz porque ia se encontrar com seus anfitriões, o general Robin Brockbank e sua esposa Gillie. O general era o coronel do regimento de Marman, e havia sido o oficial comandante quando ele se alistou.

O casal Brockbank era cheio de conselhos e informações para ajudar Marman a encontrar um emprego civil, e ele apreciava muito as refeições com eles. Bebeu apenas um gim-tônica e um cálice de vinho, porque estava dirigindo, e sentiu-se agradavelmente relaxado quando se despediu às 15h15, com tempo de sobra para estar de volta em Clapham no horário comercial.

Smythe descobriu que não conseguiria seguir o 2CV como gostaria, devido à presença de um Ford Escort branco que seguia a mesma rota, e mantinha-se a alguma distância atrás do carro de Marman.

Como sua esposa estava fora, em visita à mãe no norte, Sir Peter se levantou cedo e, no escritório da garagem, trabalhou com sua secretária, a Sra. Bromley, até a hora do almoço nos documentos para a reunião da diretoria e na sua agenda para o dia seguinte. Planejava chegar ao hotel Moorland Links, em Yelverton, próximo a Plymouth, por volta das 18 horas, com tempo de sobra para o jantar da diretoria naquela noite.

Depois de um almoço tranquilo, ele saiu com o BMW e ligou o rádio para lhe fazer companhia na longa viagem pela A303.

Meier fez um sinal a Jake. O Volvo se afastou do meio-fio no centro de Houghton e perto de Park Court.

Vinte minutos depois, às 15h25, quando o Volvo passou a saída da A303 para Bulford, dirigindo-se para oeste, a voz de De Villiers chegou pelo rádio CB de Meier.

— 2CV correndo a 100km/h. Acaba de passar pela saída para a A360. Desligo.

Os dedos de Meier operaram a calculadora. Murmurou para Jake.

— Marman vai chegar à grande rotatória dentro de três minutos. Vamos chegar lá dentro de um minuto e meio. Horsley tem de manter a velocidade para cruzarmos antes de ele entrar no outro lado da rotatória.

A voz de De Villiers novamente:

— Na saída para Stonehenge. Dois quilômetros e meio até a rotatória. Ainda correndo a 100 quilômetros por hora. Um carro atrás de mim. Na frente de Marman, tudo desimpedido. Desligo.

As veias de Meier se sobressaíram na testa. Os dedos estavam brancos apertando a placa de controle presa à sua coxa esquerda.

— Merda. *Geh schnell, mach schnell, man.*

Mas Sir Peter não estava com pressa. Um furgão de transporte de cavalos, dirigido por uma mulher, já estava na rotatória e transitando na mesma pista de saída. Sir Peter desacelerou e só voltou a ganhar velocidade quando estava fora da rotatória.

A voz de De Villiers entrou em cima da de Meier:

— 2CV ainda fazendo 100 quilômetros por hora. Último trecho antes da rotatória. Ainda nenhum carro à frente. Desligo.

— Não está bom — Meier gritou para Jake. — O furgão está atrapalhando... Rápido, ultrapasse, ultrapasse... Não, o furgão vai suspeitar. Você vai ter de ultrapassar Horsley também... Vá, vá... Posso operar olhando para trás.

A estrada estava quase seca, o céu não tinha sol, mas a visibilidade era excelente. A via dupla subia suavemente para oeste com uma curva quase imperceptível para a esquerda.

Sir Peter ultrapassou o furgão a 90 quilômetros por hora e pretendia voltar para a pista interna. Olhou pelo retrovisor para ver se podia mudar de faixa e acelerou suavemente para 100 quilômetros por hora. Estava cruzando a faixa interrompida quando foi ultrapassado por um carro grande em alta velocidade.

Naquele momento, começou o pesadelo. O BMW virou violentamente e o coração de Sir Peter quase parou quando ele percebeu a traseira sair de lado. Um pneu estourado? Não tinha certeza, mas ficava cada vez mais claro, enquanto lutava para controlar o veículo enlouquecido, que nem a direção, nem os freios tinham nenhum efeito sobre a trajetória do seu carro. Era como se tivesse vontade própria. Virou para a direita e bateu no meio-fio que limitava a faixa de grama entre as duas pistas.

Sir Peter sentiu antes do impacto a mancha vermelha de um carro na direção oposta. O 2CV bateu de frente no BMW a 100 quilômetros por hora e Marman morreu instantaneamente, o crânio fraturado. O carro deslizou até a beira de um barranco de 12 metros.

Jake estava exultante.

— Perfeito... *Ausgezeichnet*... Você é um gênio. — Vira a colisão pelo retrovisor. — Ninguém poderia sobreviver. O 2CV virou uma sanfona.

Mas Meier tremia. Voltou o controle do BMW para "Normal" e gritou para Jake.

— Pare, pare. Precisamos verificar se o trabalho está completo.

Quando Jake reduziu a velocidade, Meier liberou as emoções contidas.

— Foi ruim, muito ruim. *Nunca* tive um problema assim nos ensaios em Boston e Kent. O maldito furgão... Primeiro estou de lado, depois na frente, mas todos os nossos exercícios foram feitos comigo atrás.

Enxugou a testa úmida e tirou os óculos.

— Ele não andou reto. Você não viu? Não consegui o ângulo certo. Aí, sabendo que tudo estaria perdido se eu continuasse buscando um bom ângulo, diminuí a velocidade dele... Minha última chance... Veja, eu não podia bater em Marman. Minha única chance era Marman colidir com o BMW.

— Não importa, você foi perfeito. Está acabado. Esqueça os problemas.

Meier tentou o sinal de De Villiers no rádio, mas eles tinham concordado em manter estrito silêncio depois.

Estavam a 400 metros do local da colisão. Ali perto, alguns carros começavam a parar nos dois lados da estrada. Os dois homens agarraram seus binóculos.

John Smythe estava horrorizado. Havia usado o Ford Escort como escudo desde Steeple Langford, mantendo-se longe, pois conhecia o programa de Marman e não estava preocupado com a possibilidade de perder de vista o 2CV. Começara a suspeitar do motorista do Ford.

Quando aconteceu a colisão, o Escort passou pelo local do acidente e desapareceu da vista de Smythe, que parou no acostamento a pouco mais de 200 metros do BMW. O 2CV havia desaparecido depois de cair no barranco. Estava perplexo. Tinha certeza de que havia acabado de testemunhar um assassinato planejado, mas quem eram e onde estavam os assassinos?

Pegou o binóculo e examinou os ocupantes dos carros parados e o pequeno grupo que se reunia em volta do carro acidentado. Todos pareciam inocentes. Atrás dele, a estrada estava livre. Mas a menos de 200 metros, na outra pista, ele viu o Volvo e, ao focalizar o binóculo, sentiu a pele da nuca arrepiar. Havia estudado com atenção as fotos de Sumail e tinha uma memória excelente. Um dos dois homens no Volvo era definitivamente o homem do chapéu mole. O queixo, a linha do nariz e o conjunto das feições eram idênticos.

Smythe não tinha alternativa. Quando encontrasse um telefone, daria a notícia triste a Spike, mas enquanto isso ele iria verificar cuidadosamente o que, ele percebia, poderia ser apenas uma coincidência embaraçosa. Enquanto avaliava o próximo movimento, ocorreu-lhe que os dois ocupantes do Volvo tinham binóculos. Observadores de pássaros ou aficionados de corridas? Talvez não. Decidiu evitar o risco de perdê-los. Em vez de fazer o retorno na rotatória que ainda estava longe, ele resolveu cruzar a faixa de grama. Foi o que fez quando achou um espaço no tráfego nos dois sentidos.

Quando o Morris Marina TC de Smythe entrou sacudindo na outra pista, Meier se alarmou. Foi seu azar, pois serviu para confirmar as suspeitas de Smythe. Perseguiu o Volvo, que acelerou. Jake tomou a estrada para Stonehenge e, em Tilshead, no centro de Salisbury Plain, virou para leste na direção de West Down. Smythe o perseguia de perto, mas, numa estrada de terra, depois de uma curva fechada, viu-se diante do Volvo parado e de um dos ocupantes apontando uma arma para o seu para-brisa.

Perto demais para dar ré e desarmado, Smythe sabia que tinha uma chance de enfrentar os dois homens se conseguisse chegar a uma distância de um chute da arma. Era capaz de chutá-la antes de o homem conseguir apertar o gatilho. Não era vaidade: todo praticante de caratê sabia disso.

Smythe ergueu os braços e saiu do carro. Quando Meier se aproximou para revistá-lo, ele chutou. A arma, uma Magnum Blackhawk .44, caiu no chão, mas Meier evitou o golpe seguinte e o agarrou num abraço de urso.

Jake pegou o revolver, aproximou-se por trás de Smythe e atirou na nuca. Foi um erro, mas Jake era mecânico, não um assassino, e por um momento ele não entendeu por que Meier e Smythe caíram *juntos* e ficaram imóveis. Sentiu uma dor aguda no punho por causa do coice do pesado revólver e um zumbido nos ouvidos. Cérebro, sangue e lascas de osso de Smythe cobriam a massa que era o rosto de Meier.

Jake fez o sinal da cruz instintivamente e arrastou os dois corpos para o espaçoso porta-malas do Volvo. Cobriu-os com o abafador de som e foi até o ponto de encontro com De Villiers, em Andover.

De Villiers não deu sinal de desagrado pela notícia da morte de Meier e aceitou sem discussão a explicação de Jake para o acidente. Telefonou para o número de Tadnams e três horas depois chegaram dois homens num Volkswagen Polo. Jake colocou algumas ferramentas e uma embalagem de fluido de freios em duas sacolas e colocou tudo no Polo. Não viram mais o Volvo.

De Villiers viu Sir Peter Horsley ser retirado do carro e levado para um hospital com ferimentos na cabeça, aparentemente sem gravidade. Os dois carros foram rebocados para uma oficina em Amesbury, a Panelcraft Motors, que De Villiers já havia estudado cuidadosamente antes de ir para o ponto de encontro.

Às 2 horas, dois homens arrombaram a oficina sem deixar sinais da visita. Sob a luz de lanternas, retiraram todos os componentes parasitas e recompuseram a tubulação do freio, sangraram o sistema, e completaram o reservatório. Já tinham ido embora às 4 horas, mas o inspetor de acidentes da polícia só chegou às 11 horas e seu exame limitado não revelou nada suspeito.

Três semanas depois, Sir Peter Horsley recebeu aviso de que a polícia estava considerando a possibilidade de processá-lo por ter causado um acidente ao dirigir perigosamente. Sir Peter contratou um detetive particular, e no mês de abril seguinte foi completamente inocentado depois de um inquérito em Salisbury. O principal fator foi o testemunho de pessoas, como a Sra. Elspeth Allen, a motorista do furgão de transporte de cavalo, de que Sir Peter dirigia cuidadosamente quando seu carro começou a deslizar no meio da pista de rolamento e *não*, como havia sugerido a polícia, depois de ter batido no meio-fio.

O legista, o Sr. John Elgar, apresentou um veredicto de acidente e concluiu: "o veículo de Sir Peter foi visto deslizando ao longo da pista da A303 por qualquer razão que provavelmente nunca será conhecida, e então cruzou a faixa entre as duas pistas e colidiu violentamente com o outro veículo."

No fim de novembro de 1986, Davies mostrou a De Villiers uma carta remetida a ele para um dos endereços postais de Tadnams. O engenheiro de águas que Davies havia conhecido na reunião da Sociedade Anglo-Omani em outubro havia escrito para dizer que lamentava muito a notícia da morte do major Mike Marman, e também que estava enganado com relação à ação em Zakhir. Marman não estivera nos carros de combate naquela ocasião. O oficial em questão havia sido o capitão Simon Mirriam, um dos líderes de tropa de Marman em Dhofar.

Os dois membros sobreviventes da Clínica decidiram não dizer nada ao xeique, pois Marman ainda era, de maneira geral, considerado responsável pela ação. A Clínica agira de boa-fé e já havia recebido o cheque em pagamento pelo filme feito na Blandfield Road, a notícia do acidente nos jornais e o arquivo relatando a aparente responsabilidade de Marman pela morte de Tama'an bin Amr.

PARTE 4

36

Epilepsia é comum. Quinhentas mil pessoas, só na Grã-Bretanha, são epiléticas. A doença pode atacar qualquer um, a qualquer tempo, e às vezes se desenvolve na idade avançada. Fatores genéticos podem ser os responsáveis, mas, como no caso de Mac, um acidente provoca uma anormalidade estrutural no cérebro que resulta numa epilepsia "secundária". Pílulas anticonvulsivantes geralmente ajudam os epiléticos a levar uma vida normal, mas quase sempre têm efeitos colaterais, como a náusea, perda de cabelos, embrutecimento das feições, tonteira, visão dupla e pesadelos.

Mac havia servido com distinção no SAS até que, ao dirigir um Land Rover na *jebel* de Dhofar em 1975, uma mina terrestre lançou-o contra o para-brisa. O crânio afundou, afetando o cérebro. Desde então, Mac sofria ataques epiléticos intermitentes. Sua filha de 11 anos, Lucia, era uma menina alegre e amorosa que sempre conhecera o papai sofrendo com as crises. Já conhecia a posição de recuperação do epiléptico, os perigos de asfixia, e em várias ocasiões o havia socorrido sozinha quando chegava da escola e sua mãe ainda estava trabalhando.

Mac nunca se lembrava de nada sobre os seus ataques. Mas muitos dos seus sonhos eram tão recorrentes que continuavam em cores vivas na sua mente mesmo depois de acordado. A maioria eram regurgitações corrompidas do seu passado, mas não obedeciam a nenhuma cronologia normal e se abriam numa desordem estranha como criações de um louco. Era capaz de repetir todos os detalhes dos seus sonhos para Pauline; não que ela fosse capaz de descobrir neles algum significado. Ele se via arrancando penas de galinhas no abatedouro na semana anterior, e logo em seguida via-se praticando jogos infantis com seu irmão nas colinas acima de Cork, nos distantes anos 1940.

Os sonhos de guerra eram frequentes e tinham uma clareza particular. Um deles começava no Castelo de Windsor e Mac vestia o uniforme dos Guardas Granadeiros. O desfile passava através da parede e entrava nas florestas gotejantes do wadi Naheez. Agora os outros homens vestiam uniformes camuflados com marcas de suor, camaradas do SAS carregando pesadas bergens, os olhos cautelosos olhando de lado através de densas moitas de *habok*, a eufórbia usada para tratar infestações de sarna de camelos. Um pássaro enorme voou e todos os homens, com exceção de Mac e um homem da tribo hadr, desapareceram. Mac amava todas as coisas vivas. Sabia que o pássaro era o íbis sagrado dos *khors* do mar ou regato. Do *habok* saíam agora outras maravilhas, gralha de Tristram, grandes pelicanos brancos, pica-pau e o pássaro do sol, bulbul amarelo-ventilado, martim-pescador e pega-mosca do paraíso.

O hadr conduziu Mac para dentro de uma caverna de calcário onde tomaram favos de um mel suave das colmeias de abelhas. Sentaram-se numa pedra e tomaram o mel sem serem perturbados pelas abelhas irritadas.

— Junto com muitos outros — contou o hadr —, saí do Iêmen para fugir da morte pela *thaa'r*. Por toda parte, o sangue era derramado para vingar mortes anteriores. Aquilo não tinha fim.

O favo de Mac se transformou num pacote de biscoitos duros do Exército. Quando se agachou entre as rochas, sentiu o suor escorrer para dentro dos olhos. Uma aranha correu pela nuca: ele a espantou com nojo, mas era apenas a corda do paraquedas a que ele tinha prendido as *syrettes* de morfina, o relógio de pulso e os discos de identificação.

Jock Logan bateu no ombro dele e balançou a cabeça. O avanço havia começado. O "Duke" estava lá, o major Richard Pirie, hoje morto, mas sempre presente nos sonhos. E o oficial comandante Johnnie Watts, com seu largo sorriso e enorme confiança. O Esquadrão G do SAS. Monte Samhan, Dhofar. Mac, o especialista em morteiro, fazia parte da tropa de armas pesadas, cada um carregando mais de 50 quilos de armamento, munições e ração de água: naquele calor, uma carga mutilante.

À frente, o grupo *firqat* de ex-comunistas começou a se agachar enquanto avançava, baixando as costas como um pastor alemão ao sentir a proximidade de uma presença estranha. Mac sabia que eles eram capazes de sentir o cheiro do inimigo.

Um inglês, Kenneth Edwards, liderava a *firqat*, o bando de Khalid Bin Walid, e Mac o viu erguer o fuzil. De repente, logo abaixo deles e exatamente à sua frente, Mac viu trinta ou quarenta *adoo* fortemente armados. Seus fuzis de assalto Kalashnikov indicavam guerrilheiros duros; a milícia *adoo* geralmente usava Simonovs semiautomáticos. A fumaça subia coleante das fogueiras. Pelo menos uma vez os *adoo* eram pegos desprevenidos.

Mac e seu grupo abriram fogo. Jock Logan, Barrie Davies e Ian Winstone lançaram uma chuva de balas GMPG e foguetes LAW de 66mm no meio dos *adoo*. Desceram atacando, com sede de sangue, esquecidos do medo e do peso. Mortos e feridos logo se espalharam dos dois lados da terra poeirenta.

No sonho, Mac sentiu mais uma vez um calor incrível e o cheiro de cordite, e ouviu o zumbido das moscas.

A munição deles estava acabando, e as armas inimigas dos montes em torno começaram a matá-los.

A cena mudou para o wadi Adonib, em fevereiro de 1975, com três soldados do Esquadrão G do SAS "batendo" o chão florestado. Mac estava no meio da encosta e, a um sinal de fumaça do chefe do esquadrão, operou o seu morteiro de 60mm com o apoio da sua equipe, Mick e Ginge. O segundo tiro atingiu uma patrulha *adoo* e, ao chegarem os batedores do SAS, nada havia sobrado além de uma perna e um par de sandálias de borracha.

Agora Mac se sentava no salão comprido e estreito do Chancers Wine Bar com Tosh Ash, espirituoso como sempre, e bebendo como se o mundo fosse acabar. Tosh havia sido um dos rapazes, forte como poucos. Agora dono de bar, o rosto vermelho, doentio. Bebiam à saúde de Mac, Callsign Five, homem-morteiro extraordinário. Era um dos melhores sonhos.

No dia 28 de novembro de 1987, 13 anos depois do final do período de serviço em Dhofar, Jock Logan e Barry Davies, como de hábito, encontraram-se em Hereford e caminharam pela Hampton Park Road para ver o velho amigo. Alguns já não visitavam Mac, talvez porque o tivessem visto num dia ruim, quando estava de mau humor, talvez simplesmente porque sua amizade havia se dissolvido com o passar do tempo, o que é comum na vida. Mas Jock e Barry tinham com Mac momentos e lembranças que saboreavam juntos e, sabiam, nunca poderiam ser igualados em termos de intensidade de sentimento.

Jock trazia um gordo álbum de fotografias, muito manuseado, não somente dos dias em Omã, mas chegavam até os anos 1960, quando ele, Mac e Frank Bilcliff estavam entre os grandes escaladores de penhascos da Grã-Bretanha. Entre muitos outros feitos, haviam sido o primeiro grupo de homens do exército a escalar as encostas friáveis do Velho de Hoy. Desde os dias de

Dhofar, Jock havia se casado com uma mocinha bonita que trabalhara no Bunch of Grapes de 1967 a 1971. Tinham uma linda filha que era a melhor amiga da filha de Mac, Lucia, e Jock havia sido o padrinho de casamento dele. A casa de Jock ficava em Aberdeen, onde ele progredia na profissão de vendedor para um fabricante de brocas que atendia à próspera indústria petrolífera.

Barry Davies era vendedor de uma empresa de equipamentos de sobrevivência com sede em Cardiff. Seu primeiro livro havia sido publicado naquele ano, um bem-sucedido manual de técnicas de sobrevivência. Dez anos antes, recebeu a Medalha do Império Britânico pela participação numa operação do SAS autorizada conjuntamente pelo primeiro-ministro Jim Callaghan e pelo chanceler Helmut Schmidt.

Em outubro de 1977, quatro terroristas palestinos haviam sequestrado um avião da Lufthansa. Agiam em solidariedade ao Baader-Meinhoff e exigiam a libertação dos líderes do grupo das prisões alemãs. Uma unidade alemã do GSG-9 recebeu ordens de libertar os reféns com a colaboração de um oficial do SAS, o major Alistair Morrison (ele havia libertado o grupo de Kealy em Mirbat cinco anos antes e, em 1979, foi um dos primeiros a ser informado da morte de Kealy em Brecon Beacons). Barry, sargento à época, recebeu ordens de acompanhar o major Morrison com um suprimento de granadas *flash* especiais do SAS. Os sequestradores fizeram uma dança da morte com a equipe anglo-alemã, e em Aden assassinaram o piloto. Voaram então para Mogadíscio, na Somália, e jogaram o cadáver na pista, liquidando todas as chances de negociação. Morrison e Davies então conduziram o ataque bem-sucedido do GSG-9 e foram mais tarde condecorados por bravura.

Barry era respeitado no SAS, mas era por natureza um empreendedor e havia muito tinha se interessado pelo mercado imobiliário residencial em Hereford. No final dos anos 1960, encontrou uma casa excelente no subúrbio para o amigo Mac, e pouco depois o apresentou a uma linda garota de nome Pauline, que hospedou Mac e mais tarde se tornou sua esposa.

Os dois homens viraram na Salisbury Avenue. Era sábado. Pauline estava na cidade trabalhando, mas eles haviam passado na loja Chelsea Girl para pegar as chaves da casa.

— Pauline diz que os ataques estão piorando, apesar da medicação. Os momentos de melancolia são mais frequentes. Deve ser muito difícil para ela.

Jock concordou.

— Ele tem sorte de ter as duas como mulher e filha. Continuarão ao lado dele até o fim.

37

Depois de tomada a medicação, Mac dormiu durante nove horas sem sonhos. Acordou descansado e esperou ansioso a visita dos amigos. Era um homem calmo, orgulhoso e muito fechado. Desde que tivesse um emprego honesto, mantinha a cabeça erguida, apesar dos ataques. Infelizmente, era um círculo vicioso, pois ele se cansava com o trabalho duro e ficava mais propenso a crises mais graves. Para evitá-las, aumentava a dose, o que, por sua vez, deixava-o tonto e provocava a melancolia e os humores destrutivos.

Mac odiava os humores e o próprio comportamento quando estava sob influência dos remédios. Queria, acima de tudo, ser o melhor marido, pai e amigo, e odiava sentir-se exausto. Mas largar o emprego, ficar desempregado e completamente dependente do trabalho de Pauline era mais do que o seu orgulho podia suportar.

Durante aquelas semanas antes do Natal, tinha de trabalhar dobrado na Granja Sun Valley, pois os pedidos de frangos aumentavam muito e todos trabalhavam horas extras. Ele ganhava 160 libras por semana, de segunda a sexta-feira, e, apesar dos ataques, já mantinha o emprego por vários meses. A Sun

Valley ficava do outro lado da cidade, e Mac ia de bicicleta para o trabalho. As pílulas afetavam seu equilíbrio e sua estabilidade. Pauline, ele sabia, estava a cada dia mais preocupada, especialmente depois de um acidente quando uma van derrubou a bicicleta numa rotatória.

Arrumou a sala e bateu as almofadas. Havia pouco a fazer, pois Pauline mantinha a casa sempre imaculada. Lucia estava na aula de balé na Church Road.

Jock e Barry chegaram e Mac logo esqueceu as preocupações. Foi uma tarde alegre, com reminiscências, risos pelas dificuldades enfrentadas no passado, e relembrando rostos há muito esquecidos e revividos nas fotografias de Jock.

Depois do chá, Mac começou a dar sinais de cansaço e Barry sugeriu discretamente que já era hora de irem embora. Jock prometeu voltar no dia seguinte para buscar o álbum. Depois de terem ido embora, Mac sentou-se sozinho com uma cerveja e folheou lentamente as páginas. Parou numa foto com a legenda "Operação Dharab, janeiro de 1975". Os dois homens com um morteiro de 81mm estavam sem camisa, bronzeados e magros. Mac e Tosh Ash no apogeu da vida, no dia em que foram feridos pela mesma bala. Naquele dia, Mac, sem saber, tornou-se um homem marcado.

A Operação Dharab foi planejada para ser a maior ofensiva do exército na guerra de cinco anos contra os comunistas, uma tentativa de atacar o centro de suprimentos dos guerrilheiros em Sherishitti, um complexo de cavernas incrustado nas montanhas dominadas pela guerrilha. Primeiro, uma força de 650 homens do exército tomaria posições na crista das montanhas em Defa, depois avançaria para a zona densamente coberta de vegetação que começava a 3 quilômetros na direção sul e sobre um par de cumes áridos conhecidos como Ponto 980. Essa posição dominava o vale das cavernas distante 4 quilômetros a leste. Do Ponto 980 seria lançado o ataque final contra Sherishitti.

A força principal era o Regimento Jebel (RJ), a antiga unidade de John Milling, apoiada pela Companhia Vermelha do Regimento do Deserto (RD), cujo vice-comandante era o capitão David Mason. Cada uma das quatro companhias contava com guias *firqat* e homens de ligação com o SAS. Duas tropas do SAS e um forte contingente *firqat* seriam a vanguarda do ataque sob o comando do major Arish Trant, do SAS. Mac, Tosh Ash e seus morteiros acompanhariam esse grupo.

No dia 4 de janeiro, a posição Defa foi tomada e começou o avanço. O SAS, depois de luta intensa, tomou uma posição avançada e finalmente o Ponto 980. Quando 500 soldados chegaram a essa posição, o SAS avançou para outra colina, código Ponto 604. Quando se preparavam para passar a noite, um pequeno grupo avançou para estender fios e minas *claymore* diante das suas posições. Tony Shaw, amigo íntimo de Mike Kealy, prestes a assumir o esquadrão SAS em Dhofar, era o comandante dos soldados que armavam as minas. Uma patrulha *adoo* atacou-os e houve baixas dos dois lados.

Muita confusão e indecisão contiveram o avanço no dia seguinte e o comandante-geral de Dhofar, o brigadeiro John Akehurst, removeu sumariamente o oficial comandante e substituiu-o pelo major Patrick Brook, o predecessor de Mike Marman como líder do Esquadrão de Carros de Combate.

Patrick Brook e o major do SAS enviaram três companhias para leste pela densa vegetação baixa para ganhar posições acima das cavernas, antes do ataque final a Sherishitti. O movimento teve início na manhã de 6 de janeiro, mas a unidade de vanguarda, a Companhia Vermelha RD, avançou demais para o sul, fato que reconheceram imediatamente após chegarem ao vale largo e aberto que conduzia às cavernas. O comandante da companhia, o major Roger King, sugeriu que segurassem a posição ao longo da margem da grande clareira para dar cobertura ao avanço da Companhia RJ através do campo aberto.

O comandante da Companhia 2, o capitão Nigel Loring, chegou e fez o reconhecimento do amplo vale à frente. Seu homem de ligação *firqat*, um experiente sargento do SAS, aconselhou: "Não cruze o vale. Será suicídio. *Contorne* a clareira." Mas Loring viu que a área tinha boa cobertura dos dois lados por homens da Companhia Vermelha, e, sabendo que a velocidade era essencial, levantou-se e liderou seus soldados pela clareira aberta, tendo no lado oposto a encosta rochosa que era o seu objetivo.

Quando Loring e seu pelotão de vanguarda já tinham avançado no espaço aberto, o *adoo* lançou a armadilha. A encosta oposta explodiu com som. Não havia cobertura, e os feridos foram atingidos muitas vezes até ficarem imóveis. O capitão Ian MacLucas foi atingido por sete balas. Nigel Loring foi morto. O campo de morte ressoava com os gemidos dos agonizantes. Abandonar a posição protegida e entrar no vale de qualquer dos dois lados exigiria grande coragem.

Os soldados da Companhia Vermelha e o SAS devolveram o fogo como lhes foi possível, e alguns indivíduos arriscaram tudo numa tentativa louca de resgatar os feridos. Um deles foi Sekavesi, o gigante fijiano que estivera com Mike Kealy em Mirbat. Outro foi o capitão David Mason, da Companhia Vermelha, que atravessou de um lado para o outro e forçou a passagem pela tempestade de balas, foguetes e explosões de morteiros, passando duas horas sob fogo para socorrer e reunir os feridos. Finalmente conseguiu voltar arrastando o amigo ferido, MacLucas. Sua volta, sem ferimentos, foi milagrosa. Meses depois, ele foi condecorado com a Medalha de Bravura do Sultão.

Quando todos os feridos foram recuperados e apenas os mortos foram abandonados no campo, a força armada do sultão recuou para o Ponto 980. Atrás de si, ouviram os tiros dos *adoo* contra os cadáveres na clareira.

O Regimento Jebel contabilizou 13 mortos e 22 feridos. Ian MacLucas, salvo por David Mason, estava paraplégico em 1991.

Muitos *adoo*, principalmente da unidade Bin Dhahaib, foram mortos na Operação Dharab. Um deles foi Mahab bin Amr Bait Anta'ash, segundo filho da primeira mulher do xeique Amr. Foi estraçalhado por fogo da posição dos morteiros do SAS.

Mac e Tosh Ash, do grupo de morteiros do Esquadrão G do SAS, foram feridos pela mesma bala *adoo* e transferidos por helicóptero. Barry Davies foi chamado para assumir o comando dos morteiros.

Mac sentiu uma onda de cansaço e depositou cuidadosamente o álbum no tapete. Dormiu, por isso Pauline atendeu à porta na manhã seguinte quando Jock apareceu, antes de voltar para Aberdeen, para buscar suas fotografias.

Ao sair, Jock notou, como havia notado na noite anterior, um Volkswagen Polo preto estacionado perto do ponto de ônibus diante da casa de Mac. A motorista, uma mulher com óculos escuros, lia uma revista e não se perturbou quando Jock foi na sua direção.

— Poderia me dizer as horas? — Ele se inclinou de forma que seu rosto ficou bem perto do dela.

Ela sorriu e baixou a janela.

— Vinte e uma horas e quinze — respondeu, e voltou às páginas da *Cosmopolitan*.

Jock agradeceu e foi para seu carro. A moça tinha o sotaque de Midlands, sem nenhuma inflexão estrangeira, mas isso não era nenhuma garantia. Por que ela estava ali? Estivera ali no dia anterior? Somente um olho atento e intrigado teria visto algum significado na sua presença, somente alguém que conhecesse a condição única de Mac. Sabendo das várias organizações terroristas que poderiam ter boas razões para temer e, portanto, odiar o SAS, Jock tinha plena consciência de que um homem com a história e saúde de Mac poderia ser um alvo para qualquer um daqueles grupos.

Claramente preocupado, ele parou num telefone público na cidade e chamou seu velho camarada de armas e amigo de longa data, o detetive Ken Borthwick, da Polícia de Worcester. Ele saberia a quem alertar.

38

Encontraram-se junto de um banco com vista para o Serpentine e cercados pelos gansos ruidosos do Canadá. Spike não tivera contato com Mason durante quase um ano, que ficou feliz com a convocação repentina.

— Você se lembra dos acontecimentos de janeiro, fevereiro e março de 1975 na *jebel* de Dhofar?

Mason ficou surpreso com a pergunta, mas tinha boas razões para se lembrar daquele período com clareza.

— Perdi bons amigos naquela época. Você quer um resumo?

Spike fez que sim com um movimento de cabeça.

— Fui incorporado a um Regimento Jebel para o ataque desastroso contra Sherishitti, um depósito de armas *adoo*, e trabalhei em estreita colaboração com os oficiais do regimento. Mais tarde, em meados de fevereiro, numa base chamada Hagaif, os soldados de uma das companhias envolvidas em Sherishitti se amotinaram contra o major e o forçaram a sair à noite, sozinho, no seu Land Rover para o território inimigo. Três semanas depois, dois dos oficiais remanescentes de Hagaif e o piloto do seu helicóptero foram derrubados e assassinados. Eu os conheci bem.

Mason fez uma pausa e acendeu um charuto.

— Quatro dias depois do motim de Hagaif, na minha própria base, próxima da fronteira com o Iêmen, passei a noite mais aterrorizante da minha vida. Sete homens de outra companhia partiram em patrulha numa trilha estreita abaixo de um penhasco. Os *adoo* haviam espalhado minas PMN na trilha e três homens foram feridos, dois dos quais perderam os pés e muito sangue. Um segundo grupo foi enviado para ajudá-los, mas também foi atingido por minas e só conseguiu aumentar o número de baixas. Com outro oficial, liderei uma pequena unidade por volta da meia-noite e avancei cuidadosamente 250 metros até encontrar o primeiro ferido. Pouco podíamos fazer além de arrastar as vítimas em macas. Um morreu pouco antes do amanhecer. Quando cheguei até um dos feridos, ele ergueu o que havia sobrado da perna para eu fazer um curativo. Tudo o que disse foi: "*Al lahham, al qadam, kull khallas*" (A carne, o pé, tudo acabado). A cada passo, sabíamos que nossos pés poderiam ser feitos em pedaços. Uma noite horrível de se lembrar.

Mason ergueu os olhos e viu que Spike esperava.

— Foi isso. Um período de derrotas ou, pelo menos, foi o que pareceu à época. Pouco depois da queda dos meus amigos em Hagaif, dois outros Bells foram atingidos no céu, com mais baixas, e um Land Rover do SAS foi destruído a leste de Hagaif por uma mina.

— Você conhecia os ocupantes?

— Do Land Rover?... Provavelmente sim, mas não tão bem a ponto de me lembrar dos nomes deles.

— Bem, o motorista era o melhor operador de morteiro do regimento. — Spike tirou uma folha A4 da pasta e examinou-a depois de colocar os óculos. Anno Domini, pensou Mason, amargurado. — Você vai encontrar o nome completo e os detalhes pessoais numa pasta que vou lhe dar. — Spike bateu na pasta. — Quando o Land Rover explodiu, ele foi atirado no para-brisa e se feriu gravemente. No hospital de campanha, em Salalah, o médico diagnosticou que a parte do seu cérebro que controla a personalidade havia sido danificada. Vamos chamá-lo de Mac, o apelido dado por seus amigos naquela época e até hoje. Ele pareceu ter se recuperado rápido e logo se juntou ao seu esquadrão em Belize para enfrentar a ameaça guatemalteca. Foi promovido a sargento, mas tinha problemas cada vez mais graves de concentração. Não conseguia mais focalizar a atenção no que fazia.

Spike entregou a pasta a Mason e continuou.

— Cerca de um ano depois do ferimento da mina, o SAS foi forçado a lhe dar baixa. Recebeu uma boa pensão do exército e continuou o tratamento pelos melhores médicos militares. Um curso de reabilitação, ele escolheu solda, não foi bem-sucedido e Mac se retirou para a sua casa em Hereford e para uma sucessão de empregos locais. Sua condição vem se deteriorando lentamente, mas ele ainda tem um emprego e vive com a família, e poderá continuar assim por vários anos.

Spike virou-se no banco, para olhar Mason diretamente.

— Por ser irlandês, ele é muito discreto: por exemplo, seu nome não está no catálogo de telefones. Fui chamado no sábado à noite com um aviso de que alguém está vigiando Mac. A polícia verificou que não existe nenhuma evidência de participação de terroristas, por isso não se interessou.

Mason concordou com a cabeça.

— Você acha que é o nosso amigo outra vez?

Spike olhou para a água.

— Milling... Kealy... Marman... Todos mortos... Smythe desaparecido. Esta *pode* ser a nossa chance de prender os responsáveis. Talvez não, mas o esforço vale a pena.

Mason concordou e Spike prometeu apoio de três ou quatro locais, inclusive Hallett. Pediu a Mason para avisar Mac, mas não alarmá-lo; e também pediu que desse a ele um alarme de tornozelo, um transmissor de frequência única, que Mason entregou em um envelope.

— Procure os homens de Sumail nos hotéis locais. As fotos talvez estejam desatualizadas, mas são melhores que nada.

Depois que Mason se foi, Spike continuou com os gansos. Sabia que o Comitê não aprovaria. Vetaria toda ação que envolvesse mortes associadas a Dhofar. Por isso ele não tinha pedido permissão. Pela primeira vez, havia acionado os locais sem aprovação — até sem conhecimento — do Comitê. Sabia que, se descoberto, haveria um movimento para demiti-lo. Mas não precisava informar nada e preferia ser um mico de circo se deixasse passar a chance de prender os assassinos.

39

Em novembro de 1986, o xeique Bakhait recebeu um vídeo e uma pasta relatando a morte do major Michael Marman. Um cheque de 1 milhão de dólares foi pago a De Villiers, que passou a quantia correspondente a Davies.

A morte de Meier não causou preocupação a nenhum dos dois, mas ambos ficaram perplexos com a origem de Smythe. O carro, as roupas e o comportamento não esclareceram sua identidade. O binóculo era quase uma peça de museu, certamente não era o equipamento padrão de agentes da Seção Especial do Serviço Secreto de Inteligência. Concordaram que os dois homens que antes haviam cruzado seu caminho durante os trabalhos associados ao contrato do xeique eram igualmente difíceis de classificar.

De Villiers deu de ombros.

— Não vamos descobrir nada tentando levantar hipóteses. Não importa quem sejam, eles não sabem a nossa identidade e têm apenas mais uma chance de nos interceptar.

De Villiers voltou para Anne, em La Pergole, encarregando Davies de abandonar tudo e tentar localizar o quarto homem, o que ele começou a fazer com o máximo cuidado. Agora não havia apenas 1 milhão, eram 2 milhões em jogo no final do contrato do xeique. Mesmo assim, Davies foi absolutamente cauteloso.

Passou mais tempo em Cardiff com a mulher e, como a sua estada frustrava as atividades normais dela, ele estava encontrando dificuldades em agradá-la sem a chuva de presentes caros, voos a lugares exóticos e polpudos cheques para a empresa dela. Entre períodos de afagos na mulher, Davies alugou um pequeno apartamento em Hereford e, durante cinco meses, frequentou vários pubs locais que eram sabidamente pontos de encontro dos membros do SAS. Manteve o disfarce de vendedor de seguros e passou a ser conhecido como o simpático divorciado que gostava de distribuir sua generosidade alcoólica e desfrutar de boa companhia. Determinado a não levantar suspeitas, Davies não fazia perguntas e simplesmente deixava o tempo passar, ouvindo e esperando o contato certo.

O xeique Amr havia sido muito específico. Seu filho havia morrido em luta contra soldados do sultanato nas proximidades de Sherishitti, naquele dia fatal em janeiro de 1975. Junto com dois outros *jebalis* da unidade de Bin Dhahaib, ele havia sido morto por uma barragem de morteiros de uma posição do exército nas colinas gêmeas a leste de Zakhir. De Villiers havia descoberto o livro *Operações do SAS em Omã*, que revelou que o homem encarregado da operação dos morteiros naquele dia não era, como haviam pensado, um soldado das forças do sultão, mas, pelo contrário, fora um controlador de morteiros do SAS.

Em maio de 1987, Davies se juntou a dois de seus conhecidos dos pubs de Hereford para uma refeição de fish and chips num local chamado Chancers. Foi apresentado ao proprietário, um sujeito amistoso e bom bebedor, também dono de um bar de vinhos ao lado e de um restaurante no andar de cima. Davies passou a frequentar regularmente o bar e conquistar a confiança do proprietário, Tosh Ash, ex-membro do Esquadrão G do SAS.

Em 1986, Tosh e a mulher haviam comprado o Golden Galleon, um bar de *fish and chips*, e as instalações anexas. Trabalharam duro para converter o local e viviam num apartamento confortável acima do restaurante. Na primavera seguinte, o lugar era uma mina de ouro e o bar de vinhos atraía muitos homens do SAS da geração de Tosh, que apreciavam a atmosfera do bar longo e estreito, o jukebox e as telas de TV suspensas, além da comida gostosa a preços convidativos.

Apesar da amizade crescente com Tosh e do fato de não estar em busca de informações que pudessem, mesmo remotamente, ser consideradas confidenciais, nem mesmo secretas, os meses se passavam sem qualquer sinal de progresso. Davies sabia que, para um homem do SAS, o segredo é um fetiche. Todas as suas preparações cuidadosas se perderiam caso ele fizesse uma única pergunta inconveniente. Então conservava a paciência e explicava, como podia, a demora quando De Villiers telefonava perguntando sobre o progresso do trabalho.

Numa noite fria de outono, Tosh convidou Davies para um drinque no seu apartamento. Sobre um copo grande de uísque, Tosh derramou seus queixumes. A vida era uma merda. A saúde estava acabando, e a mulher estava estranha, muito estranha. Davies havia ouvido alguns boatos locais e achou que devia haver boas razões para tal comportamento, mas não disse nada. Tosh ficou choroso. Sem que Davies tivesse de perguntar, ele começou a rememorar os tempos de Exército, os melhores dias da sua vida. Como gostaria de voltar. Mencionou alguns nomes estranhos de várias partes do mundo que não significavam nada para Davies até que a palavra Sherishitti lhe caiu no colo.

— Foi onde vocês atacaram um sistema de cavernas, não foi, Tosh?

Tosh ficou surpreso. Como Davies sabia de Sherishitti? Davies riu.

— Sua memória está falhando. Você me falou desse acontecimento há um mês. — Para provar, relatou tudo o que sabia de cor das muitas leituras dos relatos de Jeapes e Akehurst daquela ação. — Acho que você disse que era o responsável pelo controle dos morteiros na colina 985.

— Não, não, não — exclamou Tosh. — O responsável era o pobre Mac, o melhor operador de morteiros do Exército inglês. Eu estava com ele. — Sem perceber, ele passou a mão sobre o ferimento no pulso. — Nós dois fomos feridos pela mesma bala. Mas ele era o chefe dos tubos, não eu.

— Por que *pobre* Mac? Ele morreu?

Tosh balançou a cabeça.

— Não, apesar de às vezes eu achar que ele teria preferido morrer. Feriu a cabeça algumas semanas depois de Sherishitti e nunca mais foi o mesmo. Um homem orgulhoso, o Mac, ainda mantém o emprego na Granja Sun Valley, mesmo estando muito doente.

Tosh encheu os copos e eles beberam a Mac e a outros amigos ausentes.

— Ele vem aqui às vezes. Você já deve tê-lo visto.

Tosh estendeu o braço, pegou e folheou um livro preto com o título *Isto é o SAS*, de Tony Geraghty.

— Este é o Mac. — Indicou uma fotografia do Príncipe Charles passando em revista quatro soldados do SAS em 1970. — O sujeito à direita com o nariz fino. — Tosh riu sozinho, mais animado agora, com os problemas domésticos meio esquecidos. — Você devia ter visto o velho Mac com um morteiro. Ele apontava por puro instinto, ignorava o marcador de pontaria. Eu nunca o vi errar um alvo.

Tosh suspirou e se levantou.

— Entregue um morteiro para nós hoje em dia e teríamos a maior dificuldade em acertar um regimento em marcha. Você devia ver o pobre Mac na bicicleta. Vai balançando, quase caindo, o tempo todo. Perigosíssimo para ele e para quem está perto. Às vezes, ele passa muito bem; tudo depende dos remédios. Na granja, dizem que fica tão sonolento que os colegas têm de protegê-lo para não ser descoberto.

Davies disse a Tosh que provavelmente não iria aparecer por alguns dias, por causa do trabalho. Naquela noite, telefonou para De Villiers e pediu que viesse imediatamente.

Três dias de observação diante da Granja Sun Valley revelaram nove possíveis Macs, mas somente um deles tinha feições parecidas com as da fotografia de Tosh. Davies seguiu o homem até a Salisbury Avenue e, no terceiro dia, observou os problemas de equilíbrio do ciclista. Diante da granja, naquela noite, ele ouviu as palavras "até amanhã, Mac" gritadas por um colega e teve certeza de que tinha encontrado seu homem.

A vigilância diante da casa na Salisbury Avenue foi feita pelo pessoal da Tadnams, o que permitiu a Davies conhecer os movimentos de Mac, da mulher e da filha, além de todos os visitantes.

Na última semana de novembro, pouco depois da chegada de De Villiers, um carro com o nome de um médico na traseira estacionou diante da casa de Mac e Davies o seguiu de volta à Sarum House, um hospital na Ethelburt Street. Às 2 horas do dia 2 de dezembro, De Villiers entrou silenciosamente no hospital, sem deixar sinal da sua passagem. Havia um único Mac com o endereço certo na Salisbury Avenue e De Villiers fotografou os detalhes relevantes da ficha médica.

— Ele tem epilepsia — disse a Davies no carro. — Pode morrer dentro de alguns dias ou depois de muitos anos.

— Então você acha melhor andarmos depressa?

De Villiers ignorou a pergunta.

— Qual é o prognóstico atual? — continuou Davies.

— Fácil. Ele passa muitos fins de semana em casa e geralmente está sozinho. A melhor oportunidade é no sábado de manhã, às 8h15. A mulher já terá saído para trabalhar, e a filha, para cavalgar. Outra possibilidade é a bicicleta, mas é claramente a segunda alternativa, pois ele geralmente circula nas horas de trânsito mais intenso.

De Villiers foi a Londres para comprar o equipamento necessário.

Davies nunca mais voltou ao Chancers. Tosh Ash morreu oito meses depois. O corpo foi encontrado na praia, na Espanha. Parece que ele tinha saído para passear com o cachorro e, quando outro cachorro atacou o seu, ele morreu de um ataque cardíaco.

40

No início de dezembro, outros compromissos de David Mason o forçaram a se afastar da vigilância da Salisbury Avenue. Darrell Hallett o encontrou num salão de chá em Ross e assumiu a operação. Mason já tinha visitado vários hotéis e pousadas perguntando pelos homens nas fotografias de Sumail. Não houve resposta, apesar da pobreza de turistas fora da estação, e os dois vigilantes de Mac não observaram nenhum sinal de interesse na casa do homem.

Hallett não era mais vendedor de chocolates Yorkie. Depois de 12 anos de bons serviços, os patrões o pressionaram, a ele e a outros, a se demitir, pois queriam reduzir a força de trabalho no sul do País de Gales. Com o auxílio gratuito de dois ex-oficiais do SAS, um deles advogado na City, Hallett lutou pelos seus direitos e, no dia 28 de março de 1985, no Tribunal Industrial de Cardiff, ganhou da Rowntree 3.500 libras num acordo que resolveu o seu processo por demissão sem justa causa. Pelo hábito do trabalho, deu início a uma nova carreira numa grande seguradora e passou a ter dificuldades crescentes para colaborar com Spike. Mas nada seria capaz de afastá-lo daquela oportunidade de tornar a encontrar o escorregadio galês.

Mason explicou o funcionamento do receptor de VHF portátil, que tocaria uma campainha no caso de Mac apertar a tornozeleira, um movimento que podia ser executado discretamente mesmo quando sob ameaça de uma arma.

— Durante quanto tempo Spike quer manter a vigilância de Mac? — perguntou Hallett.

— Enquanto nós dois estivermos disponíveis.

— Você já pensou que isso vem ocorrendo há quase dez anos, e ainda não sabemos nada sobre os motivos do outro lado?

Mason apagou o charuto, ignorando a raiva da garçonete, que instantaneamente removeu o cinzeiro malcheiroso.

— Você diz dez anos, Darrell, mas não sabemos se entramos no início. Milling talvez não tenha sido o primeiro alvo. Também não temos a menor ideia do número de pessoas que são seus alvos.

— Por que você dedica tempo valioso a Spike?

Mason sorriu.

— Gosto do homem. Acredito que somos necessários. Não fazemos mal a ninguém além daqueles que, sem nós, continuariam a fazer mal a outros. E você?

— Sou galês — ruminou Hallett. — Gosto das coisas certas e, nesse caso, o canalha que você seguiu até Muscat me deixou com o pescoço duro.

— Charles Bronson e os filmes *Desejo de matar* não nos ajudaram em nada — comentou Mason. — Nenhum homem comum gostaria de ser visto aprovando o olho por olho, que poderia ser uma boa classificação para o que fazemos. A maioria silenciosa pode até aprovar, mas ninguém estaria disposto a admitir. Basta ouvir as reclamações dirigidas aos Anjos da Guarda do metrô de Londres. Todo mundo sabe que não existem policiais suficientes para proteger os passageiros, mas ainda assim poucos aprovam a ideia de patrulhas de boinas vermelhas.

Hallett o interrompeu.

— Não consigo pensar em ninguém capaz de condenar os Anjos da Guarda depois de ter sido salvo de algum canalha ou estuprador numa plataforma deserta do metrô.

— Você tem toda razão, mas os idiotas que denunciam a nossa existência não param para pensar nas vidas que salvamos e nos medos que aliviamos.

— Bem — disse Hallett, pagando a conta —, tenho orgulho de ter trabalhado com Spike, com você e os outros. Os fariseus que vão para o inferno. Minha consciência está tranquila e é com ela que eu tenho de viver.

— Você está feliz com tudo? — Mason passou-lhe o receptor. Hallett sorriu.

— Se mostrarem a cara, eles vão se arrepender.

41

Os dois homens vestiam smoking, mas calçavam sapatos de sola de borracha. Como sempre, quando andavam pela cidade à noite, tentavam atrair o mínimo de atenção dos policiais na rua. Pessoas bem-vestidas raramente se envolvem na execução de crimes. Davies levava uma pasta.

Às 3 horas, ele e De Villiers calçaram luvas finas de couro e entraram no jardim ao lado da casa de Mac. Na noite anterior, Davies havia usado uma .22 com silenciador para apagar uma lâmpada indesejada na Salisbury Avenue.

Uma vez na escuridão do quintal, os dois colocaram triângulos de tecido preto no pescoço para cobrir o branco da camisa, e se moveram como sombras pelo jardim vizinho. Havia a possibilidade de alguém com insônia tê-los visto entrar e chamar a polícia. Por isso, esperariam por uma visita da polícia na hora seguinte e fugiriam ao perceber qualquer aproximação dela.

Depois de uma hora, molhado e com frio, De Villiers considerou que já era seguro entrar na garagem de Mac, que funcionava como depósito, e esperar as primeiras horas da manhã.

Às 6h30, bem antes de o sol nascer, eles atravessaram o amplo jardim dos fundos da casa. Eram ágeis e Davies tivera o cuidado de verificar todos os detalhes relevantes. Mac sempre deixava as janelas abertas, tinha o sono profundo, provavelmente por causa dos remédios e, além das gaiolas de hamsters, não havia nenhum animal nem passarinhos de estimação. Todas as janelas tinham dobradiças, não eram de correr, e tinham parapeitos largos e firmes.

Depois de subir ao parapeito da janela da sala de jantar, De Villiers estendeu o braço, elevou-se e entrou pela janela aberta de Mac. Davies o seguiu. Uma respiração ritmada e profunda indicava um sono tranquilo, e os dois homens entraram no amplo guarda-roupa do outro lado da cama e se prepararam para esperar.

Às 7h30, Pauline e Lucia se levantaram, se lavaram e tomaram café. Pauline trabalhava aos sábados e, antes de sair de casa, costumava se despedir de Mac, que tinha folga nos fins de semana. Naquela manhã, pouco antes das 8 horas, ela passou a cabeça pela porta do quarto e viu que ele dormia profundamente. Fechou a porta sem fazer barulho e saiu para o ponto de ônibus perto da casa.

— E a filha? — De Villiers perguntou sussurrando quando a porta da frente bateu.

— Também já deve ter saído. Ela tem aulas de balé ou de equitação nas manhãs de sábado.

Saíram silenciosamente do guarda-roupa, mantendo um olho vigilante sobre o adormecido.

O plano, incrivelmente simples, fora concebido por Davies depois de estudar o relatório médico de Mac, além de muita literatura sobre o tópico da epilepsia. Fita adesiva aplicada sobre a boca e narinas provocaria uma grave asfixia, e a morte seria atribuída a um ataque epilético. Davies sabia que um legista raramente gasta mais tempo e energia do que o bom-senso determina. Se não houver nenhuma razão para suspeita, por que perder horas procurando sinais de algo errado? Se o locutor do

Serviço Mundial da BBC, Gyorgi Markov, não fosse búlgaro e não tivesse se queixado durante tanto tempo do toque invisível de um guarda-chuva na sua perna, o legista nunca teria iniciado os exames de sangue que descobriram uma rara toxina lançada na sua circulação por uma ampola menor que uma cabeça de alfinete.

Todos, inclusive o médico de Mac, sabiam que ele vinha piorando gradualmente, e a morte por asfixia em seguida a um ataque não seria surpresa para ninguém. Davies instalou a câmera de vídeo no tripé de liga leve ao lado da cama de Mac, e De Villiers fez a leitura silenciosa da acusação a partir de um texto preparado de antemão. Um *spot* foi fixado à câmera. O vídeo mostrava por trás a cabeça de Mac deitada sobre o travesseiro e o rosto de De Villiers à sua frente, junto do pé da cama. Mais tarde, eles sincronizariam a voz sobre a imagem dos movimentos labiais de De Villiers. O xeique receberia evidência suficiente para sua satisfação. Não veria o rosto de Mac durante a sequência de acusação, mas isso seria corrigido em seguida.

Davies moveu o tripé para a ação seguinte. O edredom de Mac estava desarrumado, e suas pernas, descobertas, mas ele continuava em sono profundo por causa dos efeitos colaterais dos remédios.

— Que diabo é isso? — sussurrou Davies, alarmado. Acabara de descobrir o transmissor preso ao tornozelo de Mac.

— Não é nada — murmurou De Villiers —, muitos doentes têm isso para pedir ajuda no caso de surgir algum problema.

— Mas por que no tornozelo?

— Qualquer que seja a razão, tire-o.

Com tudo pronto para uma partida rápida sob os últimos vestígios de escuridão da alvorada de inverno, Davies se moveu para a cabeceira da cama e preparou a fita adesiva. Fez um movimento de cabeça para De Villiers. Num único movimento, eles montaram sobre o corpo de Mac, De Villiers prendendo-lhe as pernas, e Davies com os joelhos sobre os ombros de Mac aplicando a fita sobre a boca e as narinas.

O resultado foi inesperado. Mac não era um homem grande, mas era musculoso e forte. Em circunstâncias normais, ele não teria derrubado os dois homens enquanto buscava oxigênio. Mas, segundos depois da interrupção da respiração ritmada, seus membros se esticaram com força sobre-humana produzida por um ataque mioclônico. De Villiers foi atirado ao chão, mas Davies conseguiu se segurar no lugar. De Villiers ouviu um barulho na casa. Puxou Davies e entraram no armário.

Lucia havia decidido faltar à aula de balé. Estava assistindo televisão na sala de estar quando ouviu um barulho vindo do quarto do pai. Soube imediatamente que ele tinha caído da cama, provavelmente por um ataque, e correu para ajudá-lo.

Lucia já tinha lidado com os ataques de Mac ao longo de muitos anos, mas nunca tinha visto um tão violento como aquele. Preferiu descer correndo a escada em busca da ajuda dos vizinhos.

De Villiers e Davies ouviram o barulho da queda de Mac no chão e Lucia saindo da casa. A rapidez era essencial. Desceram até o jardim e chegaram à estrada a vários jardins de distância da casa de Mac. Dois minutos depois da aparição repentina de Lucia, os dois homens estavam suficientemente distantes da cena.

Uma ambulância, chamada imediatamente pelos vizinhos, chegou minutos depois, mas Mac já estava morto quando chegou ao hospital. A causa da morte, a autópsia confirmou mais tarde, foi asfixia devido à queda e ao bloqueio da passagem de ar pela contração da língua.

Às 8h30, Pauline desceu do ônibus ao lado do shopping Maylord Orchards, onde ficava a loja Chelsea Girl, e foi recebida por dois policiais. Foram convocados por rádio tão logo a ambulância passou a notícia da morte de Mac.

O vigia de Hallett durante a noite de 11 de dezembro era um homem confiável de Portsmouth que trabalhava numa agência de viagens e havia servido alguns anos antes no Esquadrão D do SAS Territorial. Lembrava-se de ter visto dois homens de smoking passando durante a madrugada, mas não chegara a notar que eles entraram no jardim de Mac. Também não houve nenhum outro sinal de suspeita nem sons que ele pudesse ouvir do carro, até o instante em que Lucia saiu correndo pela porta da frente e, pouco depois, quando a ambulância chegou.

O vigia, conhecido por todos, menos por Spike, como "Wally", telefonou para o hotel de Hallett, mas não conseguiu ser atendido. Continuou tentando.

Hallett, sem saber que os vigias de Tadnams haviam ido embora alguns dias antes por ordem de Davies, ficou impaciente com a espera passiva a que ficara condenado e decidiu colocar-se no lugar do galês. Como ele poderia descobrir mais coisas sobre Mac? Sabia por Spike que Mac era cliente do Dr. Hitchcock, um neurocirurgião da Harley Street, mas era geralmente atendido na cidade. Deduziu que o clínico-geral de Mac, o Dr. Wylie do hospital Sarum House, talvez tivesse recebido uma visita do galês apresentando-se numa condição inocente. Hallett chegou cedo ao hospital para evitar as filas de pacientes, e descobriu que o local estava fechado. Voltou lentamente para a Salisbury Avenue e encontrou o carro de Wally ao lado da cabine telefônica mais próxima.

— O que aconteceu?

— A filha de Mac saiu correndo da casa por volta das 8h10 e logo depois chegou uma ambulância e levou Mac. Eu estava tentando falar com você.

Hallett pegou o telefone e chamou o hospital, dizendo ser parente. Desligou o telefone e se voltou para Wally.

— Ele está morto. — Balançou consternado a cabeça. — Se você não viu ninguém entrar, ele talvez tenha morrido por causas naturais associadas à epilepsia.

Chamou Spike, que lhe agradeceu e pediu um relatório completo, que viria buscar naquela noite. Hallett e Wally, depois de chamarem Mason e outro local para dar a triste notícia, voltaram para o hotel Ross, Wally para dormir, e Hallett para completar o relatório. Naquela noite, pouco depois de Spike ter chegado e ido embora, um mensageiro trouxe uma mensagem para Hallett com um número de telefone.

Uma mulher com sotaque galês respondeu. Tinha acabado de largar o trabalho no hotel Green Dragon, em Hereford. Ele talvez se lembrasse de ter falado com ela duas semanas antes. Hallett não se lembrava, mas sabia que Mason havia mostrado as fotos de Sumail no Green Dragon e deixado o número para contato, com a promessa de uma boa gorjeta caso alguém parecido com os homens da foto aparecesse no hotel.

A mulher, tranquilizada por uma resposta ansiosamente afirmativa de Hallett, passou a informação de que um homem, muito semelhante ao mais troncudo dos três, tinha solicitado um quarto duplo para a noite, um pouco antes de ela deixar o serviço. Hallett anotou o endereço da mulher e prometeu 10 libras pelo trabalho. Spike estava *en route* e não podia ser contatado, mas Hallett sabia o que tinha de fazer. Foi imediatamente acordar Wally.

42

Davies se sentia incomumente animado e aliviado. Um telefonema da mulher de Tadnams havia confirmado que Mac estava morto, sem dúvidas e que não havia na casa dele nenhum sinal de atividade policial que indicasse suspeita de crime. De Villiers repôs delicadamente o telefone no gancho e levantou a mão até o ombro de Davies.

— Você foi ótimo, realmente ótimo. — Um elogio sem precedentes, acompanhado de um sorriso raro e fugidio que perturbou Davies. — Vou entrar em contato quando eu sair de Dubai — foram suas palavras de despedida.

Davies havia decidido comemorar antes de voltar a Cardiff. Havia se hospedado no hotel aparentemente mais caro do centro de Hereford, pôs-se elegante, de uma forma que considerou definitivamente na moda, e foi a um joalheiro local. Depois convidou uma dona de casa entediada de 40 anos num bar de solteiros e a levou para a discoteca Crystal Room, onde fingiram ter voltado aos anos 1960.

Às 18 horas, Hallett reservou dois quartos de solteiro no Green Dragon usando nomes falsos. Ele e Wally se apresentaram às 19h30, jantaram e se separaram. Hallett continuou lendo revistas diante da recepção e Wally foi para o quarto.

A mulher era muito bonita à luz de velas. Somente uma grande dedicação à aeróbica, pensou Davies, seria capaz de manter aquela forma tão provocante que o atraía com o jeans apertado de adolescente e a blusa branca decotada.

— Estamos ficando bem lascivos, não é? — arrulhou ela ao final de uma balada de Johnny Mathis. Saíram da discoteca e, no seu carro, ele lhe deu um par de brincos de pérola, só para ter certeza. A mão esquerda dela confirmou suas expectativas e ele a levou de volta ao Green Dragon.

Chegaram ao hotel pouco depois das 22 horas.

A recepcionista lhe passou a chave e embolsou a nota de 10 libras. Não fez nenhum comentário sobre a acompanhante de Davies, nem naquele momento nem mais tarde. Davies havia pagado adiantado o apartamento, como de costume.

— Muito obrigada, senhor.

Hallett reconheceu Davies imediatamente e anotou o número do apartamento. A mulher era um complicador, mas Hallett estava decidido.

Davies observou a mulher se despir tendo o espelho às costas. O champanhe que tinha pedido à tarde era ostentosamente caro. Ela deu uma risadinha quando a rolha se soltou silenciosamente e ele passou o cálice pelo mamilo dela. Cruzaram os braços para brindar à noite que os esperava.

— À sua imaginação. — Davies sorriu e deixou que ela tirasse sua roupa.

— Como vamos entrar? — perguntou Wally. — Cartão de crédito?

— Não com uma porta de hotel moderna como esta, cara.

— Mas o Green Dragon tem pelo menos 900 anos.

— É verdade, é verdade. Mas as portas foram trocadas. Trusthouse Forte não faria por menos.

Hallett tirou um molho de chaves da carteira e abriu silenciosamente a porta do apartamento de Wally.

— Desde que o galês não passe a corrente, não teremos problema, e acho que ele vai ter outras preocupações em mente.

— Onde você aprendeu a usar essas coisas?

Hallett explicou encostando o dedo no seu nariz achatado de boxeador. Da carteira, tirou um pedaço de fio fino e o colocou no bolso do peito do casaco. Tornou a telefonar para Spike e dessa vez fez contato.

Quando desligou o telefone, disse a Wally:

— Podemos ir em frente, mas as palavras dele foram "não machuquem o homem". Se tudo der certo, vamos estacionar a sua van no cruzamento de Upleadon, a leste de Newent, onde um Volvo vem buscar a nossa carga.

Enquanto Hallett detinha a atenção da recepcionista, Wally levou as malas para a velha Bedford, uma van que já vira dias melhores. Voltou e perguntou a Hallett, diante da recepcionista, onde estava o colega.

— Ainda deve estar no apartamento, aquele vagabundo. Não tem importância, vamos lá em cima buscá-lo. Vamos pedir um drinque na conta dele e depois trazê-lo aqui para baixo.

Subiram a escada até o segundo andar.

A porta obedeceu à técnica bem ensaiada de Hallett e a corrente de segurança não estava passada. A lâmpada ao lado da cama estava acesa, mas não havia ninguém nela. Sons inconfundíveis vinham do outro lado do quarto. A aproximação dos dois foi silenciosa por causa do tapete grosso, e Hallett abriu o laço para se ajustar à cabeça de Davies.

Os olhos da mulher estavam fechados e a boca aberta. As pernas estavam presas em volta das costas de Davies enquanto balançavam para a frente e para trás. Hallett mudou de ideia e, ajustando o laço, curvou-se e apertou-o em volta do escroto de Davies. O efeito foi imediato. Davies gritou e se separou da mulher. Qualquer movimento estava fortemente limitado, pois Hallett mantinha o fio bem esticado.

— Tente alguma coisa, meu amigo e eu abro o seu estômago com um chumbo de .44. — Davies puxava sem sucesso a ponta do laço. — Mas só depois de castrar você. — Wally entendeu a deixa e abriu um canivete com a mão direita.

Hallett deu um sorriso amistoso para a mulher e fez um gesto com a cabeça na direção da cama. Ela deslizou de baixo de Davies e, seguindo as instruções de Hallett, rasgou a costura da frente da calça de Davies da virilha até o cós com o canivete de Wally.

— Levante e se vista — Hallett ordenou ao galês. — Não. A cueca não. Meu amigo fica com ela.

Com dificuldade e gemendo de dor nos testículos, Davies vestiu a calça, segurando-a no lugar com uma das mãos. Depois a camisa, o paletó e uma capa de chuva. Finalmente as meias e os sapatos, um processo particularmente doloroso.

— Você é uma moça de sorte — disse Hallett à mulher. — Este sujeito já rasgou a garganta de duas mulheres. Você vai ficar aqui e não vai falar com ninguém. Vai sair amanhã de manhã como se nada tivesse acontecido. Nenhum mal vai acontecer com você se fizer exatamente o que eu estou dizendo. Entendeu?

A mulher se encolheu na cama abraçando os seios. Balançou freneticamente a cabeça, concordando.

— Obrigada, obrigada. Eu prometo.

Hallett acreditou nela, mas arrancou da parede o fio do telefone antes de saírem.

Wally desceu a escada ao lado de Davies. Hallett desceu um passo atrás dele, mantendo esticado o fio que desaparecia no corte atrás da capa de chuva de Davies. Quando os três homens passaram pela recepcionista, Wally entregou as chaves dele e de Hallett.

— Voltamos dentro de duas horas.

De dentro da van, Wally tirou um rolo de barbante laranja e amarrou os polegares e os pulsos do galês atrás das costas. A ponta do laço foi então presa ao nó dos pulsos. Os dois homens então jogaram Davies na traseira da van e o deitaram de bruços entre ferramentas de jardineiro e outras miscelâneas que Wally mantinha ali.

Passaram pela Victoria Street e cruzaram o Wye pela ponte Greyfriars, tomando o rumo sul pela A49. Hallett olhou para trás, pela grade entre a cabine do motorista e o compartimento de carga da van.

— Você matou o Mac, não foi? E os outros. Filho da puta! Quem é você? Quem paga você? Meu Deus, espero que viva para se arrepender de tudo o que fez.

Davies se arrastou alguns centímetros para o lado e colocou os pulsos contra a lâmina da pá de Wally. Em silêncio, ele fez um movimento de vaivém até cortar o barbante e libertar os braços.

Esperou até chegarem a um declive íngreme da estrada. À frente, ele viu as luzes dos carros em sentido contrário e jogou o corpo contra a porta traseira da van. Como não havia um trinco interno, ele chutou a porta com toda a sua força no momento em que Wally parava o carro cantando os pneus. A porta da direita se abriu e Davies rolou para fora na estrada. Toda a sua atenção estava concentrada nos carros que vinham atrás, em fazer um sinal pedindo para alguém parar e provavelmente dizer que estava sendo sequestrado por bandidos. Só viu o caminhão que descia atrás deles quando já era tarde demais.

O motorista, cansado e desprevenido diante da parada inesperada de Wally, decidiu que a melhor saída era a velocidade, ultrapassar a van e voltar para a sua pista antes da chegada dos carros em sentido contrário. Do seu ponto de vista, uma decisão sensata, mas quando viu Davies, não tinha mais como parar. O para-choque do caminhão colheu Davies e lançou o corpo na margem da estrada. O motorista evitou por muito pouco a colisão com os carros em sentido contrário e continuou acelerando, sem parar.

As luzes do caminhão devem ter cegado os motoristas na outra pista, assim, ninguém viu a morte de Davies. Pelo menos, ninguém parou.

— Rápido. — Hallett não hesitou. — Vamos pegá-lo.

Pegaram o corpo flácido e quebrado. Quando o jogaram na traseira da van, o motorista de um carro que vinha em velocidade atrás deles, com faróis baixos, acendeu os faróis altos e iluminou Hallett, Wally e o cadáver. Ao ultrapassá-los, buzinou com raiva.

— Será que ele nos viu?

— Talvez — respondeu Hallett. — Temos que presumir que tenha visto. Talvez ele tenha um telefone no carro. Precisamos sair o mais rápido possível desta estrada.

Passando por um caminho mais longo, eles chegaram ao ponto combinado de encontro. O motorista do Volvo, a quem Hallett entregou o relatório rapidamente atualizado, concordou em levar Wally diretamente para casa.

— Se a polícia for à sua casa — Hallett o instruiu —, diga simplesmente que seu carro foi roubado. Se nada acontecer, eu lhe digo dentro de uma semana onde deixei a sua van. Obrigado pela sua ajuda.

Colocaram o corpo de Davies na traseira do Volvo. Hallett calculou que Spike saberia o que fazer com ele. Dirigiu a van de Wally até um estacionamento em Ross e voltou até onde havia deixado seu carro.

Hallett telefonou de casa para Spike e recebeu agradecimentos mornos. Não tinha como imaginar a agitação que a morte de Davies causaria, pois, tal como todos os locais, ele não tinha noção da existência do Comitê, nem da identidade dos seus membros.

43

A REUNIÃO SE DEU NA CASA de Bob Mantell, em Wandsworth. Todos estavam lá, apesar da convocação de última hora.

O coronel Macpherson chegou cedo. Esperava problemas desde que Spike lhe dera as notícias. Estava com raiva, mas ainda assim, sem admitir claramente, tinha simpatia pelo processo mental que levara Spike a agir sem autorização.

Não havia nada a fazer em relação a Mac, apenas acrescentar o seu nome à lista daqueles a quem os Homens-Pena tentaram proteger, mas fracassaram. Pelo menos, Spike havia tentado. Macpherson sabia que o Comitê teria recusado qualquer pedido de autorização da vigilância de Mac. Ainda assim, Spike havia, sem intenção, criado as condições para o entrevero final.

Ele assegurara a Macpherson que não havia nenhum vestígio da morte do galês, não importava a causa, mas mesmo assim Macpherson lhe dera instruções para enviar um relatório completo sobre o acidente ao advogado do Comitê e estar preparado para as perguntas da polícia. Hallett e Wally receberam instruções para não comentar nada e procurar o advogado caso recebessem a visita da polícia.

Tommy Macpherson suspirou. Se o Fundador estivesse bem e pudesse comparecer à reunião, talvez se pudesse esperar uma solução razoável. Tal como estavam as coisas, Bletchley ia estourar e fazer alguma bobagem.

Os membros do Comitê esperavam estranhamente silenciosos o início das atividades. Jane completou a rotina da garrafa térmica e Bletchley, cuja higiene pessoal e maneirismos haviam se deteriorado a tal ponto que os membros do Comitê já não duvidavam de que ele estivesse gravemente doente, recebeu o seu café numa caneca inquebrável. Circulavam boatos de que talvez tivesse contraído uma doença sexualmente transmissível, mas quando, após um ataque particularmente severo de chutes involuntários e dificuldade de fala, August Graves lhe perguntara diretamente o que havia de errado, ele respondera apenas "Não há nada de errado. Nada".

Graves havia abordado Macpherson e a maioria dos outros individualmente, sugerindo que alguém convidasse Bletchley a renunciar. A maioria achava que ele devia continuar na presidência enquanto esse fosse o seu desejo. Afinal, a sua presença nas reuniões, apesar de embaraçosa devido às suas dificuldades, não impedia as atividades rotineiras. Assim, Bletchley continuava nominalmente no comando ao lado de Macpherson. Sua hostilidade contra o que via como "comportamento crescentemente irregular de alguns elementos do nosso movimento" tinha atingido proporções de paranoia.

— O coronel Macpherson — Bletchley salivava ao falar — convocou-nos devido a acontecimentos excepcionais. — Fez um aceno curto de cabeça na direção de Macpherson, que agradeceu e sem delongas transmitiu as más notícias. Deu um resumo das mortes ligadas a Dhofar e explicou por que Spike havia decidido agir no caso Mac sem a aprovação do Comitê.

Spike olhava impassível o próprio colo sob os olhares hostis dos membros. Quando Macpherson relatou os acontecimentos da morte de Davies, ouviram-se murmúrios chocados dos Homens Pardos e de Panny, um grunhido estrangulado de Bletchley e um rosnado irritado de Mantell. Jane, o Don e August Graves continuaram impassíveis.

— Devo acentuar — disse Macpherson — que o nosso pessoal não assassinou Davies. Na verdade, não causaram nenhum dano físico à sua pessoa. Não precipitaram a sua morte, mas estavam presentes e testemunharam o ocorrido sem notificar a polícia. Agravaram o problema quando ocultaram o cadáver. — Fez uma pausa e falou lenta e claramente. — Talvez isso não dê em nada. É possível que a polícia não seja informada do acontecimento. É possível que nenhum motorista tenha entrado em contato com ela ou que o tenha feito sem informar a placa da van. Ainda assim, se o nosso motorista for descoberto e, por meio dele, Spike e o Comitê, então *todos* nós seremos chamados a dar respostas.

Olhou cada um dos presentes.

— Devo também enfatizar que as autoridades *podem*, por meio desse incidente, tomar conhecimento da nossa existência, e, se o fizerem, todos os senhores serão teoricamente implicados como conspiradores em acontecimentos que levaram a uma morte; possivelmente apresentada como um assassinato. Para nos prepararmos para o pior, convoquei os senhores sem demora para discutir e adotar um curso de ação adequado. — Sentou-se.

Durante um momento, houve um silêncio perplexo, então Bletchley se levantou, abrindo e fechando a boca como um peixinho dourado. Perdeu o equilíbrio e tornou a se sentar. Suas palavras saíram sibilantes.

— Arruinados. Todos esses anos. Arruinados. — Olhou Spike com raiva. — Como você *ousou* agir sem minha autorização? Você percebe que prejudicou irremediavelmente a própria alma do nosso movimento? E o que dizer das nossas reputações pessoais? Nossa integridade? Se isso vier a público, seremos expulsos dos nossos clubes, das nossas diretorias, a City... meu Deus, não suporto nem pensar.

Olhou em volta, enlouquecido, o olhar fixado em Mantell e Jane.

— Há apenas um único curso de ação que devemos adotar imediatamente e com firmeza. Jane, todos os registros e documentos devem ser destruídos imediatamente. Queimados. Imediatamente. E temos de nos separar a partir de agora. Será como se nunca tivéssemos existido, caso a polícia comece a investigar.

Pegou o café e o engoliu vorazmente, derramando na camisa e sobre a mesa. Durante algum tempo, não conseguiu falar e a cabeça balançava de lado, numa série de espasmos violentos. Depois foi se acalmando lentamente, apesar de os ombros continuarem a tremer e gotas de suor escorrerem pela sua testa. Ninguém falou.

Mais um surto de indignação e raiva.

— Como você *ousou*, Allen, lutar a sua própria guerra particular, em que isso obviamente se transformou, e sem informar o Comitê? Você causou danos indescritíveis. Se isso evoluir, até o nome do nosso Fundador será conspurcado. Tudo o que eu, que todos nós construímos ao longo de todos esses anos, tudo destruído pela sua estupidez. Só há agora um caminho, a contenção de danos. O Comitê tem de desaparecer, deixar de existir, e eu lhes digo, vou avaliar o que terei de fazer para proteger a minha reputação.

Esgotado, Bletchley afundou na cadeira como uma aranha agonizante. Jane o observava com óbvia preocupação, mas nada fez. Mantell preencheu o silêncio.

— Só posso concordar com a decisão do nosso presidente. Apesar de extremamente entristecido, qualquer outro curso de ação seria um convite a coisas extremamente desagradáveis para cada um de nós. Sugiro uma votação de mãos levantadas.

Houve concordância geral e o assunto foi posto em votação aberta.

Somente Graves e Tommy se abstiveram; todos os outros votaram pelo encerramento do Comitê. Mantell telefonou ao Fundador e informou o seu voto, que, para surpresa da maioria dos presentes, foi favorável à moção de Bletchley: encerramento imediato e destruição de todos os arquivos. As ações em andamento seriam interrompidas tão rapidamente quanto possível por Mantell, com a colaboração de Spike.

Os Homens-Pena deixaram de existir no dia 14 de dezembro de 1987.

Na manhã seguinte, Macpherson tomou uma providência, pois, sem outras ações dos Homens-Pena, ele temia a possibilidade da continuação das mortes ligadas a Dhofar. Durante o período de 1983-84, quando foi chefe de polícia da Grande Londres, ele havia feito amizades entre os policiais. Telefonou para o mais antigo entre eles para pedir um encontro *off the record*.

Naquele mesmo dia, contou ao amigo que pessoas com quem tinha servido no passado haviam descoberto uma série de assassinatos de ex-militares, apesar de até aquele momento desconhecerem os motivos por trás deles. O incidente mais recente envolveu Mac, em Hereford, e havia razões para acreditar que um homem que morrera dois dias antes num acidente rodoviário na A49 poderia ser um dos assassinos. Não sabia mais e não podia dizer mais, mas existia a possibilidade de reexaminar os quatro casos?

O policial telefonou para Macpherson três dias depois. Não havia nada sobre uma morte na A49.

— Examinamos os arquivos sobre as mortes ocorridas no Reino Unido e não vimos nenhuma razão para reabrir os casos, a menos que surja um novo motivo ou uma nova evidência.

Macpherson já esperava essa resposta, mas sentiu que devia a iniciativa aos que tinham tentado proteger os alvos dos assassinos. Na semana seguinte, recebeu um telefonema preocupado de Jane e decidiu se reunir com ela e Spike no escritório do Fundador em Londres. Jane, dividida entre a lealdade ao movimento e sua devoção pessoal a Bletchley, confessou uma ação que lamentava. Por insistência de Bletchley e no estado de choque após a dispersão do Comitê, ela havia levado a ele um maço de pastas antes de proceder à queima de todos os arquivos que havia preparado com tanto amor durante tantos anos.

Só depois de ter recebido as pastas, Bletchley deixou clara o motivo pelo qual precisava delas. Tinha decidido escrever um livro para revelar como o *seu* movimento havia sido desencaminhado por Macpherson e outros, como até mesmo o Fundador havia sido induzido a aceitar a adoção de caminhos perigosos e antiéticos, como um conceito magnífico e puro havia sido transformado num brejo de perseguições e investigações ilegais, e como ele, Bletchley, se isolou dos infaustos resultados. Parecia aterrorizado ante a perspectiva de ter sua reputação, zelosamente construída, conspurcada por uma investigação policial e pela publicidade resultante devida ao fiasco que fora a morte de Davies ou, caso este não se materializasse, alguma futura indiscrição semelhante.

Jane havia tentado dissuadi-lo dessa proposta, mas o homem estava delirante. Recusou-se a devolver as pastas a Jane.

— Quais foram as pastas? — perguntou Macpherson.

— As mortes da conexão Dhofar entre 1977 e 1987.

— Você acredita que ele pretende mesmo publicar um livro? — perguntou Spike.

Macpherson respondeu.

— Se ele tivesse condições de pensar com clareza sobre as consequências de tal livro, não acredito. Mas o homem, na minha opinião, já não está *compos mentis*. Não me preocupo por mim, mas não podemos permitir que o bom nome do Fundador, ou o seu, seja aviltado pela versão tendenciosa e imprecisa que a mente perturbada de Bletchley terá condição de produzir. Essas revelações nas mãos do político errado, sem preocupações quanto à verdade, poderiam ser imensamente danosas e serviriam para manchar as enormes realizações do Fundador em benefício deste país.

— Então, o que vamos fazer? — perguntou Spike.

— Vou procurar um grande advogado, Peter Carter-Ruck, e me aconselhar com ele. Talvez seja possível proibir em juízo a publicação do livro. Eu mantenho você informado. Mas há mais uma coisa que talvez torne impossível a Bletchley escrever este ou qualquer outro livro. — Passou a Spike uma folha A4 datilografada. — Antes de você ler, vou lhe contar um pouco da história de Bletchley. Ele foi adotado quando seus pais morreram num acidente ferroviário, na década de 1920. Depois de cursar a Academia Militar de Sandhurst, alistou-se num regimento de infantaria em 1938, e esteve em ação contra os italianos no deserto no início dos anos 1940. Foi um dos poucos oficiais com experiência no deserto a ser promovido ao QG no Cairo e fez um trabalho excelente que ajudou muito na derrota de Rommel. No final da guerra, foi transferido do posto de tenente-coronel para o de capitão. Preferiu se desligar e se tornou um contador.

— Muito longe da sua atual proeminência na City — comentou Spike.

— É verdade. Mas ele tinha uma excelente noção de oportunidade e "deixou a profissão" numa época de expansão após a guerra, até se tornar diretor financeiro de uma empresa independente. Nunca olhou para trás e se aposentou em 1972, com 55 anos, assumindo vários cargos de diretoria não executiva e de filantropia. Até a manifestação da sua doença, ele era muito admirado. Era o presidente perfeito: respeitável, pedante e tranquilo, inegavelmente inteligente e com muitas amizades importantes.

— Qual é o problema de saúde dele?

Macpherson indicou o papel que tinha dado a Spike.

— Leia. Se eu estiver certo, e todos os sintomas parecem confirmar, então Bletchley foi afetado inicialmente, apenas em desvios de personalidade, na década de 1970. Os sinais *físicos* só se manifestaram no ano passado. Esse resumo foi preparado para mim por um amigo em Edimburgo.

Spike leu o texto em voz alta.

— Em 1872, o americano George Huntington definiu pela primeira vez como Coreia Hereditária (*coreia* significa dançar) uma doença que hoje é conhecida pelo seu nome. Huntington escreveu: "A doença é confinada a poucas famílias e foi transmitida a elas por herança há gerações, desde um passado distante. É descrita com horror por aqueles em cujas veias existem as suas sementes. Ela é hoje melhor conhecida e certas drogas podem retardar a sua evolução, apesar de ainda ser classificada como incurável. Afeta uma em cada vinte mil pessoas no mundo.

"Vinte ou mesmo 40 anos separam as primeiras pequenas alterações de humor que anunciam o início das aflições mentais e físicas crônicas que levam à morte, geralmente por asfixia durante a alimentação.

"A doença pode atacar a qualquer momento, e, quando as primeiras manifestações acontecem depois dos 50 anos, a vítima é capaz de manter atividades intelectualmente exigentes por muitos anos, desde que conheça bem o assunto.

"Se um dos pais, ou ambos, têm a doença, um ou mais dos filhos mais cedo ou mais tarde há de manifestá-la. Entretanto, como continuam aparentemente saudáveis até depois da meia-idade, têm grande chance de se casar e infectar as gerações futuras.

"Uma vez que a doença decida se manifestar, a deterioração, apesar de geralmente imperceptível no dia a dia, é inexorável. A vítima não sofre manifestações físicas durante alguns anos, mas o seu caráter se altera insidiosamente. Amigos e familiares se irritam e sofrem. Às vezes, segue-se o divórcio. Inevitavelmente, mais cedo ou mais tarde, alguns músculos apresentam espasmos, condição que gradualmente se espalha pelo corpo até que todos os músculos se agitam como um boneco."

— Felizmente — comentou Macpherson —, Bletchley nunca se casou.

— Pobre infeliz — disse Spike. — Não desejaria um horror desses para homem nenhum.

— Ele talvez escreva um livro — disse Macpherson. — Ele *talvez* continue parcialmente lúcido ainda por muitos anos.

44

Onze anos depois do primeiro encontro com o xeique Amr, De Villiers voltou a Dubai em dezembro de 1987 para receber o pagamento final de 2 milhões de dólares do seu filho Bakhait. O contrato havia custado as vidas dos seus dois companheiros da Clínica. Tadnams pesquisou cuidadosamente, mas não descobriu nenhum vestígio do destino de Davies. De Villiers não perdeu tempo, nem se angustiou com teorias inúteis.

De certa forma, as mortes dos colegas, presumindo que Davies *estivesse* morto, eram um bônus. Não somente o pagamento de Dubai seria integralmente seu, mas qualquer ameaça futura de fantasmas do passado seria minimizada.

O irmão mais novo de Bakhait, seu sócio no império do varejo, recebeu De Villiers educadamente, mas não manifestou interesse no objetivo da sua visita. Aquele assunto era de interesse exclusivo de Bakhait, que estava ausente.

— Ele está no Irã já faz sete meses. Já fiz tudo o que podia para conseguir sua libertação.

— Libertação? — De Villiers não entendeu.

— Sim. Ele está detido na prisão Gohar Dasht. Os *pasdari*, os Guardas Revolucionários, o prenderam sob a alegação de que espionava a favor do Iraque. É claro que é mentira, mas ele passou muito tempo fazendo negócios nos dois países. É uma acusação falsa para conseguir moeda estrangeira.

— Como?

— Eles sabem que eu vou mandar dinheiro para conseguir sua libertação. Aqueles mulás são uns demônios. Cada contato é feito por um homem diferente, e cada vez eles dizem que precisam de mais dinheiro. Conduzir uma investigação da inocência do meu irmão, dizem eles, é um negócio muito dispendioso.

— Então, quando ele será libertado?

O dhofari balançou a cabeça, o rosto, geralmente amistoso, cheio de preocupação.

— Tudo que recebo são promessas. Já não ouso esperar muito. Continuo a mandar dinheiro e a cuidar da família dele. *Insh' Allah* ele não sofra e volte logo para nós.

De Villiers ocultou seus sentimentos. De nada adiantava exibir sua frustração. Era credor de 2 milhões de dólares e, quando recebesse, estaria livre de qualquer obrigação. Não haveria mais contratos. Não haveria mais contatos com agências. Somente Anne e La Pergole. Via que o destino o havia colocado diante de um impasse sem nenhum outro curso de ação que não a paciência. Somente Bakhait poderia assinar o cheque, e De Villiers não estava disposto a arrancar Bakhait da prisão dos aiatolás.

De Villiers saiu de Dubai com a promessa de que, tão logo Bakhait fosse libertado e voltasse para casa, seu irmão mais novo o chamaria. Guardou o vídeo gravado no quarto de Mac, o relatório sobre as ações da Clínica e o obituário de Mac no *Evening News*, o jornal de Hereford.

45

...Em julho de 1990, num dia fresco e ensolarado, eles atravessaram os vinhedos até as ruínas de Vrede Huis e observaram o pôr do sol enquanto discutiam a casa de veraneio que planejavam construir na clareira.

Anne parecia estar gripada ou pelo menos foi o que De Villiers pensou de início. À gripe, se seguiu uma tosse forte e falta de ar.

Veio o médico, mas Anne não respondeu ao tratamento com antibióticos. De Villiers levou-a ao hospital com pneumonia dupla e uma chapa de raios X que mostrava os pulmões infectados por pneumocistos. Como não havia nenhum outro problema com a sua saúde, os médicos começaram a suspeitar do vírus da AIDS e, dois dias depois, informaram a De Villiers que Anne tinha diagnóstico positivo para o HIV. Acreditavam que a origem teria sido uma transfusão de sangue que ela recebera depois do acidente, quatro anos antes.

De Villiers ficou arrasado. Sentia-se pessoalmente culpado. Anne recebeu calmamente a notícia.

— Deus vai cuidar de mim. Você vai poder me visitar, meu amor?

Ele jurou continuar ao seu lado. Telefonou para hospitais e especialistas na Europa e nos Estados Unidos. Queria o melhor tratamento possível para Anne e as drogas mais recentes. Eles não tinham seguro para cobrir os custos do tratamento de uma doença incurável e, como capataz não remunerado de La Pergole, ele não tinha ganhado nenhum dinheiro nos três anos anteriores. Jan Fontaine havia deixado dívidas e, apesar de eles terem sobrevivido do capital investido e pela venda de partes da propriedade, De Villiers sabia que não teria condições de pagar o tratamento que estava decidido a oferecer a Anne. Naquele momento, continuaram na África do Sul e ele a visitava diariamente. Tornou-se um ávido leitor de publicações médicas que tratassem de tópicos relacionados à Aids, procurando indicações de novas descobertas.

Nas longas horas que passava junto a ela, maravilhava-se com a confiança inabalável e serenidade que Anne extraía da religião. Também ele, pela primeira vez na vida, começou a pensar e falar de Deus; às vezes, chegava até mesmo a acreditar. Rezava pela sua cura, por uma cura milagrosa ou pelo menos pela remissão da doença.

Tinha muito tempo para refletir sobre sua própria vida. Lenta e dolorosamente, ele se permitiu pensar sobre as páginas negras, pedir perdão por cada uma das mortes.

Chegou o dia em que, pela primeira vez, ele buscou novamente as lembranças havia muito adormecidas, forçosamente ocultas, das cores e do horror da noite em Vancouver quando morreu toda a sua família.

A pequena e loura Anna, sua irmãzinha caçula: nunca encontraram o seu corpo. Por mais que tentasse, ele não conseguia se lembrar de detalhes das suas feições. Via apenas o rosto adormecido de Anne e, confuso por todas as leituras médicas, as marcas horríveis do sarcoma de Kaposi sobre a sua pele.

No dia 22 de agosto, ele recebeu em La Pergole um telefonema de Tadnams. O cliente em Dubai pedia um contato.

De Villiers telefonou e, para sua surpresa, foi atendido por Bakhait.

Ao se despedir, ele disse a Anne que estaria de volta o mais rápido possível. Não teria ido não fosse o fato de ser aquela a sua melhor oportunidade de pagar o tratamento dela em Washington ou Los Angeles, num lugar onde ele pudesse ter uma cama ao lado da dela e onde eles pudessem esperar uma cura...

46

Em agosto de 1990, Saddam Hussein ordenou às suas tropas que se retirassem do território que haviam tomado dos iranianos depois de anos de luta sangrenta e ao custo de muitas vidas. Cidades, que para os iraquianos em 1990 significavam tanto quanto Verdun e Passchendaele para os europeus na década de 1920, foram abandonadas da noite para o dia. A retirada de Meymak, Mehran e das colinas de Kalleh Qandi, na província de Ilem, foi acompanhada pelo anúncio feito por Saddam da libertação de 50 mil prisioneiros de guerra.

O presidente Rafsanjani ficou naturalmente encantado com essa generosidade inesperada do arqui-inimigo, e no dia 18 de agosto foram libertados por Teerã os primeiros mil prisioneiros iraquianos. Bakhait saiu no grupo seguinte, no dia 21 de agosto, e jurou nunca mais fazer negócios com nenhum dos dois países.

Depois de uma festa de boas-vindas em Dubai e de colocar os negócios em dia, ele ficou sabendo que De Villiers havia completado a *thaa'r* dois anos antes.

De Villiers notou imediatamente que Bakhait não havia apreciado a estada no Irã. Estava magro e cadavérico, os cabelos rareados e ele andava ligeiramente curvado. Parecia muito mais velho que os seus 31 anos e havia perdido a bonomia natural. Ainda assim, recebeu De Villiers e se desculpou pela ausência.

Depois do café e da conversa costumeira, Bakhait estudou o relatório escrito da Clínica sobre o local e a identificação dos estágios da quarta operação. Examinou as fotos, os relatórios médicos e o obituário, e assistiu ao vídeo. Aparentemente, Mac ouvia da cama a acusação da morte do irmão de Bakhait, Mahad, feita por De Villiers.

O dhofari, sem nenhum sinal de emoção, fez um cheque de 1 milhão de dólares.

— Quanto ao pagamento final, quando se completasse o cumprimento do contrato, eu tenho uma única dúvida. Ontem me forcei a rever os filmes anteriores. O senhor deve saber, eu não concordei com essa busca de vingança, mas sou um homem de palavra e prometi ao meu pai no seu leito de morte que completaria a *thaa'r* da família e restabeleceria o seu bom nome na nossa terra.

De Villiers assentiu, sem saber o que viria em seguida.

— Os filmes de Kealy e Marman não levantaram dúvidas no meu espírito, mas o filme de Milling deveria ter sido discutido quando o senhor o mostrou a mim pela primeira vez. Na época, eu tinha 18 anos e cometi o erro de aceitar evidência que, agora vejo, não somente é inadequada, mas capaz de levantar dúvidas no espírito dos jarboatis em Dhofar quanto à identificação correta dos assassinos dos meus três outros irmãos.

O filme original em 8mm havia sido transferido para uma fita de vídeo, e os dois assistiram juntos a De Villiers acusar John Milling de ter assassinado Salim bin Amr. Quando o filme terminou, Bakhait ergueu os braços.

— O senhor não vê o problema?

— Não. Não vejo nenhum problema.

— Mas o inspetor Milling declara claramente que não matou meu irmão Salim. Chega mesmo a dizer que o oficial responsável pela emboscada admitiu abertamente num livro o seu papel.

— É verdade. Mas em outras ocasiões tive oportunidade de ver esses voos da imaginação de homens condenados. Não é incomum. Se Milling soubesse realmente da existência desse livro, ele teria certamente conhecimento do seu título e autor. Teria confirmado os dois pontos naquele mesmo instante. O senhor não concorda?

— O senhor presume que ele não teria honra. — Bakhait deu um leve sorriso. — Olho para o rosto desse homem e vejo uma personalidade forte. Um soldado incapaz de provocar a morte de outro para salvar a própria pele.

— Com o devido respeito, não posso concordar. O senhor está falando de um europeu, não de um muçulmano.

— O senhor é bem cínico com relação à sua própria raça.

— Não sou europeu, mas concordo. Ao longo dos anos, notei uma diferença de prioridades entre os verdadeiros seguidores do Islã e a maioria dos cristãos ocidentais.

Bakhait encarou De Villiers. O rosto do dhofari estava decidido.

— Não posso aceitar que a *thaa'r* esteja realizada, nem a minha promessa seja cumprida enquanto essa questão ainda estiver pendente. O senhor procurou o livro a que Milling se referia?

— Fizemos contato com os principais livreiros em Nova York e Londres. Nenhum deles tem notícia desse livro.

— Isso quer dizer que o livro não existe?

— De forma alguma, mas as circunstâncias não justificavam uma busca exaustiva devido ao que já expliquei. Pode-se acreditar que algum oficial tenha publicado um livro sem ser por um editor conhecido. Ou esse livro pode ter existido, mas à época da nossa pesquisa, já estivesse esgotado.

— Seria então necessária uma busca mais detalhada para eliminar completamente a possibilidade de o "livro" de Milling existir ou ter existido?

De Villiers concordou.

Bakhait era um homem de negócios bem-sucedido. Ambicioso e ansioso por recuperar o tempo perdido numa cadeia fedorenta no Irã, ele desejava acima de tudo vencer na própria terra. Tinha total confiança na sua capacidade de expandir os negócios não somente até Muscat e Salalah, mas a toda Omã. Poderia vir a ser um ancião, um ministro. As possibilidades não tinham fim. Ele já brilhava nos Estados do Golfo, mas agora, mais velho, a necessidade de reconhecimento na própria terra tornara-se um graal que lhe enchia os sonhos nas longas noites de Teerã.

O outro lado da moeda era a *thaa'r*. A família do seu primo Hamoud não ia querer vê-lo voltar à terra. Sem a exoneração e aceitação por parte dos anciãos jarboatis, ele e a sua família nunca estariam em segurança, sem vigilância constante. E ele não queria passar o resto dos seus dias olhando por cima do ombro.

Falou a De Villiers como teria falado ao seu contador.

— Gostaria que o senhor verificasse plenamente a afirmação do inspetor Milling. Todas as suas despesas serão cobertas. Se, como eu pessoalmente espero, o senhor descobrir que um erro foi cometido, terá sido a vontade de Deus; o senhor não será culpado. Mas o desejo do meu pai, a que estou preso, era vingar as mortes de todos os seus quatro filhos, meus irmãos. Um desses assassinos *talvez* ainda esteja vivo. O pagamento não poderá então ser feito. Ou temos prova incontestáveis de que tal livro não existe nem jamais existiu, ou descobrimos que o livro e seu autor existem, e, nesse caso, o senhor ainda tem um trabalho a completar.

Entre 1977 e 1990, houve considerável progresso no controle por computador dos estoques, por título e autor, de muitas livrarias. Isso não resolvia o problema de De Villiers, que não sabia nem um nem outro. Sabia apenas o assunto e, com uma base de intervalo de cinco ou seis anos, a data de publicação.

De volta a Londres, visitou inúmeras lojas, começando pela Hatchards e Harrods, passando depois a outras menos conhecidas que vendiam livros usados. Quando lhe perguntavam, como era comum, a classificação geral do livro, ele sugeria guerra, história, e Arábia.

Depois de uma semana frustrante, ele finalmente fez algum progresso no dia 17 de setembro. A Livraria Oriental de Arthur Probsthain & Co. era uma das muitas lojas em que tinha procurado. A telefonista que o atendeu transferiu-o à Sra. Sheringham, cujo sotaque parecia alemão e que, de acordo com a telefonista, sabia tudo sobre todos os livros já publicados.

— Boa tarde, meu nome é Lawrence. Estou fazendo uma pesquisa sobre temas do Oriente Médio e procuro um livro sobre a Guerra de Dhofar, em Omã, na Arábia. A senhora teria alguma coisa que trate daquele conflito no período do final da década de 1960?

Depois de largar várias vezes o telefone, a Sra. Sheringham finalmente definiu três títulos possíveis e os editores.

Agradeceu efusivamente e se amaldiçoou em seu íntimo, pois esperava um resultado negativo. Telefonou ao editor do mais provável dos três títulos, Hodder & Stoughton, de Bedford Square, em Londres. A telefonista transferiu-o para o departamento editorial, como fazia sempre que havia uma pesquisa sobre títulos fora de catálogo.

— Kate Farquhar-Thompson, Editorial. O que o senhor deseja?

— Gostaria de saber se a senhora tem um livro sobre a Guerra de Dhofar, em 1969, escrito por um ex-oficial do Exército. — De Villiers deu o título. — A senhora teria um exemplar, por favor, ou poderia indicar onde eu poderia encontrá-lo?

Depois de vários minutos, ela voltou pesarosa ao telefone.

— Não temos mais nenhum exemplar. Esgotou-se no início de 1977, foi reimpresso em 1978 e há 11 anos não temos notícias de nenhum exemplar. Sinto muito.

— Não haveria alguém que pudesse me emprestar ou permitir que eu faça uma cópia do livro?

— Não conosco, mas talvez um sebo, nunca se sabe.

De Villiers viu que não tinha mais opções. Fez contato com Tadnams pela primeira vez em muitos meses e ficou aliviado ao encontrar um dos seus antigos contatos. Concordaram que passariam um pente fino atrás do livro tão logo a equipe estivesse disponível.

No fim, De Villiers encontrou o livro numa velha loja de antiguidades em Kilburn. Estava muito castigado, muito manuseado, com vários parágrafos sublinhados, algumas páginas arrancadas e comentários rabiscados nas margens por, De Villiers deduziu, algum aluno de extrema-esquerda dos anos 1970.

Pagou 25 pence pelo livro e voltou ao hotel para ler as passagens principais.

Já não tinha dúvidas. Não deviam ter matado Milling. Agora via claramente por que o erro havia sido cometido. Naquela época, a Clínica só sabia que o alvo era o oficial branco encarregado da Operação Snatch, e que o único oficial daquela unidade envolvido na operação era o então capitão John Milling... QED.

Mas o livro agora revelava a De Villiers que o *adoo* tinha sido levado a adotar a mesma falsa premissa. O oficial de inteligência do sultão, Tom Greening, era um sujeito esperto que havia criado uma unidade de deserto na zona de fronteira do Iêmen do Sul e despachou-a à noite para executar a emboscada a muitas horas de distância da sua área de patrulha. Se o verdadeiro oficial da Operação Snatch não tivesse escrito um livro, a identidade de Milling nunca teria sido colocada em questão.

Tal como estava, à luz da nova informação, De Villiers não tinha opção e telefonou a Bakhait.

— Você tem certeza de que este é o homem?
— Cem por cento — respondeu De Villiers. — Está tudo preto no branco.
— Ele está vivo?
— Quero crer que sim.
— Se estiver, vá em frente.

De Villiers telefonou a Tadnams. Eles sugeriram que verificasse o *Who's Who of International Writers*.
— Dá os endereços atualizados de todos os autores.

47

DARRELL HALLETT TINHA TEMPO demais à sua disposição. Havia terminado recentemente os exames de renovação de licença e o sucesso contínuo poderia significar uma promoção a gerente de área. A venda de seguros de vida era um negócio muito competitivo, e Hallett estava decidido a vencer. Mas, exatamente naquele momento, depois do esforço despendido nos exames, ele se deu alguns dias de descanso. Levou a vara de pescar para o rio e passou muitas horas felizes com o último livro de Colin Thubron no colo e um talo de capim na boca.

No dia seguinte, 5 de outubro, o tempo ruim não permitiu mais pesca e ele decidiu dedicar-se ao seu outro hobby, colecionar livros de viagem. Seus tópicos favoritos eram vela, montanhismo e rios selvagens, mas também colecionava todos os livros de alguns autores e, quando possível, ele os tinha autografados.

Telefonou para vários editores, inclusive Hodder & Stoughton, cuja lista de títulos incluía mais livros de viagem do que a maioria dos concorrentes. Hallet foi atendido por Kate Farquhar-Thompson no departamento editorial e pediu um exemplar de um livro sobre uma viagem a um rio canadense intitulado

Headless Valley. Ela se afastou, provavelmente para consultar o computador.

— Desculpe a demora — disse ela alegremente. — É estranho. Alguém telefonou pedindo um livro do mesmo autor. Mas ele queria um livro sobre uma guerra na Arábia. Lamento, mas para você a resposta vai ser a mesma que dei a ele, não temos mais exemplares. *Headless Valley* está esgotado. O senhor vai ter de tentar os sebos. Pode começar com a Foyles... Ok?

Ela já ia desligar. Ele ouviu o outro telefone.

— Um momento — disse.

— Pois não?

Ele fez uma pausa sem muita certeza do que o incomodava.

— Ouça. Muito obrigado pelo seu conselho... Você poderia me dizer quem telefonou pedindo o livro sobre a guerra na Arábia?

— Não — ela respondeu depois de uma pausa. — Sinto muito, mas já se passaram duas sou três semanas e eu recebo muitos pedidos como esse. Acho que era estrangeiro, talvez americano... Acho que mencionou Amã ou Omã.

Ele agradeceu, desligou e pegou um livro de capa marrom na prateleira mais alta. Era uma probabilidade muito pequena, mas ele acreditava no ditado "cautela e caldo de galinha nunca fizeram mal a ninguém". Telefonou para Spike.

Três dias depois de Hallett ter falado com Kate Farquhar-Thompson, o coronel Macpherson tomou o voo das 16h15 de Glasgow para Londres e chegou à sua casa em Archery Close às 18h30. O Mini de Spike estava estacionado um pouco adiante na mesma rua.

Depois de um drinque, Macpherson conduziu Spike para uma sala interna.

— Então eles tornaram a aparecer?

— Há essa possibilidade, coronel. É uma pista muito tênue; insuficiente para envolver a polícia num pedido de proteção.

— Mas suficiente para você se preocupar ou não teria me chamado com essa pressa.

Spike concordou.

— Não suportaria ignorá-la.

— Muito bem. Não há nada a perder, desde que não tenhamos a repetição do acontecimento na A49. O mais estranho é que eu conheci o seu alvo atual há cerca de 12 anos num comitê de promoção de exportações, em que Campbell Adamson me enfiou.

— Vou verificar imediatamente a história dele e começar a alertar os locais — disse Spike.

— Quantos?

— Vai depender de onde vive o alvo, mas, em princípio, eu gostaria de dar prioridade máxima. Duas equipes de quatro, se eu conseguir reuni-las.

— Concordo — disse Macpherson. — Use tudo o que puder. Eu já não tinha esperança de que pudéssemos agarrar essas pessoas, mas estou disposto a pagar um preço alto para descobrir o esconderijo delas. Considero-as culpadas pela dispersão do Comitê.

— Se estiverem livres, pensei em Mason e Hallett para liderar as duas equipes, pois os dois estão envolvidos desde o início. Mason provavelmente conhece o alvo ou no mínimo já ouviu falar dele. Todos aqueles sujeitos que serviram em Omã tiveram oportunidade de se conhecer.

Macpherson concordou.

— Alguma novidade com relação a Bletchley? — perguntou Spike.

— Já ia lhe contar. Jane telefonou um pouco antes de eu ir para o norte, na semana passada. Disse que Bletchley parece muito distante quando ela telefona, então não o pressiona com muitas perguntas. Uma coisa que mencionou foi uma queixa que ele fez em relação aos dedos. Diz que está encontrando dificuldades cada vez maiores para datilografar e que talvez contrate uma secretária.

— A Jane não poderia sugerir ela própria para o serviço?

— Foi exatamente o que pensei. Perguntei, mas você conhece a reserva da querida senhora. Dei a entender que haveria grandes benefícios para todos os envolvidos se ela se tornasse assistente dele. Ela entendeu.

— O que pode acontecer se ele prosseguir com o plano de escrever o livro?

— Como não temos como impedi-lo, só poderemos sorrir e aguentar calados. A maioria dos locais continuará em segurança, mas Mason, Hallett e outros que assinaram relatórios incluídos nas pastas entregues a Bletchley por Jane poderão ter problemas. Só Deus sabe o que ele pretende dizer.

— Nós também vamos saber, se Jane conseguir o emprego.

PARTE 5

PART 5

48

NA SEGUNDA-FEIRA, 22 de outubro, eu voltava atrasado da nossa plantação de árvores mais ao norte. Era uma noite agradável e, com as luzes do trator para ajudar, terminei de colocar a proteção contra coelhos. Do portão da propriedade, e por uns 20 quilômetros para o oeste, a vastidão de Exmoor se estendia contínua ao longo da costa de Devon. Eu adorava o lugar e, apesar de só estarmos ali há seis anos, havíamos plantado 16 mil árvores, em sua maioria, decíduas. Minha mulher criava gado Aberdeen Angus e cachorros. Meu emprego como representante europeu do famoso magnata nonagenário do petróleo, o Dr. Armand Hammer, ajudou-nos a transformar a terra que havia muito tinha sido abandonada numa propriedade produtiva.

Eu me preocupava, pois o Dr. Hammer não estava bem e eu via o espectro do desemprego pairando à minha frente. Para evitar a perspectiva da falta de renda no futuro próximo, tinha começado a escrever no meu tempo livre um romance sobre o Irã, já quase terminado. Mais três meses, e poderia procurar um agente literário.

O trator desceu o terreno íngreme e as luzes da nossa casa tremulavam através das árvores. Toda a energia elétrica era fornecida por um gerador de 22 anos. A água da casa e do gado chegava por uma mangueira de uma fonte distante. Não recebíamos leite nem jornais. Resumindo, uma atmosfera agradavelmente isolada.

Guardei o trator na garagem. Ao olhar as Brendon Hills, a leste, todo o campo estava escuro. Não se via nenhuma luz ao longo de 12 quilômetros, pois o povo de Exmoor sensatamente constrói casas nos vales.

Vivíamos a mais de 400 metros acima do nível do mar, e os ventos naquela noite sopravam frescos sobre Hurdledown e Badgeworthy. Minha mulher me ouviu tirando as botas.

— E o lixo? — gritou da cozinha.
— E o jantar? — respondi.
— Ele espera.

Toda noite de segunda-feira, quando estou em Exmoor, eu levo o lixo acumulado durante a semana em sacos pretos para o local de coleta na beira da estrada. É praticamente a única coisa que faço regularmente, porque o meu trabalho em Londres e as conferências por todo o país não têm horário regular. É melhor deixar o lixo o mais tarde possível antes do horário de recolhimento na manhã seguinte. As raposas costumam atacar os sacos e espalhar o conteúdo.

Às 20 horas, engatei um reboque carregado deles à velha perua Montego da minha mulher e percorri a longa trilha conhecida como Estrada do Boi. Um trio de bois de longos chifres bloqueava o caminho e ignorou meus gritos. Consegui finalmente afastá-los para a margem. Então, ao fazer a última curva antes de chegar à estrada da charneca, encontrei um carro estacionado no meio do caminho. Com a colaboração do Mestre de Cães de Caça, capitão Ronnie Wallace, eu tinha entrado em acordo com o Departamento de Parques para que se erigisse uma placa grande dizendo "Caminho Exclusivo de Animais", a fim de afastar os automóveis, por isso fiquei irritado, para dizer o mínimo.

Namorados, presumi, em atividade no banco de trás.

Mas o carro, uma perua Volvo preta, estava vazio. Não tinha lanterna, mas notei uma modificação estranha no para-choque dianteiro, como uma lâmina improvisada para remover neve.

Voltei até a Montego, determinado a gritar, pois acreditava que os ocupantes estavam por ali, na grama. Alguma coisa, um ruído ou um brilho rápido de luz, atraiu a minha atenção para o velho celeiro do outro lado da cerca. Minha mulher havia alugado o celeiro para guardar feno e recentemente havia se queixado do desaparecimento de alguns fardos. Valendo 2,75 libras cada um, a perda era um assunto sério, por isso esqueci os namorados do Volvo e, pegando uma chave de roda da Montego, subi a porteira e entrei silenciosamente no celeiro.

Ao caminhar entre duas fileiras de fardos, uma lanterna se acendeu à minha frente, cegando-me. Uma voz vinda de trás da luz ordenou:

— Largue.

Pelo que eu podia perceber, havia quatro lanternas dirigidas contra os meus olhos e fui conduzido para o lado vazio do celeiro.

— Sente-se.

Sentei-me num fardo, completamente perplexo. Talvez eles fossem sabotadores de caça, pessoas que recentemente estiveram ativas naquela região. Mas como nenhum de nós caçava há muitos anos, aquela explicação não me pareceu muito provável. Talvez quisessem roubar a Montego: nesse caso, eu agradeceria, ela estava muito rodada e amassada.

Meus olhos começaram a se acostumar à luz das lanternas. Vi um deles montar uma câmera de vídeo num tripé e outro atirou no meu colo um livro que eu tinha escrito muitos anos antes, intitulado *Onde os soldados temem caminhar*.

O feno tinha um cheiro bom, muito doce. Eu suava e percebi que estava com medo.

Um dos homens dirigiu-se a mim, um sotaque parecido com o da minha madrinha americana de Connecticut.

— Nesse livro, capitão Fiennes, o senhor admite ter alvejado e matado um dhofari chamado Salim bin Amr, na manhã de 18 de outubro de 1969. É verdade?

Não conseguia ver o rosto de quem falava por trás da lanterna. O homem devia ser louco.

— Se eu escrevi isso no livro, então é claro que é verdade.

— Então o senhor admite ter assassinado essa pessoa?

Sua voz era monótona e sem humor. Não era a voz de um louco. Minha confusão se transformava em apreensão.

— Claro que não. — Sentia uma ponta de medo na voz e na boca do estômago. — Eu nunca assassinei ninguém. Nunca. Você está falando de uma ação militar, não de assassinato, e já se passaram 20 anos. Isso é absurdo. O que você quer?

Automaticamente e no espaço de alguns segundos, a minha memória repassou os acontecimentos de Dhofar, havia quase 21 anos, praticamente no mesmo dia.

Estávamos sentados no centro do amplo wadi Habarut, a meio caminho entre os dois fortes caiados e exatamente sobre a fronteira não demarcada entre Dhofar e o Iêmen do Sul. Meu companheiro era o comandante da guarnição das forças comunistas, que ameaçava retaliação pelo incidente provocado por um membro de uma tribo dhofari. Eu lhe ofereci duzentos cigarros Rothmans. Ele aceitou quatrocentos.

Meu sinaleiro chamou. Uma mensagem de alta prioridade do meu chefe, o coronel Peter Thwaites: vá imediatamente para Thamrait. Dirigimos para leste, através da luz tremeluzente do calor nas estepes de cascalho, e chegamos à base por volta do meio-dia.

Tom Greening, o chefe de Inteligência do sultão, estava lá e trazia novas ordens. Eu devia ir naquela noite até a *jebel* e, 20 quilômetros no interior do território dominado pelos *adoo*, à aldeia de Qum, capturar dois líderes comunistas e trazê-los vivos para ele. Apresentou-me a um homem da tribo Mahra, um sujeito de ar decididamente traiçoeiro que, segundo ele, seria o nosso guia. Meus homens não queriam acreditar. Aquele *jebali* era um espião *adoo*. Seríamos conduzidos para uma armadilha, interceptados e mortos até o último homem no coração do território *adoo*.

Entendi o ponto de vista dos meus homens. Um único ferido nos colocaria numa posição potencialmente desastrosa. Com 26 soldados fisicamente fortes e capazes, o meu pelotão normalmente se valia da velocidade, viagens noturnas e do silêncio para sobreviver. Colocávamos armadilhas e nos retirávamos sem demora para a segurança do deserto. Nosso maior medo era sermos isolados na *jebel*. Não tínhamos macas, nem mulas, nem assistência de helicópteros. Na grande área que Greening tinha indicado, não teríamos a ajuda de nenhuma unidade de reserva do exército.

Mas ordens eram ordens, por isso dirigimo-nos ao anoitecer para o sul, ao poço de O'bet, e escalamos o escarpamento. Depois de alguns quilômetros, entramos na região coberta de folhagem da *jebel* e vimos na nossa retaguarda sinais luminosos lançados no ar. Meu sargento sussurrou.

— Estamos cercados. Vamos ter de voltar por outro caminho.

Mas marchamos noite adentro com nossa pesada carga de munição e água. Nenhuma bússola poderia ter nos guiado ao longo da confusa rota de camelos que descreviam meandros pelos wadis profundos que nenhum soldado do sultanato havia sido idiota de percorrer antes.

Não tínhamos espaço de manobra dentro do mato fechado de arbustos, espinheiros e trepadeiras que cercavam a trilha estreita. Os mosquitos atacavam em nuvens densas e um calor pegajoso emanava da folhagem. Depois de dez horas, chegamos a um lugar cheio de pedras iguais a crânios que cobriam os campos de capim alto. Tropeçávamos e caíamos. Comecei a pensar que a aurora talvez nos encontrasse antes de Qum.

Formas escuras e amorfas escondiam as encostas mais altas das colinas circundantes: figueiras bravas e currais de gado feitos de espinheiros. Por duas vezes, nós passamos pelo cheiro acre de esterco queimando. A sudeste, uma mancha cinzenta avançava sobre o azul-negro do céu.

O guia ergueu a mão. Indicou que a aldeia estava diretamente abaixo de nós. Movi-me com rapidez para colocar as seções antes da primeira luz da madrugada. Quatro ou cinco homens em cada grupo, cada um com uma metralhadora e oculto atrás de maciços de espinheiros acima e em torno das casas ainda invisíveis. Finalmente, com o meu próprio grupo de quatro homens, protegemo-nos no centro vazio de uma moita de espinhos com piso de pedras.

Dormimos por uma hora, deixando um homem de sentinela. Ao acordar, vi beija-flores pairando e disparando no teto do nosso esconderijo. Por uma lacuna entre os espinhos, olhei para as cabanas espalhadas ao sul e abaixo de onde estávamos e para as colinas verdes à nossa volta. Além da orla das montanhas, o planalto de Salalah era limitado pelo azul distante do oceano Índico.

Quatro homens vestindo uniformes marrom-escuro iam de cabana a cabana abaixo de nós. Pelos binóculos, contamos entre sessenta e setenta homens armados imediatamente ao sul da aldeia, a pouco mais de 2 quilômetros. Preparavam algum tipo de fortificação.

Desde que acordara, eu me sentia mal, com dor de barriga; nada de novo, pois ela era frequente no deserto. Talvez a água ou a carne de bode fossem a causa. Normalmente, daria para correr até uma moita ou rocha e me agachar para me aliviar, depois esperava a dor passar. Em seguida, passava a náusea, deixando-me fraco e suado. Mas agora não havia lugar para onde ir que não fosse fora das paredes de espinhos. Sair dali, ainda que momentaneamente, seria colocar a todos nós em grande perigo.

Durante uma hora, fomos forçados a trazer homens da aldeia para o nosso esconderijo, sob ameaça de armas, para evitar que eles, depois de nos descobrir, avisassem ao *adoo*. O pequeno esconderijo estava lotado. Construí um monte de pedras em volta do meu traseiro, entre mim e os outros, e baixei a calça no momento em que as minhas vísceras se dissolviam numa inundação dolorosa. Imediatamente as moscas convergiram para a moita. Usei pedras em lugar de papel e derrubei o pequeno "cubículo" de pedras sobre o resultado da minha crise pessoal. Foi no momento exato.

Quando enxuguei o suor dos meus olhos, senti um movimento fora do esconderijo. Puxei o meu fuzil em silêncio e soltei a trava de segurança. Uma trilha estreita de bode corria entre a nossa moita e o alto de uma encosta íngreme e gramada. Dois homens altos se aproximavam rapidamente por ela. Notei as roupas escuras e o brilho das armas nas suas mãos; notei também o distintivo vermelho polido na boina do segundo homem. Não era o distintivo de Mao, usado por muitos *adoo*, mas a estrela de seis pontas de comissário político.

Eram os nossos homens, eu tinha certeza. Não havia tempo para pensar. Estavam a 15 metros de distância; logo nos veriam. O primeiro parou abruptamente, parecendo farejar. Tinha o rosto cheio de cicatrizes e os cabelos curtos. Observei fascinado a Kalashnikov, o feio carregador redondo apoiado na dobra do braço girar quando o homem se virou para olhar diretamente para nós. Uma Kalashnikov é uma arma desagradável; um toque leve no gatilho e ela lança uma longa fileira de balas 7,62mm com ponta oca que destroem os ossos e atravessam as vísceras de um homem como se perfurassem papel machê.

Centímetro a centímetro, levantei o meu fuzil. O sol estava à leste, atrás do homem, desenhando a sua silhueta. Somente a sua sombra, caindo sobre a moita, protegia os meus olhos ardentes de suor. Então ele olhou diretamente para mim. Lembro-me de ter pensado. "Ele nos viu. Está avaliando as suas chances."

Minha voz pareceu sair contra a minha vontade.

— Soltem as armas ou matamos vocês.

O homem grande se moveu com incrível velocidade, torcendo-se sobre os joelhos e apontando a Kalashnikov num único movimento fluido. Apertei o gatilho automaticamente. O guerrilheiro foi atirado para trás, como se atingido por uma marreta. Seus membros se espalharam como os de um boneco e ele escorregou para fora da minha vista pela encosta relvada.

Atrás, o outro homem fez uma pausa de um instante, sem saber o que fazer. Consegui ver seu rosto sob o boné.

Ele pareceu triste e levemente surpreso. Seu fuzil, um Mark IV .303, já estava apontado para a minha barriga quando ouvi vários tiros. Duas das minhas seções atiraram simultaneamente.

Seu rosto se desfez numa polpa sangrenta, os olhos e nariz afundados no cérebro. Balas lhe cortaram as costelas e um lindo espinheiro florido acolheu o seu corpo no alto da encosta relvada.

Meu sinaleiro saiu da moita deslizando sobre a barriga. Poderia haver outros *adoo* além daqueles dois. Revistou o corpo com competência e trouxe um fuzil, munição e uma bolsa cheia de documentos.

Olhei para o sul: o arvoredo se agitava com o movimento. Formas escuras correndo na nossa direção. Não havia tempo para tomar decisões: as outras seções esperavam ordens.

Liguei o rádio, sem me preocupar em sussurrar.

— Todas as estações! Cinco! Retirada, agora... Desligo.

Esquecidos da fadiga, os homens não precisaram de mais incentivo e se lançaram dos seus esconderijos, disparando numa longa linha tortuosa. A velocidade era a única esperança e eles se moviam com as asas do medo. Ouviram-se tiros atrás de nós e o *adoo* não conseguiu nos alcançar.

De volta a Thamrait, os soldados dormiram como mortos, mas o sono me evitou. Já tinha atirado em pessoas a centenas de metros de distância, formas vagas atrás de rochas que se ocupavam em atirar em mim; mas nunca antes eu tinha visto a alma de um homem refletida nos seus olhos, nunca tinha sentido a sua vitalidade como ser humano, para depois sentir seu corpo ser rasgado pela pressão do meu dedo.

Tentei afastar a imagem da sua destruição, mas seu rosto coberto de cicatrizes continuou a me vigiar do meu subconsciente. Uma parte de mim, que ainda era jovem e não cínica, morreu com ele e com seu companheiro, o comissário, o corpo estirado sobre um espinheiro.

A lembrança se apagou tão depressa como chegou. O homem atrás da lanterna tornou a falar.

— A necessidade de justiça não é eliminada pela passagem do tempo. Você agora vai voltar para o seu carro e dirigir até o ponto onde deixa os sacos toda noite de segunda-feira. Vai descer e descarregar as sacolas. Nem mais, nem menos. Não faça nada estúpido, pois estaremos atrás de você o tempo todo.

Um dos colegas sussurrou, pedindo silêncio.

— Vi um movimento na estrada.

Dois homens saíram para verificar. Eu via pouco, minha visão prejudicada pela luz das lanternas.

Deve ter sido um alarme falso, pois eles voltaram e eu fui colocado novamente no assento do motorista do Montego, e um homem sentou-se ao meu lado. Meus pensamentos estavam a mil. Lembrei-me da velha máxima do Exército ensinada durante o treinamento de interrogatório: prepare a fuga o mais rápido depois de ser preso. Tentava, desesperado, imaginar um plano viável.

Meu passageiro falou. Tinha um sotaque duro do Leste de Londres.

— Espere o Volvo sair e siga atrás dele. Eles vão virar à esquerda, saindo do caminho. Você segue para a direita e para baixo como normalmente faz. Não ande a mais de 25 quilômetros por hora.

Meus pensamentos continuavam agitados, mas nenhum plano de ação se materializava. Eu me sentia como um coelho diante de cobras.

Contei quatro homens entrando no Volvo à minha frente. Quando o quarto fechou a porta, aconteceu. Do entroncamento em T na estrada, uns 10 metros adiante, uma luz intensa e branca brilhou. Meus olhos doeram e eu virei o rosto, apertei-os com medo de ter sido cegado. Esperei o som de tiros e me encolhi atrás do volante. Mas ouvi apenas o barulho de vidro quebrado e de um grito rapidamente abafado.

A porta do carona do Montego foi aberta e o homem ao meu lado desapareceu como se aspirado do carro. A luz forte foi apagada e a noite ficou negra como piche, o silêncio, cortado apenas por ruídos de violência abafada. Os ruídos se resumiram a solados de borracha sobre o macadame. Então um carro foi ligado e alguém entrou no Montego. Senti uma mão apertar meu ombro e uma voz amistosa falar.

— Fique calmo. Eles já se foram. Você não está mais em perigo.

Minha visão começou a voltar.

— Obrigado, senhor policial. O senhor vem de Dulverton ou Minehead? — mencionei os dois distritos policiais.

— Não importa de onde venho. Espere um pouco e eu explico.

Vi no escuro um veículo dar ré com apenas as luzes laterais acesas; era provavelmente um Range Rover, a julgar pela silhueta.

Sobre o teto, um brilho alaranjado e a curva de uma antena parabólica, provavelmente a fonte de luz. As portas bateram e o veículo partiu. Uma grande van se aproximou de ré, um furgão comum de entregas. As portas traseiras foram abertas e a luz interna revelou um espaço de carga vazio revestido de colchões.

Quatro homens se aproximaram do meu carro, todos com óculos de esqui pendurados no pescoço e armados de cassetetes policiais. Os rostos estavam riscados de traços pretos e eram irreconhecíveis. O homem ao meu lado falou rapidamente e os outros se dispersaram. Pouco depois, vi cinco figuras, todas com as mãos na cabeça, entrarem na traseira do furgão. As portas se fecharam e o veículo partiu para o norte, na direção de Porlock.

— Venha comigo tomar um drinque. — Tentei distinguir as feições do meu salvador. — Gostaria de apresentar você à minha mulher. Não tenho palavras para lhe agradecer. Quem eram aquelas pessoas?

— Pode me chamar de Spike. — Ele me apertou a mão. — Não se preocupe, mas nem eu nem meus homens somos da polícia. Somos seus amigos e vínhamos caçando esses homens há muitos anos. Muito tempo mesmo. Quem são eles? Bem, vai ser preciso um bom tempo para explicar.

— Não importa quem você representa, Spike, eu serei grato pelo resto da minha vida. Mas venha comigo para a minha casa...

Ele ergueu a mão.

— Você confia em mim? — perguntou em tom calmo.

— É claro.

— Ouça. Tenho muita coisa a fazer e muito pouco tempo. Tenho de lhe pedir para não contar a ninguém o que aconteceu agora. O seu carro não foi danificado. Ninguém o tocou. Se você contar o que aconteceu, no mínimo a polícia vai pensar que teve um pesadelo. Vai perguntar o que foi roubado e vão procurar motivos.

Fez uma pausa, mas eu não disse nada. Entendi o que ele queria dizer.

— Na quinta-feira você vai a Londres, certo?

— É verdade. Como você sabe?

— Não importa. Venha a esse endereço às 23h30. — Rabiscou nas costas de um cartão e me entregou —, e vou lhe explicar pessoalmente tudo. Até então, não diga nada a ninguém, nem à sua mulher. Não há motivos para assustá-la. Lembre-se, você já não está em perigo. *Todos* os que queriam lhe fazer mal estão presos ou mortos. Ok? Você concorda?

Senti que podia confiar naquele homem. Agora via suas feições com mais clareza. Tinha um rosto grande e preocupado. Sua voz grave e firme devia ser da região norte.

— Está bem. Encontro você na quinta-feira e não falo com ninguém.

Apertou a minha mão outra vez.

— É melhor você levar o lixo e voltar para casa ou sua mulher vai pensar que foi atacado por uma vaca. — Sorriu e partiu. Seu carro devia estar estacionado na estrada de Porlock.

Esvaziei o trailer e voltei para casa. Minha mulher não pareceu notar nada.

— Seu jantar está no forno.

49

Na quinta-feira, 25 de outubro de 1990, representei o Dr. Hammer no banquete anual da Comissão Internacional dos United World Colleges. Membros de vários países, como Sonny Ramphal, secretário-geral da comunidade, tinham vindo se despedir do diretor de muitos anos, meu amigo pessoal. Estava muito triste em vê-lo partir, mas a minha mente estava borbulhando de curiosidade e certo grau de apreensão pela visita iminente ao homem chamado Spike.

Saindo do jantar em Mecklenburgh Square, levei meus colegas americanos ao Claridges, depois atravessei a pé a Grosvernor Square e cheguei ao endereço da South Audley Street às 23h30.

Spike, respeitável num terno cinza, conduziu-me ao saguão. A casa parecia ser simultaneamente lar e local de trabalho, bem mobiliada, mas funcional; subimos a escada até uma sala dispendiosamente decorada, onde ele me apresentou ao "coronel", um homem forte, parecendo já estar quase chegando aos 70. Eu o reconheci imediatamente, apesar de dez anos terem se passado desde os dias das reuniões do comitê.

— Surpreso? — O coronel Macpherson sorriu. — Talvez tentando adivinhar como eu poderia ter me envolvido com réprobos como o Spike aqui? Vou explicar. Sente-se, por favor.

Ele se sentou à mesa escura e, mestre da economia de palavras, explicou que era parte de um pequeno grupo espalhado pelo país que, ao longo de cerca de 12 anos, havia caçado uma gangue de assassinos profissionais a serviço de um comerciante de Dubai. Aqueles homens cometeram assassinatos por vingança pelas mortes dos quatro filhos do comerciante durante a luta em Dhofar no final da década de 1960 e início da de 1970.

Balancei a cabeça, perplexo. Tivesse aquela rixa de vinganças envolvido o IRA, teria acreditado sem pestanejar, mas todos os árabes que conheci eram pessoas gentis que acreditavam na vontade de Alá e raramente guardavam rancores. Ainda assim, o coronel estava mortalmente sério e eu não conseguia imaginar outra justificativa para os acontecimentos no celeiro.

— Posso perguntar o que aconteceu aos outros homens que eles procuravam?

Macpherson balançou tristemente a cabeça.

— Nossos homens não foram capazes de evitar suas mortes. No seu caso, nós estávamos no lugar certo, na hora certa. Já tínhamos vigiado o grupo que vigiava você durante as três semanas anteriores, mas nunca tivemos certeza de onde atacariam, até que um dos nossos observou que sua atividade semanal recorrente era a remoção do lixo. Calculamos o ataque e Spike estava pronto com mais oito homens e o equipamento necessário.

— E os assassinos? Onde eles estão agora?

Macpherson me encarou atentamente.

— Ranulph, sei um pouco do seu passado. Sei que os seus livros de não ficção sempre venderam bem, que você fez parte do SAS e, é claro, das Forças Armadas do Sultão. O destino o colocou em contato conosco e, ao mesmo tempo, com os assassinos profissionais.

Fez uma pausa, mas eu nada disse.

— Depois de muito pensarmos, chegamos a uma decisão, que nos foi imposta e não a consideramos leviana. É o menor de dois males. Temos razões para acreditar que um dos nossos antigos membros, hoje um homem muito doente, pretende publicar um livro sobre a nossa existência e nossas atividades passadas. Esse livro há de ser uma versão tristemente distorcida da verdade. — Voltou-se para Spike. — Continue.

— Em vez de permitir que isso aconteça, concluímos que precisamos contar a história verdadeira. — Eu ouvia atento, pois a sua voz era baixa e sem expressão. — O outro autor deve descobrir que foi superado e que nenhum editor há de considerar a sua história amarga comercialmente viável.

— Posso perguntar como vocês sabem que o relato desse outro homem vai ser como descrevem?

— Temos uma amiga — respondeu Spike — que trabalha como secretária dele. Há cerca de dois meses, ela ficou horrorizada ao ver um resumo do livro, um tecido de distorções, como ela descreveu.

Bateu em duas pastas no seu colo.

— Ela copiou uma série de artigos retidos por esse homem, vamos chamá-lo de Bletchley, e os passou para nós. São os relatos detalhados feitos pelos nossos operadores de campo descrevendo as tentativas de encontrar os assassinos. Bletchley pretende basear seu livro principalmente nesses relatos, portanto, temos de fazer o mesmo. Sempre protegemos os nomes do nosso pessoal, mas por esses relatos Bletchley saberá quem são, e poderemos, caso você decida escrever o nosso livro, colocá-los à sua disposição junto com o conteúdo das pastas.

— A que outros materiais eu terei acesso?

— Os resultados completos da minha entrevista com o chefe dos assassinos. É a sua história de vida e, contrariamente ao que possa esperar, não é a história do arquétipo de um vilão. Você poderá também perguntar o que considerar desejável e necessário para completar seu relato dos acontecimentos.

— Seu objetivo é escrever a história do seu grupo?

— Negativo. Só podemos lhe contar os fatos ligados ao nosso envolvimento na longa caçada daqueles que planejaram matá-lo na segunda-feira.

Minha cabeça girava. Eu nunca retardo decisões. Creio na intuição. Se concordasse em escrever esse livro, teria de abandonar temporariamente o meu romance e muitos meses de trabalho. Em compensação, eu poderia publicar o romance dentro de um ou dois anos, ao passo que aquela oferta era válida para "agora ou nunca". E havia outra questão. Instintivamente eu gostava daquelas pessoas e sentia uma profunda gratidão pessoal.

— Spike, coronel, não quero parecer ingrato, mas tenho de fazer agora três perguntas. Escrever esse livro talvez seja um trabalho muito longo, desde que eu encontre um agente literário disposto a aceitá-lo. Espero não estar mais trabalhando com Armand Hammer em um futuro próximo e tenho uma esposa e uma fazenda para sustentar. A renda do livro será minha?

— Toda ela — respondeu Macpherson. — Queremos apenas uma obra amplamente conhecida que dê um retrato justo e equilibrado dos acontecimentos.

— Segunda. Como o meu nome será o do autor, todos os processos serão dirigidos a mim, não a vocês. Vou precisar, portanto, ter contato com todas as pessoas mencionadas nominalmente, e até os parentes próximos dos homens mortos para obter a aprovação deles.

Macpherson concordou mais uma vez.

— Evidentemente, os parentes próximos não vão saber nada dos assassinos, mas poderão lhe dizer o que pensam ter acontecido com seus maridos. Assim, você vai ter meios de verificar as informações que lhe passarmos.

— Ótimo. A terceira questão está relacionada à minha própria segurança. Como vou saber que as pessoas em Dubai não vão contratar mais ninguém para me matar?

Spike sorriu.

— Você tem a minha garantia pessoal. Um de nossos homens vai estar em Dubai na semana que vem. Você nunca mais vai ser perturbado.

— Vou escrever o seu livro, desde que os fatos estejam de acordo com a sua descrição e, é claro, desde que eu consiga encontrar um agente e um editor.

Apertamo-nos as mãos. Durante as três semanas seguintes, sempre que meu trabalho normal o permitia, eu me encontrava com Spike na mesma sala e preparávamos juntos a estrutura pela qual eu poderia relatar os acontecimentos com precisão e na forma de uma leitura agradável. Durante algum tempo, houve duas áreas de desacordo. Eu precisava do nome verdadeiro de um membro real dos Homens-Pena para autenticar o livro.

— Você já tem pelo menos vinte nomes — protestou Spike.

— Mas não tenho o seu, nem o do coronel.

— Você tem — ele respondeu, com um sorriso. — Basta verificar os nomes do Comitê de Exportação de 1979. — Ficou sério. — Já tínhamos identificado a necessidade de um meio indiscutível de autenticação. Por mais que o coronel não goste, não existe alternativa. Você vai ter a identidade dele.

— E a sua?

— Ela não vai ser necessária.

Meu segundo problema era a incapacidade de explicar aos leitores, no início do livro, a natureza do trabalho dos Homens-Pena. Iria precisar de um único exemplo, mas Spike ficou irredutível ante a minha persistência. O envolvimento com os assassinos, sim; qualquer outra operação, definitivamente não. No fim, consegui fazer valer o meu ponto de vista e recebi o relato de uma ação de 1976 em Bristol envolvendo dois homens de Spike, cujas identidades, de qualquer forma, seriam reveladas no livro.

Em 6 de novembro, Spike me informou que o homem que ele havia enviado a Dubai, seu especialista árabe, tinha acabado de chamá-lo. Havia entrevistado o xeique no dia anterior e mostrado a ele uma fotografia de De Villiers na prisão, bem como o vídeo feito no celeiro em Exmoor. Sob ameaça de denúncia à Polícia Real de Omã e às autoridades britânicas, o xeique lhe entregou os filmes originais e as cópias em vídeo das atividades anteriores dos assassinos. Prometeu também, em nome de Deus, que cessaria todo envolvimento com a *thaa'r* do seu pai, cujo objetivo fora a volta dos filhos a Dhofar, objetivo que, ele agora via, deixara de ser uma opção.

Durante o inverno de 1990 e a primavera seguinte, descobri e visitei 26 pessoas ainda vivas e que, consciente ou inconscientemente, haviam se envolvido com os acontecimentos da história de Spike. Alguns aspectos do seu relato me pareceram de início extremamente implausíveis, mas sempre descobri que os fatos e os números eram coerentes.

Como nenhuma das pessoas que procurei sabia, nem mesmo suspeitava, das intenções dos assassinos, fui forçado a apresentar a série de acontecimentos, especialmente o ponto em que suas vidas haviam sido afetadas, apenas como hipótese. Isso foi especialmente importante no caso dos parentes dos quatro homens, que eu não desejava alarmar ou angustiar.

Depois de ler os relatórios de campo dos locais de Spike, encontrei-me com três deles e tentei entender suas motivações pessoais e lembranças dos acontecimentos. Como estavam todos instintivamente reticentes, não tive o sucesso que esperava, a não ser no caso de David Mason, com quem fui mais bem-sucedido por tê-lo conhecido em Omã, na Antártida e em Londres. Sempre o tinha visto como um indivíduo frio e arrogante. Mas, depois de três entrevistas para discutir em profundidade os seus relatórios, passei a ter dele um retrato muito diferente. Ele se interessava profundamente por certos princípios e pessoas. Sua força de caráter e a profundidade da sua firmeza eram impressionantes. Não gostaria de tê-lo como inimigo.

Tinha decidido incluir o QG do SAS na minha lista de entrevistados, mas Spike foi contra.

— Eles vão pôr você porta afora, Ran. É melhor esquecer. Qualquer atividade não curricular é anátema para eles. Não sabem nada sobre nós, e nunca envolvemos nenhum membro deles, nem no passado, nem no presente.

Spike também foi reticente quando pressionado com relação ao destino do assassino sobrevivente e seus colegas da agência.

— Estão mortos? — perguntei.

— Não — respondeu.

— Você o entregou à polícia?

— Não.

— Por que não?

— Ele teria sido absolvido em qualquer tribunal. Não tínhamos provas. Seu advogado teria rido da nossa história desde o Old Bailey até Dhofar.

— Você acredita no que ele lhe contou?

— É verdade, por mais estranha que pareça. Mas acredito.

— Ele não tinha de lhe dizer nada.

— O que ele me disse se ajusta aos acontecimentos. Você não descobriu isso nas suas pesquisas recentes?

Tive de admitir que era verdade.

— Se você o libertou, onde ele está hoje?

— Nem você nem o seu livro precisam saber.

Vi que ele não iria mudar de opinião.

— O que aconteceu com a namorada dele, ou melhor, sua mulher, Anne? Será difícil escrever um livro deixando no ar tópicos como esse. O leitor vai querer saber.

— Sinto muito.

Desisti das perguntas. Na primavera e no verão de 1991, descrevi os acontecimentos com total atenção à precisão. Alguns dos diálogos e emoções, os pensamentos íntimos e premissas são, é claro, meus. Em ficção, há sempre um vilão. Mas na vida real as coisas não se ajustam tão bem. Para mim, o xeique Amr e seu filho Bakhait eram homens honrados. De Villiers sofreu um golpe duríssimo na infância. O mal, tal como a sorte, pode vir com o vento ou sair das nuvens e ser resultado apenas de um capricho do destino.

Quanto ao meu envolvimento casual nesses acontecimentos, sou verdadeiramente grato ao fato de os Homens-Pena existirem ou terem existido. Sem eles, acredito que teria havido um atropelamento com fuga na Porlock Road. Sou, quero crer, uma das muitas pessoas na Grã-Bretanha que, ao longo dos últimos vinte anos, têm de ser gratas pela sua presença protetora. Fora isso, minha vida não mudou nada, a não ser por eu ter deixado de levar o lixo à noite. Agora deixo os sacos durante o dia, e que se danem as raposas.

Epílogo

Nem o coronel Macpherson nem Spike Allen me informaram a identidade do Fundador do Comitê, mas na semana anterior ao nosso encontro, a Associated Press publicou a seguinte notícia:

Morre David Stirling, fundador de unidade britânica de elite
Londres — *O coronel Sir David Stirling, 74 anos, que durante a Segunda Guerra Mundial fundou o Serviço Aéreo Especial, uma unidade especial das forças especiais da Grã-Bretanha, morreu no domingo depois de uma longa enfermidade, de acordo com seu biógrafo, Alan Hoe.*

O Serviço Aéreo Especial, ou SAS, com o seu lema "Quem ousa vence", permaneceu no serviço ativo depois do final da guerra e manteve a reputação de ações rápidas, clandestinas e eficazes.

Nascido Archibald David Stirling no dia 15 de novembro de 1915, filho de um general-brigadeiro, ele se alistou nos Guardas Escoceses quando estourou a Segunda Guerra Mundial. Seis meses depois, foi transferido para o Terceiro Grupo de Comando da Brigada de Guardas e foi com eles para o Oriente Médio.

Convenceu as autoridades militares de que "um Exército dentro do Exército" era necessário para fazer ataques secretos contra o inimigo. Com seis oficiais e sessenta soldados e suboficiais, ele passou a ser conhe-

cido como o *"major-fantasma"* entre os soldados do Afrika Korps, do marechal de campo Erwin Rommel, depois de ter destruído pelo menos 250 aviões e grande quantidade de depósitos de combustível e munições em ataques por trás das linhas alemãs.

Em 1943, o coronel Stirling foi feito prisioneiro na Tunísia. Fugiu, foi recapturado e transferido para o campo de prisioneiros no Castelo de Colditz, na Alemanha, onde ficou preso durante o restante da guerra...

Na manhã de quinta-feira, 12 de fevereiro de 1991, uma unidade do IRA lançou morteiros contra o Gabinete da Guerra do Golfo do primeiro-ministro John Major, no número 10 da Downing Street. A algumas centenas de metros dali, no Quartel de Wellington, uma grande assembleia de homens do SAS, passados e presentes, reunia-se para prestar as últimas homenagens ao major-fantasma.

Sir Fitzroy Maclean, num tributo ao homem cujo nome seria sempre sinônimo de Serviço Aéreo Especial, afirmou que "até mesmo seus amigos mais íntimos raramente sabiam o que ele pensava".

As notas lamentosas de *Flowers of the Forest* tocadas por um único gaiteiro escocês saíram da Capela dos Guardas até as ruas desertas de Whitehall e, passando pelos lagos gelados, até o parque St. James.

O coronel Tommy Macpherson e Spike Allen se ajoelharam em bancos diferentes para ouvir as palavras da bênção celta:

> Para você, a paz profunda da onda que corre
> Para você, a paz profunda do ar corrente
> Para você, a paz profunda da terra em paz
> Para você, a paz profunda das estrelas brilhantes
> Para você, a paz profunda da terra em paz...

Lá fora caíam os flocos de neve, leves como penas, sobre Whitehall.

Glossário

57-pattern tipo de talabarte e cinto usado pela infantaria (mais leve que uma mochila)
abra tipo de barco local usado nos rios de Dubai
adoo inimigo
arrondissement distrito
ayeb em desgraça
baht unidade monetária tailandesa
bedu-ar-ruhhal o verdadeiro beduíno do deserto
Bin Dhahaib unit regimento da FPLO
brocanteur comerciante de antiguidades
cochon porco
dhille bule de metal
dishdash vestimenta usada enrolada na cintura como saia, em Omã
DMS calçado militar de sola de borracha para o deserto
falaj canal subterrâneo de água
Fan monte Pen y Fan (no País de Gales)
fardh subdivisão da charia
FAZ Forças Armadas do Sultão

firqat grupo de ex-comunistas que lutavam com as forças do sultão
FST Equipe de Cirurgia de Campo
gatn zona seca de montanhas em Dhofar
geh schnell, mach schnell, man depressa, homem
ghadaf palmeira
ghazu ataque intertribal
indee mushkila tenho um problema
ingleezi inglês
Insh' Allah Deus queira
jebali homem das montanhas
jebel montanha
jellaba roupa feminina árabe
khadim escravo, ex-escravo
khareef monção (névoa)
khayma tenda
laqat incenso de alta qualidade
LAW foguete antitanque
leaguer up acampar (apenas parada temporária)
loomee limão
majlis sala de "socialização"
MAM complexo de comando das forças do sultão
MFO correio militar
min fadlak por favor
Muaskar al Murtafa'a *ver* MAM
mughir árvore de incenso encontrada no deserto
muqanat assassinos, escavadores de *falaj*
murrim terra compactada

nejd região desértica árida
OG farda de algodão verde usada por soldados ingleses em regiões de floresta
PMN mina antipessoal
PMR Polícia Militar Real
qadhi juiz religioso
qithit dinheiro de sangue
rashiyd sábio
sanuk bebida tailandesa
shebeen festa ilegal com bebidas
shemagh turbante
shimaal vento seco do deserto vindo do norte
sooq mercado
sous-chef subchefe
tamimah chefe de tribo local
tapineuse prostituta autônoma
thaa'r morte por vingança
travelo travesti
tuk-tuk riquixá tailandês
va te faire sauter ailleurs, conasse comentário grosseiro
Wahidaat a Wasata wa Sharqeeya regimento das FPLO
wizaar manto árabe de enrolar no corpo

Este livro foi composto na tipologia Sabon LT Std,
em corpo 12/16,6, e impresso em papel off-white 80g/m²,
no Sistema Cameron da Divisão Gráfica
da Distribuidora Record.